TRO

T. Berry Brazelto... ...plus connu. Chercheu... ...'on doit la mise au point de notions fondamentales : compétence du bébé, interactions mère-enfant, précocité de l'attachement. On lui doit également une échelle de développement du nourrisson utilisée aux Etats-Unis et qui a déjà fait école dans plusieurs pays d'Europe.
Professeur de pédiatrie à Harvard, T. Berry Brazelton est responsable de « l'Unité de développement de l'enfant », au Child Hospital de Boston. Et il reste en contact étroit avec le grand public en assurant des émissions régulières de radio et de télévision (en France, personne n'a oublié sa prestation au cours de la série télévisée : Le bébé est une personne), en écrivant de nombreux livres et articles.

Ce livre est l'illustration même de la manière qu'a T. Berry Brazelton de raconter pour enseigner et convaincre. Afin de montrer que chaque enfant se développe de façon différente, l'auteur suit, mois par mois, un an de la vie de trois enfants : Laura la placide, Daniel l'actif, Louis, un bébé « moyen ». Il y a celui qui sait faire tous les gestes avant les autres; celui qui fait ses découvertes plus tard, mais qui est précoce pour communiquer avec l'entourage; et il y a la petite fille qui, avant de se lancer, préfère tout observer, ce qui n'est pas pour elle du temps perdu. Chemin faisant, ces histoires vécues apportent un éclairage nouveau sur les différentes réactions des parents face aux différents comportements de leurs enfants; en même temps, elles répondent aux questions principales portant sur la santé, la psychologie, l'alimentation, la vie de tous les jours. C'est pourquoi, outre les parents, tous ceux qui s'intéressent aux jeunes enfants, pédiatres, psychologues, puéricultrices, personnel des crèches, etc., trouveront des observations précieuses pour leur pratique quotidienne dans *Trois bébés dans leur famille.*

T. BERRY BRAZELTON

Professeur à la faculté de médecine de Harvard
Directeur de l'Unité de Développement
de l'Enfant à l'hôpital de Boston

Trois bébés
dans leur famille
Laura, Daniel et Louis

Les différences du développement

TRADUIT DE L'AMÉRICAIN
PAR BÉATRICE VIERNE

STOCK/LAURENCE PERNOUD

Titre original :

INFANTS AND MOTHERS
Differences in development
Revised edition
(A Merloyd Lawrence Book Delta/Seymour Lawrence)
(Dell Publishing Co. New York)

*A ma femme Christina qui a cru à ce livre dès
le départ et dont le soutien m'a permis de l'écrire;
et à ma fille Christina II dont j'ai eu tant de plaisir
à partager l'esprit critique lors
de la révision du texte.*

Les bébés ne se ressemblent pas. Ce fait, pourtant évident, est invariablement négligé par les livres destinés aux jeunes parents. Il est donc, avec ses nombreuses conséquences concernant la façon d'élever les enfants, la principale raison d'être de ce livre. J'y décris le cours normal que suit le développement de trois bébés extrêmement différents, ainsi que les manières tout à fait dissemblables dont ces bébés influencent leur environnement. Il ne s'agit pas, entendons-nous bien, des biographies authentiques de trois bébés donnés. Ce sont plutôt des portraits composites, inspirés par de nombreux bébés du même type — bébé actif, bébé moyen[1] et bébé placide — étudiés au cours de mes quinze années de pratique de la pédiatrie. Les bébés actif et placide (Daniel et Laura) montrent bien à quel point la gamme du développement normal est étendue. Dès l'instant de la naissance, les différences deviennent apparentes et commencent à déterminer le ton des réactions des parents. Face à une Laura ou à un Daniel, les idées reçues sur la façon d'élever les enfants tombent; mais l'un et l'autre bébé peuvent apporter infiniment de satisfactions aux parents qui

---

1. Nous nous sommes résignés à employer ce mot « moyen » bien qu'il ne soit pas vraiment satisfaisant, mais la traduction littérale de « average » : ordinaire, aurait eu une consonance péjorative. (Note du traducteur.)

reconnaissent les forces de cet enfant qui se trouve en face d'eux.

Bien que mes trois couples de parents soient purement fictifs, je suis sûr que bien des mères et des pères se retrouveront dans ces pages, tout comme ils retrouveront leurs enfants tantôt dans l'un, tantôt dans l'autre de nos trois héros. J'espère qu'ils s'identifieront avec ces parents en les voyant réagir à l'impact de trois fortes petites personnalités qui viennent de débarquer si brusquement dans leur existence. Par-dessus tout, ce livre vise à illustrer ma ferme conviction que le nouveau-né influe sur son environnement au moins autant que celui-ci agit sur lui. Si les parents gardent cette réalité présente à l'esprit, ils ne se sentiront peut-être pas aussi coupables lorsqu'ils se retrouveront en conflit ouvert avec leur précieux bébé..., qui a plus de défenses qu'on ne pourrait le croire.

Je me rends bien compte que l'on a déjà trop écrit pour la jeune mère, récemment accouchée. La plupart des ouvrages, cependant, ont pour but de la conseiller. Bien peu d'entre eux lui proposent de quoi étayer ses propres réactions et son intuition. La littérature spécialisée lui explique comment devenir la mère parfaite. D'éminentes autorités intellectualisent pour elle le processus de la maternité. On la presse, d'une part, de déverser sur son bébé un torrent d'amour, tout en la sommant, de l'autre, de respecter son indépendance. Les divers conseils que reçoit la jeune mère peuvent être si totalement contradictoires qu'elle finit par être « déboussolée ». Et comme il lui est impossible de les suivre tous, elle se sent d'autant plus perdue et coupable. Quelles que soient ses réactions instinctives envers son bébé, la mère s'aperçoit qu'il y a presque toujours un expert pour la critiquer. Ainsi les ouvrages conçus pour lui venir en aide finissent par miner sa confiance.

En dépit de cette avalanche de recommandations, de « meilleure » façon d'assumer son rôle de mère, la jeune maman doit bien comprendre qu'aucune d'entre elles n'est *la seule et unique méthode.* Elle doit trouver elle-même la meilleure façon de materner son propre bébé. *Chaque mère et chaque enfant ont leurs caractères propres. D'où il s'ensuit que chaque couple « mère-bébé » aura une interaction spécifique. Les suggestions idéalisées d'un auteur ne conviendront peut-être absolument pas à telle mère et à son enfant. Les jeunes mères auront probablement intérêt à se frayer leur propre voie, en suivant les points de repère fournis par leur enfant.*

Afin de les y aider, j'ai tenté d'indiquer dans les chapitres qui suivent à quel point les chemins parcourus par les bébés parfaitement normaux peuvent diverger. En adoptant le style narratif, je me suis efforcé d'inclure, dans la plus grande mesure possible, les activités propres à chaque mois durant la première année. Ainsi, les parents peuvent voir comment chaque étape est franchie par les trois bébés. J'espère qu'ils comprendront certaines des raisons pour lesquelles leurs enfants suivent des voies aussi différentes. Les explications que je fournis visent à rassurer les parents qui constatent des variantes de tous ces comportements chez leurs propres enfants. Reconnaissant dans mon ouvrage les extrêmes par lesquels peut passer le comportement d'un enfant normal, les jeunes parents parviendront peut-être à une meilleure compréhension de leur bébé, au jour le jour. Voyant pourquoi et comment celui-ci franchit les différentes étapes de son développement, leur rôle de parents devrait leur paraître plus clair. J'espère que la nouvelle génération de jeunes pères et mères n'éprouvera plus l'envie de devenir les « copains » de leurs enfants, mais qu'elle se rendra compte, plutôt, que ceux-ci ont fortement besoin d'autorité et de respect, de chaleur et de compréhension. Si les parents parviennent à établir une relation fondée sur ces bases au cours de cette première année si importante, cette relation ne sera pas remise en cause *plus tard, lorsque surgiront diverses crises dans la vie de l'enfant.*

J'espère que mon livre aidera chaque parent à voir chaque bébé comme un individu, avec ses forces et ses faiblesses, avec sa façon à lui de réagir devant son univers, et à prévoir comment tout cela contribue à forger une personnalité unique et fascinante.

Note de l'éditeur : Ce texte introduisait la première édition du livre de T. Berry Brazelton qui parut aux Etats-Unis en 1969 sous le titre *Infants and Mothers* (Des bébés et leurs mères), et en France, en 1971, sous le titre *Votre bébé est unique au monde* chez Albin Michel.

Le livre devint un classique en Amérique, mais de nouveaux travaux en néonatalogie, de nouvelles découvertes sur la compétence du nouveau-né et sur le développement de l'enfant, des changements dans les mentalités et les manières de vivre des parents rendirent nécessaire au bout de quelques années une mise à jour complète du texte. Dans l'introduction qui suit, T. Berry Brazelton raconte le travail considérable qu'il a accompli pour la refonte de son livre que nous sommes heureux de publier aujourd'hui.

INTRODUCTION

Au cours des douze années qui viennent de s'écouler, j'ai enseigné à la Harvard Medical School et poursuivi mes recherches au Children's Hospital Medical Center de Boston. Notre équipe de chercheurs s'est particulièrement intéressée aux remarquables « programmations » du comportement que l'on peut observer chez les nouveau-nés : non seulement chaque bébé est un être unique, mais il ou elle[1] est merveilleusement préparé pour l'apprentissage de soi-même et du monde qui l'entoure. De tous les mammifères, ce sont les hommes qui ont l'enfance la plus longue. Au cours de cette période de dépendance, ils doivent apprendre à connaître leur culture, à se connaître eux-mêmes et à vivre selon les espérances complexes de leurs parents. Ce qui n'est pas une mince entreprise ! Nous commençons toutefois à identifier les nombreuses façons dont ils sont prêts pour le faire, dès la naissance.

Une seconde partie de nos recherches s'attache à étudier – par le biais d'une analyse détaillée des

1. Dans la première édition, j'ai eu tendance à parler des bébés au masculin et à présenter principalement les réactions de la mère. Résultat : je donnais l'impression de chercher à exclure le père. Or, rien n'était plus loin de ma pensée. Je sais, en effet, pour l'avoir personnellement connue, à quel point la rivalité autour du bébé peut être forte entre les deux parents. Les temps ont changé, cette nouvelle édition s'efforcera donc de rendre compte du rôle accru des pères et de différencier les bébés des deux sexes.

interactions entre la mère, le père et le bébé, enregistrées sur bande vidéo – comment tous trois apprennent à se connaître. Nous en sommes progressivement venus à respecter et à comprendre la réciprocité qui naît entre eux et à voir comment chaque membre du trio s'imbrique avec les deux autres. Chacun des trois apprend en outre à se connaître lui-même, à mesure qu'il vit et entre en rapport avec les autres. La paternité et la maternité deviennent alors pour chaque parent, tout autant que pour l'enfant, une occasion unique de faire progresser son propre développement. En élevant un tout-petit, les adultes en découvrent au moins aussi long sur eux-mêmes que sur l'enfant dont ils ont la charge. La première année est une période passionnante à décrire. La programmation fort complexe des réactions des nouveau-nés aux stimuli et la façon dont ils se servent des états de veille, calmes mais actifs, pour faire porter leur attention sur tous les aspects intéressants de leur environnement, montrent bien qu'ils sont « prêts » à commencer leur apprentissage dès le jour de la naissance. Ils ont même probablement commencé à « apprendre » dans l'utérus. Le savoir qu'ils manifestent en accomplissant un acte réussi, comme de porter leur pouce à la bouche afin de pouvoir s'apaiser et de reporter ainsi leur attention sur le monde qui les entoure, nous en apporte la preuve.

Beaucoup de ces actes programmés du comportement d'un nouveau-né suscitent de la part des parents une réaction immédiate. Par exemple, lorsque le bébé cherche le visage qui lui parle et le regarde, le parent en éprouve forcément de la satisfaction. Lorsqu'un bébé un peu plus âgé rend son sourire au visage souriant d'un de ses parents, celui-ci a automatiquement l'impression que son enfant « le reconnaît ». Cette programmation incorporée au répertoire du bébé remplit un double rôle : celui de le récompenser pour sa tentative de suivre un certain comportement et celui d'attacher le parent à son enfant. La précision de la réaction la rend encore plus satisfaisante pour le parent, désireux de voir confirmer sa compétence paternelle ou maternelle. En d'autres termes, les réactions dont le nouveau-né est si richement doté, non seulement créent chez lui la notion satisfaisante du « J'y suis arrivé ! », mais attirent et renforcent en outre les réactions des adultes envers lui ou elle. Le comportement de l'enfant devient une puissante confirmation de bien-être et de compétence dans le développement de la relation parent-bébé.

Cette importance de la contribution du bébé devrait rassurer les parents novices. Les enfants, même tout petits, sont capables de supporter les « erreurs » que commettent leurs parents inexpérimentés et même de faire savoir à ceux-ci qu'ils se fourvoient. Lorsqu'ils parviennent à mieux comprendre les réactions de leur bébé, les parents finissent par se sentir de plus en plus sûrs d'eux. A mesure qu'ils prennent de l'assurance, leur rôle de parent les amuse de plus en plus. L'un des dons les plus merveilleux que des parents peuvent transmettre à leurs enfants, c'est le sens de l'humour et le sens de tout ce que la croissance a de passionnant !

S'ils gardent présente à l'esprit cette force de leur bébé, les jeunes parents n'auront plus tendance à se sentir aussi coupables lorsqu'ils se retrouveront en conflit avec ce bébé qui a beaucoup plus de défense qu'on ne pourrait le soupçonner. Les conflits sont à la base même de la responsabilité des parents. C'est en apprenant à travers eux qu'il existe certaines limites, que le bébé pourra le mieux acquérir le sens de sa propre individualité.

Plus chaque parent se sent responsable de son bébé et souhaite qu'il en soit ainsi, plus la rivalité est vive autour du bébé en question. A une époque où le rôle du père augmente, aussi bien vis-à-vis de la mère que de l'enfant, et où le rôle de la famille « élargie » diminue, mon désir le plus vif est de renforcer la participation paternelle. Pour y parvenir, je voudrais démêler les raisons pour lesquelles les pères ont eu tendance, dans le passé, à ne pas être très proches de leurs bébés, ni même de leurs enfants plus grands.

Notre culture n'a pas renforcé chez l'homme le comportement nourricier, et nous avons eu tendance à penser qu'élever un enfant était une occupation *féminine,* que c'était *le rôle d'une femme.* Nous avons négligé le désir très vif chez le père d'apprendre à connaître ses enfants, ainsi que l'importance de son rôle durant la petite enfance : sa présence enrichit à la fois l'expérience du bébé, en lui fournissant au moins deux personnes pour s'occuper de lui, et sa propre personnalité.

Lorsque j'ai étudié la façon d'élever les tout-petits chez les Indiens Mayas, dans le sud du Mexique, j'ai éprouvé une folle envie de voir rétablir dans notre société au moins deux coutumes auxquelles notre propre culture semble avoir renoncé. D'une part, voir les mères se permettre davantage de proximité physique avec leur bébé, et de l'autre, voir réhabilité le rôle pondérateur que joue la famille élargie pour tous les jeunes parents. Une culture forte met l'accent sur l'importance de la famille au sens large pour soutenir les parents inexpérimentés et leur transmettre coutumes et valeurs. Plutôt que de les laisser apprendre en pataugeant comment on élève un enfant et comment on surmonte les crises, certaines cultures font appel à la famille élargie qui devient source de force et de direction. Nous avons perdu ce contact étroit entre les générations, à la fois à cause des séparations physiques et à cause de l'indépendance qui a créé un fossé entre des générations successives. Cette indépendance a certes son utilité pour d'autres stades du développement émotionnel, mais elle semble plutôt stérile autour d'un très jeune bébé. Les nouveaux parents se trouveraient mieux d'une méthode d'apprentissage nettement plus facile. Apprendre leur rôle par le biais de l'empirisme représente un effort à la fois coûteux et « paniquant », qui laisse souvent les parents inexpérimentés en proie à l'angoisse et même à la colère, colère de sentir que personne n'est là pour les soutenir. Les grands-parents pourraient venir utilement en renfort, même si les parents finissent par repousser leurs conseils. Je recommande toujours de les inclure, le plus souvent possible, lorsqu'il s'agit de « programmer » un bébé et de s'en occuper. Je ne les ai pas fait figurer dans mon ouvrage aussi souvent qu'ils le mériteraient, car j'ai pensé que les parents préféreraient utiliser celui-ci pour clarifier leurs propres idées, indépendamment de celles que pouvaient nourrir leurs parents et même parfois en réaction contre elles. Je suis sûr, cependant, que de jeunes parents parviendraient plus rapidement aux décisions qui s'imposent, s'ils faisaient figurer parmi les choix possibles les opinions et l'expérience de leurs propres parents.

Au cours des vingt dernières années, le nombre de familles à la tête desquelles se trouve un seul parent s'est régulièrement accru. Dix-neuf pour cent des foyers américains où vivent des enfants de moins de dix-huit ans ne comptent qu'un seul parent. Dix-sept pour cent de ceux-ci sont des femmes et deux pour cent, seulement, des hommes[1]. Cela augmente donc considérablement le nombre d'enfants qui sont désormais élevés en dehors du modèle classique de la famille à deux parents, que l'on rencontre le plus

---

1. A titre comparatif pour la France, 6,3 % des foyers où vivent des enfants de moins de 16 ans ne comptent qu'un seul parent ; 5,4 % sont des femmes, 0,9 % sont des hommes.

souvent dans les ouvrages spécialisés. Elever tout seul un enfant est une tâche difficile et accaparante. La somme d'énergie physique et émotionnelle nécessaire pour faire face aux demandes d'un bébé est quasiment imprévisible. Pour des parents seuls, ces demandes peuvent paraître interminables et insurmontables. Ils doivent donc chercher des soutiens et des exutoires personnels partout où ils le peuvent. Les pères ou les mères qui élèvent seuls leurs enfants ont besoin pour leurs décisions quotidiennes de sources d'aide et de soutien individualisées et souples. L'espèce d'amortissement des chocs qui se fait automatiquement dans le cas d'un couple de parents est pour eux beaucoup plus problématique. Je constate que mon rôle de pédiatre devient vraiment critique auprès d'un parent seul. Dans ce cas, ce qu'il y a de plus difficile c'est de laisser à l'enfant son autonomie ou son indépendance à chaque nouveau stade de son développement, tout en lui fournissant la discipline et la distance personnelle nécessaires pour apprendre à connaître ses propres limites. Etre l'unique pourvoyeur de discipline, souvent à propos de questions qui paraissent a priori dépourvues d'importance, peut être un rôle lourd d'angoisse et de frustration.

Les divorces se multiplient dans notre société. Les bébés peuvent contribuer à réunir des couples qui ont des relations difficiles, mais ils peuvent aussi être une source de tension supplémentaire et devenir la cible innocente des émotions complexes de leurs parents. Cette tension qui existe entre des parents affectera presque à coup sûr leurs bébés, d'une façon ou d'une autre. Le pire qui puisse arriver est que l'enfant serve de « ballon de rugby » que ses père et mère tentent de s'arracher. Il devient alors un simple moyen à travers lequel chacun d'eux peut épancher ce qu'il ressent, souvent inconsciemment, envers son conjoint. Lorsque ses parents sont en conflit ou se remettent des traumatismes d'un divorce, le développement même de l'enfant risque d'être perturbé. Dans de tels cas, chaque parent doit se contraindre à mobiliser suffisamment d'énergie ou à rechercher suffisamment d'aide extérieure pour maintenir la liberté émotionnelle nécessaire aux besoins de son enfant. Une enfance saine est essentielle pour le développement de chacun d'entre nous. Les parents qui se séparent peuvent trouver diverses façons de satisfaire les besoins de leur bébé, afin de l'armer pour l'avenir. Je voudrais, quant à moi, que chacun des parents soit disponible, du moment qu'ils sont tous deux capables de faire passer en premier ce qui est nécessaire à leur enfant pour assurer son bon développement émotionnel et physique. C'est une tâche terriblement difficile, lorsqu'on est soumis à toute la tension émotionnelle qui peut entourer un divorce.

Aux Etats-Unis, près de la moitié des mères d'enfants âgés de moins de dix-huit ans travaillent à l'extérieur. Selon un rapport du ministère du Travail, trente pour cent d'entre elles ont au moins un enfant d'âge préscolaire[1]. En ce qui concerne les mères de l'actuelle génération, on distingue une tendance à reprendre le travail plus tôt parmi les classes moyennes et une tendance accrue à travailler à l'extérieur parmi les familles n'ayant que de faibles revenus. Heureusement, cette augmentation du nombre d'enfants concernés a coïncidé avec un surcroît d'intérêt pour leur sort. Notre nation ne peut se permettre de poursuivre la tendance vers les « enfants au trousseau de clefs », qui rentrent de l'école dans une maison vide, ni vers les mères obligées pour aller

1. A titre comparatif pour la France : 55,79 % des femmes actives ont des enfants de moins de 16 ans et 41,41 % d'entre elles ont au moins un enfant d'âge préscolaire (entre 0 et 2 ans).

travailler de caser leurs enfants chez une voisine incapable. Il me semble que, dans une famille où la mère travaille, le père doit reconsidérer son rôle. La tendance croissante à voir les pères s'occuper davantage de leurs bébés est l'une des caractéristiques les plus réconfortantes et les plus nettes de la nouvelle génération. En tant que nation, nous devons libérer les pères de leur travail aux moments critiques, par exemple la naissance d'un bébé ou une maladie infantile, afin qu'ils puissent prendre leurs responsabilités vis-à-vis de leur enfant. Si un père peut s'arranger pour être disponible à des moments où la mère est obligée d'être à son travail, lui-même et l'enfant en bénéficieront certainement. Même s'il ne s'agit que de quelques heures, le bébé aura davantage le sentiment de lui appartenir et l'occasion de le connaître; quant à la mère, elle sera moins bousculée. Le père enfin s'en trouvera infiniment conforté dans son sentiment de parent nourricier à part entière.

Les crèches ou les assistances maternelles apparaissent de plus en plus souvent comme une solution nécessaire aux parents obligés de travailler, quelle qu'en soit la raison. Il faut continuer à se pencher sur leur besoin d'améliorer l'entourage nourricier pour le bébé confié à une crèche. S'il n'a pas l'avantage de bénéficier, dans sa petite enfance, d'un environnement stimulant, individualisé, son développement futur risque d'en souffrir. Les parents qui travaillent doivent bien comprendre qu'il n'est jamais facile de confier son enfant aux soins de quelqu'un d'autre. Ils se sentiront inévitablement coupables, tristes, puis en rivalité avec la personne qui s'occupe de leur bébé. Ce sont des sentiments qui correspondent à l'attachement qui s'est créé autour de l'enfant. Le rôle d'un parent qui travaille (le père aussi bien que la mère), c'est de veiller à ce que cette inévitable et déprimante impression de séparation ne nuise pas à leur principal devoir, qui est d'être prêt à se consacrer à l'enfant lorsqu'il rentre du travail.

Le féminisme a mis l'accent sur le rôle de la femme au travail et poussé les femmes à s'y intéresser et à l'assumer. Indirectement, celles qui restent au foyer se sont senties trahies par cette évolution. Elles ont l'impression que personne n'attache plus d'importance au rôle de mère et qu'elles auraient davantage de valeur si elles exerçaient une profession. Lors de la parution de la première édition de ce livre, j'espérais qu'il servirait à démontrer l'importance vitale de tous les soins dont on peut entourer un enfant au cours de sa première année; j'espérais aussi, en intellectualisant les différents stades du développement de l'enfant, permettre aux mères de tirer davantage de plaisir de leur participation à chacun de ces stades. Sans le vouloir, j'ai peut-être aggravé le sentiment de culpabilité des mères qui ne peuvent pas rester chez elles tout au long de cette première année. Ce n'était nullement mon intention, car je sais combien il est important pour beaucoup de jeunes femmes d'exercer une profession. Cela leur permet souvent d'assumer leur maternité d'un esprit plus dégagé, ce dont et l'enfant et elles-mêmes se trouvent nettement mieux. J'ai bien vu, cependant, que ce n'était pas facile. Il faut beaucoup de dévouement pour remplir cette double tâche : répondre aux exigences de la vie professionnelle et conserver néanmoins suffisamment d'énergie émotionnelle et physique à consacrer au bébé en fin de journée. Autrement, celui-ci risque d'en pâtir, et la mère le sait. Elle se sentira alors forcément dupée, et son propre développement en souffrira. Elle sera déchirée, hargneuse et frustrée. Alors qu'en dosant ses efforts pour chacun de ses rôles, elle pourra s'épanouir sur les deux fronts.

Jusqu'à un passé fort récent, les hommes n'ont jamais fait, pour la plupart, victorieusement face aux occasions de concilier les deux tâches en question : leur travail et le soin d'élever leurs enfants. En ce qui concerne la présente génération cependant, nous nous trouvons en mesure d'aider les *deux* parents à endosser avec succès cette double responsabilité. Alors, le sentiment de culpabilité et de tristesse qui accompagne la séparation d'avec le bébé ne viendra pas gâcher le plaisir et l'enthousiasme susceptibles d'enrichir les retrouvailles à la fin de chaque journée de travail. Les autres membres de la famille doivent s'adapter au mode de vie de la mère qui travaille; cela fournit à son mari et aux autres enfants une occasion réelle de jouer un rôle plus important dans les progrès du bébé.

Les obstacles que doivent surmonter aujourd'hui les jeunes parents sont plus durs que jadis. Mais les satisfactions qu'apportent les soins donnés à un petit enfant compensent largement cette réalité. J'espère que mon livre mettra toutes ces satisfactions en valeur. Moi qui parle au nom des bébés, je sais que plus les parents prendront plaisir à remplir leur rôle, mieux leur enfant se sentira dans sa peau. Si je devais fixer un objectif au présent ouvrage, ce serait de voir augmenter chez les nouveaux parents ce sentiment de compétence et de plaisir de façon qu'ils puissent le transmettre à leur enfant.

1

LA PREMIÈRE SEMAINE

Un nouveau-né est unique au monde

Il existe autant de variations individuelles dans les personnalités des nouveau-nés qu'il existe de nouveau-nés. Chacun d'eux se différencie d'une infinité de façons des autres enfants, par sa physionomie, ses sentiments, ses réactions aux stimuli, sa manière de bouger, sa façon de créer sa propre personnalité. Cet aspect de la première enfance est aussi passionnant pour ceux qui ont les bébés que pour ceux qui les étudient. Bien souvent, lorsqu'ils tiennent pour la première fois dans leurs bras leur deuxième, troisième, sixième ou huitième enfant, les parents s'exclament : « Comment peut-il être aussi différent de tous les autres ? »

Il y a quelques années, au Boston Lying-in Hospital (la maternité), un groupe de quatre médecins, dont je faisais partie, a étudié deux garçons jumeaux monozygotes, en les soumettant à une série d'observations néo-natales. Durant la première semaine, nous avons passé trente heures avec chacun des bébés, occupés à noter nos observations. A la fin de cette période, nous étions tous frappés par les différences qui existaient entre ces deux bébés censés être « identiques ». Nous avions également demandé à la mère de noter l'impression que lui avait laissée chacun de ses fils, après l'avoir tenu vingt minutes dans ses bras, le premier jour. Nous avons ensuite comparé nos observations, après une semaine d'étude, avec la réaction quasi instantanée de la mère. Tout comme nous, elle avait fait une large part aux différences marquées qui existaient entre ses fils. Cependant, non seulement son impression de chacun, après seulement vingt minutes, était-elle plus exacte, plus nette que les nôtres, mais la mère voyait en outre tout naturellement chez chacun de ses fils l'être humain en devenir. Nous avons été frappés par l'exactitude et la profonde clairvoyance de son intuition. Celle-ci influence la réaction d'une mère envers son enfant dès les premières heures qu'elle passe avec lui. Sa propre capacité de réagir aux qualités individuelles de son bébé est prédéterminée par son expérience passée, mais chaque enfant devient pour sa mère une expérience spéciale. C'est qu'il existe tout un potentiel de changements et d'adaptations non seulement chez le bébé, mais aussi chez sa mère.

Dans les pages qui suivent, je vais présenter trois types bien différents de bébés : un bébé placide, un bébé très actif et un bébé moyen, lesquels incarnent tous trois des variations que nous pouvons observer chez les bébés « normaux ». Bien qu'il ne soit certainement pas vrai qu'un bébé placide reste imperturbable tout au long de sa petite enfance, ni qu'un nouveau-né hyperactif devienne nécessairement un enfant turbulent, il peut être intéressant de connaître les schémas possibles chez les petits bébés. Quiconque observe toute une série de nouveau-nés est avant tout frappé par leur diversité. Qui plus est, les observateurs n'ont jamais les mêmes réactions face à cette diversité. Chacun réagira à sa façon au différent potentiel de chaque bébé. Les parents novices (et même ceux qui ont de l'expérience) possèdent des réflexes et des capacités profondément enracinés en eux, avec lesquels ils réagissent envers leur bébé. Ils commenceront, de ce fait, dès le départ à renforcer les différences qui existent entre les enfants. Plus émouvant encore que le fait de savoir que nous donnerons à chaque enfant une partie entièrement différente de nous-même est celui de savoir que c'est lui ou elle qui par la force de sa personnalité l'obtiendra de nous !

Louis, un bébé moyen

Louis Moore est un garçon de trois kilos et demi, dont la mère a déjà eu deux enfants et a demandé à être endormie tout au long de l'accouchement. Celui-ci n'a duré que quatre heures, mais son médecin l'a mise sous anesthésie dès le début. C'est à peine si elle est sortie de sa torpeur pour regarder son fils d'un air hébété.

A la naissance, les médicaments présents dans le sang de la mère au moment où l'on coupe le cordon ombilical sont également présents dans le sang du bébé. A partir de cet instant, ce sont le propre foie et les propres reins encore immatures du nouveau-né qui se chargent de débarrasser son organisme de ces produits, à une vitesse évidemment beaucoup plus lente que ne le font ceux de la mère. Le nouveau-né sera donc affecté plus longtemps que sa mère, et son cerveau immature sera sans doute plus atteint par les médicaments. Ce que je trouve merveilleux, pour ma part, c'est que le nouveau-né puisse avoir l'air aussi éveillé alors qu'il a absorbé une dose de sédatifs suffisante pour endormir sa mère. Certes, les contractions de l'accouchement et tous les nouveaux stimuli qu'il rencontre hors de l'utérus contribuent à l'exciter, mais les effets sédatifs d'un taux aussi élevé de médicaments dans le sang seront clairement visibles chez lui pendant plusieurs jours.

C'est à cause des effets qu'ils ont sur le bébé (souvent pendant une bonne semaine) et sur le rétablissement de la mère que l'on a réduit l'usage des sédatifs au minimum au cours des quinze dernières années. On ne demande plus aux parents : « Quelle sorte de médicaments désirez-vous durant l'accouchement ? », mais plutôt : « Voulez-vous qu'on vous administre un médicament ? Sinon, avez-vous l'intention de suivre un stage d'accouchement sans douleur ? » La question est posée aux deux parents, car nous avons désormais pris l'habitude de voir les pères participer à l'accouchement. On a constaté que leur présence durant le travail proprement dit abrégeait la durée de celui-ci, réduisait les risques de complications et rendait les douleurs plus supportables. Aujourd'hui, les cours de préparation à l'accouchement sont prévus pour le couple et la participation du père est vivement souhaitée. De ce fait, les pères sont admis dans la salle d'accouchement et sont souvent les premiers à tenir le bébé, après que l'obstétricien ou la sage-femme l'a mis au monde. Les recherches effectuées sur les effets de cette présence ont livré des résultats prévisibles : les pères qui participent à l'accouchement et assistent à la naissance seront beaucoup plus susceptibles de partager ensuite avec leur femme les soins à donner au bébé. En outre, eux-mêmes et leur épouse déclarent avoir l'impression de former une famille plus soudée, après avoir vécu ensemble toutes les péripéties de la mise au monde.

Au cours des quinze dernières années, toute la question de l'accouchement a radicalement changé. Les deux parents s'attendent aujourd'hui à y participer activement : la mère tient à être éveillée et en pleine possession de ses moyens. On n'utilise plus les médicaments que très modérément. Mes propres recherches, dès 1961, ont démontré que les bébés pouvaient rester déprimés pendant une bonne semaine, si l'on avait administré des sédatifs à leur mère durant l'accouchement, et que le lait de la mère en était retardé de vingt-quatre à trente-six heures. Les docteurs Klaus et Kennell (1976) ont démontré que lorsque les mères et leurs bébés étaient bien éveillés et réagissaient l'un envers l'autre durant l'accouchement, le lien qui les unissait était nettement plus fort. Les effets de ce contact persistaient et se traduisaient par des résultats nettement meilleurs dans le domaine du développement cognitif et émotionnel aux âges de deux et sept ans. Dans la plupart des maternités américaines, on a vu s'opérer un bouleversement en ce qui concerne la participation des deux parents à l'accouchement et la tentative de cimenter la nouvelle famille en mettant le bébé dans les bras du père et de la mère, tour à tour, et en laissant la mère le mettre au sein, si elle le désire, alors qu'elle est encore sur la table de travail. Les parents ont ainsi l'occasion d'apprendre à connaître le nouveau-né dès sa venue au monde. Les mères et les pères assurent qu'ils ont de ce fait l'impression que le bébé est vraiment « à eux » dès la naissance. Je suis sûr que le fait de collaborer étroitement à toutes les décisions concernant l'accouchement – apprendre à contrôler les douleurs, savoir d'avance à quoi s'attendre tout au long de l'accouchement, puis participer à la mise au monde – doit leur donner un sentiment accru de leur compétence et de l'importance qu'ils ont pour le bébé. Leur attitude envers lui en sera forcément transformée, et ils lui transmettront ce sentiment de compétence. Pour une discussion plus détaillée de ce phénomène, voir mon livre *On Becoming a Family*[1].

On a démontré qu'une anesthésie locale – péridurale, par exemple – n'affectait que très peu le bébé et la mère. C'est pourquoi elle est en vogue à l'heure actuelle. L'anesthésie générale est désormais réservée aux accouchements avec complications.

Le taux de césariennes, tant à chaud qu'à froid, s'est accru de façon spectaculaire au cours des dernières années. Grâce à une meilleure surveillance du fœtus, nous pouvons désormais détecter des signes subtils – et parfois moins subtils – de détresse fœtale. Plutôt que de courir le risque d'endommager le cerveau du bébé, on préfère avoir recours à la césarienne.

1. Livre qui a paru en France, chez Stock, sous le titre *La Naissance d'une famille*, 1983.

Le taux d'enfants dont le cerveau a été endommagé lors de l'accouchement est aujourd'hui beaucoup moins élevé. Les parents sont souvent déçus lorsqu'une césarienne imprévue vient anéantir tous les efforts qu'ils avaient faits en vue de l'accouchement naturel, et c'est bien normal; ils doivent pouvoir en discuter librement avec les médecins et les infirmières responsables de l'intervention, sinon cela risque d'affecter leurs sentiments futurs concernant eux-mêmes et leur bébé.

Louis est un bébé bien dodu et robuste, qui crie dès son arrivée au monde, ses poumons se remplissent d'air et toutes ces fonctions s'effectuent parfaitement bien dès le départ. Sa tête est un peu en pain de sucre, ovale et allongée en pointe vers l'arrière.

Ce façonnage de la boîte crânienne est nécessaire pour permettre à la tête de franchir sans encombre le bassin de la mère en l'espace – relativement court – de quatre heures. La circonférence du bassin est en effet de deux ou trois centimètres inférieure au tour de tête du bébé, et le façonnage provoque un chevauchement des os du crâne, de façon que le tour de tête diminue des quelques centimères voulus. Le cerveau, très malléable, n'est pas endommagé par ce changement de forme.

Ce façonnage s'est fait en majeure partie durant les jours qui ont précédé l'accouchement. Le cerveau et tout le contenu de la boîte crânienne ont eu le temps de s'adapter. Louis est couvert d'une épaisse matière blanche, graisseuse, que l'on appelle le *vernix caseosa,* si bien qu'il glisse un peu entre les doigts, mais cela lui a permis de passer facilement par le conduit vaginal. Outre la tignasse noire qu'il a sur la tête, son corps tout entier – oreilles, dos, épaules et mêmes ses joues sont couverts d'un duvet sombre, le *lanugo.*

Le lanugo est un vieux reste de nos origines simiesques et il disparaîtra au cours des premiers mois, laissant la peau douce et lisse.

La peau de Louis est fripée et plutôt lâche, prête à
se desquamer aux endroits plissés, par exemple les
pieds et les mains. Les cheveux, plaqués au crâne par
le vernix, lui donnent un curieux aspect poisseux. A
ce moment précis, Louis n'est évidemment pas beau
à voir. Il a les oreilles pressées contre le crâne dans
des positions inhabituelles, l'une d'elles est collée
fermement contre la joue, rabattue vers l'avant. Le
nez est écrasé et il a été poussé de travers en franchissant le passage étroit du bassin.

Avant l'accouchement, les mères s'imaginent volontiers qu'elles vont mettre au monde un bébé ressemblant aux poupons de concours de trois ou quatre
mois. Rien d'étonnant, donc, à ce que le nouveau-né
sortant tout juste de son « parcours du combattant »
soit parfois accueilli avec un enthousiasme plus que
mitigé lorsqu'on le montre pour la première fois à sa
mère.

Louis a le visage bouffi et bleuâtre et il le gardera
pendant plusieurs heures, jusqu'à ce que sa circulation s'améliore. Ses paupières sont gonflées. Cela
s'aggrave d'ailleurs très vite et, peu après sa naissance, il est incapable d'ouvrir les yeux facilement
pour regarder autour de lui. On peut constater,
cependant, que sa vue n'est absolument pas touchée,
car lorsqu'on projette une lumière dans sa figure ou
lorsque l'éclairage de la pièce change, il plisse les
yeux de façon perceptible.

Cet œdème ou gonflement des paupières est aggravé
par la position « tête en bas » du bébé avant l'accouchement et par le traitement des paupières après la

naissance, lorsqu'on lui instille dans les yeux un collyre très doux. Il disparaît, généralement, en l'espace d'une semaine.

Etant donné que dans l'utérus l'expérience visuelle du bébé est quasiment nulle, ce gonflement des paupières est peut-être une forme de protection contre une trop vive stimulation durant les premiers jours. Le plissement des yeux contribue aussi à protéger le regard.

Lorsque ses yeux s'entrouvrent lentement, Louis essaie progressivement de les faire converger; ils semblent partir un peu dans tous les sens, mais il finit par les fixer sur un objet éloigné et pas trop lumineux. Lorsque le masque blanc et terne de l'obstétricien apparaît au-dessus de lui, il le fixe et il est capable de le suivre brièvement, avec des mouvements d'yeux lents et désordonnés. Lorsqu'il bouge assez lentement, le bébé tourne même la tête pour l'accompagner d'un côté, puis de l'autre. Il semble avoir plus de difficulté à le suivre vers le haut et vers le bas. Quant aux objets qui bougent rapidement, il est incapable de les suivre.

Dès la naissance, les nouveau-nés fixent leur regard sur un objet lumineux ou contrastant avec le reste de l'environnement et cherchent à le suivre des yeux, mais il faut que cet objet bouge lentement.

Un pédiatre du nom de Goren a démontré que sur la table d'accouchement un nouveau-né est déjà programmé pour s'intéresser au dessin bien formé du visage humain : si on lui en montre un dont les yeux et la bouche sont mal placés, il lui jette à peine un regard; mais il garde les yeux fixés sur un dessin de visage dont les yeux, la bouche et le nez figurent aux endroits voulus et le suit des yeux de chaque côté de trente à soixante degrés. Et ce, *à la naissance*. Pour moi, cela montre bien à quel point le nouveau-né est soigneusement équipé pour fixer et suivre des yeux le visage de celui ou de celle qui va s'occuper de lui.

Ainsi, il apprend non seulement à connaître une personne qui va jouer un rôle important dans sa vie, mais il lui signale en outre qu'ils sont déjà en communication.

Sa respiration qui, à la naissance, a commencé par une sorte de hoquet, est renforcée par l'obstétricien qui lui donne quelques tapes sur le derrière pour le faire crier.

Les cris servent à remplir les poumons d'air et aident le bébé à passer de son existence parasite, alimentée par l'oxygène du sang de sa mère, à une existence indépendante, où il doit compter sur sa propre circulation, alimentée en oxygène par des poumons qui doivent s'ouvrir le plus vite possible. A la naissance, les minuscules alvéoles pulmonaires sont fermées. Elles se déplissent et se vident du liquide qui les encombre dans un laps de temps incroyablement court. Les poumons continuent à s'ouvrir pendant presque toute la première semaine, à mesure que les besoins d'oxygène s'accroissent.

Le docteur Leboyer s'est fait le porte-parole d'une manière entièrement nouvelle d'accueillir le bébé pour réduire l'aspect traumatisant de la naissance. Pour le docteur Leboyer, les premiers cris ne sont pas nécessaires à l'adaptation extra-utérine immédiate du nouveau-né, et ses poumons s'ouvriront et se rempliront sans eux. Pour autant que je sache, personne n'a prouvé le contraire. Cependant, j'ai remarqué qu'un nouveau-né commencera souvent à pleurer spontanément, même si l'équipe médicale s'efforce de réduire la stimulation au minimum. Et lorsqu'il ne pleure pas, il aura des périodes de respiration profonde et pénible, qui rempliront la même fonction. Les idées du docteur Leboyer ont peut-être davantage d'importance pour les adultes qui l'entourent que pour le bébé lui-même. De toute façon, tout changement visant à « sensibiliser » ceux qui participent à un accouchement semble important. C'est un moment critique pour les jeunes parents, tout autant que pour le bébé.

Tout au long de cette première semaine, Louis pleurera par intermittence, et ces cris vont aider ses poumons à mieux s'aérer. Au début, il est un peu violacé, puis il vire lentement au rose mauve, au rouge cerise et finalement au rose.

La couleur de la peau continue à changer pendant quelques jours et atteste les modifications qui surviennent dans le système circulatoire. Les mains et les pieds des nouveau-nés restent bleuâtres pendant plusieurs jours et seront froids pendant la majeure partie de leur toute petite enfance. Cela est dû à l'immaturité de la circulation sanguine et n'a aucune importance pathologique. On ne connaît aucune raison médicale d'essayer de les réchauffer au moyen de moufles et de chaussons, étant donné que, tout immature qu'il soit, le système circulatoire semble remplir tout à fait correctement sa tâche, qui est de maintenir un flux sanguin régulier dans les extrémités.

Les schémas respiratoires que va traverser Louis sont fort variés et auraient suffi à affoler sa mère, si elle avait pu les entendre.

Il y a en effet de longues périodes d'irrégularité, de suffocation, d'étranglement et d'éternuements. Un bébé peut même cesser de respirer pendant un laps de temps qui paraît parfois interminable. Puis il prendra quelques respirations profondes et rapides pour compenser. Il peut être très impressionnant d'écouter un nouveau-né à ces moments-là, mais pour lui tout est parfaitement normal.

En attendant, l'humeur égale de Louis ne semble nullement affectée par toutes ces irrégularités. Après l'avoir éveillé, lui avoir dégagé les voies respiratoires et l'avoir fait respirer à fond, on le tient un instant la tête en bas, au-dessus de son berceau, pour l'aider à régurgiter ses mucosités.

Etant donné que son système respiratoire tout entier est encore plein de liquide et ne fonctionnait même pas quelques minutes auparavant, il ne faut pas s'étonner qu'il faille plusieurs jours pour que ce système soit entièrement nettoyé. Ce qu'il y a de stupéfiant, c'est que le bébé soit capable de dégager lui-même ses voies respiratoires, et efficacement, par-dessus le marché !

En fait, après une intervention minime de l'infirmière, Louis s'étrangle, a une nausée, devient tout bleu, cesse de respirer pendant plusieurs secondes, puis parvient à cracher une demi-tasse des mucosités jaunâtres venues de l'utérus. Après ce petit épisode, il crie pour se remplir les poumons d'air et reprend enfin une respiration tranquille et paisible, comme si de rien n'était.

Cette période d'arrêt de la respiration et de faible apport d'oxygène dans le sang, qui suffit à entraîner une cyanose (ou bleuissement de la peau), ne peut en revanche causer aucune liaison cérébrale chez un nouveau-né en bonne santé par ailleurs. Le cerveau du bébé n'est pas encore prêt à consommer autant d'oxygène qu'il le fera durant le reste de sa vie. La nature nous équipe vraiment d'étonnants systèmes de contrôle et d'équilibre ! Si les infirmières tiennent les bébés la tête en bas, juste après la naissance, c'est pour aider à dégager les voies respiratoires par un effet de pesanteur. Il est très difficile de faire s'étrangler ou s'étouffer un nouveau-né. Son réflexe de nausée est extrêmement efficace, et il s'en sert constamment durant les heures qui suivent immédiatement la naissance.

Louis a les jambes arquées que l'on observe chez la majorité des nouveau-nés, en raison de leur position dans l'utérus; ses pieds sont tordus de façon inhabituelle. On dirait un peu qu'un coup de vent les a plaqués vers la droite, car dans l'utérus ils se trouvaient tous les deux juste à côté de la tête.

> Les mauvaises positions intra-utérines des pieds se corrigent généralement au bout d'une semaine environ; elles peuvent, cependant, entraîner des pieds « à problèmes ». Si l'on ne peut tendre et fléchir les pieds, ni les mettre en position normale, il vaut mieux les montrer à un spécialiste.

Louis se montre actif dès la naissance. Il pleure vigoureusement lorsqu'on le manipule ou qu'on le dérange, réagissant aux contacts, aux bruits et aux lumières vives par un réflexe de Moro (cf. chapitre 2). Ensuite, il devient actif, sursautant et criant de façon cyclique pendant plusieurs minutes, jusqu'à ce qu'il soit parvenu à porter la main à sa bouche. Alors, ses cris cessent et il s'apaise sagement.

Il a toujours les yeux fermés, mais il ne paraît pas endormi, car il bouge de temps en temps, avec des mouvements plutôt libres et brefs. Ses gestes sont saccadés, violents, quoique parfois ses bras décrivent des cercles bien réguliers. Sa tête se tourne sans effort d'un côté ou de l'autre, tandis qu'il remue les lèvres et semble chercher quelque chose avec sa bouche. Ces mouvements de bouche précèdent souvent un rejet de mucosités et semblent être un réflexe provoqué par son activité intestinale. Avant deux de ces régurgitations de mucosités, il esquisse un bref sourire.

> Le bébé est équipé à la naissance d'un certain nombre de comportements « réflexes ». On pense qu'ils ont leur origine dans le cerveau moyen ou postérieur et ne sont pas de nature corticale ou « volontaire ». Chacun est déclenché par un stimulus qui lui est propre. Plus tard, ils se transformeront peut-être en (ou seront remplacés par) des actes volontaires ou consciemment contrôlés qui leur ressemblent. On a

émis la théorie que ces comportements réflexes sont une sorte d'entraînement, qu'ils servent à préparer les comportements complexes. Ils ont, dans beaucoup de cas, une utilité évidente. On verra un nouveau-né sourire lorsqu'il s'endort ou se réveille, et on attribue souvent cela à des « gaz ». Cependant, dans un état de demi-sommeil, un tout petit bébé sourira de façon répétée si on lui caresse la joue ou si on lui parle d'une voix très douce. Cela semble refléter chez lui un état très paisible. Plus tard ce phénomène du sourire prendra une signification accrue et lui sera plus utile.

Porter la main à la bouche, la chercher des lèvres, sucer un doigt, voilà autant d'exemples des comportements réflexes qui sont rapidement incorporés à des actes complexes, volontairement contrôlés, et que le bébé utilise à des fins d'adaptation. Bien que dans la salle d'accouchement Louis ait semblé éveillé et vigoureux, réagissant à tous les nouveaux stimuli, il sombre dans un profond sommeil pendant le trajet jusqu'à la nurserie. Lorsque les infirmières le mettent tout nu pour le baigner et l'habiller, il semble extrêmement perturbé. Il crie, s'agite, lance vigoureusement bras et jambes, et la couleur de sa peau vire au bleu (se cyanose), à cause du changement de température.

Les mécanismes qui contrôlent la température du nouveau-né ne sont pas très développés à la naissance. La nudité du bébé, lors de sa venue au monde, le soumet à des efforts exorbitants, et la température peut fort bien baisser en conséquence. Il est important de le couvrir très chaudement le plus vite possible et de lui éviter les écarts de température, jusqu'à ce que les mécanismes en question aient eu le temps de s'adapter. Le premier bain, qui est très bref, le perturbera, mais ne risque pas de lui faire de mal.

Dès que l'infirmière l'a habillé, Louis se calme. Il replie d'un air satisfait bras et jambes, pour se recroqueviller dans la position du fœtus, se détend et semble sombrer à nouveau dans un profond sommeil. Celui-ci est néanmoins entrecoupé, à intervalles réguliers, de sursauts et de petits gestes saccadés. De temps à autre, Louis rejette des mucosités, mais il parvient à chaque fois à reprendre sa respiration et se rendort. Les stimuli extérieurs ne le gênent plus, à moins d'être vraiment très dérangeants, par exemple, si quelqu'un le manipule sans ménagements. Il réagit à peine aux bruits pourtant très forts de la nurserie, son unique réaction étant un bref changement de la respiration. Il passe les deux jours qui suivent sa naissance dans cette espèce de torpeur, occupé, semble-t-il, à se remettre des effets de l'accouchement et des nouveaux stimuli auxquels il a dû faire face à sa sortie de l'utérus.

Cette période de récupération est une véritable preuve de l'existence de puissants mécanismes d'adaptation, dont le nouveau-né est équipé dès sa naissance. Durant ces quelques heures, ses systèmes circulatoire, respiratoire et hormonal vont tous avoir l'occasion de trouver un nouvel équilibre et de commencer à fonctionner à la vitesse plus rapide, nécessaire à l'existence indépendante.

Lorsque la mère de Louis le voit et le tient dans ses bras pour la première fois, dans la salle d'accouchement, elle est préparée à ce spectacle par l'expérience qu'elle a déjà avec ses deux aînés. Elle avait été très déçue par l'aspect de sa fille, lors de son premier accouchement. Mais Louis étant son troisième bébé, elle sait que tout cela va s'améliorer. Elle sait aussi qu'il finira par se réveiller pour téter.

Avec Louis, elle a l'impression d'être une mère « chevronnée ». En le tenant, elle est frappée de le sentir si robuste. C'est un bébé très fort et il se tortille violemment avant de s'installer dans ses bras, pelotonné contre elle. Elle interprète ces contorsions comme une preuve de force et d'indépendance, et les périodes d'immobilité qui suivent comme des plages de « repos »; elle pense que Louis « économise son énergie en vue des choses importantes : manger, dormir et se préparer à rentrer chez lui retrouver son frère et sa sœur ». Elle avait oublié combien il est délicieux de tenir un tout-petit dans ses bras. En le contemplant, elle se sent envahie par des élans familiers de chaleur tendre et protectrice.

M. Moore aussi avait oublié le plaisir de tenir un tout petit bébé. Lorsque Louis tourne son corps vers son père et bloque une de ses jambes contre lui, M. Moore éprouve à son tour une grande tendresse. Il s'inquiétait de la naissance de ce troisième enfant, car il lui semblait que deux étaient déjà bien assez à élever, à tous points de vue. Mais lorsque Louis se blottit contre lui, il est inondé d'affection envers ce petit être tout neuf et déjà si parfait. Au bout de quelques minutes, il appuie Louis contre son épaule. Le bébé lève la tête pour regarder autour de lui, puis enfonce son petit crâne duveteux et mou dans le cou de son père. Il se laisse aller de tout son poids contre l'épaule gauche de M. Moore. Le contact combiné de cette tête si douce dans le creux de son cou et de ce petit corps qui se love confortablement contre son épaule donne à M. Moore l'impression qu'il a toujours désiré cet enfant.

Les vives réactions d'un enfant sont cruciales pour créer des liens entre lui et ses parents. En tant qu'adultes, nous semblons avoir, programmé en nous, tout un ensemble de « réflexes » personnels, prêts à répondre aux sollicitations du nouveau-né. Par exemple, à chaque fois qu'un bébé se pelotonne contre un adulte, celui-ci réagit en le serrant contre lui. Lorsqu'il se blottit dans le cou de sa mère, j'ai vu des mères dont le lait coulait aussitôt. Notre réponse aux besoins alimentaires du bébé est à ce point automatique. Cependant, si l'enfant est encore sous l'effet de médicaments, encore « vaseux », s'il a souffert durant la naissance, il risque de ne pas avoir les réflexes attendus, et les réactions naturelles de l'adulte envers lui pourraient facilement en être affectées ou diminuées.

Mme Moore a l'intention d'allaiter Louis pendant peu de temps de façon à lui donner un bon départ, comme à ses autres enfants. Ayant nourri les deux aînés au sein, elle se sent fortifiée par ses expériences avec eux. Cette fois-ci, elle sait que Louis survivra, qu'elle ait ou pas beaucoup de lait. Avec les deux autres, elle s'était beaucoup tracassée à l'idée de ne pas avoir assez de lait ou du lait de mauvaise qualité. Cette fois, elle s'aperçoit qu'elle éprouve un certain détachement qui lui permet de profiter de chaque tétée comme cela ne lui était encore jamais arrivé. Elle se sent capable de regarder Louis sans se tourmenter à son sujet, ni se demander si elle va savoir s'occuper de lui.

Quelqu'un a dit un jour : « Dommage qu'on ne puisse pas jeter les deux premiers et commencer directement par le troisième ! » L'angoisse et l'insécurité qui entourent le premier-né sont autant d'obstacles pour lui et ses parents. En revanche, aucun des enfants suivants ne reçoit autant de soins pour le soutenir dans sa lutte. Une fois que le premier et parfois le deuxième enfant ont réussi à vaincre la surprotection parentale, ils sont merveilleusement équipés pour affronter le monde.

Durant les tétées des trois premiers jours, Louis se montre plutôt amorphe; il dort beaucoup et se met à pleurer lorsque sa mère tente de le réveiller. Il essaie quelques succions, puis il abandonne et se rendort. Mme Moore s'aperçoit qu'en l'aiguillonnant doucement du doigt et en lui frottant le front à l'eau fraîche avec une éponge, elle parvient à le réveiller à nouveau, et il se remet à téter.

Il y a des années, une mère irlandaise m'a enseigné ce petit « truc » qui consiste à frotter à l'eau fraîche le front d'un bébé somnolent. Comme elle le disait, un bébé a tellement horreur d'être pincé ou tapoté qu'il ne réagira pas du tout ou bien finira par pleurer trop fort pour pouvoir téter. Un simple changement de température au niveau du front n'est pas aussi perturbant pour lui, mais le réveille néanmoins suffisamment. Il regarde autour de lui et ouvre la bouche pour protester. Il suffit alors d'y glisser le mamelon et il tétera.

Autre méthode, plus draconienne, pour réveiller un bébé trop ensommeillé pour téter : le déshabiller. Très peu de nouveau-nés parviennent à dormir sans la chaude protection de leurs vêtements. Leurs sursauts se font plus violents. Ils s'éveillent de plus en plus. Lorsqu'ils ouvrent la bouche pour pleurer, il faut y enfoncer le mamelon aplati le plus loin possible. Presque tous les bébés téteront si le sein entre en contact avec le palais mou, à l'arrière de la bouche. Cette méthode ne sera plus nécessaire dès qu'ils auront appris à téter.

Au quatrième jour, la bataille est gagnée, et Louis tète très efficacement. Mme Moore a eu sa montée de lait, et les tétées se passent parfaitement bien.

Dans la nurserie, Louis dort beaucoup, mais il a aussi des périodes grincheuses qui se terminent par de véritables crises de larmes. Au cours des trois premiers jours, celles-ci sont peu fréquentes, et il passe le plus clair de son temps à dormir. Le quatrième jour, alors que sa mère vient d'avoir sa montée de lait, il commence à se réveiller une heure avant les tétées. Il pleure très fort dans la nurserie, se remplit l'estomac d'air et retombe endormi, épuisé, juste au moment où on l'emporte retrouver sa mère pour la tétée.

C'est une chose qui arrive fréquemment dans les maternités. Non seulement la mère passe de longues minutes frustrantes à réveiller son bébé pour le faire téter, mais elle est en outre obligée d'écouter les platitudes de l'infirmière : « Il est tout le temps comme ça dans la nurserie, bien calme et bien sage. » La mère ne peut éviter d'en déduire que les infirmières savent mieux s'y prendre qu'elle avec son bébé. Mme Moore s'était laissée abuser de la sorte pour son deuxième enfant et elle avait été horrifiée de le trouver si grincheux lorsqu'ils étaient rentrés chez eux. Elle s'était sentie responsable de ses crises de larmes « inhabituelles » et s'était même demandé si elle était vraiment capable de le nourrir et de s'en occuper convenablement. Après être parvenue à l'habituer à un horaire régulier, elle s'était rendu compte que ces périodes de grogne étaient un vieux reste de sa mauvaise adaptation au rythme hospitalier et qu'à la maternité aussi, il avait pleuré et souffert.

Laura la placide

Pour son premier bébé, Mme King va avoir un très long accouchement. Elle avait espéré ne subir aucune anesthésie et ne prendre aucun médicament, mais après douze heures de pénibles efforts, son obstétricien et elle-même décident d'un commun accord d'avoir recours aux médicaments. Elle passe donc ses six dernières heures de travail sous calmant.

Après plusieurs heures de douleurs inutiles, on peut estimer à juste titre que l'on facilitera l'accouchement en administrant certains médicaments. Il existe par exemple une sorte de spasme du haut du col de l'utérus qui ralentit le processus de l'expulsion, même si les contractions sont satisfaisantes. Dans ce cas, l'administration d'un calmant peut aider à atténuer ce spasme et permettre à l'utérus d'expulser l'enfant.

Si l'accouchement est trop prolongé, le bébé risque

d'en souffrir. Son rythme cardiaque s'accélère ou se ralentit, l'un ou l'autre phénomène pouvant indiquer un début de détresse fœtale. On s'en aperçoit en surveillant soigneusement le rythme cardiaque de l'enfant. Chaque contraction de la mère fournit une occasion de déterminer ce que la tension du travail signifie pour le bébé, puisque chacune s'accompagne d'une baisse relative de l'approvisionnement en oxygène. Si le rythme cardiaque de l'enfant indique que la circulation ne souffre pas de ces efforts, la longueur de l'accouchement n'aura pas d'effets nocifs. Mais si le bébé commence à manifester de véritables symptômes de détresse, on aura recours à la césarienne.

La naissance proprement dite se fait sous anesthésie péridurale, et l'on applique le forceps pour accélérer la sortie de la petite fille.

Les anesthésies locales, telles que l'injection péridurale d'un produit narcotique, ne font qu'atténuer la douleur locale que provoque chez la mère la dilatation du col de l'utérus. Elles peuvent aussi contribuer à détendre le col, ce qui lui permet de mieux se dilater. A moins d'avoir été administrés longtemps (trente minutes) avant la mise au monde du bébé, les produits passent si lentement dans le sang de la mère qu'ils ne sont pas transmis au bébé en quantité importante.

Si le forceps est convenablement utilisé, la santé de l'enfant n'est aucunement menacée et il peut sans conteste accélérer considérablement la sortie de la tête, à un moment où il est important pour le bébé de passer le plus vite possible à la respiration extra-utérine.

Laura est un beau bébé de huit livres, bien dodu, bien formé. Elle a sur les joues des marques laissées par le forceps, et le haut de son crâne est mou et enflé.

C'est ce qu'on appelle la « bosse séro-sanguine »; il s'agit d'un dépôt de liquide sous le cuir chevelu, causé par le fait que la tête appuie contre la sortie du bassin durant la dernière période de contractions. La bosse disparaît généralement au bout d'une semaine et n'a rien à voir avec des hématomes ou des saignements à l'intérieur du crâne ou du cerveau.

La tête de Laura a été déformée par cet interminable accouchement et donne l'impression d'être toute en longueur. Etant donné son poids assez élevé à la naissance, elle a des réserves de tissus graisseux et de liquide qui la font paraître grosse.

Une partie de ce liquide est de l'œdème, dont certains nouveau-nés souffrent à la naissance. Ils peuvent en tout cas vivre sans difficulté sur leurs réserves en attendant d'être nourris.

Laura a les yeux bouffis et les mains et les pieds particulièrement gonflés. Au cours de la première semaine, elle va perdre tout ce liquide excédentaire et se déshydrater, ce qui la fera paraître beaucoup plus mince. Sa peau, duveteuse et douce à la naissance, pèle et se craquèle à mesure qu'elle se déshydrate en attendant le lait de sa mère.

Dès le premier instant, Laura frappe ceux qui l'observent par son inactivité. Elle est sortie paresseusement de l'utérus. Après l'accouchement, elle est restée sagement dans son berceau, occupée à regarder autour d'elle, les yeux écarquillés, comme si elle était très étonnée. Les yeux de Laura sont du reste ce qu'elle a de plus remarquable. Pour différentes raisons, Louis avait d'abord eu beaucoup de mal à ouvrir les siens. Laura fronce les sourcils, semble se concentrer sur les lumières au-dessus d'elle et paraît ne pas entièrement approuver son changement de situation. Juste après sa naissance, elle a pris quelques inspirations entrecoupées, puis elle a commencé à respirer lentement et profondément; elle n'a eu besoin d'aucune autre stimulation de la part du personnel médical. Dès les toutes premières minutes, sa couleur passe du bleu violet à un rose pâle, et on l'enveloppe dans plusieurs draps pour lui tenir bien chaud. Elle a les extrémités violettes et malgré tout ce qui la couvre, elles restent froides au toucher. Leur couleur ne deviendra normale qu'au bout de plusieurs jours. Ce n'est que lorsqu'elle pleure que sa circulation et la couleur de ses extrémités s'améliorent, mais Laura pleure rarement.

Si la circulation de Laura est paresseuse, cela fait partie de son inactivité générale. Lorsqu'un bébé a besoin d'oxygène, ou de faire monter sa température, il se met généralement à pleurer ou à frissonner. Dans le cas de Laura, ce métabolisme ralenti et son adaptation à ce qui paraît être une circulation paresseuse semblent faire partie d'elle dès le départ. Quoique le médecin et les parents aient pu s'en inquiéter, cela correspond en fait à son activité générale extrêmement réduite et aux besoins d'oxygène inférieurs à la normale qui l'accompagnent. Laura est l'excellent type de bébé né avec un organisme peu exigeant.

Alors qu'elle se trouve encore dans la salle d'accouchement, la petite fille fait quelques gestes qui consistent en mouvements circulaires des bras, lents et relativement calmes, dans un espace assez restreint tout autour de son visage. Elle a les jambes repliées sur le ventre, comme elles devaient l'être dans l'utérus, ou bien mollement étalées dans le lit. Elle remue les lèvres et suce ses poings. Tous ses mouvements sont progressifs, lents, sans à-coups et, ce qui est le plus frappant, peu fréquents. Laura ne se départit pas de son « flegme », malgré certaines stimulations assez vives, puisque les infirmières lui font des piqûres de vitamine K [1], lui mettent quelques gouttes de nitrate d'argent dans les yeux [2], lui donnent son premier bain pour la débarrasser du sang et du vernix, en la lavant au savon [3]; elle ne paraît même pas troublée par sa propre lutte, pourtant assez vive, contre les mucosités qui encombrent ses voies respiratoires. Elle ouvre encore plus grands ses immenses yeux, fronce les sourcils, mais sans sursauter ni pleurer. Elle se montre rarement plus active. Sa respiration est lente et irrégulière, mais suffisamment efficace pour maintenir la couleur gris-rose de la peau.

Il ne fait aucun doute que l'anesthésie administrée à Mme King juste avant la venue au monde de sa fille n'est pas étrangère au comportement placide de Laura. On peut se demander, cependant, si la façon dont elle paraît affectée n'est pas justement la marque de la grande différence qui existe, dès le départ, entre elle et Louis. Il n'y a pas jusqu'à leurs réactions respectives aux calmants qui ne soient caractéristiques.

Mme King est trop fatiguée pour prendre part à toutes ces observations. Elle se contente de noter, dans une espèce de brouillard, que l'accouchement est terminé et réussi, et marmonne : « C'est un gar-

1. Cela prévient très efficacement l'« hémorragie du nouveau-né », c'est-à-dire des saignements durant les premiers jours de vie, dus à un fonctionnement immature du foie et à un nombre insuffisant de plaquettes sanguines.
2. Il s'agit d'une prophylaxie utilisée pour empêcher une infection à gonocoques dans les yeux si vulnérables du nouveau-né. On a contesté son efficacité, car on dispose à présent d'autres produits pour cette prophylaxie, qui n'irritent pas autant les membranes oculaires. Des chercheurs du Colorado, les docteurs Butterfield et Emde, ont démontré que le nitrate d'argent fait gonfler les paupières du bébé, ce qui a pour résultat de faire décroître l'activité visuelle après la naissance. Sans le contact des regards, la réaction de ses parents envers le nouveau-né est affectée. Les docteurs Butterfield et Emde recommandent donc vivement une prophylaxie moins irritante. Il semble effectivement souhaitable de suivre ce conseil, mais il est très difficile de changer les vieilles habitudes médicales. Il y a aussi de bonnes raisons de penser que le nitrate d'argent est responsable du taux inutilement élevé de conjonctivite et de blocage des canaux lacrymaux chez les nouveau-nés.
3. On utilise surtout le savon pour limiter les risques d'infections à staphylocoques chez le nouveau-né.

çon », alors que les infirmières viennent de lui assurer que c'était une fille, et se rendort aussitôt.

Le père de Laura, en revanche, est enchanté de sa fille : elle est bien telle qu'il l'avait rêvée. Il la prend dans ses bras, lui murmure des mots tendres, compte ses doigts et ses orteils. Aussitôt, le poing du bébé se referme doucement autour de son doigt. M. King est ravi par cette douceur. Il demande à pousser le berceau jusqu'à la nurserie, afin de rester avec Laura le plus longtemps possible.

Lorsqu'on l'introduit dans la nurserie, Laura devient encore plus calme. Ses yeux se ferment, ses mouvements cessent pratiquement, et elle sombre dans un sommeil profond et comme artificiel. Il n'y a que peu de réaction générale aux stimuli quels qu'ils soient. Mêmes les manipulations sans ménagements des infirmières qui la débarrassent de ses draps, la langent et l'habillent, ne la réveillent pas bien longtemps. Sa respiration est lente, peu profonde, souvent irrégulière, et sa couleur fonce jusqu'à un rose assez soutenu. Ses yeux ont commencé à gonfler, à cause du nitrate d'argent, et les ecchymoses laissées par les fers se dessinent de plus en plus nettement.

Une circulation paresseuse chez un nouveau-né peut retarder l'apparition d'ecchymoses. Tous ces facteurs se conjuguent brusquement pour donner à Laura l'air d'un petit être meurtri et drogué. L'un des effets secondaires des calmants est de réduire les besoins circulatoires et les besoins d'oxygène du bébé. Ce dernier facteur aide très subtilement Laura à maintenir l'équilibre durant les deux ou trois premiers jours, en attendant de récupérer. La petite fille parvient de ce fait à rejeter les mucosités qui gênent sa respiration avec moins de difficulté que Louis qui, plus actif, impose donc de plus gros efforts à sa circulation pour ses besoins d'oxygène.

Le deuxième jour, Laura est un peu moins abattue, bien qu'elle soit aussi tranquille et immobile que la veille. Elle a rouvert les yeux, et son visage paraît plus mobile et plus ferme. Elle semble moins droguée, et les ecchymoses sont moins visibles. Mme King est ravie par son visage et ses yeux mobiles, mais elle s'inquiète de la voir si molle et inactive. Elle-même se ressent encore des médicaments et se sent coupable à l'idée que Laura a peut-ête souffert de son anesthésie. Elle demande constamment aux médecins et aux infirmières de lui assurer que sa fille est en bonne santé. Une question notamment revient à plusieurs reprises : « Laura est-elle vraiment ma fille ? » En effet, ayant été endormie au moment de la naissance proprement dite, tout l'épisode lui semble irréel, et elle n'arrête pas de se demander si elle a vraiment mis un bébé au monde, surtout une petite fille aussi grosse que la sienne. Laura n'est pas du tout telle qu'elle l'avait imaginée avant l'accouchement. Elle finit par se demander si elle a jamais éprouvé le moindre sentiment positif envers ce bébé, mais elle n'ose pas exprimer cette pensée, ni même se l'avouer.

Ce conflit chez la mère est tout à fait courant après une première naissance, et il ne faut pas s'en inquiéter. Il remonte à la lutte qui s'est livrée en elle durant la grossesse, lorsqu'elle a dû renoncer à son indépendance pour assumer son rôle de mère, ce qui n'est jamais aussi facile que ça en a l'air. L'équilibre auquel est parvenue la future maman en tant que femme et épouse s'en trouve sérieusement compromis. Elle doit affronter un nouveau rôle, un rôle qui l'obligera à assumer l'entière responsabilité d'un être qu'elle ne connaît même pas. Toute femme qui prend à cœur cette responsabilité se demandera forcément si elle va être à la hauteur de cette tâche. Je m'inquiète toujours lorsque je vois une jeune mère accepter trop facilement son nouvel état.

Mme King tente alors de découvrir chez sa fille tout ce qui est susceptible de lui plaire. Ce n'est que dans ses yeux et dans son petit visage éveillé, cependant, qu'elle discerne la moindre réaction à la tendresse maternelle. Après une séance où elle a tenu Laura dans ses bras, lui a parlé, l'a bercée et s'est efforcée de la sortir un peu de son inactivité, elle se retrouve épuisée. Cette fatigue intense est la preuve que Mme King se donne beaucoup de mal pour s'adapter. Malheureusement, Laura n'est pas très coopérative.

M. King cherche à rassurer sa femme en lui répétant sans cesse que Laura lui paraît parfaitement normale. Depuis le moment où il l'a tenue dans ses bras et où elle a répondu à ses avances, il « sait » qu'elle se porte comme un charme. Il s'inquiète de discerner chez sa femme ce besoin d'être constamment rassurée sur l'état de leur enfant. Il s'attendait quant à lui à ce qu'une petite fille soit sensible et douce, il l'espérait même. Mme King, par contre, semble regretter qu'elle ne soit pas plus active.

Le fait qu'au moment de la naissance Mme King se trouvait en état de torpeur et « en dehors du coup » va certainement perturber pendant un bon temps ses sentiments vis-à-vis de son bébé. Cela montre bien à quel point il était important que M. King fût présent lors de l'accouchement, afin de voir que Laura était parfaitement normale dès le départ. La dépression postnatale si courante chez la jeune mère est très certainement compliquée par les médicaments qu'on lui a administrés. M. King peut être d'un grand secours à sa femme en lui assurant chaque fois qu'il le faut que Laura va très bien. Le comportement inactif et comme « en veilleuse » de la petite fille peut causer beaucoup d'anxiété à quelqu'un qui a tendance à s'inquiéter.

Son manque de réactions positives vient justement renforcer la crainte qu'a sa mère de lui avoir involontairement fait du mal, crainte qui fait normalement partie de la dépression.

Le tonus musculaire de Laura sera long à s'améliorer. Pendant un certain temps, elle reste un bébé mou et inactif, qui ne réagit guère aux stimuli ni aux manipulations, sauf avec les yeux. Lorsqu'elle tète, tout ce qu'elle voit la distrait, et elle lâche le bout du sein pour mieux regarder. Le quatrième jour, avant que sa mère n'ait eu sa montée de lait, elle proteste sans grande véhémence parce qu'elle a faim, suçotant son poing et pleurnichant brièvement de temps en temps. Bien qu'elle paraisse souffrir de la faim et qu'elle ait perdu près de cinq cents grammes par rapport à son poids de naissance, elle n'exprime sa détresse qu'en fronçant les sourcils et en accélérant légèrement le mouvement de succion sur son poing. Quand elle pleurniche ainsi, on lui offre un biberon d'eau sucrée qu'elle tète vigoureusement. Lorsqu'on amène une balle rouge vif dans son champ de vision, elle fronce les sourcils, fixe la balle et cesse de téter. Ses deux yeux convergent sur la balle et la suivent lorsqu'on la fait bouger. Tout l'intérêt qu'avait originalement éveillé le biberon semble s'être reporté sur ce nouvel objet. Laura est si passionnée par un stimulus visuel qu'elle peut très bien en oublier complètement de téter.

Ce glissement de l'attention et de l'énergie chez un nouveau-né qui abandonne la tétée pour s'absorber dans la contemplation d'un objet peut également être provoqué par un stimulus auditif. Un bébé se tournera pour écouter un bruit très doux ou la voix de sa mère. C'est ainsi qu'il apprend les différents signaux qui se rattachent à la tendresse maternelle.

Le fait que Laura parvient à s'éveiller et à téter

vigoureusement indique que son système nerveux est parfaitement intact. Sa capacité de passer d'un système (la tétée) à un autre (l'observation visuelle) en est une marque plus nette encore. Mais sa façon de se comporter et son tempérament effacé font que sa mère (laquelle, ne l'oublions pas, est elle aussi « au ralenti » et « droguée ») a du mal à voir en elle un bébé normal. Une petite fille comme Laura, pourtant parfaitement normale, peut effrayer une jeune mère anxieuse, tout autant qu'un enfant trop agité et hypersensible. Laura se situe à une extrémité de la gamme normale des différences de tempéraments.

Mme King s'inquiète de trouver sa fille si difficile à nourrir. Elle était bien résolue, avant la naissance, à lui donner le sein, mais au cours des premiers jours elle a le plus grand mal à tirer Laura de sa torpeur pour la faire téter.

Etant donné que la nature retarde parfois la montée de lait de la mère jusqu'au quatrième ou cinquième jour après la naissance, il est important que l'on explique à celle-ci comment son bébé s'accommode de ce qui apparaît comme une période de jeûne absolu. Au cours de ces premiers jours, la petite fille se réorganise sur le plan physiologique. Cet ajustement mobilise toute son énergie, ce qui ne lui en laisse pratiquement plus pour se nourrir et digérer. Ainsi, il y a des bébés qu'on a de la peine à réveiller le premier jour pour prendre le sein. Un bébé à qui l'on donne du lait trop tôt le rejette avec ses mucosités; on dirait qu'il n'est pas prêt pour ce genre d'activité gastro-intestinale complexe. Lorsque ses réserves de sucre, graisse et liquide sont suffisantes, ce qui est le cas chez les bébés normaux, elles peuvent suffire à leurs besoins pendant plusieurs jours, jusqu'à ce que le lait de la mère soit disponible. Chez les enfants prématurés ou déshydratés, il peut être nécessaire de donner de l'eau sucrée pour les aider à franchir sans encombre cette période d'attente.

Mme King s'inquiète également du fait que Laura pleure si rarement et se demande si cela signifie qu'elle souffre d'une lésion quelconque. Elle a l'impression que les médicaments et l'anesthésie péridurale qu'on lui a administrés ont pu droguer sa petite fille et elle se sent fautive en la voyant se comporter avec autant de placidité. Elle a peur que la bosse séro-sanguine parfaitement normale de Laura (l'enflure apparente sous le cuir chevelu) ne soit un signe de malformation du cerveau.

Il serait pourtant facile d'assurer à Mme King que Laura est un bébé placide, mais parfaitement normal. Certains tests sont effectués dès la naissance pour vérifier si le nouveau-né a des réflexes normaux. Les yeux grands ouverts, le regard éveillé et un visage où l'on peut lire des réactions indiquent clairement que le système nerveux central est en parfait état.

A mesure que Laura répond davantage aux sollicitations, tétant de mieux en mieux chaque jour et réagissant plus nettement aux divers types de stimulation qu'elle lui propose durant les tétées – sa voix, le fait qu'elle la tienne dans ses bras et la berce, son visage, sa chaleur et son contact –, Mme King en vient à accepter de croire que sa fille est tout à fait normale. Après les deux ou trois premiers jours, le nourrisson placide semble s'être parfaitement remis de la naissance et de l'accouchement difficile. Elle n'a plus du tout l'air « droguée », mais son humeur est toujours inhabituellement tranquille et égale. A mesure qu'elle tète plus efficacement le sein de sa mère, elle suce moins ses poings. Elle fait rapidement son renvoi et se rendort presque aussitôt. Il n'y a pratiquement aucun effort inutile. Parfois ses yeux restent ouverts après la tétée et elle regarde d'un air interrogateur, tandis que sa mère lui fait des mines et lui parle en langage « bébé ». Mme King a l'impression d'en savoir bien trop peu pour servir de mère à ce bébé sagace. Et pourtant, elle sent son instinct maternel plus développé qu'elle ne l'aurait cru possible. Son sentiment d'insuffisance renforce sa détermination de « réussir » cette maternité. Elle questionne tout le monde, médecins et infirmières, internes et visiteurs. Elle déverse sur son mari tout son trop-plein d'inquiétudes. Le personnel de l'hôpital commence à voir en elle une jeune femme tendue et hyperangoissée qui aura, prédit-on, un passage bien difficile en rentrant chez elle.

Personne ne se donne la peine de réfléchir que toutes ces questions cachent une inquiétude somme toute parfaitement normale. Si un des médecins ou une infirmière s'était assis à son chevet et lui avait permis d'exprimer ses angoisses, il ou elle aurait peut-être mis à nu les craintes de Mme King concernant l'état de sa fille et la façon dont elle lie son comportement placide à d'éventuelles lésions cérébrales. Il ou elle aurait pu apaiser sa crainte d'en avoir été la cause, s'avérant dès avant la naissance une mauvaise mère. Ces explications auraient fait beaucoup pour soulager Mme King, beaucoup plus en tout cas que les assurances évasives et les petites tapes condescendantes que tout le monde s'ingénie à lui administrer. Ni les unes ni les autres ne sauraient satisfaire une jeune femme aussi consciente de ses devoirs de mère et aussi évoluée que Mme King.

La perte de poids de Laura s'accompagne d'une jaunisse qui va s'accentuant et d'un dessèchement de la peau. Le cinquième jour, lorsque le lait de sa mère arrive enfin, Laura a le visage quelque peu pincé. Sa peau et ses yeux sont légèrement jaunes, mais cela n'a rien que de très normal à cet âge. Pendant plusieurs jours, elle aura le teint hâlé, comme si on l'avait exposée au soleil.

Cette jaunisse, qui survient les troisième, quatrième et cinquième jours, est causée par la destruction d'un surplus de globules rouges, nécessaires dans l'utérus où l'alimentation en oxygène était plus réduite, mais dont le bébé n'a plus besoin dans l'air ambiant, plus riche en oxygène. Cette destruction produit de la bilirubine que le foie doit éliminer, mais chez les nouveau-nés cet organe est souvent trop immature pour remplir de façon satisfaisante ce travail d'excrétion. La jaunisse ou ictère qui en résulte est dite « physiologique » et elle est normale chez tous les bébés. Chez certains, elle est encore accentuée par une déshydratation relative et une perte de poids, tandis qu'ils attendent la montée de lait de leur mère. Dès qu'ils commencent à absorber celui-ci et à se réhydrater, ils éliminent la jaunisse de leur système.

Cet ictère n'a rien d'inquiétant, sauf s'il empire de jour en jour ou si le taux de bilirubine dans le sang atteint un certain niveau. A l'heure actuelle, les infirmières employées dans les nurseries y sont très sensibilisées et avertissent généralement le médecin qui suit l'enfant pour qu'il lui fasse un prélèvement sanguin au talon, afin de déterminer le taux de bilirubine qui circule. Si la jaunisse empire, on placera sans doute le bébé entièrement nu sous lampe pendant une journée ou plus, jusqu'à ce que la jaunisse diminue. Avant la découverte de ce traitement, on faisait très souvent une transfusion totale au bébé, pour lui changer le sang et éliminer ainsi la jaunisse. A présent, cela est rarement nécessaire. Le risque de troubles cérébraux dus à un taux trop élevé de bilirubine a quasiment disparu. La jaunisse et le traitement sous lampe auront tendance à aggraver pendant quelques jours l'état déprimé du bébé. Cet état et la nervosité qui l'accompagne ne durent en général pas plus de quelques jours, une fois que le bébé a retrouvé son équilibre. En effet, dès que la jaunisse a commencé à diminuer, on peut être sûr qu'elle ne reviendra pas et que tout danger est écarté.

Mme King s'inquiète de ces cinq cents grammes perdus par sa fille et parle de renoncer à l'allaiter, mais son mari est très favorable à ce mode d'alimentation. Il rappelle à sa femme qu'avant la naissance de Laura elle voulait absolument nourrir elle-même son enfant. Elle en a parlé durant toute sa grossesse. Il la supplie de ne pas se laisser décourager uniquement parce que Laura est un peu plus difficile que prévu. Sa détermination et son soutien arrivent à un moment critique pour Mme King. Elle poursuit ses efforts.

> Les mères ont très souvent besoin de s'entendre dire que les nouveau-nés possèdent suffisamment de réserves liquides et solides pour survivre jusqu'à la montée de lait.

A la fin de sa première semaine d'existence, Laura a retrouvé son équilibre sur tous les plans :

elle prend du poids grâce au lait de sa mère, même si elle pèse toujours trois cent cinquante grammes de moins qu'à la naissance et paraît plus petite et plus maigre;

sa jaunisse s'estompe, bien que sa peau soit encore jaunâtre et le blanc de ses yeux légèrement teinté à la lumière du jour;

elle n'est plus déshydratée, mais la peau de ses mains et de ses pieds pèle, et elle a de petites crevasses aux poignets et aux chevilles;

le cordon ombilical se dessèche, mais il n'est toujours pas tombé;

son comportement a repris son cours placide : elle reste tranquille et sage dans son berceau, regardant autour d'elle de ses grands yeux, suçant ses poings lorsqu'elle est perturbée, mais ne protestant et ne s'agitant que très rarement.

Au bout de ces sept jours, la jeune maman s'est

mise un peu au diapason de ce bébé calme et placide, et elle note avec plaisir son regard éveillé et ses mouvements de bouche, sans s'inquiéter autant de la voir si inactive. Elle a toujours le sentiment, cependant, que sa montée de lait tardive, s'ajoutant à son accouchement difficile sous calmants, a pu contribuer au manque de dynamisme de Laura.

C'est en effet très possible chez un bébé dont la personnalité et les attributs spécifiques étaient tout disposés à accepter un renforcement de ce type de comportement.

Lorsqu'on en viendra enfin à discuter de tout cela avec Mme King, elle se rendra compte qu'elle a eu tendance à considérer comme anormal tout le comportement de sa fille. C'est grâce à son mari qu'elle est parvenue à atteindre un certain équilibre dans sa façon d'accepter la manière d'être de Laura.

Daniel l'actif

Daniel est le second enfant de parents un peu plus âgés que les King, tous deux enseignants. La maman, Mme Kay, est parvenue à reprendre sans problème son travail à mi-temps, une fois que son fils aîné eut bien « démarré ». Elle a trouvé une charmante dame d'un certain âge qui sert de garde à Mark et s'en occupe fort bien. Ce dernier a deux ans et comme il a toujours été très sage, ses parents ont eu de la paternité et de la maternité une expérience agréable et facile. Mme Kay attache beaucoup d'importance à son travail d'enseignante et estime qu'il l'aide à maintenir son équilibre de mère. Comme beaucoup de femmes d'aujourd'hui, ayant fait des études supérieures, elle se sent mieux adaptée à son rôle d'épouse et de mère de famille si elle peut en même temps bénéficier d'une ouverture intellectuelle plus stimulante sur le monde. L'équilibre familial a été atteint après le premier bébé, et le petit Mark a l'air parfaitement bien dans sa peau. Cette fois, tout le monde attendait avec impatience l'arrivée du nouveau bébé, et Mme et M. Kay ont soigneusement préparé leur fils aîné à l'hospitalisation de sa mère et à l'arrivée d'un petit frère ou d'une petite sœur.

Mme Kay a eu une grossesse très active; elle était même en train de donner un cours lorque les contractions ont commencé. Durant la grossesse, le futur bébé s'est tenu très tranquille, sauf à un moment précis de la journée. Le soir, lorsque Mme Kay se mettait au lit, il semblait se réveiller.

Cette activité du fœtus en fin de journée, souvent signalée, a été attribuée à de nombreux facteurs. Les explications les plus vraisemblables sont que la mère est plus consciente de cette activité lorsqu'elle est elle-même au repos et que l'acide lactique que la mère sécrète en fin de journée, du fait de sa fatigue musculaire, atteint alors un niveau élevé. Beaucoup de médecins pensent que cet acide traverse le placenta et sert à stimuler, à un certain niveau, l'activité fœtale.

En fait, les cycles de sommeil et de veille chez le fœtus se dessinent de façon de plus en plus nette durant les derniers mois de la grossesse. Une mère peut prédire à quels moments son bébé sera actif et à quels moments il dormira. C'est probablement son propre cycle qui détermine celui du fœtus, car ils sont étroitement imbriqués. D'ailleurs, j'ai pour ma part l'intime conviction qu'une mère « fait la connaissance » de son enfant dans l'utérus, grâce à ce cycle quotidien.

Les mères s'inquiètent souvent à l'idée que toute angoisse ressentie par elles durant la grossesse risque de faire de leur bébé un petit être tendu ou anxieux. Nous ne savons absolument pas si c'est vrai. Assurément, certaines expériences dans l'utérus sont transmises au fœtus (Cf. *La Naissance d'une famille*), mais il est probable que le bébé est trop bien protégé pour que le risque soit réel. Toutes les mères ont des périodes d'inquiétude durant leur grossesse, donc tous les bébés seraient susceptibles d'en souffrir. La mère d'un bébé agité et volontaire comme Daniel se demandera forcément si c'est dans l'utérus qu'il est devenu ainsi, si c'est quelque chose qu'elle a fait ou n'a pas fait qui l'a rendu tel qu'il est. Nous n'avons aucune raison de le penser. Tout comme Laura se situait à une extrémité de la gamme normale des comportements, Daniel se situe à l'extrémité opposée. Ils représentent tous deux des individualités fortement typées, mais normales, qui diffèrent dès la naissance et différaient probablement déjà lorsqu'ils n'étaient que de minuscules embryons de quelques jours.

Tous les soirs, durant les derniers mois de grossesse, dès que Mme Kay se mettait au lit, le bébé pédalait pendant des heures et l'empêchait de dormir. Mme Kay est donc épuisée et plus que prête à le voir naître. Elle commence déjà secrètement à s'inquiéter à l'idée qu'il risque d'être un enfant « difficile », loin d'être aussi commode que l'a été Mark. Elle éprouve aussi un certain ressentiment à l'idée de cette intrusion dans le rapport très étroit qui l'unit à son fils aîné.

Très souvent, une mère se montre inquiète à l'idée de rompre l'équilibre auquel elle est parvenue avec son premier enfant. Elle sait que ce dernier sera obligé de s'adapter à la situation nouvelle et elle se demande comment elle va pouvoir s'y prendre pour l'y aider. Cependant, un autre souci, encore plus fondamental peut-être, a été expliqué à une jeune maman par Erik Erikson : « Peut-être vous inquiétez-vous de savoir si vous aurez suffisamment d'affection pour pouvoir la partager en deux. »

M. Kay, cependant désire ce second enfant, et elle sait bien qu'un enfant unique est rarement très heureux. Elle se prépare donc à accoucher, animée par ces sentiments mitigés.

L'accouchement est facile, elle met son fils au monde au bout de quatre heures. Elle n'a besoin d'aucun médicament et ne reçoit qu'une anesthésie caudale[1] qui lui permet de donner naissance sans souffrir. Daniel est un beau bébé de quatre kilos, qui vient littéralement au monde en hurlant et en se débattant. Il n'a besoin d'aucune stimulation pour continuer à respirer, et sa couleur vire rapidement à un joli rose bien sain. L'obstétricien n'a même pas le temps de lui dégager la trachée avec sa poire aspirante avant qu'il ne prenne sa première inspiration pour hurler.

> On s'efforce toujours de dégager les voies respiratoires pour que la première inspiration n'entraîne pas le liquide qui se trouve dans les poumons.

Après quoi, à cause de cette vigueur inaccoutumée, les médecins et les infirmières abandonnent un instant le bébé pour s'occuper de sa mère. Daniel, allongé dans son berceau, a une nausée qui le fait suffoquer, sa respiration se ralentit et sa couleur vire au gris violacé avant que les médecins n'aspirent ce qu'il a dans la bouche et le gosier et ne parviennent à lui dégager les voies respiratoires. Il recommence à respirer normalement et à pleurer. L'anesthésiste pousse un soupir de soulagement et le soulève pour le montrer à ses parents.

Mme Kay est suffisamment consciente pour remarquer toute cette agitation et en comprendre la raison. Elle regarde anxieusement Daniel qui respire à présent normalement, mais qui semble calme et

---

1. C'est le nom qui désigne une infiltration locale à la base de la colonne vertébrale pour insensibiliser les nerfs spinaux ; de ce fait, la dilatation du col de l'utérus qui s'ouvre pour livrer passage à la tête du bébé est sans douleur.

quelque peu endormi. Elle demande : « Etes-vous sûrs qu'il va bien, il a l'air si mou ! » Tout le personnel médical lui certifie qu'il va parfaitement bien et rit de ses craintes. Ces inquiétudes maternelles tombent dans des oreilles de sourds, et chaque fois que Mme Kay cherchera un peu d'aide pour calmer son anxiété, on lui répondra par des paroles rassurantes ou condescendantes.

La situation est semblable à celle que nous avons déjà vue avec Mme King et Laura. Toutes les mères éprouvent une certaine inquiétude, mais celle-ci peut porter sur des aspects bien différents du nouveau-né et de son comportement.

Daniel, un peu pâlichon, reste tranquille et semble dormir tandis qu'on le transporte à la nurserie. Depuis l'incident de la salle d'accouchement, sa température est tombée au-dessous de la normale, et il faudra lui mettre plusieurs couvertures pour la faire remonter. A mesure qu'il se réchauffe et que sa respiration reste régulière et efficace, sa circulation et sa couleur s'améliorent. Lorsqu'on l'installe dans la nurserie, il ne semble pas se ressentir de sa lutte contre les mucosités.

Comme nous l'avons dit, les nouveau-nés sont particulièrement bien équipés par la nature pour supporter ce genre d'épreuve et s'en remettre, et Daniel est un enfant parfaitement sain. Un nouveau-né en bonne santé traversera sans dommage toute cette période de circulation un peu difficile, avec un très faible apport d'oxygène.

Une fois que les infirmières l'ont baigné et habillé, Daniel est prêt à pleurer. Il hurle à pleins poumons, lance ses bras et ses jambes dans tous les sens, donne des coups de pied et repousse les mains des infirmières. Sa couleur s'améliore à chaque série de hurlements et, bien qu'il sombre dans un profond sommeil dès la fin de sa crise de larmes, il ne perdra plus ce joli teint rose et sain. Il continue, par intermittence, à rejeter des mucosités, mais toujours très efficacement, et sa respiration reste profonde et régulière. Le fait que sa mère n'ait pas reçu le moindre médicament durant l'accouchement a peut-être affecté son comportement durant cette première période. Toujours est-il qu'il est loin d'être aussi abattu que nos deux autres bébés.

Bien que la prémédication administrée durant le travail n'affecte pas toujours les bébés, sa présence est facilement reconnaissable au cours de la première semaine. On pourrait penser, rétrospectivement, que l'activité de Daniel aurait peut-être été différente si sa mère avait été anesthésiée et, parallèlement, que Laura aurait peut-être été plus vaillante si sa mère à elle ne l'avait pas été. Nous n'avons aucune raison de croire l'une ou l'autre de ces deux hypothèses. L'effet est purement transitoire, et il ne faut pas craindre qu'il laisse des séquelles permanentes.

Durant les deux premiers jours, Daniel manifeste un comportement inhabituel, que Mme Kay a bien du mal à comprendre. Il semble passer d'un profond sommeil à des crises de larmes violentes et inconsolables, sans la moindre espèce de transition par le réveil ou les faibles pleurnichements. Elle a décidé de ne pas l'allaiter, bien qu'elle l'ait fait pour le petit Mark. Elle en éprouve d'ailleurs une certaine culpabilité, mais elle a l'impression qu'il lui sera plus facile de le confier à une garde s'il est déjà habitué à prendre des biberons. Elle veut en outre consacrer un certains temps à son fils aîné et elle craint que les tétées ne l'en empêchent.

En nourrissant son bébé au sein, la mère peut en outre avoir l'impression de faire beaucoup pour lui en peu de temps et elle aura ensuite l'esprit plus libre pour se consacrer à son fils aîné. Cependant, les femmes comme Mme Kay ont généralement de bonnes raisons pour décider de ne pas allaiter. Même si ces raisons restent en grande partie obscures, je suis convaincu qu'elles sont le plus souvent bien fondées et que le praticien, même animé des meilleures intentions, aura tort d'essayer de lutter contre des sentiments aussi affirmés. Je suis certain que pour un nouveau-né, il est beaucoup moins important d'être allaité que de partir du bon pied avec sa mère.

Il est difficile de tirer Daniel de son sommeil. Quand on l'amène à Mme Kay, il respire profondément et bruyamment, et bouge très peu. Lorsqu'on le sort du berceau pour le lui donner et qu'elle commence à l'éveiller, il semble respirer encore plus profondément. Et puis soudain, avec un sursaut, il passe brutalement du sommeil à une crise de hurlements. Il pousse des cris sonores et perçants qui persistent jusqu'à ce que sa mère ait réussi à l'apaiser, ce qui exige une façon de procéder assez vigoureuse.

Une jeune femme mère pour la première fois ou bien moins décidée que Mme Kay à maîtriser la situation risquerait d'être totalement dépassée par les clameurs de Daniel.

Lorsqu'il hurle, sa couleur passe au violet sombre, ses bras, ses jambes et tout son corps se tétanisent, et il devient absolument rigide. Mme Kay ne parvient pas à le calmer simplement en lui parlant tendrement, en le berçant doucement, en le câlinant ou en lui présentant le biberon. Pour venir à bout de ses hurlements, il faut lui langer les extrémités très serrées, le bercer vigoureusement et lui enfoncer la tétine dans la bouche jusqu'à ce qu'elle entre en contact avec le palais mou et que, s'arrêtant un instant de crier pour reprendre son souffle, il sente sa présence.

> C'est au niveau du palais mou que l'on déclenche le mieux le réflexe de succion; s'il est inaccessible, on peut essayer de stimuler l'intérieur de la bouche et les lèvres. Les zones les moins sensibles sont la joue et le menton qui font d'abord ouvrir la bouche au bébé avant de déclencher un réflexe de succion.

Mme Kay se sent sotte et malheureuse d'être obligée d'avoir recours à de tels moyens pour calmer son fils, mais elle peut constater qu'ils réussissent bien, et, au bout du deuxième jour, elle s'aperçoit qu'il est désormais possible de jouer avec Daniel après la tétée et de profiter de sa présence.

Le troisième jour, elle est déjà bien entraînée; Daniel de son côté semble habitué à cette façon de le traiter décidée et sans ménagement, si bien qu'après la crise de larmes préliminaire, il se calme pour boire son biberon. Il avale le lait très vite et très bruyamment, et il en rejette souvent une bonne partie lorsqu'on lui fait faire son renvoi. Cependant, après quelques renvois sonores, il se pelotonne dans les bras de sa mère, à demi assoupi. Elle peut alors profiter de l'occasion pour jouer avec lui, le câliner et communiquer. Tandis qu'elle lui sussure des mots tendres, elle voit souvent se dessiner un petit sourire fugitif, un peu de travers, mais qui revient si régulièrement qu'elle est convaincue qu'il répond à ses gazouillis. Lorsqu'elle lui caresse le visage, en le regardant, il ouvre progressivement les yeux et la fixe à son tour. Ses yeux semblent converger vers le visage de sa mère et de nouveau, en deux occasions, il lui sourit. Cela la débarrasse de tous les sentiments de culpabilité qu'elle a déjà emmagasinés à son sujet à l'idée de l'avoir peut-être traumatisé. Elle sent l'amour maternel sourdre en elle avec une intensité qu'elle n'a pas connue avec son fils aîné qui a été un bébé « ultra-facile ». Dès le quatrième jour, elle remarque qu'elle attend avec joie et impatience l'heure du biberon. Elle commence à envisager avec plaisir la lutte qu'ils devront se livrer, Daniel et elle, au moment des repas.

> Il est inhabituel pour une mère, à un moment où elle pourrait légitimement sentir que la lutte se situe entre elle et son bébé, de se considérer plutôt comme l'alliée du nourrisson lorsqu'il essaie de dominer ses larmes et ses nerfs.

Plusieurs fois, Daniel est déjà complètement éveillé lorsqu'on le lui amène. On l'entend crier depuis le bout du couloir, et elle s'étonne de sa force. Elle se sent aussi impressionnée et même un peu effrayée par toute cette violence qu'il semble porter en lui. Elle se rend compte qu'elle serait encore plus affolée si elle n'était pas parvenue à dominer la situation à l'heure du biberon.

Lorsqu'il n'est pas mou et endormi, Daniel manifeste certaines capacités qui enchantent sa mère. Il peut rester pendant de longues périodes allongé dans son berceau ou dans les bras, regardant tout autour de la pièce. Il semble saisir du regard un nouvel objet, froncer les sourcils, fixer des yeux l'objet et le contempler d'un air éveillé et concentré.

En d'autres occasions, Daniel semble aimer gigoter pour le plaisir. Il lève les bras, les fait passer au-dessus de sa tête, les allonge sur les côtés et finalement les ramène sur sa poitrine et son visage, décrivant de grands gestes amples et réguliers. Les jambes participent à l'effort par de lents coups de pied dans toutes les directions, et il tourne la tête et le tronc d'un côté, puis de l'autre, avec lenteur et facilité.

Au bout d'un certain temps, il passe progressivement à un état plus agité et se met à pleurer. Sa mère tente alors de l'en empêcher. S'il l'entend lui parler doucement ou sent sa main se poser sur lui à ce moment-là, cela semble l'aider à porter son poing droit à sa bouche. On dirait qu'il a besoin de son intervention pour parvenir à se calmer.

Tout autant qu'un bébé particulièrement inactif, un bébé très agité peut amener sa mère à se demander s'il est intact sur le plan neurologique. D'ailleurs, la maman de Daniel se posera bien souvent la question tout au long de sa petite enfance. Il est si difficile, si différent de Mark, si hyperactif et long à calmer, qu'en désespoir de cause elle finira souvent par s'accuser elle-même d'être incapable ou par l'accuser lui d'être « anormal ». On peut prédire, très peu de temps après la naissance, que ces nouveau-nés seront extrêmement pénibles pour leurs parents. Nous avons pu constater que si l'on fait remarquer ce comportement agité aux parents, juste après la naissance, cela les aide à se convaincre dès le départ qu'ils ne sont nullement fautifs. En outre, lorsqu'ils constatent cette hyperactivité avec une infirmière ou un médecin, ces derniers peuvent leur assurer que leur bébé est intact sur le plan neurologique. Il est certain que dans le cas d'un enfant comme Daniel, on procurera à la mère, en incluant le père dès le départ, un soutien fort précieux, tout à fait comparable à celui que fournit M. King à sa femme lorsqu'il la rassure au sujet de Laura. Dans le cas de Daniel, il est peut-être encore plus important que M. Kay s'occupe de lui le plus tôt possible. Il pourra ainsi relayer sa femme aux moments pénibles. Il pourra aussi lui assurer qu'elle n'est pas responsable du comportement difficile de leur enfant. Il est plus aisé de rire des hauts et des bas d'un enfant comme Daniel à deux que tout seul. J'ai toujours plaint de tout mon cœur le père ou la mère qui devait affronter seul un bébé de ce type. J'essaie d'ailleurs d'être quotidiennement disponible pour le père ou pour la mère, de façon à les soutenir et à leur permettre de se confier à moi. La frustration et le sentiment d'échec qui s'accumulent durant les premiers mois sont presque insupportables.

Les progrès de Daniel durant les cinq premiers jours s'accentuent, de même que le plaisir qu'il donne à sa mère. Le troisième jour, il a perdu cent soixante-dix grammes par rapport à son poids de naissance, mais à cinq jours il en a déjà repris cent vingt. En dépit du fait qu'il continue à vomir après ses biberons trop rapidement ingurgités, il se réhydrate, son teint est parfait, et lorsqu'on le renvoie chez lui, à l'âge de cinq jours, il commence à avoir l'air bien dodu.

2

CET ÉTONNANT NOUVEAU-NÉ

POUR son développement physique, mental et émotionnel, chaque nouveau-né est équipé d'un certain potentiel. Le petit de l'homme possède la plus longue période de dépendance infantile, durant laquelle il a tout loisir de se développer; il apprend donc non seulement à survivre, mais aussi à utiliser tout ce potentiel pour s'instruire et penser. La façon dont il le fait dépend étroitement de ses expériences avec le monde qui l'entoure.

Durant les trois premiers mois de vie, c'est dans la partie centrale du cerveau (ou cerveau moyen) que réside sa capacité de réagir grâce à des comportements réflexes. Ceux-ci constituent le gros de son activité, et le nouveau-né utilise un système assez primitif de réception des stimuli suivis d'une réponse. Selon les neurologues, la partie antérieure du cerveau (le cortex) joue tout au plus un rôle de surveillance et de stockage, et non le rôle pleinement dominateur qu'il aura plus tard.

A la naissance, il y a certains chemins à travers tout le système nerveux, un peu comme des circuits électriques, prêts à être suivis par le signal approprié. Une mère utilise automatiquement ces signaux dans ses rapports avec son enfant. Prenons l'exemple de la première tétée. La mère stimule les lèvres et la bouche du bébé en introduisant le bout du sein et en tenant l'enfant dans une position qui permet aux mécanismes de l'ouverture de la bouche, de la tétée et de la déglutition, de se déclencher en chaîne. Le cortex du bébé est prêt à apprendre à chaque réaction et à emmagasiner les effets de son expérience.

L'importance de la stimulation

L'enfant est constamment soumis à des stimuli auxquels il réagit. Chaque stimulus ajoute à son expérience, en déclenchant toute une succession de réactions. Les nerfs « récepteurs » captent le signal et le transmettent au système nerveux. Un enchaînement complexe de réactions est déclenché le long de cette voie, se terminant par réflexe ou réaction automatique. Etant donné que le système nerveux du nouveau-né est en grande partie à la merci de ce genre d'enchaînement stimulus-réflexe, il faut de nombreuses répétitions des différents stimuli pour que se fasse l'apprentissage ou le conditionnement d'où résultera finalement l'aptitude du bébé à réagir avec la discrimination propre à l'espèce humaine. Son cerveau, cependant, profite de chaque réaction aux stimuli pour emmagasiner de l'expérience en vue de son apprentissage futur.

Comment, toutefois, le bébé peut-il « apprendre » face au bombardement de nouveaux stimuli de toutes sortes auquel il est soumis ? Il doit déjà posséder la faculté de choisir ceux qu'il recevra et auxquels il répondra. Il doit avoir en lui des chemins prédéterminés qui retiendront un signal « approprié » et rejetteront les autres. Il doit posséder la capacité de « préférer » à un moment donné une réaction à une autre. Ceux qui n'ont jamais bien regardé un bébé ou joué avec lui exprimeront probablement leur surprise, voire un certain scepticisme, en entendant poser de tels postulats à propos d'un nouveau-né.

Dans la salle d'accouchement, le bébé semble déjà manifester de fortes préférences et de violentes antipathies. Il réagit à un bruit sonore la première fois qu'il l'entend, mais ensuite il fait la sourde oreille. Peu après la naissance, il s'éveillera en sursaut, contrôlera cette réaction et se tournera vers une voix ou un bruit très doux.

Il dispose pour ce processus de sélection de mécanismes plus impressionnants encore. Même lorsqu'il dort, le bébé reçoit des stimuli, mais il est alors capable de réprimer les réactions qui le dérangeraient. Il règle efficacement ce problème, tout en dormant, de façon à ne pas être obligé de réagir comme il le ferait à l'état de veille. En fait, un nouveau-né peut être « endormi » par une série de stimuli puissants ou changeants, qui au début le dérangent, puis finissent par le tranquilliser. On le verra éventuellement s'endormir au milieu d'un véritable déferlement d'événements perturbateurs.

J'ai observé un exemple frappant de ce mécanisme de suppression chez un nouveau-né à qui on faisait des tests à l'hôpital. On l'apporta dans la salle d'examen pour un électrocardiogramme et un électro-encéphalogramme. Les garrots de caoutchouc furent bien serrés autour de son crâne, comme un bandeau, et de ses poignets. Tous étaient suffisamment tendus pour que la chair fît des bourrelets de part et d'autre et devaient donc lui faire mal. Le bébé hurla quelques secondes, puis se tut brusquement. Bras et jambes recroquevillés dans la position du fœtus, il resta immobile pendant tout le reste des examens. En dehors du fait que ses extrémités étaient crispées, il semblait endormi. Une série de lumières vives et de bruits secs parut à peine le déranger. Tous ceux qui se trouvaient dans la pièce s'exclamèrent : « Regardez-moi ça, il dort ! » L'enregistrement graphique de l'activité cérébrale indiquait le schéma du sommeil. Cependant, lorsque la stimulation cessa et que les garrots furent desserrés, il s'éveilla immédiatement et se mit à hurler vigoureusement pendant un quart d'heure. Pourquoi n'avait-il pas pleuré durant l'épreuve ? Ce sommeil apparent était pour lui, semble-t-il, un moyen plus efficace d'éliminer des stimuli vraiment trop perturbateurs. L'étonnante faculté de faire face à une situation aussi pénible, chez un nouveau-né, nous fait mieux prendre conscience de l'excellente façon dont il est équipé dès la naissance pour surmonter les dérangements et les mauvais traitements que lui fera subir le monde extérieur.

Cela montre aussi à quel point le mécanisme grâce auquel il peut faire abstraction de toute stimulation est efficace, et combien il doit lui être pénible de faire face à une stimulation trop intense. La surstimulation peut imposer de trop gros efforts à un organisme immature. Chaque bébé possède son propre « seuil », au-delà duquel il est dépassé par les événements. Nous avons aujourd'hui défini plusieurs comportements qui sont, pour le nouveau-né, une façon de dire : « Ça suffit comme ça. » Par exemple, quand il essaie de s'endormir ou qu'il bâille. Ou bien quand le regard commence à devenir vague, on pourrait presque dire à s'éteindre, et que les yeux donnent l'impression de regarder dans le lointain ou d'être recouverts d'une membrane. Ou encore, quand les bras et les épaules se mettent à pendre mollement vers l'arrière et semblent dire : « Laissez-moi tranquille. » On peut être sûr aussi qu'un petit bébé s'efforce de supprimer ses réactions lorsqu'il se met à respirer profondément, régulièrement, d'une façon inaltérable, comme le ferait un adulte épuisé. Il est possible de détecter et de respecter toutes ces réactions chez un bébé sous pression ou « dépassé ».

Le manque de stimulation est un genre d'expérience autrement redoutable pour le nouveau-né et le bébé. S'il est trop souvent manipulé et stimulé avec inquiétude, cela créera peut-être chez lui des réactions telles que les crises de larmes ultra-violentes ou même les « coliques », mais à mesure qu'il mûrira, il deviendra capable de faire face à ces stimuli et de les assimiler, même s'ils n'étaient pas vraiment appropriés. Mais trop peu de stimulation, c'est bien pis, car cela peut entraîner des formes plus subtiles d'interférences avec le développement et la croissance. Tout comme la croissance physiologique d'un bébé dépend de l'absorption d'une nourriture appropriée administrée à des intervalles naturels, la croissance émotionnelle a besoin d'encouragements et d'une espèce de stimulation nourricière. Sans eux, le bébé passera par des stades critiques du développement, sans progresser. Les enfants confiés à des institutions, dont on satisfait les besoins physiques, mais à qui on ne procure pas la « nourriture » émotionnelle nécessaire, montrent bien les effets de telles privations. Ils commencent par être des bébés aux besoins normaux. Ces besoins, ils les font connaître, comme tous les bébés, en pleurant et en souriant dès qu'on s'intéresse à eux. Mais si leur entourage leur répond par des encouragements rares et stériles, leurs réactions deviendront de moins en moins fréquentes et leurs besoins se manifesteront avec de moins en moins d'exigence. Leurs cris se font plus faibles, leurs sourires s'évanouissent, et ils se replient sur eux-mêmes. Ils commencent à faire rouler leur tête, à jouer faiblement avec leurs mains ou leurs cheveux ou leurs vêtements, ou encore à fixer sur les murs un regard absent. Lorsqu'une personne inconnue s'approche d'eux, ils manifestent brièvement une curiosité apathique, ou bien une légère angoisse, puis ils se détournent presque aussitôt.

Les forces intérieures qui poussent un bébé d'un stade de son développement au stade suivant sont :

une volonté de survivre indépendamment dans un monde complexe; une volonté de maîtriser, que trahit la surexcitation facile à observer du bébé, lorsqu'il franchit une nouvelle étape de son développement; enfin une volonté de s'insérer dans son environnement, de s'identifier à lui, de lui plaire et d'en devenir partie intégrante. La première de ces volontés vient de l'intérieur et elle est constamment nourrie par la seconde, la joie de maîtriser. La troisième doit être alimentée par le père et la mère. Je suis constamment stupéfait de voir avec quelle précocité un bébé capte les signaux émis par son environnement, qui vont l'amener à « vouloir » en faire partie. On sait désormais fort bien qu'il est très sensible au climat qui l'environne. Cependant, le fait qu'il est capable de « se brancher » ou de « décrocher » à volonté, lorsque la stimulation est appropriée ou inappropriée à son humeur du moment ou au stade de developpement qu'il a atteint, peut être pour les parents une découverte rassurante et passionnante. Du moment qu'il a auprès de lui quelqu'un pour lui proposer des choix, le bébé peut choisir dans son environnement ce dont il a besoin.

Réactions sensorielles et comportement réflexe

Le nouveau-né est capable de réagir de façon différenciée à la stimulation. Il répond de manière positive au stimulus qui lui paraît approprié. Si on l'expose à une lumière blanche trop vive, il fermera hermétiquement les yeux, mais il s'animera et regardera intensément un objet rouge ou jaune pâle que l'on fait pendre devant son nez. Tandis qu'il regarde, son visage s'éclaire, son corps s'apaise et ses yeux brillent. Il suit l'objet des yeux et tourne même la tête lorsqu'on le bouge lentement d'un côté, puis de l'autre. Il peut aussi le suivre vers le haut et vers le bas. On peut observer cette réaction visuelle compliquée chez un nouveau-né qui se trouve encore dans la salle d'accouchement, c'est-à-dire à un moment où nous savons qu'il n'a encore eu aucune expérience visuelle préalable. Les mères rapportent souvent que leurs enfants les regardent lorsqu'elles les tiennent, mais on leur a appris à croire qu'un bébé aussi jeune ne voyait rien. Un nouveau-né peut réagir – et le fait d'ailleurs souvent – à des objets visuels situés dans un éventail particulier de valeurs sensorielles, lesquelles sont *appropriées* au stade de développement qu'il a atteint.

On observe les mêmes réactions différenciées en ce qui concerne l'ouïe. Comme nous l'avons déjà dit, un bruit sonore ou une série de bruits le feront sursauter ou frissonner. Après quoi, il parvient à réprimer sa réaction à des bruits encore plus forts, si bien qu'il donne l'impression de ne pas les entendre. Dans la nurserie, je suis arrivé à faire sourire et sourire encore très fugitivement les bébés en leur faisant entendre des bruits doux. Certains travaux de recherche ont montré que les nouveau-nés (avant que l'apprentissage ne soit devenu un facteur déterminant) sont plus facilement et plus régulièrement calmés par une voix douce et aiguë que par une voix grave. Peut-être la nature les prépare-t-elle ainsi à la voix de la mère, de préférence à celle du père. Cela justifie, en tout cas, les vocalises haut perchées dont beaucoup de gens se servent spontanément pour communiquer avec les bébés.

Jadis, Lawrence Frank a souligné l'importance que revêtent les expériences tactiles pour un nouveau-né. Il a assimilé le toucher à un langage ou à un moyen de communication chez les tout-petits, et il pensait que l'une des raisons majeures du développement imparfait des enfants confiés à des institutions était l'insuffisance de manipulations. Nous avons tous connu le plaisir sans mélange qu'il y a à sentir un bébé cesser de pleurer bruyamment lorsqu'on le prend dans les bras. Beaucoup de bébés grincheux se calment dès qu'on leur pose la main sur le ventre ou que l'on maintient fermement un de leurs membres, bras ou jambe. L'emmaillotement a le même effet, et c'est un vieux truc pour venir à bout d'un bébé pleurnichard. Je crois que pour l'enfant, cela met en jeu un certain nombre de facteurs. L'aspect calmant du contact auquel s'ajoute les effets d'une pression ferme et régulière se conjuguent pour l'apaiser. En immobilisant une partie de son corps, quelle qu'elle soit, on entrave une réaction que l'on appelle le réflexe de Moro.

Ce réflexe est un vestige de nos origines simiesques. Lorsque le bébé subit un brusque changement de position, qui lui fait retomber la tête en arrière, il sursaute, écarte bras et jambes, tend le cou, pleure brièvement, puis ramène très vite ses membres contre lui et plie le corps, comme pour se cramponner à une branche d'arbre ou à sa mère, en tombant. Ce réflexe le perturbe et lui-même le déclenche tout seul, à de nombreuses reprises, lorsqu'il pleure. Ainsi, tout en pleurant il sursaute, pleure parce qu'il a sursauté, et c'est le cercle vicieux. Toute pression régulière sur une partie du corps semble rompre cet engrenage et calme l'enfant.

Si l'on caresse diverses parties du corps du bébé, on obtient des réactions spéciales. Si on lui touche la joue ou la zone de la bouche, il ouvrira les lèvres ou se tournera vers l'objet qui le caresse. Ce réflexe de remuer les lèvres est important pour aider l'enfant à trouver le sein, la succion suivra, elle est donc étroitement liée au réflexe initial. Pour déclencher ces deux réflexes, le mieux est de toucher les membranes muqueuses de la bouche. L'intérieur de la bouche est plus sensible que la zone qui l'entoure. Même endormi, un bébé tétera si on stimule son palais mou.

Lorsqu'on caresse la paume de la main d'un

nouveau-né ou la plante de son pied, la main ou le pied se referment sur l'objet avec force et détermination. Plus l'enfant est prématuré, plus il serrera fort et sans relâcher sa pression. Les prématurés de sept mois peuvent être soulevés et tenus à bout de bras, suspendus aux doigts du médecin qui les examine, comme s'ils s'agrippaient à une branche pour ne pas tomber. Un enfant à terme se cramponne de façon plus relâchée et plus rythmique, mais lui aussi peut se suspendre par les mains, et on peut lui lever la jambe à la verticale lorsqu'il vous tient par ses orteils.

Si l'on caresse la plante des pieds d'un nourrisson, on peut provoquer deux réflexes opposés des doigts de pied. Ou bien ils se recroquevillent pour saisir, comme nous venons de le voir (ce réflexe est déclenché en appuyant sur le haut du pied à la base des orteils), ou bien – c'est ce qu'on appelle le réflexe de Babinski, déclenché en caressant l'extérieur de la plante du pied – les doigts de pied se mettent en éventail et le gros orteil se relève.

Enfin, le réflexe de porter la main à la bouche est déclenché en caressant soit la joue, soit la paume de la main. Si l'on caresse tout simplement une extrémité ou l'autre de cette chaîne main-bouche, l'enfant remue les lèvres, plie les bras et porte la main à sa bouche. La bouche anticipe le mouvement en s'ouvrant et bébé y fourre son poing. Au bout de quelques jours, les enfants sauront mener à bien tout ce cycle, et il ne faudra qu'un très faible stimulus pour le déclencher. En fait, il est probable que porter sa main à sa bouche et se sucer les doigts sont des activités courantes du fœtus dans l'utérus. Elles sont souvent renforcées après la naissance par la lutte initiale pour se dégager les voies respiratoires. J'ai vu une prématurée de sept mois sucer son pouce tandis qu'elle essayait d'avaler ses mucosités et de se dégager la trachée pour survivre. Elle est parvenue à porter ses doigts à sa bouche, à les sucer et grâce à ce mouvement de succion, à avaler les mucosités. La gratification tactile, tout autour de la bouche et de la main, se conjugue à la faculté qu'a le bébé de reproduire *tout seul* l'expérience de la tétée, satisfaite à chaque fois qu'il se nourrit. J'en suis venu à penser qu'en portant intentionnellement sa main à la bouche durant les périodes de stimulation, un nouveau-né fait preuve de réelles facultés.

Le bébé dispose aussi de divers réflexes de protection, qui sont autant de preuves de son étonnante capacité de survie dans de mauvaises conditions. Lorsqu'on place sur le nez et la bouche du bébé un objet susceptible de l'empêcher de respirer, il commence à agiter violemment les lèvres, comme pour déplacer l'objet; puis il secoue vigoureusement la tête d'un côté et de l'autre. Finalement, si ni l'une ni l'autre de ces manœuvres ne réussit, il commence à faire des moulinets avec ses bras; il se passe tour à tour les bras sur le visage, s'efforçant de déloger l'objet perturbateur.

Si on lui caresse la jambe, l'autre jambe se plie, passe par-dessus celle que l'on stimule et le pied tente de repousser l'objet. Lorsqu'on caresse ou chatouille une des parties supérieures du corps, la main du bébé vient se saisir de l'objet. Lorsqu'on administre une stimulation douloureuse à une partie quelconque du corps, le bébé s'en écartera s'il le peut. Après quoi, ses mains tenteront de repousser le stimulus désagréable et il le frappera à de multiples reprises. Ainsi, lorsque je dois effectuer un prélèvement sanguin au talon d'un nouveau-né, il m'arrache son pied. S'il n'y parvient pas, l'autre pied entre en jeu pour tenter de me repousser; il est parfois fort difficile de maintenir cet autre pied à distance.

Si l'on met l'enfant sur le ventre, tête baissée, cela déclenche une série de réflexes qui rendent l'étouffement pratiquement impossible dans cette position.

Le bébé soulève la tête, puis la tourne d'un côté ou de l'autre. Il commence à ramper avec les jambes et peut même parfois se soulever sur ses bras. Il arrive même que des nouveau-nés parviennent à se retourner complètement d'un côté ou de l'autre, et tous ces réflexes existent chez eux dès la naissance.

Les changements de température, du chaud au froid, peuvent perturber considérablement l'équilibre corporel d'un petit bébé. Lorsqu'une partie de son anatomie est soumise à un véritable changement (nous pouvons le constater en soufflant de l'air froid sur une petite partie de son ventre, à l'aide d'un tube), c'est le corps tout entier qui change de couleur et qui s'efforce de faire remonter la température locale. L'enfant, perturbé, recroqueville bras et jambes pour laisser exposée le moins de superficie possible. Finalement, il se met à pleurer et à frissonner pour essayer de stimuler sa propre circulation, et pour protester contre ce déplaisant changement. Lorsqu'on le recouvre et le réchauffe, il se calme aussitôt.

La différence de comportement apparente chez un prématuré et un enfant né à terme montre bien l'importance du temps et de l'apprentissage dans le domaine des mouvements. Les gestes saccadés du prématuré qui jette et agite ses membres dans tous les sens préludent aux mouvements circulaires plus réguliers et mieux contrôlés d'un bébé né à terme. Beaucoup de ceux-ci ont cependant des mouvements moins bien contrôlés. Plus l'enfant est immature, plus on observe chez lui de grands gestes désordonnés. Il pousse rapidement bras et jambes vers l'extérieur, un peu comme des pistons, puis brusquement il les plie et les ramène tout contre le tronc. Les crispations et les mouvements convulsifs sont normaux et courants. La position préférée du bébé peut aller d'une sorte de position en croix, bras et jambes mollement étalés, à un complet recroquevillement de toutes les extrémités bien serrées contre le corps, comme cela devait être le cas dans l'utérus.

Autre réflexe présent dès la naissance : une réaction lorsqu'on tourne la tête du bébé d'un côté ou de l'autre. On appelle cela le « réflexe tonique du cou ». Lorsqu'on tourne la tête du bébé d'un côté, ou même lorsqu'il la tourne tout seul, le corps tout entier se cambre dans la direction opposée à celle de la tête. Le bras du côté vers lequel est tourné le visage s'allonge, tandis que l'autre se replie, un peu à la manière d'un escrimeur; la jambe du côté vers lequel est tourné le visage peut également se plier. Ce réflexe peut se conjuguer avec plusieurs autres que nous avons déjà vus, notamment le réflexe de Moro, et l'extension de la tête lorsque le bébé est sur le ventre. Le réflexe tonique du cou influe sur le comportement pendant plusieurs mois après la naissance et aide l'enfant à apprendre à utiliser un côté de son corps indépendamment de l'autre.

Lorsqu'on relève un bébé allongé pour l'asseoir en tirant sur ses bras, il essaie instinctivement de tenir sa tête droite. On le sent mobiliser toute la musculature de ses épaules pour tâcher de redresser la tête. Lorsque la tête tombe en avant, le bébé essaie une nouvelle fois de la relever. Il va trop loin et elle retombe en arrière. Il cherche à la redresser à nouveau et elle retombe en avant. Ces tentatives pour garder la tête droite font partie de ses « réflexes de redressement ». Lorsqu'on le tire pour le faire asseoir, ses yeux s'ouvrent, obéissant au « réflexe des yeux de poupée », en souvenir des vieilles poupées qui avaient des poids attachés à leurs yeux de porcelaine.

Lorsqu'un médecin tient un bébé pour l'examiner et le tourne d'un côté, la tête se tourne du côté vers lequel on le fait pivoter et les yeux anticipent eux aussi la rotation. Si l'on berce un nouveau-né en le penchant d'un côté, puis de l'autre lorsqu'il se trouve dans une position passablement verticale, ce sera peut-être le meilleur moyen de lui faire ouvrir les yeux. La plupart des jeunes mères s'inquiètent à propos des yeux de leur bébé; cette méthode leur permettra peut-être de les lui faire ouvrir.

Si l'on tient un nouveau-né par les pieds, il adoptera peut-être de lui-même la position du fœtus, repliant bras et jambes et se recroquevillant comme une boule à l'envers. Puis il tend les jambes et laisse pendre ses bras, s'allongeant de tout son long, la tête rejetée en arrière. Les bébés pleurent rarement dans cette position, et il leur arrive même de se calmer lorsqu'on les tient ainsi. Si l'on procède avec douceur, cela ne peut pas leur faire de mal; en fait, ça doit leur rappeler leur position dans l'utérus.

Une autre série de réflexes se combinent pour propulser un bébé à travers un lit ou même à travers une étendue d'eau. Comme tout être amphibie, un bébé dispose de l'extension et de la flexion rythmique des membres, que peut accompagner un balancement du tronc d'un côté à l'autre. Cette activité ressemble à celle des amphibies et nous relie à eux dans la hiérarchie de l'évolution. Il faut ajouter à cela la capacité qu'a l'enfant de retenir sa respiration lorsqu'on lui met la tête sous l'eau pendant une brève période. Les mamans qui laissent accidentellement la tête de leur bébé disparaître sous l'eau pendant qu'elles le baignent rapportent généralement que les bébés semblent moins affectés qu'elles par cette maladresse. Ils s'étranglent rarement en avalant de l'eau. Leur réflexe de régurgitation est encore trop fort.

On peut observer le réflexe de la marche lorsqu'on met un bébé debout. Il presse alors doucement la plante d'un pied puis de l'autre contre le lit. Il replie les jambes, l'une après l'autre, et semble marcher. Ce réflexe ressemble beaucoup aux tentatives volontaires qui viennent beaucoup plus tard. Un nouveau-né peut être ainsi aidé à traverser un lit. Ce premier signe de l'acte plus complexe de la marche passionne tous ceux d'entre nous qui s'intéressent à l'évolution du comportement.

Une grande partie du comportement complexe que nous utilisons à des stades postérieurs de notre développement apparaît par anticipation dans la toute petite enfance, sous forme de réflexes. Ceux-ci vont servir de point de départ au bébé. Il leur arrive parfois de disparaître, puis, après un certain laps de temps, de reparaître sous forme de comportement voulu et contrôlé. La marche en est un exemple. Longtemps après sa disparition, le réflexe de la marche revient sous la forme d'un acte contrôlé et complexe.

Etant donné que chaque nouveau couple de parents se trouve brusquement en présence d'un bébé dont le répertoire consiste en réflexes et en systèmes de réactions souvent bien mal compris, j'espère que cette description concernant quelques-uns d'entre eux augmentera le plaisir qu'ils prendront à regarder grandir leur enfant et à s'occuper de lui. Comme je l'ai déjà noté : un peu de stimulation vaut mieux que pas du tout; cependant, une stimulation à laquelle s'ajoute une bonne compréhension de la personnalité spécifique du bébé sera encore plus profitable. La maternité est un phénomène trop complexe et trop instinctif pour qu'on puisse l'enseigner, mais comprendre ce qui se passe chez son enfant peut renforcer le meilleur jugement et les meilleurs instincts d'une mère et, par-dessus tout, accroître son plaisir. Lorsque les parents se font une joie de communiquer avec leur nouveau bébé, celui-ci décuplera ce sentiment en y répondant. Ce processus d'échange ne peut que profiter à tous les participants.

3

LES TROIS SEMAINES SUIVANTES

A la maison

Nos trois couples de parents ont franchi la première haie et sont à présent sur le point de rentrer
chez eux. Ces bébés qu'ils ont tenus dans leurs bras et
nourris, qui commencent enfin à leur sembler réels,
vont désormais être tout à eux. Toute cette douceur,
ces adorables mouvements, cette façon attendris-
sante de répondre à leurs soins, ils vont pouvoir s'en
régaler pendant des heures. La routine hospitalière et
le partage des responsabilités ont tendance à dresser
des barrières entre un parent et le sentiment que son
bébé lui appartient vraiment. Une fois à la maison,
ces barrières tombent d'elles-mêmes. Toute l'impatience longtemps contenue de tenir le nouveau-né
dans ses bras, de jouer avec lui après les tétées, de le
regarder dormir et bouger, de le montrer avec fierté
aux amis, tous ces désirs peuvent enfin être satisfaits.

Les parents doivent néanmoins se préparer à une
période d'adaptation à leur nouveau rôle. Pour
autant que j'ai pu en juger, celui-ci leur paraîtra
beaucoup plus difficile à la maison qu'à la maternité.
Le père peut se retrouver en train de manipuler son
bébé pour la première fois. La grand-mère sera peut-
être là, ou bien on déplorera au contraire son
absence. S'il y a d'autres enfants, chacun doit s'adap-

ter à sa façon. Le nouveau-né lui-même doit traverser une période de désorganisation, lorsqu'il passe de l'atmosphère contraignante de la nurserie à la douceur et aux attentions de la vie de famille. Des parents inexpérimentés auront peut-être du mal à faire face à cette désorganisation. Au deuxième ou au troisième enfant, les parents savent que le bébé survivra en dépit de leurs erreurs. Il est bien difficile, cependant, d'élever un premier enfant sans se faire un souci monstre. Cette réaction n'est toutefois qu'une preuve de tendresse et se révélera utile, car c'est sur elle que se fondra l'apprentissage des parents.

Lorsque des parents de fraîche date se sentent dépassés par leur soudaine et lourde responsabilité et par l'angoisse qu'elle crée en eux, ils doivent bien se rappeler que leur cas est loin d'être unique. Tous les parents ont traversé une expérience semblable, à des degrés divers. Ils peuvent se consoler à la pensée que beaucoup d'autres jeunes couples étaient encore plus inexpérimentés qu'eux ou se sont donné moins de mal, et qu'ils s'en sont sortis. Un bébé n'est pas aussi fragile qu'il en a l'air et, en plus, il est doué d'une incroyable faculté d'adaptation à un univers changeant et perturbant. Au début, les parents souffrent beaucoup plus de leurs propres erreurs que leur bébé.

L'adaptation physique de la mère après la naissance dure plusieurs semaines. Cette adaptation va épuiser ses ressources, tant physiques qu'émotionnelles, et très souvent va l'empêcher de bien dormir, de manger convenablement, de contrôler ses émotions. Beaucoup de jeunes mères m'ont avoué que durant les premières semaines où elles se retrouvaient chez elles, elles avaient tout le temps envie de pleurer. Cela les amène évidemment à se demander si c'est une preuve d'incapacité ou si elles sont en train de devenir folles. Il doit être rassurant de savoir que c'est un effet courant de rajustement physique et psychologique qui suit l'accouchement. Ça leur passera. Ce sera même peut-être un facteur important d'une évolution réussie de l'état de jeune femme à celui de mère.

Le jeune père, lui, est désireux de participer, de devenir le père qu'il a rêvé d'avoir avant de rêver de l'être. Il lui arrive de se demander s'il parviendra jamais à devenir un père digne de ce nom et si, pour ce faire, il doit se modeler sur ses propres parents. Il a essayé de prendre ses distances vis-à-vis d'eux, mais il y a de fortes chances pour que sa propre enfance soit son unique expérience de la paternité. Il aura envie de materner sa femme, mais elle se sera sans doute retirée dans son propre univers. S'il essaie de l'en sortir, elle risque de lui répondre sèchement ou de s'effondrer en pleurs inattendus. Elle peut passer sans transition d'une humeur de dépendance extrême au plus complet détachement. Et elle sera fort probablement lovée dans une sorte de cocon avec « son » bébé, dont le père se sentira exclu; il sera souvent ulcéré de cette mise à l'écart, ce qui ne l'aidera évidemment pas à mobiliser l'indispensable sentiment de confiance en soi lorsqu'il s'agira de s'occuper du nouveau bébé. Au début, la surprise que provoqueront chez lui les réactions de l'enfant lui facilitera les choses. Puis, peu à peu, à mesure que sa responsabilité vis-à-vis de son enfant s'affirmera, son sentiment de compréhension grandira. C'est à cela que se résume principalement le travail d'adaptation du père. Beaucoup de jeunes pères s'efforcent à l'heure actuelle de partager avec leur femme les soins à donner au bébé. C'est un apprentissage entièrement nouveau pour eux, à moins qu'ils n'aient autrefois aidé à s'occuper de frères et sœurs cadets. Disons tout de suite que c'est assez rare. Ainsi de nos jours le jeune père aura peut-être le sentiment d'aborder son nouveau rôle sans aucune expérience

préalable ou en tout cas avec une expérience nettement insuffisante. Plus il se sent concerné, plus il
risque d'être inquiet. Et pour ajouter à cette responsabilité, il sera peut-être le seul soutien de sa femme,
occupée, elle aussi, à faire son apprentissage de
mère. Trop de jeunes familles sont à présent seules et
isolées, à un moment où la structure et le soutien
d'un groupe plus large pourraient être pour elles un
immense bienfait.

En effet, notre structure sociale actuelle ne facilite
guère les choses aux jeunes parents durant cette
période d'adaptation. Ou bien les grand-mères (et les
autres membres de la famille susceptibles de les
aider) habitent trop loin, ou bien les nouvelles générations émancipées se refusent à avoir recours à leur
aide. Pourtant, la présence d'une personne payée
pour aider la jeune mère peut causer des problèmes
non seulement financiers, mais émotionnels, car
beaucoup de mères ressentent cette présence comme
une intrusion. Les médecins n'ont guère le temps de
prendre en charge toute leur clientèle, et les jeunes
femmes ont souvent l'impression d'être abandonnées
à leur sort, sans personne vers qui se tourner. Il n'y a
pas jusqu'aux ouvrages spécialisés qui ne se bornent
à déclarer tout bonnement que les parents doivent
aimer leur bébé et profiter de lui et qu'ils doivent
toujours le faire passer en premier. Etant donné qu'il
est impossible d'être toujours dans de bonnes dispositions tout au long d'une période aussi difficile, la
nouvelle maman finit inévitablement par en conclure
qu'elle est une mère lamentable et le jeune père qu'il
court droit à l'échec. Les choses vont s'arranger,
cependant; les premiers jours sont placés sous le
signe d'une dépression nécessaire, avant les passionnants progrès qui vont suivre. La plupart des parents
traversent, au moment de l'arrivée du bébé chez lui,
une période de « déprime », mais ils récupèrent pro-

gressivement leurs ressources physiques et émotionnelles.

Une des jeunes mamans de ma clientèle a bien voulu noter par écrit tout ce qu'elle avait éprouvé durant cette période. A son retour chez elle, elle s'est brusquement sentie épuisée. Tout ce qu'elle faisait la fatiguait anormalement. Toute trace de désordre dans son intérieur l'agaçait, et elle était obsédée par le besoin de ranger. Lorsqu'elle le faisait, cependant, elle se sentait épuisée et lorsqu'elle ne le faisait pas, irritée. Tout ce qu'elle mangeait lui paraissait fade, mais elle n'avait pas le courage de faire une cuisine plus relevée. Elle aurait bien voulu critiquer les tentatives culinaires de son mari, mais elle se rendait compte qu'elle avait de la chance qu'il fût si serviable. Ce qui ne l'empêchait pas d'avoir l'impression que tout ce que faisait son mari, il le faisait mal. A chaque fois qu'il l'aidait à s'occuper du bébé, elle se sentait exaspérée. Et s'il s'en occupait tout seul, le bébé se mettait à pleurer. Pour finir, c'était elle qui était obligée de consoler tout le monde.

Elle savait que son mari avait besoin d'un peu d'attention, mais de cela aussi, elle lui en voulait. La dame qui venait l'aider faisait tout de travers; sans trop savoir pourquoi, cela exaspérait la jeune mère, beaucoup plus que ça ne l'aurait fait en temps normal, et elle avait beaucoup de mal à ne pas se montrer désagréable. Sa propre mère lui conseillait de se reposer davantage; Mme King savait qu'elle avait raison, mais elle avait envie de se quereller. Quant au bébé, il pleurait tellement, il tétait si longtemps avec tout le monde à chaque repas, il semblait si exigeant, mais en même temps si frêle, que dans son esprit angoissé elle se l'imaginait en train de se dessécher complètement et de s'envoler comme une feuille morte. Et le pire, c'était que par moments elle aurait bien voulu le voir disparaître : c'était cela qui lui faisait le plus peur. Elle rêvait qu'elle lui faisait du mal sans s'en rendre compte, qu'elle roulait sur lui dans le lit tout en lui donnant le sein, qu'elle le laissait tomber en le prenant, qu'elle tombait dans l'escalier pendant qu'elle le portait, d'affreux accidents qui n'étaient nullement impossibles dans son état de faiblesse. Ensuite, elle se rappelait comment elle s'était imaginé sa maternité durant sa grossesse, et elle se mettait à pleurer ! Elle n'avait rien de commun avec ce qu'elle avait rêvé d'être ou ce qu'étaient les autres jeunes mères avec leur bébé. Elle se faisait l'effet d'une *ratée* !

Le bébé, pendant ce temps, doit s'adapter, lui aussi, et de façon non moins radicale. A la maternité, il a été obligé de faire des efforts pour s'habituer à la vie dans la nurserie. Il a dressé ses propres défenses intérieures contre les lumières vives à toute heure, contre le bruit constant, les grincements des berceaux, les bavardages des infirmières et les glapissements des autres bébés, contre les couches mouillées et sales qu'on ne changeait pas tout de suite, contre la faim à des heures qui ne concordaient pas avec l'horaire du service, contre les manipulations parfois sans douceur d'infirmières vigoureuses et occupées. Au chapitre 2, nous avons vu la façon qu'a le bébé de faire face à des stimuli aussi inappropriés. Malgré l'aspect presque cruel de l'environnement hospitalier, je suis sûr que durant cette période de son existence le nouveau-né est particulièrement adapté à ce mélange de stimuli « perturbateurs ». Il a besoin d'être éveillé physiquement et psychologiquement, et c'est probablement tout juste ce que font ces stimuli un peu brutaux. En outre, avec sa capacité innée, d'une incroyable finesse, pour éliminer les aspects dérangeants de son environnement, peut-être est-il capable de trier les meilleures réactions. L'expérience acquise en faisant face à ces premières agressions peut renforcer sa façon de se protéger des inévitables influences perturbatrices qu'il trouvera chez lui. Les jeunes mères qui se demandent avec inquiétude quel genre d'environnement elles doivent prévoir chez elles pour y accueillir le précieux bébé seront peut-être rassurées en sachant qu'elles auraient bien du mal à en créer un aussi inapproprié et aussi encombré de stimuli excessifs qu'une nurserie d'hôpital.

A la maison, le bébé se retrouve plongé dans une atmosphère protectrice et nourricière. On va au-devant de ses moindres désirs, on les sollicite même, et chaque membre de la famille ne demande qu'à déverser sur lui des trésors d'affection. Durant les premiers jours qu'il passe chez lui, chacun de ses parents guette toutes les occasions de lui témoigner sa tendresse. D'ailleurs, une jeune mère avisée ferait bien de profiter de la présence de ce désir chez son mari pour l'encourager à se charger dès ce moment d'une partie des soins parfaitement banals que réclame un nouveau-né, lesquels amusent encore beaucoup le jeune père. Elle le laissera donc donner à son enfant de l'eau ou un biberon de secours, si elle allaite. Elle lui demandera de l'aider à donner le bain et à changer les couches. Lorsqu'une infirmière ou la grand-mère montrent à la mère comment s'y prendre, le père profitera aussi de la leçon. Les pères aiment se sentir inclus.

S'il apprend à faire tout cela, le père sera non seulement renforcé et encouragé dans son désir d'être avec son bébé, mais il aura en outre le sentiment de servir à quelque chose, ce qui à ce moment précis est sans doute aussi important pour lui que pour sa femme. S'il n'a aucun moyen de communiquer avec son enfant, il risque de se sentir un peu perdu. Je n'oublierai jamais ce jeune père qui, tandis que j'examinais son nouveau-né chez lui, ne m'a pas lâché d'une semelle. Ayant terminé mon examen, je lui fourrai dans les bras le nourrisson tout nu. Je n'eus que le temps de le reprendre en voyant le jeune homme mollir et pâlir. Je me rends compte à présent que la responsabilité était peut-être un peu trop lourde à l'époque pour un tout jeune père.

Ce genre d'attitude, avec laquelle j'ai grandi, cette idée que le père est forcément incompétent, voire dangereux, sont heureusement dépassées aujourd'hui. A la naissance de notre premier enfant, on m'a renvoyé chez moi durant l'accouchement, sous prétexte que je risquais de gêner. Ensuite, à la maternité, lorsque je prétendis voir et câliner ma fille, on me dit que c'était hors de question; si on laissait les pères se mêler de ça, où allait-on ? On me pria de bien vouloir la regarder à travers la baie vitrée. Cette vitre me faisait savoir que moi, jeune père, j'étais un être sale et dangereux. Et pourtant, j'étais pédiatre, donc « apte » à m'occuper de n'importe quel bébé..., sauf le mien. Dieu merci, cet état d'esprit a été remplacé dans la majorité des maternités par des programmes actifs pour inclure au contraire le père au maximum. Ce qui n'empêche pas ceux qui sont pères pour la première fois de se sentir incompétents et dépassés par les événements, exactement comme leur femme. Ils apprendront peu à peu leur nouveau rôle et cimenteront, ce faisant, une famille durable. Tout comme leurs épouses, les pères apprendront à mieux se connaître en apprenant à s'occuper avec elles de leur progéniture.

Le danger, dans une situation de ce genre, à laquelle tous les adultes de la famille sont aussi étroitement mêlés, c'est que le nouveau-né risque d'être noyé sous un flot excessif d'attentions. Les parents risquent de surstimuler leur enfant, à un moment où il a justement besoin de rajuster ses mécanismes régulateurs. La plupart des bébés pleurent beaucoup, aux premiers jours de leur arrivée chez eux. Ils n'ont guère d'appétit, et il leur faut plus de tétées qu'à l'accoutumée. Ils ne se calment pas lorsqu'on les prend dans les bras, comme ils le faisaient à la maternité. Je suis sûr qu'ils sentent combien l'atmosphère est tendue. Etant donné qu'un bébé a une incroyable faculté de se mettre au diapason de la personne qui s'occupe de lui, s'il est manipulé par une mère, un père ou une grand-mère à bout de nerfs, qui cherche avant tout à le faire taire parce qu'il ou elle ne sait pas quoi faire d'autre, l'effet obtenu risque d'être diamétralement opposé à l'effet recherché. Si le bébé pleure, c'est peut-être pour se libérer de sa propre tension; or, en se retrouvant en contact avec une personne aussi énervée que lui, il sera obligé d'affronter un double fardeau d'angoisse, le sien et celui de sa mère ou de son père.

Louis, un bébé moyen

Lors du retour à la maison, Louis est bien sûr le centre de l'attention générale. En venant chercher sa femme et le bébé à la maternité, M. Moore a amené avec lui Martha (cinq ans) et Tom (trois ans). Martha se précipite pour aller voir « son » bébé, sans prêter la moindre attention à sa mère, tandis que Tom, au contraire, se pend à ses jupes dès qu'il l'aperçoit dans le hall de l'hôpital.

Une infirmière porte Louis jusqu'à la voiture et le dépose dans les bras de sa mère pour le trajet du retour. Les deux aînés se mettent aussitôt à grimper partout et à accabler leur mère et le bébé de leurs attentions. Ils pressent leur visage tout contre celui de leur petit frère, lui donnent des baisers et lui parlent. Ils ne tardent pas à se chamailler bruyamment à son sujet. A force de parler trop fort et de bousculer leur mère, ils réveillent Louis qui se met à pleurer. Il pousse un glapissement aigu qui résonne dans la voiture pourtant bruyante comme un véritable signal d'alarme. Les deux autres enfants se taisent aussitôt et regardent, interloqués, le nouveau bébé dont les pleurs incessants noient leur propre prise de bec.

Martha, les lèvres tremblantes, observe sa mère tandis qu'elle s'efforce d'apaiser le petit, et cherche à l'imiter en murmurant des paroles de consolation. Tom se serre encore davantage contre Mme Moore, met son pouce dans sa bouche et ferme les yeux pour mieux s'isoler de tout ce tintamarre.

Louis pleure pendant la plus grande partie du trajet. Sa mère le berce doucement dans ses bras et fait tout son possible pour le calmer. A mesure que les cris persistent, les bercements se font de plus en plus nerveux. Lorsque la famille regagne enfin son quatre-pièces, tout le monde a les nerfs tendus à craquer. Mme Moore n'a qu'une envie : déposer Louis dans son berceau. Elle comptait le nourrir dès leur arrivée, mais elle s'aperçoit qu'elle n'a presque pas de lait. Ses seins ne lui paraissent pas aussi pleins qu'ils l'étaient à l'heure de la tétée à la maternité.

> La tension qui accompagne le retour à la maison perturbe souvent la production de lait. C'est pourquoi la mère doit absolument se reposer et se détendre pour ne pas ralentir cette production.

Une fois les Moore rentrés chez eux, la situation empire. M. Moore se met à arpenter bruyamment l'appartement, en se plaignant de tout ce qui est allé de travers durant l'absence de sa femme. Martha et Tom l'accablent de demandes incessantes; Tom n'arrête de faire le pitre que pour se cramponner à ses jupes, tandis que Martha la tire dans tous les sens. Mme Moore change le bébé qui a mouillé ses couches, l'enveloppe dans un drap et le met dans son berceau tout propre, près du lit de ses parents. Il continue à pleurer. Elle se précipite dans la cuisine pour lui préparer de l'eau sucrée. Elle remplit les biberons d'une cuillerée à café de sucre pour cent dix grammes d'eau et les met à chauffer au bain-marie.

Pour stériliser des biberons, il suffit de les faire bouillir pendant un quart d'heure. Dans bien des villes où l'eau est analysée pour déceler la présence de bactéries pathogènes, on peut utiliser sans crainte pour faire les biberons de l'eau qui n'a pas bouilli.

Mme Moore se rend soudain compte qu'elle est épuisée; elle se laisse tomber dans un fauteuil et se met à pleurer. Aussitôt la maisonnée se calme comme par enchantement. Son mari s'approche sans faire de bruit du berceau et berce doucement le bébé. Louis s'apaise peu à peu. Il ouvre tout grands les yeux et regarde autour de lui. M. Moore lui parle d'une voix apaisante, et en réponse le visage de Louis s'adoucit et il fait un bref sourire. Son père en est si enchanté qu'il crie aux deux autres enfants de venir voir. Cela fait peur à Louis qui se remet à pleurer de plus belle. Cependant, ce premier succès a donné du courage au papa. Il prend le bébé dans ses bras et le berce. Celui-ci se calme et le regarde avec intérêt. Tom a maintenant l'impression que ses deux parents l'ont trahi. Martha veut participer à cette étroite union entre son père et le bébé et grimpe sur les genoux de M. Moore qui s'est assis avec Louis dans ses bras. Mme Moore s'est arrêtée de pleurer pour observer le succès de son mari. Elle se sent brusquement ragaillardie. Elle bondit sur ses pieds, en se rappelant que le bain-marie où chauffent les biberons doit être pratiquement à sec.

M. Moore va pouvoir calmer Louis avec de l'eau sucrée, en attendant que sa femme ait suffisamment de lait pour le nourrir. Au bout d'une demi-heure, elle est en mesure de lui faire prendre une excellente tétée, sous les regards ébahis de la famille entière.

Je n'ai jamais été convaincu que l'eau sucrée empêche le bébé de téter convenablement un peu plus tard, à moins qu'on ne la donne littéralement dans les quelques minutes qui précèdent le repas. Le sucre et l'eau sont tous deux si rapidement absorbés et utilisés par l'organisme qu'ils ne risquent guère de « caler » bien longtemps l'estomac du bébé. La preuve, c'est qu'ils ne parviennent pas à le calmer vraiment, s'il a très faim.

Louis est un bébé qui réagit bien. Il cesse de pleurer quand on le prend dans les bras, quand on le change de position, quand on lui parle doucement. Il apprend très vite à se calmer tout seul en portant le poing à sa bouche pour le sucer. Au bout de quelque temps, il sélectionne l'index et le majeur de sa main gauche et prend l'habitude de les sucer pour se réconforter, ce qui montre bien avec quelle précocité un schéma durable, comme celui-ci, peut être établi. Dès qu'il met les doigts dans sa bouche et commence à téter, ses membres se détendent. Son visage prend une expression sérieuse et paisible. De temps en temps, il se réveille en sursaut, lorsque Tom vient cogner contre son berceau ou pousse un cri de guerre, ou bien lorsque Martha passe à côté de lui en tapant des pieds et en chantant.

Il pleure tous les soirs. Durant la journée, il reste allongé pendant des heures à regarder tranquillement autour de lui, mais quand vient le soir, il semble bien décidé à se faire entendre. Il commence lentement, avec des geignements intermittents, lorsque les deux aînés se mettent à table pour dîner. Si son père vient jouer avec lui ou le bercer, il se calme, mais à mesure que le temps passe, ses cris se font plus insistants. Au début, il est possible de lui parler; il s'arrête de crier et fixe son regard sur le visage de son père, parfois pendant plusieurs minutes de suite, durant lesquelles son visage se décrispe et son activité corporelle cesse. Il adore qu'on le berce, et l'un ou l'autre de ses parents peut retarder les pleurs d'une bonne demi-heure en le berçant. Au bout d'une trentaine de minutes, cependant, il semble se lasser de ce mouvement et commence à pousser des hurlements perçants. Alors, plus rien n'y fait. On le secoue doucement, on le prend dans ses bras, on le berce à nouveau, on le lange serré et on joue avec lui. On change ses couches. On lui offre de l'eau sucrée et même à l'occasion un biberon de lait, cela afin de s'assurer qu'il ne crie pas parce qu'il a faim, bien qu'il soit en fait beaucoup trop tôt pour la tétée. (Mme Moore voit bien qu'elle a du lait, mais elle a l'impression qu'à la fin de la journée, il a peut-être baissé de quantité ou de qualité; elle a donc recours à un biberon de secours pour les soirées difficiles.) Louis n'a pas faim, cependant, et il continue à pleurer, par crises de quinze ou vingt minutes qui s'achèvent en sanglots profonds et déchirants, avant de se calmer progressivement.

Le schéma cyclique de ces crises de larmes, auquel s'ajoute la détermination de l'enfant à pleurer « tout son soûl », constitue pour moi une preuve convaincante que ces séances expriment un besoin intérieur de pleurer pour laisser échapper un trop-plein de tension. Lorsqu'un bébé est dans cet état, aucun effort tenté pour le calmer ne marche vraiment plus de quelques instants.

Tous les soirs, M. et Mme Moore éprouvent le besoin de se rappeler mutuellement que Tom avait, lui aussi, l'habitude de hurler en fin de journée, lorsqu'il était tout petit. Cela les aide à se rassurer et à se dire qu'ils ne négligent pas Louis dont les cris leur semblent, dans leur souvenir, beaucoup plus insistants et exigeants que ceux de Tom. Mme Moore finit par constater, après de longues soirées éprouvantes où elle essaie tous les moyens pour calmer son fils, que c'est encore le conseil de sa mère qui les réconforte le mieux, son mari et elle. Sa mère a élevé six enfants et s'est forgé une solide philosophie sur le chapitre des bébés qui pleurent. « Tom a tout simplement besoin de pleurer, avait-elle déclaré. Ça ne plaît jamais à un beau garçon, fort et futé, de n'être qu'un petit bébé. Il arrive à s'y résigner tout au long de la journée, mais le soir, il faut que ça sorte. Laissez-le pleurer et puis prenez-le dans vos bras et câlinez-le, et vous verrez que ça ira mieux. » Mme Moore a donc mis au point son propre système : elle laisse Louis pleurer vingt minutes, puis elle le prend et le câline, elle lui fait faire quelques renvois à l'aide d'eau sucrée et le remet dans son berceau pour qu'il repleure encore une bonne fois. Elle s'aperçoit vite que lorsqu'elle s'en tient sans s'énerver à cette routine, Louis semble plus calme et que ses crises de larmes sont de plus en plus courtes.

Ces périodes de pleurs peuvent durer de une à trois heures, les plus longues survenant inévitablement après une journée bruyante et perturbée ou bien après le week-end, lorsque M. Moore reste toute la journée à la maison ou encore lorsque Mme Moore se sent déprimée et mal dans sa peau.

> Certaines études sur les crises de larmes des tout petits bébés ont démontré que la tension de l'environnement accroît leur durée et leur intensité. Elles laissent penser que si ces crises surviennent généralement en fin de journée, ce n'est pas entièrement par hasard. La tension d'une famille fatiguée et la surexcitation impatiente qui marque souvent le retour du père sont certainement des facteurs qui entrent en ligne de compte.

Autrement, ce qui reste des vingt-quatre heures de la journée de Louis est merveilleusement organisé et facile.

90

Je suis convaincu que cette période de pleurs joue un rôle organisateur. Les bébés qui ne pleurent pas en fin de journée dorment rarement longtemps la nuit. On dirait que ces crises de larmes servent à se défouler une bonne fois pour toutes des tensions emmagasinées tout au long de la journée.

Louis est un bébé facile à nourrir. Certains jours, il tète longuement chaque sein, pendant trente à quarante minutes, mais d'autres fois, la tétée ne dure pas plus de dix à vingt minutes de chaque côté. Mme Moore l'allaite selon un horaire souple qui leur convient à tous les deux. Les autres enfants se montrent si bruyants et si agités que donner le sein au bébé apparaît à sa mère comme une délivrance bienvenue de tout le tumulte qui l'entoure. Pourtant presque aucune tétée n'est vraiment paisible ni détendue, mais Louis paraît s'accommoder de tous les incidents. Parfois, Tom grimpe sur les genoux de sa mère et tente de repousser son petit frère. D'autres fois, il se met à chercher toutes les bêtises exaspérantes qu'il peut faire pour empêcher sa mère de se consacrer pleinement au bébé qui tète. Une fois, il monte sur les genoux de Mme Moore et fait mine d'imiter Louis en tétant lui aussi. Sa mère, étonnée et même quelque peu saisie, comprend néanmoins ce qui motive ce geste et le serre contre elle pour le consoler. Aussitôt, Tom se désintéresse du sein et descend de ses genoux. Jamais plus il n'essaiera d'imiter son frère. Mme Moore a été bien avisée de ne pas le repousser sèchement, comme elle aurait pu le faire.

Si une mère sait accepter ce genre d'interventions pleines de curiosité avec une certaine dose de compréhension et d'humour, l'enfant pourra satisfaire son besoin de savoir. S'il se sent exclu de ce contact intime, cela ne fera qu'accroître sa jalousie.

A cinq ans, les réactions de Martha ne sont pas aussi faciles à démêler. Elle ne manifeste aucun antagonisme envers Louis, ni envers Mme Moore. Au contraire même, elle imite, avec plus de vigueur, tout ce que fait sa mère et s'efforce de « materner » son petit frère chaque fois qu'on le lui permet.

> Ce besoin de s'identifier à la mère est caractéristique à cet âge. Cette espèce de vigoureuse imitation est une tentative de maîtriser des sentiments ambivalents quant aux changements survenus dans la famille ou à la nouvelle préoccupation de la mère. Les enfants ont recours à cette méthode pour défouler leurs tendances négatives.

C'est à Tom que Martha réserve sa véritable vengeance. Elle ne le laisse pas en paix de la journée, le poussant à faire des bêtises ou le taquinant jusqu'à le faire pleurer, le poursuivant implacablement à travers tout l'appartement.

Tous les soirs, le retour de M. Moore apporte un certain soulagement. Les deux aînés semblent l'attendre impatiemment, et quand approche la fin de la journée, ils sont de plus en plus surexcités. Lorsque leur père arrive enfin, Martha et Tom se disputent son attention. Tom fait le pitre; Martha essaie de se rappeler tout ce qui s'est passé ce jour-là pour le lui raconter. Il doit s'asseoir sur un canapé, entouré de ses deux aînés, et les serrer contre lui tout en écoutant ce qu'ils ont à lui dire. Mme Moore a l'impression qu'on vient de donner un coup d'épingle dans le gros ballon de tension qui n'a cessé d'enfler depuis le début de l'après-midi. Elle se demande comment un parent seul parvient à passer la journée, sans l'aide d'un conjoint pour détourner et équilibrer les tensions chez les autres enfants.

> Elever seul des enfants est l'une des tâches les plus difficiles que je connaisse. Le sentiment d'isolement, d'être à la merci de ses enfants et de n'avoir auprès de soi aucun autre adulte pour rétablir l'équilibre des tensions et des exigences peut devenir écrasant. J'ai un immense respect pour les parents qui se trouvent dans cette situation. Leur tâche n'a rien de commun avec celle du couple de parents.

Louis semble plus prompt à réagir après sa tétée. A trois semaines, à peine, son visage s'éclaire lorsque ses frère et sœur lui parlent doucement. Lorsque c'est sa mère, il paraît moins satisfait. Il suce son poing, se tortille ou pleurniche dès qu'il entend sa voix.

> Il est possible que la voix de la mère soit trop étroitement liée à l'idée de la tétée pour engendrer une réaction de satisfaction. Il est étonnant de voir avec quelle précocité ces associations sont faites, enregistrées et manifestées chez les tout petits bébés.

C'est M. Moore qui obtient les réactions les plus durables. Souvent Louis essaie de fixer le visage de son père, ou l'endroit d'où lui parvient sa voix, avec une telle intensité qu'il finit par en loucher. Il frissonne violemment de tout son petit corps ou se met à hoqueter, tant l'effort est grand. Toutes ces mimiques amusent fort les deux aînés, et M. Moore se sent incroyablement proche de son petit dernier.

Martha et Tom se sont aperçus qu'ils pouvaient soulever Louis lorsqu'il s'agrippait à leurs mains. Il prend un doigt dans chacune de ses petits poings et s'y cramponne bien fort, tandis qu'ils l'amènent en position assise. Lorsqu'on le laisse retomber, il sursaute et lance les bras sur le côté en pleurant. Quand on lui tourne la tête, il prend très distinctement la position de l'« escrimeur », qui est un des schémas du « réflexe tonique du cou » (cf. chapitre 2). Les deux aînés adorent le voir « marcher » lorsque leur père le met debout. Il soulève lentement chaque pied, bien haut, comme un cheval de cirque, tandis qu'on le tire sur toute la longueur du lit.

Il y a néanmoins chez Louis certaines particularités qui tracassent sa mère. Elle ne se rappelle pas les avoir remarquées chez ses autres enfants. Sur le front, entre les deux yeux, il a une zone triangulaire rose qui devient très rouge lorsqu'il pleure ou qu'il a chaud. Elle se détache parfois en rouge vif, mais d'autres fois elle semble plus pâle. Il a une autre tache assez semblable à la nuque. Mme Moore a peur qu'il ne s'agisse de taches de vin.

> Ces taches finissent par disparaître. Ce sont des zones où se trouvent massés une infinité de minuscules vaisseaux capillaires à fleur de peau, que l'on aperçoit à travers l'épiderme transparent du nouveau-né. A mesure que le bébé prend de l'âge et que sa peau épaissit, ces zones sont de moins en moins apparentes. Beaucoup d'enfants en ont sur la nuque. D'autres tout le long d'une ligne médiane sur le cuir chevelu. Elles disparaissent durant les deux premières années. On peut encore les voir chez certains adultes très blonds, lorsqu'ils sont en colère ou qu'ils ont trop chaud. Il y a aussi une veine qui traverse l'arête du nez et qui se dessine en bleu lorsqu'un bébé est rouge ou qu'il pousse. Les mères confondent couramment cette décoloration bleuâtre avec une tache de vin. Elle non plus ne se verra plus lorsque la peau épaissira.

L'œil droit de Louis larmoie constamment. Lorsqu'il pleure, cette particularité s'accentue. La plupart du temps, l'œil semble recouvert d'une espèce de pellicule. Très souvent on croit voir comme des plis sur l'iris. Ces plis changent de place, mais ils donnent à Mme Moore l'impression que le cristallin est défectueux. Elle remarque aussi que si son bébé a une poussière ou un cil dans l'œil, il ne cligne pas des yeux pour essayer de la chasser. A gauche, elle n'observe rien de pareil.

Tous ces symptômes indiquent que le conduit lacrymal de l'œil droit est bouché. Ce conduit sert à faire passer les larmes de l'œil dans le nez. Il peut soit être bouché de naissance, soit avoir été irrité par l'instillation de nitrate d'argent au moment de la venue au monde. Le blocage empêche le conduit d'évacuer normalement les larmes, qui servent à nettoyer l'œil. Celles-ci ne pouvant s'écouler par le nez, comme elles le font d'habitude, restent dans l'œil ou coulent le long de la joue du bébé. En outre, elles ne peuvent entraîner en s'écoulant les mucosités qui se forment en réaction à la poussière et aux cils tombés. Ce sont ces mucosités qui donnent l'impression qu'une taie s'est formée sur la cornée.

On conseille à Mme Moore de laver à l'eau stérilisée l'œil de son bébé à chaque fois qu'il lui paraît irrité. On lui assure que cette petite gêne ne saurait en aucun cas endommager la vue de Louis et que l'on pourra au besoin ouvrir le conduit à la sonde par la suite, grâce à une intervention très simple. On l'invite en outre à presser sur le conduit avec les doigts et à le masser, afin de l'aider à s'ouvrir. Chaque matin, donc, s'armant de courage, elle presse bien fort à l'endroit indiqué, en dépit des protestations de son fils. Dès la fin de la semaine, elle constate que l'œil ne larmoie plus, sauf quand Louis pleure, et qu'il reste parfaitement clair. Par ses massages, Mme Moore est parvenue à ouvrir le canal lacrymal.

Louis a les seins gonflés et commence à produire de petites gouttelettes d'une substance laiteuse.

Beaucoup de bébés nourris au sein ont les glandes mammaires stimulées par les hormones de leur mère. Les petits garçons peuvent eux aussi produire ce qu'on appelle du « lait de sorcière ». Etant donné que cet engorgement rend les seins un peu vulnérables aux problèmes et aux infections, on conseille à Mme Moore de consulter le médecin si la poitrine du bébé lui paraît chaude ou enflammée.

A la fin de son premier mois, Louis semble s'être pratiquement acclimaté. Mme Moore est étonnée de le trouver à présent si facile. Il commence déjà à dormir plus longtemps la nuit. Durant la journée, les intervalles de quatre heures entre les tétées se succèdent régulièrement, mais la nuit il dort cinq ou six heures d'affilée après que sa mère l'a réveillé pour le repas de vingt-deux heures. Les périodes de sommeil semblent mieux définies, et il dort profondément. En dehors de ses crises de larmes régulières, en début de soirée, il reste sagement allongé sur le dos une grande partie de la journée, bien réveillé, écoutant tout. Il pleurniche un peu lorsqu'il veut faire ses siestes et s'endort dès qu'on le retourne sur le ventre.

Laura la placide

Laura et sa mère rentrent chez elles pour y rejoindre un père et un mari dévoré d'impatience et une grand-mère qui vient tout juste d'arriver pour aider sa fille. Bien qu'elle ait eu deux enfants, la mère de Mme King n'a eu aucune expérience récente des tout-petits et elle a l'intention de se charger des soins du ménage, laissant à sa fille celui de s'occuper de Laura.

M. King confie à sa femme combien il a hâte de la voir regagner leur foyer avec leur fille et de se retrouver enfin en famille. Il fait timidement connaître son envie de tenir le bébé dans ses bras. Comme il ne l'a vu que dans la nurserie ou dans les bras de sa femme, il n'a pas encore vraiment l'impression d'être père. Il n'a parlé à personne de l'inquiétude que lui cause sa fille. Lorsqu'il va la regarder par la vitre de la nurserie, il a remarqué qu'elle était toujours en train de dormir. Les autres bébés lui semblent beaucoup plus actifs, et M. King s'exagère tout ce que lui a rapporté sa femme concernant la placidité de Laura et le mal qu'elle avait à la nourrir. Deux fois, il s'est réveillé la nuit, en rêvant qu'il tenait Laura dans ses bras et qu'elle était mal formée. Il était baigné de sueur. Il se demande s'il saura se comporter en père, lui qui n'a pas vraiment l'impression d'en être un. Il a hâte de se prouver à lui-même, et de prouver à sa femme, qu'il est capable d'assumer sa nouvelle responsabilité.

Les efforts faits aujourd'hui dans la plupart des maternités pour aider les pères à s'adapter à l'arrivée du nouveau-né sont incontestablement encourageants. On a toujours tendance, cependant, à considérer que c'est à la mère que revient le soin d'adapter son existence aux besoins du bébé, et non à toute la famille. Un père qui prend sa paternité à cœur aura probablement connu, durant la grossesse de sa femme, un bouleversement intérieur comparable à celui de cette dernière, tandis qu'il tentait de s'habituer à l'idée de devenir père. Il est parfois terriblement impatient de nouer des rapports réussis avec son bébé.

Etant donné que le moment de la naissance est une période où le soutien du personnel hospitalier va renforcer chez lui de tels penchants, il est excellent que l'on multiplie les efforts pour encourager la participation des pères.

La première fois que M. King voit vraiment Laura, c'est lorsque l'infirmière la déshabille, avant de la rhabiller en vue du trajet jusque chez elle. Il est stupéfait par ce petit corps dodu et parfait. Son œil inexpérimenté ne remarque ni la peau qui pèle, ni les dernières traces de jaunisse. Ce qu'il voit, ce sont les jambes et les bras qui bougent lentement et sans à-coups, avec ce qui lui paraît être une perfection magique. Tandis que l'infirmière la dévêt et la manipule, Laura commence à s'éveiller. Lentement, elle ouvre tout grands les yeux. Ils font le tour de la pièce et semblent s'attarder sur certains objets. M. King se penche au-dessus d'elle, béat d'admiration, osant à peine la toucher.

Une fois qu'on l'a revêtue de ses jolis habits roses et qu'elle est prête à partir, l'infirmière prend Laura pour l'emporter jusqu'à la voiture. M. King, qui aurait bien voulu la porter lui-même, est un peu jaloux. Brusquement, il se rend compte que, pour la première fois depuis des mois, il a presque oublié sa femme. Il la regarde d'un air coupable et s'aperçoit qu'elle aurait bien besoin de son bras pour aller jusqu'à l'ascenseur. Il comprend qu'elle se fait du souci pour ce retour à la maison. Il s'avance vers elle d'un pas décidé; il est désormais entré dans la peau de son nouveau rôle.

La mère de Mme King les attend près de la voiture. Elle a quitté son mari et son travail pour venir à la rescousse. Elle se sent partagée entre son désir d'être auprès de sa fille et son besoin d'être chez elle. A son arrivée, elle a trouvé l'appartement du jeune ménage dans un état de désordre indescriptible. Elle a passé une journée entière à le nettoyer, à laver les piles d'assiettes sales, à préparer des affaires pour le bébé, à acheter toutes sortes d'objets de première nécessité dont la maternité a fourni la liste à Mme King. En bavardant avec son gendre, elle a compris à quel point il était tendu et elle a commencé à se dire qu'elle allait vraiment pouvoir se rendre utile. En apercevant sa fille, elle se précipite à sa rencontre pour l'embrasser.

Mme King se raidit et se laisse à peine congratuler. Depuis deux jours, elle ne cesse d'avoir des crises de larmes souvent inexplicables. (Nous avons vu que ce comportement n'a rien d'exceptionnel.) Mme King a l'impression que si elle parvient à regagner son appartement sans fondre en larmes, tout ira bien. Elle regarde avec envie l'infirmière qui porte le bébé et se dit qu'elle voudrait bien ramener avec elle cette jeune personne compétente, qui symbolise à ses yeux la protection de l'environnement hospitalier. Elle se sent perturbée et sans défense. Elle oppose, dans son esprit, la compétence de l'infirmière à ses propres incertitudes et elle sent son courage défaillir.

Tout le monde l'aide à s'installer dans la voiture, et l'infirmière lui tend le bébé. Mme King a l'impression de n'avoir jamais vu Laura et se demande vaguement si elle ne va pas la lâcher. Son mari grimpe à côté d'elle, en remerciant chaudement l'infirmière. La mère de Mme King se met à bavarder, pour rompre le silence tendu.

Laura dort paisiblement. Elle a fermé les yeux au moment où on lui passait ses vêtements et, depuis, elle semble dormir. Elle ne paraît pas remarquer la façon maladroite dont sa mère la tient. Tandis que sa grand-mère jacasse comme une pie, les yeux de Laura papillotent de temps en temps et sa respiration change de rythme. Parfois, un léger frisson la parcourt de la tête aux pieds, mais sans la réveiller. Lorsque sa mère la serre un peu plus étroitement contre elle, elle sursaute un peu, puis elle se pelotonne sous ses couvertures.

Durant le trajet, chacun des trois adultes commence à s'habituer à son rôle. Il me semble important de souligner les tentatives que fait chacun pour maîtriser ses sentiments. Après un trajet qui leur paraît à tous trois interminable, la mère de Mme King saute à bas du véhicule et prend sa petite-fille. Pendant qu'elle l'emporte à l'intérieur, M. King veille à aider sa femme à sortir de l'auto et à gagner l'appartement. Mme King est jalouse de voir Laura dans les bras de sa mère. Lorsque cette dernière pose calmement le bébé pour le débarrasser de ses vêtements d'extérieur, la jeune maman se sent submergée par une vague de ressentiment, comme si sa mère se mêlait de ce qui ne la regarde pas.

C'est une réaction courante chez les nouvelles mères, dirigée le plus souvent contre leur propre mère ou contre une infirmière compétente. Cela reflète manifestement leur désir de se montrer aussi assurée et à l'aise que les autres avec leur bébé.

Laura ouvre les yeux, et le regard qu'elle fixe sur le visage de sa grand-mère brille d'intérêt. M. et Mme King s'immobilisent pour les regarder, et chacun éprouve une certaine envie d'interrompre cet échange. Laura et sa grand-mère communiquent ainsi pendant plusieurs minutes, avant que Mme King ne se décide à intervenir. Elle prend sa fille des bras de sa mère et court s'enfermer dans sa chambre pour l'allaiter, manifestement désireuse de la garder pour elle. La grand-mère sent bien qu'elle a commis un impair, mais elle ne comprend pas vraiment de quoi il s'agit. M. King est stupéfait de voir sa femme se comporter de façon aussi excessive.

Laura se met à pleurnicher, elle se raidit et cherche de la bouche le sein de sa mère. Elle paraît sentir la tension maternelle et commence à réclamer activement sa tétée. Lorsque sa mère la pose sur la table à langer pour la changer avant de lui donner le sein, Laura pousse un hurlement. Jamais Mme King ne l'a entendu crier de la sorte et elle en reste stupéfaite. M. King et sa belle-mère se précipitent dans la chambre pour voir ce qui se passe. Ils s'agitent tous les deux autour du bébé, pour essayer de le calmer. Finalement, Mme King s'assoit lourdement, ouvre sa robe et présente son sein à sa fille. Celle-ci se calme et se met aussitôt à téter. L'atmosphère se détend, pendant que Laura avale avec aisance le lait de sa mère. La grand-mère en profite pour se rappeler sa résolution préalable de se tenir à l'écart du bébé et elle regagne discrètement le salon. Tandis que Laura continue à téter, Mme King sent la force lui revenir et baisse vers sa fille un regard reconnaissant. C'est elle qui leur a permis à tous de se ressaisir.

L'atmosphère de tension et de drame qui règne chez les King paraîtra peut-être exagérée, mais elle ne l'est pas. La plupart des foyers traversent une crise assez semblable. Un certain bouleversement est inévitable, pendant le temps qu'il faut à toutes les énergies pour se réorganiser et tendre vers un nouveau but, devenir une famille.

Après la tétée, le père de Laura demande à la changer, et sa femme se met au lit.

Il est important pour une mère qui allaite de bien se reposer à ce moment-là. Elle a eu sa montée de lait, mais tout cela est encore très récent, et l'équilibre est donc précaire. Si elle s'agite trop, cela risque très certainement de faire pencher la balance vers la raréfaction du lait. D'après ce que j'ai pu voir, si une jeune mère désireuse d'allaiter passe une grande partie des premiers jours allongée, cela peut faire la différence entre le succès et l'échec. Il convient donc qu'elle laisse le plus souvent possible la grand-mère, le père ou même une personne spécialement engagée pour l'aider s'occuper du bébé et n'aille pas gaspiller de précieuses ressources d'énergie en se tracassant ou en essayant de tout faire elle-même.

M. King s'y prend très bien avec sa fille. Il la manie avec tant de douceur que Laura dort pratiquement pendant tout le temps où il la change. Lorsqu'il lui a mis des couches propres et sèches, il la réenveloppe dans sa couverture et la dépose dans son berceau, sur le côté, « exactement comme ils faisaient à la maternité ».

Après la tétée, on met souvent les enfants sur le côté droit pour dormir, en partant du principe que le lait passera alors plus facilement et plus rapidement de l'estomac dans le conduit intestinal, sous l'effet de la pesanteur. En fait, cela ne fait probablement presque pas, voire pas du tout de différence, car l'estomac se vide très efficacement sans le secours de la pesanteur. A la maternité, les infirmières laissent les bébés dans cette position jusqu'à ce qu'elles soient prêtes à les changer avant la tétée suivante. Lorsqu'ils sont propres, on les repose momentanément sur le côté gauche, de cette façon, la surveillante sait instantanément quels sont les bébés prêts à être portés à la mère. A la maison, ces positions n'ont évidemment plus aucune importance. De toute façon, la plupart des bébés sont bien trop actifs pour rester longtemps sur le côté, à moins d'être langés très serré, comme ils le sont dans les nurseries. Je ne conseille pas de le faire à longue échéance, car j'estime qu'il est important pour le développement ultérieur de l'enfant de pouvoir bouger librement.

Laura dort pendant quatre heures sans bouger, tandis que ses parents attendent son réveil avec impatience. Ils ont très envie de se consacrer à leur nouvelle tâche, très envie aussi de jouer avec leur fille. Pour finir, M. King se décide à la réveiller, avec beaucoup de ménagements. Mme King se montre encore plus anxieuse que lui et reconnaît qu'elle redoute que leur fille ne soit pas « normale ». M. King, lui, n'a aucun doute de cet ordre et il tourne cette crainte en dérision. Lorsque Laura, tirée de son sommeil, est pleinement réveillée, l'inquiétude de sa mère s'estompe, mais on voit bien que pour elle le rythme particulièrement calme de son bébé a quelque chose d' « anormal ».

C'est une crainte très courante chez les jeunes mères. Tout écart du chemin qu'elles ont prévu pour le bébé va ranimer leur vieille crainte de l'enfant « anormal ».

La placidité de Laura continue à inquiéter sa mère, encore que celle-ci soit manifestement le genre de femme qui trouvera toujours une raison de se tracasser, quelle que soit la personnalité de son enfant. M. King, pour sa part, voit cette placidité pour ce qu'elle est effectivement : la marque d'une personnalité très douce qui regarde et écoute plutôt que d'avoir recours à l'agitation physique pour communiquer. Ce genre de personnalité n'est pas automatiquement liée au sexe féminin, mais il est probablement plus facile pour un parent, surtout un père, de l'accepter chez une petite fille. En ce qui concerne les différences liées au sexe du bébé, nous avons l'esprit encombré d'idées reçues, inconscientes, mais solidement implantées : il est bien difficile pour une mère ou pour un père de ne pas pousser une petite fille à se montrer tranquille et douce et un petit garçon actif et agressif. Dans la mesure du possible, il est infiniment préférable de chercher à discerner la personnalité individuelle de l'enfant et de la respecter, plutôt que de se fonder sur des idées toutes faites. J'espère que, sous ce rapport, les mouvements féministes nous ont mis sur la bonne voie, en nous incitant à respecter les forces individuelles de chaque bébé, sans tenir compte de son sexe. De cette façon, nous n'aurons plus de chances d'apprendre à nos enfants à se considérer comme des personnes parfaitement valables et de les préparer à la lutte pour l'égalité dans notre société.

Cette fois, c'est Mme King qui change Laura. Tandis qu'elle s'active gauchement, la petite fille commence à se tortiller, à se raidir, elle écarte les jambes et son corps tout entier change de couleur. Au bout d'un moment, elle expulse une selle molle et verte et cesse de pousser. Mme King contemple, horrifiée, le petit tas vert vif et se précipite vers le téléphone pour appeler le pédiatre. Sa mère s'approche aussitôt de la table à langer pour s'occuper de Laura que sa fille a laissée toute seule. Elle lui crie :

« Mary, tu ne crois pas qu'il vaut mieux attendre un peu, pour voir si Laura est vraiment malade ? Beaucoup d'amies m'ont dit que les bébés nourris au sein font souvent des selles très bizarres. » Mme King est vaguement irritée par le calme de sa mère, mais en même temps rassurée. Elle retourne donc auprès de sa fille et entreprend de la nettoyer. Elle est momentanément perturbée de voir Laura évacuer avec force deux autres jets de liquide vert et jaune, mais elle se rappelle que sa mère lui a assuré qu' « il y avait le temps ».

Beaucoup de nouveau-nés ont des selles vertes ou jaunes et relativement liquides durant les premiers jours, une fois qu'ils ont passé le stade du méconium noirâtre. Ces selles molles, souvent pleines de mucosités, sont dites « transitoires » et ne durent pas au-delà du cinquième jour, chez les enfants nourris au biberon. Les bébés allaités par la mère, cependant, peuvent très bien continuer à produire des selles vertes et semi-liquides. Le lait de la mère étant laxatif, mais aussi parfaitement digestible, je m'inquiète généralement fort peu de la quantité, de la couleur et de la consistance des selles des bébés nourris au sein.

Laura semble plus éveillée qu'elle ne l'a jamais été et fixe du regard le visage de sa mère. Elle profite de sa nudité pour donner des coups de pied et agiter lentement ses bras tendus, comme si elle « faisait l'avion ». Ses mouvements de bras sont interrompus une ou deux fois par de légers sursauts, mais son rythme est nettement plus lent que ce que nous avons pu voir chez Louis. Lorsqu'on la prend dans les bras, son petit corps dodu est mou au toucher. Elle se fond dans les bras de celui qui la tient, comme si elle voulait en épouser exactement la forme. Elle prend la position qu'on lui donne, sans réclamer de changement. Mme King demande à sa mère si elle a vraiment l'impression que Laura est normale. Sa question trahit une telle angoisse et une telle dépendance que la grand-mère a enfin le sentiment que sa présence est justifiée.

> L'un des principaux avantages d'une grand-mère, à ce stade, est d'être prête à réconforter sans cesse sa fille. Une jeune femme inexpérimentée qui prend son rôle de mère à cœur a besoin d'un « point d'appui » de ce genre de la part de quelqu'un qui est déjà passé par là.

M. King les appelle de la pièce voisine. Il cherche partout sa pipe que sa belle-mère a soigneusement rangée. Au son de sa voix, Laura écarquille les yeux, son visage s'éclaire, et elle cesse ses mouvements de bicyclette. Elle tourne la tête dans la direction de la voix.

Durant le nouvel intervalle de quatre heures, en attendant de réveiller Laura pour sa prochaine tétée, la tension monte à nouveau. M. King s'aperçoit que de nombreuses autres choses ne sont pas à leur place accoutumée; comme c'est un jeune homme qui a ses habitudes, il est agacé de voir que sa belle-mère a cru bon de mettre de l'ordre dans ses affaires personnelles. Il considère cela comme une critique à son endroit. Mme King sent l'énervement la gagner en se rendant compte que son retour chez elle n'a rien à voir avec ce qu'elle avait imaginé. Loin de s'inquiéter de savoir si elle est capable de s'occuper de Laura, elle commence à ressentir un sentiment de vide; elle a l'impression que sa fille n'exige pas assez d'elle.

La grand-mère aurait bien voulu pouvoir aider davantage le jeune couple. Elle aussi a le sentiment que Laura n'est pas assez exigeante et elle se prend à souhaiter que le bébé se réveille plus tôt que prévu et se mettre à ressembler un peu plus à un petit être sans défense. Cette routine trop régulière de tétées suivies de longs sommes est vraiment trop facile et ne lui donne pas assez à faire pour justifier son « intrusion » chez sa fille et son gendre. Elle s'efforce de meubler le silence en leur décrivant toutes les difficultés qu'ils auraient pu connaître et en les félicitant d'avoir la chance d'être les parents d'une petite fille aussi sage. Elle se surprend soudain à donner des conseils, elle qui s'était tant juré de s'effacer le plus qu'elle pourrait.

Ce cycle ultra-facile continue pendant quelques jours. Durant la journée, il faut réveiller Laura pour la plupart de ses tétées, mais la nuit elle se réveille toute seule. Elle mange bien, tète goulûment chaque sein pendant vingt minutes. Elle ne fait son renvoi qu'avec difficulté et souvent n'y parvient pas du tout.

> Les nourrissons allaités par leur mère sont souvent si habiles qu'ils n'avalent absolument pas d'air avec leur lait.

Une fois recouchée, il arrive à Laura de rejeter une partie de son repas. Un jour, en la voyant vomir « tout ce qu'elle a avalé », Mme King fond en larmes. M. King essaie d'évaluer la quantité de lait vomi. Il se rend compte qu'il n'y en a pas plus d'une quinzaine de grammes (bien que cela couvre une zone de dix centimètres de diamètre). La réaction exagérée de sa femme le laisse perplexe jusqu'à ce qu'il ait compris que, pour elle, la moindre déviation de la normale chez leur bébé est une cause d'angoisse. Il arrive souvent à Laura d'avoir le hoquet, lorsqu'on essaie de lui faire faire son renvoi, et cela aussi perturbe sa mère.

> Le lecteur doit à présent avoir compris que Mme King est la proie d'une angoisse excessive pour tout ce qui touche à sa fille. Comment pourrait-on l'aider, de façon qu'elle ne communique pas à Laura le sentiment d'être une « ratée » ou une « anor-

male » ? Elle a besoin d'exprimer librement sa crainte d'avoir fait du mal au bébé durant l'accouchement. Que cette crainte soit ou non fondée sur la réalité, elle est courante chez les jeunes mères inexpérimentées. En outre, Mme King serait soulagée de confier son inquiétude concernant la personnalité de sa fille à un professionnel qui lui expliquerait que ce style de comportement est tout à fait normal et sain. Dans les années 50, Alexander Thomas et Stella Chess ont effectué une étude longitudinale de ces différences de tempérament. Laura correspond à l'un de leurs prototypes, une personne observatrice, tranquille, sensible, lente à agir. Le comportement de la petite fille ne sort absolument pas de l'ordinaire, et elle n'aura jamais rien d'une anormale, à moins que ses parents ne la voient comme telle et ne l' « encouragent » en quelque sorte à le devenir.

Les crises de hoquet sont déclenchées par des renvois d'air et n'ont rien d'inquiétant. Elles sont rarement mal supportées par les bébés, mais pour les arrêter, il suffit de remettre l'enfant au sein ou de lui présenter un biberon d'eau.

En dehors de ces quelques petits problèmes, Laura est un bébé on ne peut plus facile. Mme King commence à prendre confiance en elle. Entre les tétées, elle couche sa fille et semble rarement encline à jouer avec elle. Elle passe des heures couchée, lit beaucoup, regarde la télévision dans le salon et se chamaille avec son mari et sa mère. Elle ne se sent absolument pas stimulée par sa fille. Elle commence à souhaiter que sa mère rentre chez elle et que son mari reprenne son travail. Elle ne parvient pas à se mobiliser suffisamment pour s'occuper de son intérieur, ni pour faire quoi que ce soit de constructif. Elle téléphone à toutes ses amies pour les inviter à passer voir Laura, bien que son médecin le lui ait déconseillé. Il l'a mise en garde contre les dangers que comportaient les visites, qui risquent de la fatiguer, elle, et d'exposer le bébé aux infections. Mais Mme King s'ennuie et elle est passablement abattue.

Notre jeune maman traverse une dépression post-natale commune à beaucoup de femmes. Sans s'en rendre compte, elles s'ennuient, se sentent déprimées, irritées et jalouses de ceux qui les entourent. Tout cela est la contrepartie psychologique de la période de récupération physiologique durant laquelle le corps de la femme se réorganise après l'accouchement.

La mère de Mme King devine ce mécontentement sous-jacent et constate que Laura devient de plus en plus placide, au lieu de devenir plus active. Elle sent que cela est sans doute partiellement dû au manque de stimulation entre les tétées. Les deux jeunes parents ont tendance à laisser à leur petite fille le soin de faire les premiers pas et de réclamer leur attention; l'ennui, c'est que Laura n'y semble nullement disposée. Non sans appréhension, la grand-mère se décide à suggérer une attitude un peu plus positive vis-à-vis du bébé. Elle voudrait bien être certaine, pourtant, que la petite fille a besoin que l'on joue davantage avec elle. Elle se rappelle qu'avec ses propres enfants, elle était si contente d'en être momentanément débarrassée que lorsqu'ils dormaient, elle ne les réveillait jamais; mais elle sait aussi qu'ils se réveillaient d'eux-mêmes et réclamaient son attention. Peut-être Laura est-elle trop sage ?
Elle aborde donc le sujet avec le jeune couple. Pour commencer, ils réagissent comme ils le font toujours dès qu'elle suggère quelque chose, ils se mettent aussitôt sur la défensive et semblent quelque peu irrités par son intervention. Néanmoins, l'un et l'autre saisissent au vol cette idée de jouer avec Laura. M. King en mourait d'envie, mais l'attitude protectrice de sa femme vis-à-vis du bébé l'en avait

dissuadé. Mme King est secrètement soulagée de s'entendre pressée de solliciter davantage son bébé et elle est désormais prête à risquer de commettre quelques faux pas.

M. King joue souvent avec sa fille. Lorsqu'il la prend dans son berceau, il sent tout son petit corps se raidir et la repose. S'il la tire par les bras pour la faire asseoir, sa tête ballotte violemment d'arrière en avant. Il a l'impression qu'elle va se rompre le cou. Sa belle-mère lui conseille de placer une main derrière la tête de Laura pour la maintenir. Tant qu'il ne tient pas bien Laura nichée contre lui, il a l'impression qu'elle n'est pas en sécurité. Au début, l'appréhension qui ronge le jeune père lorsqu'il joue avec ce bébé complètement détendu l'empêche de profiter pleinement de ces moments, mais il a fait les premiers pas dans la bonne direction et il persévère.

Mme King s'habitue de plus en plus à manipuler sa fille. Le cordon ombilical est enfin tombé. Mme King a nettoyé la cicatrice à l'alcool à plusieurs reprises, comme le lui a indiqué le pédiatre. Elle se sent enfin prête à aborder la prochaine grande étape, le premier bain.

Elle s'efforce de se rappeler tous les conseils qu'on lui a donnés durant le stage qu'elle a suivi. Rien ne lui revient. Elle a vaguement gardé en mémoire certaines mises en garde, telles que : « Ne la laissez pas échapper de vos mains » ou bien : « Soutenez-lui la tête à tout instant. » Seulement elle a oublié les petits trucs tout simples qu'on lui a enseignés pour y parvenir. Elle réunit tout ce qui pourra être nécessaire à cette entreprise, y compris sa mère et son mari. Elle sort de son berceau Laura, qui lui semble encore plus mollassonne qu'à l'accoutumée. On dirait qu'elle a des membres désarticulés, en caoutchouc mousse, et que sa tête ne tient au tronc que par un ressort. Tout paraît jaillir dans des directions différentes ! Tout en déshabillant sa fille, après avoir vérifié du coude la température du bain, Mme King la regarde comme si elle ne l'avait jamais vue. Au contact de l'air, les membres de Laura prennent une vilaine couleur marbrée. Elle a la peau sèche qui pèle; ses lèvres aussi sont toutes craquelées, et une ampoule s'est formée sur la lèvre supérieure à force de téter.

C'est très courant chez les bébés qui tètent avec application et ça n'est absolument pas grave; un peu de vaseline protégera l'épiderme.

La tête de Laura semble particulièrement bosselée, et les fontanelles paraissent plus vastes et plus vulnérables que jamais.

En fait, les bébés sont assez peu vulnérables aux blessures faites à travers les fontanelles. Celles-ci ont permis au crâne de se modeler durant l'accouchement et, à présent, elles servent de protection de façon que le cerveau puisse se développer plus vite que les os. Les fontanelles agissent en fait comme un capitonnage et permettent aux nombreux os du crâne de jouer, lorsque le bébé reçoit un coup à la tête. Notre crâne d'adulte étant soudé, rien ne peut plus amortir les coups, et c'est alors le cerveau qui rebondit contre la boîte crânienne. C'est pourquoi en cas de choc à la tête, les adultes souffrent plus facilement de commotion cérébrale que les bébés. La fontanelle antérieure ne se referme que vers dix-huit mois, lorsque la période de croissance rapide du cerveau est terminée. A ce moment-là, le petit enfant qui marche déjà risque moins de tomber sur la tête. Cependant, durant la première année et demie, il a eu bien souvent besoin de cet effet d'amortisseur.

Les pulsations que l'on peut distinguer dans les fontanelles reflètent le rythme cardiaque du bébé et le flux du sang à travers son corps. Lorsque l'enfant est actif ou qu'il a la fièvre – ce qui accélère dans les deux cas le rythme cardiaque – les pulsations deviennent plus rapides. Bien que cela fasse paraître les fontanelles encore plus vulnérables, les vaisseaux sanguins ne sont pas suffisamment proches de la surface pour être facilement endommagés par un coup normalement fort. En tout cas, les parents n'ont vraiment pas à craindre de laver ou de frotter les fontanelles. Il y a également peu de risque qu'un grand frère ou une grande sœur fassent mal au bébé en y enfonçant le doigt ou la main avec une force normale. La taille des fontanelles peut varier dans tous les sens. A moins qu'il n'y ait un fort renflement vers l'extérieur, on peut considérer que la taille et la forme n'ont rien d'inquiétant.

Dans les bras de sa mère, Laura a le menton qui tremblote; elle frissonne, bâille et éternue, les trois phénomènes s'enchaînant coup sur coup. Mme King en est si émue qu'elle repose aussitôt Laura sur la table à langer et la couvre. Tout au long de cet épisode, les yeux de Laura ont erré dans le vague, d'un air endormi. Lorsque sa mère la couvre, elle semble s'éveiller et regarde autour d'elle. Elle voit sa mère, fixe les yeux sur son visage, comme pour dire : « Courage, maman, je vais très bien. » Mme King se ressaisit, revérifie la température du bain, qui commence à être froid, et rajoute de l'eau chaude.

Au moment où elle va poser la petite fille dans la baignoire, celle-ci lui échappe des mains et entre assez rudement en contact avec le fond du récipient, déclenchant une petite vague qui lui recouvre la tête et le visage. Mme King blêmit, mais elle parvient à maintenir la tête de sa fille hors de l'eau. Une fois dans son bain, Laura semble s'animer très nettement; elle se tortille et donne des coups de pied tandis que sa mère lui savonne bras et jambes. Plus elle est couverte de savon, plus elle s'agite. Bientôt, M. King est occupé à lui tenir la tête, Mme King les jambes et la mère de Mme King le milieu du corps. Laura semble prendre plaisir à être ainsi manipulée par les trois adultes. Eux paraissent s'amuser beaucoup moins.

Une fois le bain terminé, tout le monde conjugue ses efforts pour déposer Laura sur la table à langer. Son corps est à présent d'un rose violacé. Elle tremble de ses quatre petits membres. Mme King la croit prise de convulsions et elle est persuadée qu'ils lui ont fait attraper une pneumonie. Dès qu'on la sèche, cependant, sa couleur revient au rose pâle et les tremblements cessent. Lorsque le bébé est enfin rhabillé et bien au chaud dans son berceau, Mme King s'écroule sur son lit, épuisée, tandis que M. King se verse un verre, imité par sa belle-mère.

Laura parcourt la pièce d'un regard sagace, les yeux grands ouverts; elle aperçoit un rai de lumière à la fenêtre et le fixe un long moment. Entendant parler ses parents, elle tourne la tête du côté d'où lui parviennent leurs voix et semble parfaitement paisible.

Les tétées représentent le principal contact entre Mme King et sa fille. Au début, elles se passent facilement et bien. La jeune mère a, semble-t-il, beaucoup de lait et paraît convaincue que Laura prend tout ce dont elle a besoin. Au bout des deux premières semaines, cependant, la petite ne tète plus que cinq minutes à chaque sein, puis se détourne, comme si elle était rassasiée. Elle suce davantage ses doigts et fait des bruits d'enfant qui s'étrangle et suffoque. Après quelques minutes d'effort, Laura fait de gros renvois très sonores, puis elle rejette une partie du lait avant de se mettre à hoqueter souvent pendant dix à quinze minutes.

Laura s'étrangle parce que le lait lui arrive en trop grande quantité, si bien qu'elle doit l'avaler trop vite. La maman peut remédier à cet inconvénient en pressant doucement sur chacun de ses seins avant la tétée, pour en expulser les premières giclées de lait, trop abondantes, jusqu'à ce que le liquide ne coule plus que goutte à goutte. Le bébé n'aura plus besoin de faire d'effort pour tout avaler. Les déglutitions bruyantes sont signe que le nourrisson avale de l'air avec chaque gorgée et elles contribuent à former dans l'estomac une bulle d'air que l'enfant renvoit souvent avec un peu de lait.

Ayant eu recours à la méthode expliquée ci-dessus pour régulariser le débit de son lait, Mme King constate que Laura boit ainsi plus facilement et plus confortablement. Elle tète pendant plus longtemps et la tétée devient pour elle une source de gratification accrue.

Si le bébé continue à rejeter du lait après chaque tétée, on peut essayer de le coucher pendant une demi-heure, le haut du corps surélevé de trente degrés, avant de lui faire faire son renvoi. Cela permet au lait de descendre sous l'effet de la pesanteur, et à l'air ingurgité de s'élever vers le haut de l'estomac. Lorsqu'on fait faire son renvoi à l'enfant, après le laps de temps indiqué, le lait reste dans l'estomac, l'air remonte seul et, le plus souvent, les hoquets diminuent.

Laura n'est pas un bébé grincheux. Elle pleurniche brièvement environ trois fois par jour. Deux de ces périodes de mauvaise humeur coïncident généralement avec les moments où elle s'efforce d'évacuer ses selles. A ces moments-là, elle fait des efforts visibles, pousse, change de couleur et donne l'impression de souffrir le martyre. Mme King téléphone au pédiatre pour savoir si elle devrait mettre à Laura un suppositoire lorsque la petite commence à s'agiter ainsi, et elle décrit sa fille comme un bébé constipé. Le médecin lui assure qu'il est pratiquement impossible qu'un bébé nourri au sein soit constipé. Etant donné que les selles de Laura sont liquides, le diagnostic de sa mère est de toute façon erroné. Il lui assure qu'à mesure que la petite fille s'habituera aux spasmes qui précèdent les selles, elle cessera de s'agiter ainsi.

Je n'ai encore jamais vu de bébé constipé lorsqu'il est allaité par sa mère. Souvent, les tout-petits font des efforts considérables à chaque selle, et il semble qu'il n'y ait rien à faire pour les soulager. Comme c'est le cas pour nombre de petits incidents de la période néo-natale, « ça leur passe ». Nous avons ici l'exemple type d'une situation où le nouveau-né nous indique semble-t-il deux choses : pour lui, la séparation entre la gêne et la douleur est extrêmement ténue; et à mesure qu'il prend de l'âge, ou bien il s'habitue à la gêne qui précède immédiatement les évacuations des selles, ou bien l'intestin plus « rodé » n'enregistre plus ces évacuations comme douloureuses.

La couleur des selles est une source d'inquiétude pour tous les gens qui s'occupent des bébés. Le vert que l'on distingue souvent est dû à la présence de bile en provenance de la partie supérieure du conduit gastro-intestinal. A mesure que la bile traverse le conduit inférieur, elle vire au jaune, à l'orange, puis au brun. Le noir verdâtre indique également la présence de bile non digérée. La couleur reflète alors la vitesse avec laquelle elle passe le long de cette voie.

C'est dans le gros intestin, ou côlon, que la matière fécale absorbe du liquide, donc une selle trop liquide indique également un passage trop rapide à travers cet organe. Des selles vertes, molles et liquides dénotent donc simplement un transit intestinal précipité. Le lait de la mère agit communément de façon laxative sur l'intestin du bébé. Les sucres sont laxatifs. Les premiers aliments solides sont aussi, très souvent, à l'origine de selles molles et verdâtres, jusqu'à ce que le système digestif s'y soit habitué. L'infection et l'allergie gastro-intestinale sont les deux états pathologiques dont on a lieu de s'inquiéter. Lorsque les selles sont fréquentes (c'est-à-dire cinq fois par jour ou plus, sauf pour les bébés nourris au sein) et qu'elles sont liquides, particulièrement malodorantes et vertes, il faut sans retard consulter un médecin. Les mucosités et le sang sont des marques supplémentaires d'irritation. Le sang vire au noir lorsqu'il est digéré, et il est d'un noir rougeâtre lorsqu'il provient d'une partie supérieure du conduit intestinal. Un noir verdâtre est moins grave. Si l'on garde ces points de repère présents à l'esprit, il est possible de faire la distinction entre les dérangements intestinaux graves et bénins. De légères diarrhées surviennent souvent; si elles persistent, elles peuvent être le symptôme d'une intolérance alimentaire plus sérieuse. Pour les bébés nourris au sein, il n'est pas nécessaire de s'inquiéter, le lait humain se digère on ne peut plus facilement.

Peu à peu, ces schémas se stabilisent. Lorsque Laura atteint l'âge de trois semaines, elle-même et son horaire sont si bien réglés qu'on peut prédire pratiquement à coup sûr que la petite fille va se réveiller prête à téter toutes les quatre heures, jour et nuit. Depuis que sa mère a résolu le problème des rejets de lait, Laura tète et fait son renvoi à heure fixe, puis elle reste dans son petit fauteuil inclinable, occupée à regarder autour d'elle et à se sucer bruyamment les doigts. Ses périodes grincheuses coïncident le plus souvent avec son activité intestinale. Elle est si placide et semble si bien se suffire à elle-même que ses parents, manquant totalement d'expérience, ne la prennent dans leurs bras et ne lui parlent que trop rarement. Ils ont l'impression qu'elle sait « mieux qu'eux » ce qui convient et la laissent dans son berceau ou dans son fauteuil inclinable une bonne partie de la journée. Sa grand-mère n'est pas tout à fait d'accord avec cette attitude, mais chaque fois qu'elle essaie d'inciter les jeunes parents à jouer davantage avec leur fille, ils se hérissent. Elle trouve également plus simple de ne pas s'occuper elle-même de Laura, car dès qu'elle s'approche de la petite, sa fille ne la quitte plus des yeux, comme si elle était jalouse. Effectivement, Mme King se sent jalouse de tous ceux qui parviennent à arracher à sa fille la moindre réaction, ce qui n'arrive pas souvent. A la fin de la troisième semaine, la grand-mère rentre chez elle, désolée de ne pas être mieux parvenue à rompre cette tension qu'elle devine dans la famille de sa fille. Au cours d'une période aussi pénible et importante, les tentatives que fait la grand-mère pour aider se soldent souvent par des résultats négatifs. Ni elle ni le jeune ménage ne devraient éprouver le moindre sentiment de culpabilité à la suite de cet « échec ». La mère de Mme King a été en fait d'un grand secours, en soutenant moralement les jeunes parents lorsqu'ils en avaient besoin et en étant disponible pour offrir son aide et essuyer les mouvements d'humeur. Mais ce que la grand-mère a sans doute fait de plus utile pour l'avenir, c'est d'avoir suggéré aux parents de jouer davantage avec leur fille, au lieu de la laisser décider toute seule de se rappeler à leur bon souvenir. Elle a fait preuve d'une grande intuition en ne pressant pas sa fille d'accepter ses idées, elle a ainsi merveilleusement joué son rôle.

Le facteur temps, qui permet aux parents de s'adapter à la nouvelle situation et de se mobiliser pour servir de mère et de père au bébé, est un facteur important. Personne n'arrivera à aider les parents à s'accoutumer à ce rôle aussi efficacement qu'ils le feront d'eux-mêmes.

Daniel l'actif

Mme Kay commence à avoir l'impression qu'elle ne sortira jamais de l'hôpital, car une petite complication urinaire l'oblige à y rester un jour de plus que prévu. Elle aurait préféré rentrer chez elle avec Daniel le quatrième jour. En tout cas, le cinquième jour, le petit garçon continue à prendre régulièrement du poids, et elle a appris à le maîtriser à l'heure du biberon. Il rejette moins le lait qu'il ne le faisait lors de ses premiers repas, même s'il continue à cracher un peu après chaque tétée. Le pédiatre estime qu'il progresse de façon éminemment satisfaisante.

Après le biberon de dix heures du matin, la jeune femme est déjà assise sur son lit, tout habillée, attendant l'arrivée de son mari qui a promis d'être là à onze heures, avec le petit Mark, âgé de deux ans, et la dame qui le garde. (Celle-ci s'est occupée de Mark depuis sa naissance, le prenant complètement en charge pendant tout le temps où Mme Kay travaille.) A onze heures, Mme Kay fait les cent pas dans sa chambre. A onze heures et demie, son mari n'étant toujours pas là, elle est dans tous ses états. Elle téléphone chez elle, pour s'assurer qu'il est parti. C'est lui qui répond; il explique qu'ils ont été retardés, mais qu'ils étaient justement sur le point de se mettre en route. Dès qu'elle a raccroché, elle se jette sur son lit. Elle se sent seule et abandonnée. Pourquoi n'étaient-ils pas là, à l'attendre impatiemment, au premier coup de onze heures ?

> Ce genre d'hypersensibilité est un symptôme courant de l'instabilité émotionnelle qui caractérise cette période de « cafard ».

Lorsque M. Kay arrive enfin, il laisse Mark et sa garde dans le hall. Il entre tout penaud dans la chambre de sa femme, car il s'attend à l'algarade qui l'accueille effectivement. Il n'a guère d'excuse pour son retard, sinon qu'il a oublié de se réveiller et que la garde a emmené le petit Mark se promener pendant la plus grande partie de la matinée.

On apporte Daniel, dans son berceau, pour l'habiller en vue du départ. Il est déjà en train de hurler. Il pousse des cris sonores et perçants, donne des coups de pied rageurs et lance les bras dans tous les sens. Pendant qu'on le déshabille, son agitation atteint un véritable paroxysme. Sursauts violents et réflexes de Moro s'intercalent entre les pleurs. L'infirmière maintient les bras de Daniel d'une main, tandis qu'elle change ses couches de l'autre, et il réagit à cette contrainte en se calmant. Elle fait remarquer à Mme Kay que lorsqu'on dévêt un nouveau-né et qu'il se trouve libre de ses mouvements, il peut en être perturbé.

Beaucoup de tout petits bébés, par exemple, semblent détester le bain; en réalité, c'est à la nudité et à la libération de toute contrainte qu'ils réagissent.

L'infirmière montre à Mme Kay que Daniel commencera son cycle infernal dès qu'elle lui libérera les bras. En revanche, lorsqu'on lui maintient un bras étroitement replié contre le corps, à la hauteur de l'épaule, il se calme aussitôt, bien qu'il soit toujours nu et libre de toute autre contrainte.

Enfin Daniel est habillé, la note de la maternité est payée, la famille se met en route. Mme Kay se rend compte qu'elle est impatiente de revoir Mark.

Elle a envie de courir jusque dans le hall d'entrée pour retrouver Mark, mais elle se contient. Elle sent les larmes lui monter aux yeux en l'apercevant. Mark entend son appel, mais il refuse de quitter la banquette où il est assis, à côté de sa garde. Il ne quitte pas sa mère des yeux, tandis qu'elle se dirige vers lui, mais il la regarde comme s'il s'agissait d'une étrangère. Mme Kay se sent gagnée par la panique en voyant qu'il persiste à l'ignorer. Le père du petit garçon le pousse vers sa mère en expliquant que Mark s'est peut-être senti un peu délaissé. Sa mère l'a quitté depuis presque une semaine, et c'est en quelque sorte normal qu'il se détourne d'elle. Mme Kay prend Mark dans ses bras. Elle lui demande s'il veut voir son petit frère. Mark jette consciencieusement un coup d'œil à Daniel, emmitouflé dans ses couvertures, mais se retourne vite vers sa mère.

Une fois chez elle, Mme Kay commence à se remettre. C'est bon de revoir les meubles, les objets qu'elle aime et tous ses livres. Elle n'a qu'à regarder autour d'elle et aussitôt elle se sent rassérénée. Son premier mouvement est de s'atteler aux travaux du ménage, mais son médecin lui a bien recommandé de ne pas se fatiguer, si bien qu'elle y renonce pour s'asseoir dans un fauteuil confortable. Mark vient s'installer à côté d'elle, tandis que M. Kay dépose Daniel dans les bras de sa mère. Elle se serre contre elle d'un bras et passe l'autre autour de Mark. Son mari se laisse tomber dans son fauteuil préféré, de l'autre côté de la pièce. La garde de Mark est partie faire quelque chose dans la cuisine. La famille redevient une unité bien soudée. Quoique cet intervalle paisible ne dure pas plus d'un quart d'heure, il permet à Mme Kay de récupérer un peu et lui réchauffe le cœur.

Daniel n'est pas un bébé facile. Il continue à être extrêmement sensible à l'humeur de ceux qui l'entourent. Lorsque sa mère est fatiguée ou nerveuse, elle le trouve impossible, tant il est grincheux et énervé. Lorsqu'elle est bien reposée, au contraire, et peut s'asseoir calmement pour le nourrir, sans être préoccupée par autre chose, il réagit en avalant son biberon comme un grand. Il est si prompt à réagir à ses états d'âme qu'elle s'en veut lorsqu'elle le trouve exceptionnellement geignard; cependant, elle ne se sent pas capable de conserver une humeur toujours égale. Daniel lui apparaît un peu comme une revanche de la justice immanente, après la petite enfance si placide et si facile de Mark.

Lorsqu'il est éveillé, Daniel n'arrête pas de s'agiter. Il ne dort que douze heures environ, le reste de la journée se passant à se tortiller, à donner des coups de pied, à sucer son poing ou son vêtement, ou tout simplement à crier.

De récentes études ont démontré que dès leur naissance, certains bébés ne dorment pas plus de douze heures par jour. Leurs yeux restent fermés plus longtemps, mais ils sont capables de percevoir des stimuli et d'y répondre.

Daniel semble toujours passer sans transition du profond sommeil à un état d'activité effrénée. Par moments, sa mère le voit ramener ses jambes sur son ventre, devenir rouge comme un coquelicot et expulser de grandes quantités de gaz intestinal. Se rappelant avoir lu certaines descriptions de coliques, elle ajoute un nouveau souci à sa liste déjà longue. Souvent, quand il pleure, Daniel retient sa respiration assez longtemps pour que sa couleur vire du rose au violet sombre.

Durant ces premiers jours, Mme Kay multiplie les coups de téléphone au pédiatre, jusqu'à ce qu'elle le sente aussi accablé qu'elle par ses appels. On essaie de donner à Daniel une sucette, de le langer très serré, mais il continue à pleurer pendant de longues périodes tous les jours. On change à plusieurs reprises la composition de son biberon, sans effet apparent.

Certains bébés sont sensibles aux composants d'une formule lactée particulière, à l'un des sucres par exemple, ou même au lait de vache. Ils réagissent généralement bien à un changement de lait. D'ordinaire, cependant, les crises de larmes, lorsqu'elles sont un symptôme d'intolérance à un aliment, s'accompagnent d'autres indices de sensibilité intestinale accrue, notamment de violents vomissements qui vont croissant; des selles chargées de mucosités, fréquentes et molles; et si l'on persiste à donner l'aliment sensibilisateur, une plaque d'eczéma.

Au début, Daniel accepte la sucette, mais il ne tarde pas à la rejeter en faveur de son poing qu'il commence à sucer pendant de longues périodes. Mme Kay veille à lui découvrir les poings pour qu'il puisse les atteindre plus facilement.

Comme les intolérables crises de pleurs de Daniel persistent, M. et Mme Kay s'efforcent d'en analyser les raisons. Ils se rendent compte que leur fils est un bébé extrêmement sensible, qui réagit presque instantanément à la moindre tension dans l'atmosphère familiale. Il est hypernerveux de nature et éprouve beaucoup de difficultés à se calmer. C'est aussi un goinfre : la rapidité avec laquelle il engloutit ses biberons fait qu'il avale en même temps beaucoup trop d'air, en outre, lorsqu'il pleure, il semble en avaler encore plus. Ces deux habitudes le laissent finalement tout ballonné. A mesure qu'il s'agite, les gaz s'accumulent et ses intestins gargouillent constamment. Conseillés par leur docteur, les parents décident que Mme Kay doit pouvoir lutter contre cette abondance de gaz en offrant au bébé un peu d'eau sucrée toutes les vingt à trente minutes pour aider à faire des renvois.

La maman s'aperçoit alors que lorsqu'elle prend Daniel pour lui donner son eau, il se calme et cesse de se déchaîner pour regarder autour de lui avec intérêt. Lorsqu'il a fait son renvoi, il reste tranquille pendant un bref instant, l'œil aux aguets, puis progressivement, il se remet à pleurer. Le fait qu'il soit capable de se calmer et de s'intéresser à ce qui l'entoure, ne fût-ce que quelques minutes, était l'indice dont sa mère avait besoin pour se rassurer et se convaincre que ses pleurs (comme ceux de Louis) ne cachaient rien de vraiment grave. Elle comprend que les crises de larmes sont inévitables, peut-être même nécessaires, mais elle sait aussi que les périodes d'intérêt vont s'allonger et celles de mauvaise humeur se raccourcir. Une fois convaincue, elle s'arrange pour laisser Daniel se libérer tout seul d'une grande partie de sa rogne et de sa grogne.

Dès que cette nouvelle résolution lui permet de traiter son fils avec davantage de compréhension et moins d'angoisse, le temps qu'il passe en tout à pleurer commence à décroître. Mme Kay remarque qu'il y a dans ses crises deux schémas quotidiens. Parfois, il pleure quatre ou cinq fois par jour, par périodes de vingt à trente minutes, après les tétées et juste avant de s'endormir. Ces périodes semblent représenter de sa part des tentatives de se défouler suffisamment pour pouvoir s'assoupir. Lorsque sa mère le prend dans ses bras pour le calmer et lui donner de l'eau sucrée, au bout de vingt minutes de cris, Daniel la boit, fait son renvoi et s'endort aussitôt. D'autres fois, les crises de larmes se prolongent. Pendant deux ou trois interminables heures de suite, Daniel hurle, se tord comme un ver, vire au rouge, puis au violet, pousse et expulse des gaz. Sa mère sait à présent qu'elle ne peut rien lui proposer pour le soulager, sinon le réconfort purement mécanique des renvois qu'elle provoque en le faisant boire. Avec le temps, Daniel abrège de lui-même ces crises de larmes et semble mieux manger et mieux dormir après ces explosions.

Mme Kay a évité à son bébé les véritables coliques qui peuvent se signaler par ces mêmes hurlements inconsolables et ces mêmes gestes violents, mais accompagnés d'une hyperactivité parallèle de l'intestin. Les coliques peuvent durer des douze ou quatorze heures par jour et s'installer sans répit durant les trois premiers mois! Je suis convaincu qu'elles commencent souvent par des crises semblables à celles que nous avons vues chez Daniel. Le bébé enclin aux coliques est un bébé agité et volontaire, hypersensible au climat et aux stimuli qui l'entourent. A mesure que ses exaspérantes périodes de mauvaise humeur créent une tension croissante chez ceux qui l'entendent, ses réactions deviennent de plus en plus excessives. Les adultes essaient de le calmer de trop de façons différentes, en se disant qu'il doit exister un moyen magique, ou bien qu'il y a chez l'enfant quelque chose qui ne va pas, mais auquel il doit être facile de remédier. Bien souvent, trois générations finissent par se retrouver face à face. La tension monte autour du bébé; il y réagit en devenant de plus en plus surexcité, son intestin commence à refléter la tension accrue, et ce qui n'était au départ qu'une crise de deux heures en dure à présent quatre, huit et même douze. Les intestins eux aussi sont surstimulés par la fatigue croissante et l'anxiété de l'entourage, et réagissent de manière excessive. Ce schéma devient un véritable cercle vicieux que nous appelons « coliques ».

A partir du moment où elle comprend mieux la raison des crises de larmes de Daniel, Mme Kay se sent revigorée. Sous beaucoup d'autres rapports, en effet, c'est un bébé passionnant. Lorsqu'il est réveillé et de bonne humeur, il prête attention, pendant de longues périodes, à tout ce qui l'entoure. Sa mère le met en position semi-assise, dans son petit fauteuil inclinable, et le transporte tout autour de la maison, avec elle et Mark. Daniel tourne la tête pour regarder son frère et semble observer quelle que soit la distance qui les sépare. Bien que ses yeux aient du mal à faire le point lorsque celle-ci change et soient incapables de suivre un objet animé d'un mouvement rapide, le bébé contemple souvent son aîné avec intérêt pendant dix ou quinze minutes de suite. Au bout de ce laps de temps, il commence à loucher, puis à s'agiter, et bientôt il pleure. Sans attendre qu'il en arrive au stade des hurlements, sa mère le met sur le ventre dans son berceau. Cette position lui permet de contrôler plus facilement les sursauts qui accompagnent toujours ses pleurs; il lui arrive souvent de faire un petit somme sur le ventre, et de s'éveiller frais et dispos, prêt à reprendre sa participation active à la vie de famille.

L'activité motrice de Daniel est aussi intense que la façon dont il observe et écoute. Pendant de longues périodes, il reste allongé sur le dos, faisant des moulinets avec ses bras et donnant des coups de pied. Au cours des trois premières semaines, il parvient à se retourner de la position dorsale à la position ventrale. Une fois sur le ventre, il tend et replie les jambes, comme s'il nageait la brasse. Entretemps, il apprend aussi à décoller la tête du lit, à la tourner d'un côté, puis de l'autre, et bien souvent il porte le poing à sa bouche. Tandis qu'il le suce bruyamment, son corps tout entier se raidit, et il change de couleur tant il est concentré; il semble dépenser une énergie considérable. Cette activité continue pendant dix ou quinze minutes, jusqu'à ce que son poing lui échappe et qu'il passe à un autre exercice, plus fortuit.

Mme Kay a remarqué que Daniel pleurniche dès que survient la moindre contraction de son intestin, et aussi juste avant de rejeter du lait. Il crie lorsqu'il va faire ses besoins, et sa mère a même l'impression qu'il fait des efforts et devient grincheux avant de faire pipi. A mesure que sa circoncision se cicatrise (grâce à des applications de vaseline à chaque changement de couches), ces moments d'inconfort associés à l'émission d'urine cessent. De temps en temps, juste avant de faire pipi, Daniel est secoué de frissons. Ses selles sont molles et expulsées avec force. Elles ont une odeur plus bizarre que celles de Mark, dans le souvenir de leur mère.

C'est sans doute tout à fait normal, car de nombreux laits artificiels provoquent une matière fécale assez molle. Pour y remédier, on peut diminuer la ration de sucre. Il y aura peut-être des mucosités dans les premières selles, mais si elles revenaient trop fré-

124

quemment, il faudrait avertir le médecin. Quatre à six évacuations par jour n'ont rien d'exceptionnel, et chez un enfant nourri au biberon elles sont parfois très malodorantes. Les efforts et les geignements qui accompagnent l'activité intestinale et urinaire ne sont qu'un nouveau signe de l'extrême sensibilité de notre bébé à tout stimulus.

Le cordon ombilical de Daniel reste attaché durant les trois semaines qui suivent son retour chez lui.

A moins de distinguer une odeur nauséabonde ou une inflammation autour de l'ombilic, le fait que le cordon reste en place n'a rien d'inquiétant. La teinture désinfectante dont on l'enduit à la maternité est destinée à tuer les bactéries qui risqueraient de s'installer. Elle est si efficace, cependant, qu'elle détruit aussi les bactéries normales qui entraînent la dégénérescence du tronçon restant et sa chute rapide.

Mme Kay continue à frotter toute la zone à l'alcool chaque jour et se contente de laver le reste du corps à l'éponge. Cette toilette perturbe Daniel, qui se débat comme un forcené. De façon parfaitement caractéristique, sa réaction à la nudité est aussi excessive que ses réactions à n'importe quel stimulus. Lorsque Mme Kay lui maintient les bras en les enveloppant dans un lange, il se calme. Lorsqu'elle lui lave le haut du corps, elle en fait autant pour ses jambes.

Daniel continue à faire des progrès. Il dévore comme un ogre et prend de cent quarante à cent soixante-dix grammes par biberon, en l'espace de quinze minutes. Sa mère se rend compte que, pour lui, le temps passé à téter a une grande importance.

Ces bébés particulièrement excitables ont besoin de « supports », tels que la tétée, beaucoup plus souvent que les enfants qui trouvent en eux-mêmes une certaine sérénité.

M. Kay est obligé d'acheter des tétines sans trou et de les percer lui-même avec une épingle préalablement chauffée à blanc plantée dans un bouchon, afin que l'orifice soit suffisamment petit pour que Daniel mette au moins vingt minutes à boire son biberon. Lorsqu'il l'engloutit trop vite, en effet, il en rejette invariablement une bonne partie. Durant ses crises de larmes, il vomit souvent plusieurs gorgées de son dernier biberon. Malgré cela, il profite bien, il a le teint rose et il paraît en excellente santé. Sa mère essaie de le nourrir à heures fixes, mais il se réveille de façon si irrégulière et absorbe des quantités si différentes qu'elle comprend très vite qu'un horaire plus souple est nettement préférable. Lorsqu'elle veut lui donner son biberon et qu'il n'est pas prêt, ou bien il n'avale pratiquement rien, ou bien il est quasiment impossible à nourrir, après quoi il se réveille plus tôt que prévu pour le biberon suivant. En revanche, si sa mère attend qu'il réclame de lui-même en s'agitant, en suçotant son poing et finalement en hurlant et en cherchant la tétine –, Daniel mange bien et semble rassasié. Durant la journée, il réclame son biberon toutes les deux heures et demie ou trois heures, mais la nuit il peut attendre quatre ou cinq heures.

En fin de journée, c'est M. Kay qui prend le relais auprès du bébé. Il adore jouer avec ce petit corps robuste, qui réagit avec tant de vivacité. Chaque fois qu'il le prend dans ses bras, Daniel se raidit, sa tête se lève, ses yeux s'ouvrent et son visage s'éclaire. Il a l'air de se délecter de toutes ces manipulations. A l'âge de trois semaines, il trahit un intérêt évident dès qu'il entend la voix de son père et semble attendre que celui-ci vienne jouer avec lui. Si son père n'arrive pas tout de suite, il pousse un cri, comme pour dire : « Et alors, tu m'oublies ? » Ce contact entre son fils et lui ravit M. Kay qui passe la majeure partie de la soirée à faire sauter Daniel sur ses genoux ou à le bercer dans ses bras. Mme Kay soutient que c'est pour cette raison que le bébé finit par pleurer comme il le fait en fin de journée.

Ces jeux contribuent peut-être effectivement à énerver le petit, mais un bébé tel que Daniel aurait une crise de larmes quoi qu'il advienne. Et c'est pour lui une aubaine que d'avoir un père qui sait jouer avec lui et l'amuser. Dès ces toutes premières semaines, ils vont apprendre à se connaître et bientôt ils s'adoreront.

Nous avons pu constater qu'à quatre semaines seulement, un bébé peut indiquer par son comportement qu'il reconnaît et distingue le visage et la voix de sa mère et de son père de ceux des autres personnes qui l'entourent. Daniel fait déjà clairement voir à quel point il est attaché à son père.

Les trois semaines qui se sont écoulées depuis le retour de la maternité ont été longues et épuisantes. Les parents évoquent non sans regret la période correspondante dans la vie de leur fils aîné. D'un autre côté, le calme dont ils ont gardé le souvenir était dû, en grande partie, au fait que Mme Kay avait quasiment abandonné son fils à la brave dame qui s'en occupe. Elle a moins peur de son second enfant et elle est bien décidée à ne pas laisser passer cette nouvelle occasion de profiter de sa maternité. Elle se rend compte, à présent, qu'à son soulagement en voyant quelqu'un d'autre plus expérimenté prendre soin de Mark se mêlait néanmoins un certain ressentiment. Mme Kay est une femme non seulement intelligente, mais honnête. Elle a, ne l'oublions pas, maîtrisé toute seule le problème considérable des biberons de Daniel à la maternité; elle a su établir un modus vivendi pour ses crises de larmes intempestives, et elle l'a fait en outre avec une objectivité admirable, à un moment où les ressources physiques et émotionnelles d'une femme sont passablement entamées. La réflexion renforce sa détermination de consacrer à ce second enfant un peu plus de temps, avant de reprendre son travail. Daniel est un bébé exigeant et volontaire, mais sa sensibilité a un côté fascinant et provoque des réactions extrêmement satisfaisantes.

4

LE DEUXIÈME MOIS [1]

Louis, un bébé moyen

Le deuxième mois permet de faire le point. Louis fait à présent partie de la famille. Mme Moore reprend le dessus. Souvent, après une bonne nuit de sommeil ou lorsque Louis fait une longue sieste, elle se sent parfaitement reposée et maîtresse de la situation. Ces moments ne durent guère cependant, car les autres membres de la famille sont là pour rappeler à Mme Moore ses responsabilités envers eux. A chaque fois qu'elle s'assoit, l'un de ses deux aînés trouve le moyen de lui demander quelque chose. Néanmoins, tout le monde commence à sentir que l'on est revenu à la normale. M. Moore se sent à nouveau libre de se consacrer davantage à son métier, sans éprouver le besoin de se précipiter chez lui, dès la fermeture des bureaux, pour arbitrer les conflits ou ramasser les morceaux. La petite Martha aide toujours sa mère à s'occuper du bébé et y prend un grand plaisir. Malheureusement, elle continue aussi à asticoter Tom, son cadet. Tous les jours, à contrecœur, elle s'en va à l'école. Elle rechigne à l'idée de ne pas être « avec vous tous » et se montre

1. Les différents chapitres sont conçus de façon à englober le développement que l'on rencontre tout au long de la période dont ils traitent. Bien souvent, les étapes de ce développement ne seront pas atteintes au début du mois, mais surviendront dans le courant de celui-ci.

ouvertement jalouse de Tom qui peut rester à la maison avec leur mère et le bébé.

Dès que sa sœur est partie, Tom s'épanouit, tantôt il fait le pitre, tantôt il tanne sa mère pour qu'elle s'occupe de lui. Il est presque toujours pendu à ses basques. Lorsqu'il la laisse en paix un instant, elle le trouve en train de sortir Louis de son berceau ou de lui donner des petits coups avec un jouet, comme pour essayer de découvrir ce qui pourrait le faire pleurer. Mme Moore traite ces effets de sa curiosité comme de véritables attaques contre le bébé. Elle s'emporte contre Tom qui laisse retomber Louis dans son berceau, et les deux petits garçons se mettent à pleurer. Après coup, Mme Moore se rend compte que ce n'est pas la meilleure façon d'aider Tom à surmonter son hostilité envers le bébé.

L'intérêt que manifeste Tom pour son petit frère n'est pas entièrement négatif; ces « agressions » très simples peuvent aussi être une preuve de pure curiosité. Tom cherche peut-être à comprendre comment est fait ce bébé. Celui-ci ne deviendra véritablement un objet de jalousie que si la mère se montre trop protectrice envers lui. Lorsqu'elle revient chez elle, après la naissance, l'aîné est déprimé et perturbé par l'« abandon » dont il a été victime. Cependant, le bébé ne devient la cible de sa colère que lorsqu'il comprend que c'est à cause de lui que sa mère l'a quitté. Par ailleurs, si la mère laisse voir à l'aîné à quel point sa curiosité envers le bébé la perturbe, elle attire son attention sur ce petit dernier et lui fait entrevoir un moyen de se venger d'elle. Une rivalité fraternelle se déclenche, car l'aîné cherche à attirer l'attention de sa mère et en même temps à se venger d'elle par un seul acte tout bête, attaquer le petit frère ou la petite sœur.

Il n'est bien entendu pas question de conseiller à la mère de laisser l'aîné « examiner » le nouveau bébé sans aucune surveillance, mais elle peut intervenir de façon subtile. Lorsqu'elle réagit de façon trop vive, comme nous l'avons vu plus haut, l'épisode tout entier prend une importance démesurée. L'aîné sera d'autant plus susceptible de répéter l'aspect sadique de son comportement. En outre, on ne doit pas permettre à un enfant de l'âge de Tom (trois ans) de jouer avec un bébé sans les surveiller. S'il lui faisait vraiment mal, ce qui pourrait fort bien arriver, il serait absolument pris de panique.

Mme Moore décide d'inclure Tom dans ses jeux avec Louis. Elle lui montre comment agiter un hochet pour amuser le bébé. Elle lui fait observer que lorsqu'il parle à son petit frère, celui-ci le dévisage fixement et sourit. Tom annonce : « Je veux qu'il joue avec moi. » Elle se rend compte que son fils aîné s'attendait à se trouver en présence d'un égal, que dans son idée l'arrivée d'un petit frère signifiait qu'il allait avoir un véritable compagnon de jeu. A présent, Tom commence à appeler Louis « Mon bébé ».

Il continue, cependant, à se laisser aller à des crises de fureur au moment de la tétée. Lorsque sa mère donne le sein à Louis, il invente sans cesse de nouveaux moyens destructeurs pour attirer son attention. Comme une mère qui allaite dispose fort opportunément d'une main libre, Mme Moore parvient à trouver certains subterfuges pour intéresser son fils aîné. Elle constate, par exemple, que même de la main gauche elle est capable de dessiner une locomotive au tableau noir. Elle peut aussi serrer Tom contre elle et lui lire une histoire ou encore lui faire manger un biscuit tout en allaitant.

Elle finit par se demander s'il ne vaudrait pas mieux sevrer son bébé plutôt que de continuer des tétées aussi décousues. Elle a l'impression qu'elle serait alors plus libre de se consacrer à Tom. D'ailleurs, puisque le petit garçon est si jaloux de voir son frère téter le sein de leur mère, peut-être serait-il moins perturbé de la voir lui donner le biberon ? Elle envisage même un instant de mettre le pauvre Louis seul dans une pièce bien calme, avec son biberon soigneusement incliné.

Quelle que soit la méthode choisie pour nourrir un bébé, un aîné de l'âge de Tom sera jaloux. A partir du moment où sa mère est accaparée par l'autre enfant, il se sent forcément « à l'écart ». Il s'agit, cependant, d'une partie nécessaire de son adaptation à la nouvelle situation, et ce n'est pas en se dérobant qu'on résoudra le problème. Laisser un petit bébé seul avec un biberon, même soigneusement disposé, peut être singulièrement néfaste à son développement normal. C'est le plus sûr moyen de le priver de toute la chaleur maternelle qui accompagne l'acte de téter. C'est vraiment une méthode « réfrigérante » de faire participer le bébé à ce qui est encore l'un des principaux événements de sa petite existence. Cela l'oblige à ne compter que sur ses propres ressources à l'heure du repas, ce qui risque, par ricochet, de prolonger et d'intensifier son attachement au biberon, puisque dans le cadre de sa principale expérience, c'est cet objet qui est devenu son unique source de gratification.

Apprendre à vivre avec Tom est une nécessité importante pour l'avenir de Louis. Mme Moore se rend d'ailleurs compte que les intrusions de l'aîné dérangent moins le petit qu'elle-même. Pour elle, le plus grand avantage qu'il y a à nourrir Louis, c'est que lorsqu'elle l'a allaité, elle se sent en paix avec elle-même. Elle a l'impression d'avoir véritablement donné à son bébé une partie d'elle-même, d'avoir vraiment communiqué avec lui pendant un bon moment, et elle n'éprouve donc aucun sentiment de culpabilité lorsqu'elle l'abandonne ensuite à lui-même pendant quelques heures, pour s'occuper de Tom et vaquer à ses autres occupations. Cela devient sa principale raison de continuer à l'allaiter.

Les repas sont d'ailleurs de plus en plus agréables.

Mme Moore garde Louis quinze à vingt minutes à chaque sein, car, en plus du lait dont il a besoin, cela lui donne plus de temps pour téter.

Bien qu'un petit bébé puisse absorber au moins la moitié de la nourriture dont il a besoin durant les cinq premières minutes, il continuera à téter pour deux raisons : d'abord pour se rassasier, puis à cause du plaisir que lui procure la succion.

A l'âge de trois semaines, Louis commence à sucer son médius et son annulaire après les tétées. Sa mère se demande avec inquiétude s'il prend le sein suffisamment longtemps, car elle a lu que si un bébé suce ses doigts, c'est parce qu'il ne tète pas assez.

Cette manie de se sucer les doigts est très courante chez les bébés qui profitent pleinement de leurs repas, et elle ne suggère absolument pas que la mère les néglige. Ce sont souvent les plus heureux qui sucent le plus activement leurs doigts après les tétées. Il semble que ce soit, de leur part, une tentative de reproduire tout seuls cette expérience si agréable. La succion devient, semble-t-il, le symbole de cette expérience, et le bébé apprend vite à recréer, sans l'aide de personne, cet aspect important et satisfaisant de la tétée. Lorsque cette activité s'accompagne du souvenir de la tétée qui satisfait son appétit, du contact avec la mère et du plaisir de sucer, elle peut devenir très importante pour l'enfant.

Mme Moore remarque que Louis remet les doigts dans sa bouche même après les tétées les plus paisibles et les plus agréables, comme pour se consoler de leur séparation. Elle éprouve une curieuse espèce de jalousie devant cette première preuve d'autonomie, mais elle est aussi impressionnée de trouver chez lui cette faculté de se satisfaire tout seul.

Louis est un enfant aux habitudes régulières. Il

réclame à manger toutes les quatre heures. Mme Moore avait peur de se laisser accaparer par ses autres enfants et d'oublier de le nourrir, mais il n'est pas du genre à se laisser oublier. Toutes les trois heures et demie, il commence à bouger, il pleurniche par intermittence, puis il passe aux véritables larmes juste au moment où les quatre heures sont écoulées. Dès lors, la force et l'insistance de ses hurlements lui permettent de se faire entendre à travers tout l'appartement, et chacun réagit à sa façon. Les seins de Mme Moore commencent à couler, Tom devient grognon et Martha court consoler le bébé. M. Moore lui-même se montre irritable lorsqu'il est là et s'aperçoit qu'il va souvent se servir un verre.

Il est très courant qu'un père éprouve une espèce de sentiment de rivalité vis-à-vis d'une mère qui allaite. Non seulement, il s'identifie au bébé et entre en compétition avec lui, mais il a la même réaction envers la mère, capable de combler ainsi les désirs de son enfant.

Peu à peu, de lui-même, Louis prolonge l'intervalle entre la dernière tétée de la journée et la première du lendemain, et dès la cinquième semaine, il dort jusqu'à sept heures par nuit. À sept semaines, il dort de dix heures et demie du soir à six heures le lendemain matin. Pour Mme Moore, ces sept heures de repos ininterrompu sont un véritable don du Ciel.

Les bébés commencent généralement à se passer d'une tétée la nuit lorsqu'ils pèsent dans les cinq kilos. Certains l'acceptent plus tôt, d'autres plus tard. Les aliments solides peuvent contribuer à cette rupture de rythme, et il est certain qu'une judicieuse mise en condition de la part de leur environnement les aide à franchir ce cap.

Louis aime beaucoup rester éveillé après ses tétées. Le ventre plein, les doigts dans la bouche, il reste un long moment allongé par terre ou assis dans son fauteuil inclinable. Lorsque Tom ou Martha s'approchent de lui, il s'immobilise pour les regarder fixement. Tout en les observant, il sort ses doigts de sa bouche. Bouche bée, les yeux écarquillés, il les dévisage longuement et les suit des yeux.

Bien que les études sur la vision des nouveau-nés indiquent qu'un bébé ne possède pas, à cet âge, la capacité visuelle nécessaire pour suivre un objet mobile distant de plus d'un mètre quatre-vingts à deux mètres quarante, Louis donne tort à ces études : lorsque l'objet en question est investi de toute la libido qu'éveillent en lui son frère ou sa sœur, le bébé mettra en œuvre toutes ses facultés visuelles, son attention aux signaux de toutes sortes, ses mouvements de tête et sa concentration, afin de ne pas le perdre de vue. Un objet anonyme vu dans le décor stérile d'un laboratoire n'est guère susceptible de l'intéresser de la même façon, d'où les résultats inexacts des tests.

Lorsque Tom et Martha se tiennent auprès de lui, Louis s'enhardit peu à peu et se met à faire des moulinets avec les bras et à sourire lentement s'ils s'intéressent à lui de façon particulièrement douce et tranquille. Martha comprend vite que si elle reste calme, le bébé réagira pendant plus longtemps, et elle parvient parfois à maintenir le contact pendant une bonne vingtaine de minutes, avant que Louis ne se fatigue. Le plus souvent, Tom refuse de laisser Martha et le bébé jouer tranquillement ensemble et il interrompt leurs ébats en bondissant bruyamment autour d'eux et en criant à tue-tête.

Les enfants du milieu semblent aussi perturbés lorsque l'aîné s'intéresse au nouveau bébé que lorsqu'il s'agit de leur mère. Cet abandon supplémentaire est pour eux la goutte d'eau qui fait déborder le vase.

Lorsque Mme Moore laisse Louis seul dans son berceau ou bien calé dans un coin du canapé, il reste parfois éveillé une bonne heure et demie. Il regarde tout autour de la pièce, suce ses doigts et réagit à beaucoup de choses. Ses yeux se portent sur la lumière électrique au plafond ou la fenêtre ouverte. Il aime particulièrement contempler un rideau agité par un courant d'air ou un mobile fait de papillons de toutes les couleurs, que lui a fabriqué son père. Lorsqu'il entend une voix, il se tourne rapidement dans la direction d'où elle lui parvient. Il semble reconnaître tout particulièrement la voix de sa mère et même dans une pièce bruyante et pleine de monde, il fronce les sourcils en l'entendant parler et se tourne lentement du côté d'où le son lui parvient. Malgré la préférence qu'il montre pour la voix maternelle, c'est son père qui arrive le plus facilement à le faire sourire. Le papa interprète cela comme une préférence pour lui et secrètement en est très flatté.

En fait, il faut probablement chercher la raison de ces sourires au père dans les associations d'idées du nouveau-né, lesquelles indiquent d'ailleurs une sorte de faculté discriminatoire. Disons que pour lui papa équivaut, en gros, au plaisir, et maman aux affaires (la tétée). A cet âge, tous les signaux annonçant la tétée : la voix de la mère, son odeur et même sa seule présence, revêtent pour l'enfant une importance de plus en plus grande. De même qu'un enfant de un à deux mois nourri au sein refusera un biberon des mains de sa mère, parce qu'il sent son lait et associe cette odeur à une autre façon de se nourrir, les pères me confient souvent qu'ils ne parviennent pas à faire absorber un biberon à leur bébé tant que leur femme n'a pas quitté la pièce.

Martha et Tom s'amusent beaucoup à faire faire à Louis ses petites acrobaties. Martha le tire par les mains pour le faire asseoir et elle est enchantée de voir qu'il essaie de tenir droite sa petite tête ballante lorsqu'il se trouve dans cette position. Bien souvent, il sourit lorsqu'elle le tire ainsi, ce qui la ravit à tel point qu'elle se met à rire et à lui rendre son sourire.

Le renforcement positif du sourire chez le bébé par l'entremise de ses frère ou sœur aînés indique clairement pourquoi les deuxième et troisième enfants seront probablement plus gais que le premier. Certes, les parents sont eux aussi ravis par les sourires de leur bébé, mais leurs réactions ne sont pas aussi spontanées, ni aussi libres que celles des enfants. Nous avons ici un nouvel exemple de tout ce qu'un bébé apprend de ses frères et sœurs.

Tom tend ses doigts à son petit frère qui s'agrippe à chaque index. Tom le tire alors en position assise, avant que Mme Moore n'ait le temps d'intervenir. Heureusement, Louis se tient suffisamment fort pour pouvoir rester cramponné à Tom.

Mme Moore a raison de protéger Louis. Tant que l'on tire un petit bébé lentement et sans à-coups pour le faire asseoir, l'instabilité de son cou ne risque pas de provoquer d'accident sérieux. Mais si le geste est trop brusque, il pourrait facilement se luxer l'épaule ou le coude. En outre, sa tête peut retomber trop brutalement en avant lorsqu'il arrive en position assise. Je n'ai jamais entendu parler d'un bébé qui se serait démis une vertèbre cervicale de cette façon, ni même qui se serait fait « mal au dos » en aucune façon, mais je suis convaincu que cela pourrait très bien arriver. Un enfant aussi jeune que Tom risque de se fatiguer du petit jeu et de laisser retomber le bébé brusquement sur la tête. Cela ne lui ferait probablement pas grand mal, mais sa mère serait affolée si elle assistait à l'incident.

Lorsque les deux autres enfants le font rouler sur le ventre, Louis relève immédiatement la tête comme une tortue pour les regarder. Ainsi placé, il fait des mouvements de jambes comme pour ramper et Martha remarque que si elle met les mains contre les pieds du bébé, il poussera contre elles pour se propulser en avant, là encore comme s'il rampait.

Il s'agit d'un réflexe inné qui n'a pas grand-chose à voir, chez le nouveau-né, avec la conscience de se propulser à travers l'espace. Celle-ci doit être apprise pour venir s'ajouter à ce réflexe, mais elle ne viendra que beaucoup plus tard.

Les gestes de Louis, lorsqu'il joue, sont de plus en plus maîtrisés chaque jour. Bientôt, il n'y a presque plus rien de saccadé dans sa tranquille activité. Quand il est perturbé, cependant, ou qu'il a faim, ses mouvements reprennent aussitôt leur ancienne allure irrégulière et tressautante. Lorsque Tom bondit à travers la pièce, hurle contre Martha ou claque une porte, le bébé sursaute. Le réflexe de Moro, qui lui était si familier durant ses premières semaines, reparaît brusquement; il tend les bras, cambre le dos et se met à pleurer.

Louis a toujours des crises de larmes régulières, chaque jour. En fin de journée, il a tendance à pleurnicher par intermittence, pendant environ une heure. Lorsqu'il atteint la fin de son deuxième mois, il reste éveillé dix heures par jour. Durant ses périodes grincheuses, son frère et sa sœur parviennent souvent à l'amuser, si bien qu'il se passe quelquefois plusieurs jours sans qu'on l'entende pleurer. Après quoi il y a généralement un troisième ou un quatrième jour durant lequel il pleure presque constamment, comme pour compenser les jours de calme. Lorsqu'il pleur-niche, Louis a le menton qui ballotte, et il tremble de tous ses membres. Quand il se met à crier, Mme Moore aimerait bien le prendre dans ses bras ou jouer avec lui pour le calmer, mais à cette heure-là elle n'a pas assez de temps à lui consacrer, car c'est généralement le moment où les autres enfants commencent à s'agiter. Elle s'aperçoit, d'ailleurs, que si elle ne s'occupe pas de Louis lorsqu'il passe des pleurnicheries aux véritables hurlements, il parvient à trouver tout seul des moyens de se consoler, comme par exemple de se sucer les doigts, de se retourner sur le côté ou bien de chercher des yeux son mobile pour le regarder fixement. Parfois, l'un des aînés va le bercer ou le promener dans sa poussette, à travers l'appartement, ce qui le calme égale-ment. Dès qu'il pleure, la plaque rouge sur son visage devient plus visible. A chaque fois qu'il a chaud, des boutons apparaissent et s'effacent dès qu'il est revenu à une température normale.

Entre les âges de quatre et dix semaines, on voit souvent apparaître et disparaître spontanément des rougeurs sur le visage et le cou. On pense qu'elles sont associées aux changements hormonaux qui s'opèrent à mesure que le bébé perd les hormones transmises par sa mère. Elles consistent en plaques rouges et gon-flées de petits boutons éparpillés, au centre blanc, et ne sont pas sans rappeler l'acné. Il s'agit en fait de glandes sudoripares et sébacées prêtes à fonctionner. Lorsqu'elles entrent effectivement en activité, elles déchargent leur centre blanc et disparaissent. D'autres boutons apparaissent, cependant, et il est caractéris-tique de voir les rougeurs changer de forme de jour en jour. Elles semblent s'aggraver lorsque le bébé a trop chaud ou qu'il vient de pleurer. Si l'on y applique un corps gras, elles empirent. En général, il vaut mieux ne pas y toucher. Vers l'âge de huit ou dix semaines, elles disparaissent spontanément, car les glandes de la peau sont devenues plus efficaces.

Toute la famille Moore est bien soulagée, vers la fin du deuxième mois, lorsque les périodes grincheuses laissent la place à une franche sociabilité. Le changement est presque imperceptible, et ce ne sera que rétrospectivement que les parents se rendront compte que le changement s'est opéré avant la huitième semaine. C'est ainsi que tous les soirs, longtemps après la disparition des pleurs de Louis, ses parents attendent encore avec une certaine appréhension les crises de larmes.

A la fin du deuxième mois, Louis pèse près de six kilos et il mesure presque cinquante-neuf centimètres.

Laura la placide

Laura continue son petit bonhomme de chemin régulier et indépendant. Elle mange bien, dort une grande partie du temps et reste très sage lorsqu'elle est éveillée. Sa mère ne semble donc guère avoir de raison de se plaindre. Pourtant Mme King et son mari voudraient bien voir leur fille « se réveiller » un peu. Ils persistent à penser qu'elle est plus tranquille qu'elle ne devrait l'être. M. King parvient à se raisonner en se disant que c'est parce que Laura est une fille qu'elle n'est pas telle qu'il s'y était attendu.

Même si la société trouve ce comportement placide et observateur plus approprié à une petite fille qu'à un petit garçon, il n'est absolument pas lié au sexe. J'ai vu beaucoup de petits garçons doués de cette même personnalité, qui deviennent tout à fait masculins à mesure qu'ils grandissent. A la naissance, bien peu de différences liées au sexe sont évidentes. Celles que l'on a pu déterminer de façon fiable semblent être très subtiles et ont besoin d'être renforcées par l'environnement pour durer. Par exemple, les petits garçons semblent effectivement être un peu plus actifs et vigoureux dans le domaine de l'activité motrice, alors qu'à la naissance les fillettes semblent un peu plus portées sur l'observation. Si une petite fille vous observe, elle le fera plus longtemps qu'un garçon. Celui-ci vous dévisagera intensément, mais il se désintéressera plus vite pour se livrer plutôt à une activité motrice.

Ces différences sont, de toute façon, très subtiles et ne s'appliquent en aucun cas à tous les bébés. Ce qui me paraît intéressant, c'est que les idées préconçues de la société semblent leur avoir donné forme ou bien avoir été façonnées par elles. Lorsque le bébé a pris un peu d'âge, ces dissemblances ont été renforcées par le comportement des parents. Il est peu probable, par exemple, que M. King se risque à prendre Laura dans ses bras et à la lancer en l'air, alors qu'il le ferait probablement si elle était un garçon. Mme King, elle, pousserait sans doute automatiquement un garçon à réagir de façon plus active. De ce fait, leurs idées préconçues concernant Laura « en tant que petite fille » ne font probablement que renforcer sa nature inactive, placide et observatrice. Le danger inhérent à notre société, c'est que nous apprécions plus volontiers un comportement volontaire et compétitif et que nous sous-estimons les personnalités effacées et pleines de sensibilité, comme celle de Laura. On pourrait prédire chez elle des tendances artistiques. Cependant, si elle grandit avec l'impression que toute cette sensibilité n'a aucune valeur cela ne l'incitera guère à tenter de l'épanouir.

Mme King s'accuse de l'inactivité de sa fille. Elle se sent déprimée et lasse, et pense que c'est parce qu'elle n'a pas envie de jouer avec elle que Laura ne progresse pas autant qu'elle le devrait. Lorsque Mme King en parle avec ses amies et qu'elle les entend dire que leurs bébés sourient ou pleurent ou réclament, elle les envie. Elle se sent coupable de régir ainsi, mais cela ne la pousse pas pour autant à solliciter davantage Laura. Pour ne rien arranger, les rares fois où elle le fait, les réactions placides et lentes de sa fille la découragent et elle se surprend, parfois, à éviter volontairement de jouer avec la petite.

C'est dommage qu'elle n'ait personne pour lui expliquer que ce qu'elle ressent n'a rien d'exceptionnel. On dit que la mère reçoit une mauvaise « rétroaction » de la part de son bébé. Etant donné qu'elle s'attend instinctivement à recevoir de sa fille une réponse gratifiante, lorsque cette réponse n'apparaît pas, le cycle devient vide d'intérêt. Un bébé placide comme Laura va donc satisfaire de moins en moins les désirs compétitifs de sa mère. Malheureusement, la manie qu'ont beaucoup de mères de comparer sans cesse leur bébé à ceux de leurs amies, pour s'assurer qu'il est « à la hauteur », ajoute à la situation un nouveau danger, c'est que la mère risque de mettre en cause sa propre compétence et celle de son bébé.

On constate cette mauvaise rétroaction de façon encore plus manifeste chez les bébés souffrant de malformations, notamment ceux qui sont atteints de troubles neurologiques, de surdité ou de cécité. Ces bébés handicapés réagissent aux sollicitations maternelles, mais la mère doit multiplier les stimuli pour entrer en contact avec l'enfant. Si elle n'a pas été soigneusement préparée à refaire indéfiniment les mêmes tentatives jusqu'à ce qu'elle obtienne un résultat, elle risque de se décourager, et le bébé restera enfermé dans sa coquille. Une fois que le contact a été établi, l'enfant commence à faire des progrès, et le cycle de communication procure à chacun des participants une gratification croissante.

Laura commence à adopter de nombreux schémas bien établis. Elle préfère le sein gauche de sa mère, et bien souvent geint ou pleure lorsqu'on lui donne le droit. Elle tète facilement et régulièrement à gauche, mais à droite, elle suce cinq minutes, puis elle se détourne comme si quelque chose lui déplaisait. Mme King s'aperçoit qu'elle est obligée de vider son sein droit plus à fond, car il finit par devenir nettement plus lourd que l'autre. Elle se braque, à son tour, et met systématiquement Laura au sein droit pour commencer. Puis, voyant que ça ne marche pas bien, elle trouve d'autres moyens d'inciter sa fille à téter à droite. Tantôt elle la nourrit allongée, et le bébé tète alors plus aisément les deux seins; tantôt elle tient Laura dans une position plus verticale, et celle-ci accepte mieux de téter le sein droit.

> Certains bébés manifestent ainsi des préférences marquées. La préférence pour un sein plutôt que l'autre est peut-être liée à une prédominance cérébrale innée, ou bien à un goût très prononcé pour une certaine position de la tête. Chez les tout petits bébés, elle reflète généralement le désir de garder la tête tournée d'un côté plutôt que de l'autre. Un bébé qui préfère le sein gauche aime mieux avoir la tête vers la droite. Cela indique peut-être une latéralisation du côté droit, ou alors c'est qu'il se rappelle sa position dans l'utérus où il était habitué à avoir la tête à droite. Dans ce cas, ça lui passera.

Dans son lit aussi, Laura garde la tête tournée vers la droite. Elle préfère manifestement ce côté. Elle suce son poing, et dès qu'on la couche elle regarde à droite par les barreaux de son lit. Dans son fauteuil inclinable, la tête se tourne toujours vers la droite. A l'âge de six semaines, elle commence à avoir l'arrière du crâne plus aplati du côté droit, et le pédiatre intervient. Il vérifie qu'il n'y a aucune raison musculaire ou neurologique – par exemple un muscle du cou raccourci ou noué ou bien un nerf endommagé –, et il suggère à Mme King quelques moyens d'action. Il lui fait remarquer que tout vient de cette préférence de Laura pour le côté droit, et l'incite à tourner le lit de la petite dans l'autre sens, de façon que Laura soit obligée de tourner la tête du côté gauche pour voir ce qui se passe dans sa chambre, ou qui s'approche de son lit. Il conseille aussi de suspendre quelques jouets au-dessus du lit, légèrement décalés vers la gauche, afin que Laura soit également forcée de tourner la tête dans cette direction pour les voir. Il suggère enfin de surélever très légèrement le matelas de trois à cinq centimètres du côté droit, de façon que la pesanteur aide à faire retomber la tête du bébé du côté gauche. Grâce à tous ces petits trucs, Mme King va pouvoir éviter l'aplatissement du crâne qui se produirait si on laissait Laura garder la tête constamment tournée à droite.

> Il n'est jamais joli de voir un bébé dont le crâne est aplati d'un côté, et c'est une chose à laquelle on peut généralement remédier. Cela dit, les mamans ne doivent pas redouter un aplatissement permanent. Le crâne d'un bébé s'arrondit tout au long des dix-huit premiers mois, durant lesquels il continue à grossir. Plus tard, donc, lorsque le bébé commencera à s'asseoir, le pression sur le côté aplati sera moins constante, et cela laissera au crâne la possibilité de s'arrondir régulièrement.

Laura manifeste encore une autre préférence marquée pour une position bien déterminée durant son sommeil. Elle aime dormir sur le ventre, et si on la laisse sur le dos, elle peut fort bien ne pas fermer l'œil de la journée. Comme elle pleurniche rarement, sa préférence pour cette position ventrale n'est devenue manifeste que parce qu'elle refusait de faire ses siestes si on ne la mettait pas sur le ventre.

> Pour dormir, la plupart des bébés ont une préférence très nette pour une certaine position, et beaucoup d'entre eux la manifestent dès la naissance. Sou-

vent, les mères s'efforcent de modifier ce besoin chez leur enfant. Elles le changent de position, parce qu'elles ont lu quelque part que celle qu'il avait adoptée pouvait être dangereuse ou qu'elle était mauvaise pour les jambes ou les pieds. Etant donné que les ouvrages sur les bébés regorgent de conseils quant à la position à préconiser durant le sommeil, je ne vais pas me priver d'ajouter mon grain de sel. J'ai le sentiment qu'il est beaucoup plus important de satisfaire le besoin naturel qu'éprouve le bébé de répéter un schéma confortable durant son sommeil que de se tracasser au sujet du pour et du contre de chaque position.

Les petits bébés ne s'étoufferont pas couchés sur le dos, à moins de vomir. Ils ne risquent pas non plus de s'ensevelir sous leurs draps et couvertures si on les met sur le ventre, à moins que la mère n'en mette beaucoup trop. Les combinaisons-pyjamas ou les nids d'ange en tissu très chaud permettent de limiter les couvertures au strict minimum. Les craintes des orthopédistes, concernant les ennuis qui pourraient résulter d'une mauvaise position des pieds pendant le sommeil, me paraissent exagérées. La plupart des problèmes de pieds ou de jambes suivent un cours inévitable, et ce n'est pas une certaine position durant les heures de sommeil qui va beaucoup les aggraver. On peut en modifier l'évolution par des moyens appropriés, par exemple en faisant faire des exercices de la hanche pour actionner le pied et la jambe ou bien, le cas échéant, en s'occupant très tôt des problèmes plus graves. Certaines malformations, mêmes importantes, peuvent être traitées très précocement avec des plâtres, à une période où cela ne risque pas encore de retarder l'enfant.

Laura refuse tout ce qui sort d'un biberon. Lorsque sa mère lui offre de l'eau sucrée, elle a une nausée, s'étrangle et devient violette. Mme King croit d'abord que c'est la tétine qui est défectueuse et la change.

Laura manifeste dans le domaine des différences de saveur une discrimination souvent très marquée chez les bébés nourris au sein. Il vaut mieux leur offrir un biberon de temps en temps dès qu'ils sont tout petits, afin de les y habituer. Sinon, on risque de se trouver en présence d'un bébé qui refusera tout lait artificiel, en complément du lait maternel. Cela dit, bien des bébés, qui refusent le biberon lorsqu'il ne leur est pas indispensable, paraissent sentir quand il s'agit d'un véritable cas d'urgence et boiront le biberon si leur mère est malade ou n'a plus de lait, etc.

Lorsque Mme King offre un biberon de lait à sa fille, celle-ci réagit très mal. Elle boit une gorgée, s'étrangle et crache la tétine. Après quoi, elle fronce les sourcils et serre les mâchoires. Puis elle se détourne du biberon pour chercher le sein de sa mère. M. King, en revanche, parvient à lui faire prendre un biberon, à condition que son épouse ne soit pas dans la pièce. Un jour, pendant qu'il est en train de faire boire le bébé, Mme King lui crie quelque chose depuis la cuisine, et Laura entend sa voix. Elle cesse aussitôt de téter, fait une grimace, tourne la tête vers la voix de sa mère et refuse de se remettre à boire. Cela prouve combien elle est fortement orientée vers tous les signaux qui lui rappellent le « tableau » de ses tétées ordinaires (c'est-à-dire l'atmosphère qui règne lors des tétées, dont font partie tous les stimuli habituellement associés à cet acte).

Lorsque Mme King sort, après avoir confié Laura à une garde, la petite fille devient grognon et inconsolable. Pendant les trois heures d'absence de sa mère, elle pleurniche activement, comme elle ne l'a jamais fait auparavant. La garde essaie de la calmer par tous les moyens. Plus elle la berce et la fait sauter dans ses bras, plus Laura pleure. Elle refuse le biberon qui lui est offert. Ce n'est qu'au retour de sa mère, lorsque celle-ci l'allaite, qu'elle s'apaise. Aussitôt, elle se pelotonne paisiblement et confortablement dans ses bras et recouvre son habituelle placidité. Pour la première fois depuis la naissance, Mme King a le sentiment que sa fille a vraiment besoin d'elle. Cependant, elle a aussi l'impression d'être prise au piège.

Elle ne devrait pas. Cette violente réaction de Laura se sentant aux mains de quelqu'un d'autre que sa mère est due à la sensibilité du petit bébé à tous les signaux qui l'entourent. Avec une enfant aussi sensible que Laura, il faut tâcher de trouver une garde capable de la comprendre, de l'aimer et de lui faire parvenir les signaux empreints de douceur qui correspondent à sa nature.

Les tétées durent à présent plus d'une heure. Laura se blottit contre sa mère et tète parfois quarante-cinq minutes, jusqu'à ce que sa mère la retire du sein. Etant donné que cette stimulation a augmenté la quantité de lait produite par Mme King, le bébé finit par être suralimenté. La plupart du temps, lorsqu'on lui fait faire son renvoi, Laura rejette un peu de lait, et bien souvent elle en rejette aussi entre ses tétées. Mme King a beau essayer par tous les moyens de remédier à ce problème, notamment en la maintenant, avec des coussins, en position semi-assise après les tétées, ou bien en la laissant téter moins longtemps, rien n'y fait.

Beaucoup de bébés rejettent régulièrement du lait après leurs tétées, jusqu'au moment où ils sont capables de se tenir davantage à la verticale, c'est-à-dire vers neuf mois. Tant que ces rejets ne jaillissent pas avec force et que les bébés prennent régulièrement du poids, ce n'est pas nécessairement un signe de mauvais fonctionnement de l'appareil digestif. C'est peut-être simplement dû au fait qu'ils sont suralimentés ou avalent trop vite. Cela peut également être un symtôme d'une faiblesse du sphincter entre l'estomac et l'œsophage, qui permet au lait de remonter. En fait, il faut bien dire que certains bébés sont des « cracheurs », sans qu'on sache trop pourquoi. Ils continueront à rejeter du lait quoi qu'on fasse et à fort bien se porter malgré cela. Ils cessent spontanément vers l'âge de neuf mois, parfois plus tôt.

Laura continue à téter toutes les quatre heures, jour et nuit. Elle prend rapidement du poids et, au contrôle des deux mois, elle pèse près de six kilos. Cependant, elle n'a toujours pas allongé ses intervalles de quatre heures entre les tétées, même la nuit. En effet, elle est si sage et si placide qu'elle ne se fatigue pas suffisamment dans la journée pour avoir besoin de prolonger ses périodes de sommeil nocturne. Sa mère songe à trouver des moyens de la faire pleurer le soir pendant un certain temps. Une de ses amies avait pris l'habitude de dévêtir son bébé tous les soirs pour le faire protester, car elle avait constaté qu'après cette dépense d'énergie il dormait mieux la nuit. Mme King se demande si elle devrait aller jusque-là pour stimuler Laura. Elle essaie de lui donner un peu de nourriture solide le soir, dans l'espoir que cela la « calera » mieux et lui permettra de tenir un peu plus longtemps sans téter, mais le bébé la refuse avec autant de fermeté que le biberon. Elle goûte les deux ou trois premières cuillerées, puis elle ferme hermétiquement la bouche, fronce les sourcils et se détourne. Aucun de ces subterfuges ne parvient à interrompre la régularité de son horaire.

Il est rare que les bébés soient aussi obstinés et qu'on ait autant de mal à changer leur horaire de nuit. Je dois dire qu'il me serait difficile d'accepter que l'on cherche délibérément à faire pleurer un bébé, en tout cas de son point de vue à lui. Cependant, si la mère a désespérément besoin de repos, on pourrait peut-être parvenir au résultat désiré en poussant de force le nourrisson dans la voie de l'adaptation.

Lorsqu'on la tient ou qu'elle est en position assise dans son fauteuil, Laura commence à sourire. La première fois, il s'agit d'un sourire « surprise », qui semble tomber du ciel. En le voyant, M. et Mme King sont tellement contents qu'ils essaient de la stimuler davantage. Laura réagit à leur surexcitation en redevenant aussitôt sérieuse comme un pape et en fronçant les sourcils. Lorsqu'ils tentent de lui arracher à tout prix un autre sourire, elle détourne la tête et contemple son mobile ou l'une de ses mains. Ses parents se sentent repoussés. Mme King en parle à sa mère qui a connu Laura toute petite. La grand-mère hasarde l'opinion que Laura est peut-être dépassée par une stimulation trop vive et conseille de s'y prendre de façon plus douce. Cette méthode fonctionne parfaitement, et il devient évident que la petite fille préfère les stimuli dénués de toute espèce de brusquerie. Lorsque Mme King s'en rend compte, elle parvient à faire réagir sa fille beaucoup plus efficacement. Son mari et elle commencent à avoir l'impression de comprendre leur bébé. Ils entrent enfin véritablement dans leur peau de parents !

Les crises de larmes de Laura semblent se limiter à deux types différents. L'un est accompagné de courtes explosions d'activité totalement imprévisibles, et l'autre se situe à peu près au moment de l'évacuation des selles. Les brusques explosions d'activités ne semblent liées à aucune source de stimulation évidente, interne ou externe, et paraissent le plus souvent déclenchées par la fatigue ou bien par le fait que la petite fille est restée longtemps éveillée et qu'elle a beaucoup regardé autour d'elle. Elle est alors prise d'une espèce de frénésie, et elle agite les bras et les jambes de façon saccadée. A huit ou neuf semaines, son développement moteur est moindre que celui de nos deux autres bébés. D'ordinaire, elle reste allongée sur le dos, dans son lit, bras et jambes écartés et légèrement fléchis. Durant ses crises d'agitation, elle bouge à fond les quatre membres, dans tous les sens. Elle a le menton qui tremblote et elle bâille fréquemment. Lorsqu'elle se met en train, elle frissonne et éternue, comme pour se dégager le nez. Dès que sa mère la prend, elle se calme et la dévisage avec intensité. A ces moments-là, son tonus musculaire semble bien meilleur, et sa mère montre sa satisfaction en la prenant de plus en plus souvent.

Lorsque Mme King l'emmène en promenade, dans son landau, Laura manifeste sa sensibilité habituelle envers tous les signaux qui lui parviennent. Elle aime beaucoup la sensation d'être poussée sur des roues et elle regarde attentivement tout ce qui passe. Lorsque sa mère s'arrête pour parler à quelqu'un, elle ne tarde pas à faire la grimace. Et si la personne en question se penche pour lui dire bonjour, elle fronce les sourcils, et détourne la tête et le regard vers la paroi du landau. Cette réaction négative de la fillette envers les gens qu'elle ne connaît pas n'est pas pour inciter sa mère à la faire admirer aux personnes qu'elle rencontre, si bien que les promenades perdent pour elle un peu de leur charme.

> Les mères me demandent souvent s'il est absolument indispensable de sortir un bébé. Je leur réponds que ça l'est peut-être pour la mère, mais je doute qu'il en aille de même pour l'enfant. Disons qu'au mieux, cela sert à donner un coup de fouet à son système circulatoire, mais il suffit d'ouvrir la fenêtre de sa chambre pour en changer la température et obtenir un résultat rigoureusement identique. En ce qui concerne le bébé, je ne vois donc aucune raison impérieuse de le sortir coûte que coûte.

A son retour de la maternité, Laura avait des selles très fréquentes (six à huit par jour). Durant la cinquième semaine, elle reste trois jours sans rien évacuer, avant que Mme King ne se rende compte que ça fait bien longtemps qu'elle n'a pas changé de couche sale. Elle introduit le thermomètre par voie rectale, et Laura expulse aussitôt une selle liquide tout à fait normale.

Beaucoup de bébés nourris au sein peuvent rester plusieurs jours sans aller à la selle. J'en ai eu trois qui se portaient comme des charmes en évacuant des selles molles, une fois tous les neuf jours, sans rien faire entre. Cela peut être un schéma tout à fait normal chez un bébé allaité par sa mère. A moins que les selles ne deviennent dures, il n'y a aucun besoin de traiter l'enfant pour constipation. Les efforts violents qu'il fait pour expulser ses selles ne peuvent être éliminés ni par les manipulations, ni par les laxatifs. Je suis sûr que de nombreux intestins parfaitement normaux ont été abîmés par excès de zèle.

Laura semble parfois un peu asthmatique; elle éternue comme si elle avait besoin de se dégager le nez.

Si un bébé a le nez et les voies respiratoires supérieures bouchés ou pleins de mucosités, cela peut être dû à un air trop sec, à la poussière ou aux peluches de laine qui se détachent d'une couverture. Les crachements de lait ajoutent à cette irritation, car des résidus de lait restent coincés à l'arrière du nez, et le bébé cherche à s'en débarrasser en éternuant ou en toussant. Il est souvent bénéfique d'installer un humidificateur dans la chambre du bébé. C'est particulièrement important l'hiver, où l'air chaud et sec qui règne au-dedans et l'air froid et irritant du dehors contribuent à bloquer le nez. Bien que les mucosités et les résidus de lait coincés à l'arrière du nez causent une respiration bruyante et une sorte de « râle de poitrine » à chaque inspiration, l'enfant ne s'en porte pas plus mal et ne risque nullement de suffoquer. Cependant, un petit bébé ne respirera par la bouche qu'en désespoir de cause, et il lui arrive souvent de rester très longtemps à respirer bruyamment par le nez. Si l'on surélève la tête du lit de quelques centimètres, il avalera plus facilement ses sécrétions. Un peu d'eau sucrée facilite également la déglutition. On peut aussi introduire dans le nez, pour le nettoyer, quelques gouttes d'une solution faite de sel (un quart de cuillerée à café) et d'eau stérilisée (deux cent trente grammes ou un verre), bouillie pendant trois minutes.

Les ecchymoses laissées sur le visage de Laura par le forceps n'ont pas encore totalement disparu. Il semble qu'il y ait de fines cicatrices boursouflées dans les zones en question.

Il y a souvent de minuscules petites boules de tissu fibreux, grosses comme des petits pois, dans les couches graisseuses situées sous les ecchymoses. Ces boules et le tissu cicatrisé sous-jacent disparaîtront avec le temps sans laisser la moindre marque.

La question que pose Mme King à son pédiatre semble presque naïve : « Quand est-ce que je pourrai jouer avec elle ? » S'il ne décelait pas l'angoisse latente qui se cache derrière cette demande d'aider la mère à établir le contact avec son enfant, il rirait peut-être. Au lieu de se moquer, il dit simplement : « Elle est à vous. Jouez avec elle chaque fois que vous en avez envie. » Il devrait toutefois lui apporter une aide plus active. Mme King a besoin de points de repère et d'encouragements pour jouer avec son bébé, pour percer l'espèce de placide isolement où s'est réfugiée Laura. Sa façon de réagir lentement et à retardement s'accompagne d'une vive sensibilité, qui exige un certain type de stimulation et une gamme assez limitée de stimuli. Si les stimuli se situent en dehors de cet éventail, ou bien Laura ne réagit pas du tout, ou bien elle se détourne, l'une et l'autre réponse apparaissant à ses parents anxieux d'établir le contact comme une rebuffade. Le fait que Mme King soit parvenue à sortir suffisamment de sa dépression pour demander conseil sur la façon de nouer des rapports avec Laura est la preuve de son désir d'être une bonne mère, Laura n'est pas facile pour un premier bébé, et, à ce stade, ses parents n'ont pas encore le sentiment d'être sur la bonne voie.

Daniel l'actif

Le répertoire de Daniel s'accroît de jour en jour. Ses parents ont l'impression d'être installés sur une luge, aux commandes de laquelle se trouverait Daniel, le reste de la famille se cramponnant de son mieux tandis qu'il dévalerait les pentes à toute allure. L'activité constante et vigoureuse de Daniel remplit bien dix heures de chaque journée, et ses parents sont stupéfaits de le voir dormir si peu. Mme Kay et Mark passent une grande partie de la journée à le regarder faire son numéro, en s'esclaffant. M. Kay, malheureusement, a droit au pire quand il rentre le soir, car c'est à ce moment-là que Daniel est grincheux. Il a donc du mal à partager leur enthousiasme devant les prouesses de son fils cadet.

Etant donné que les crises de larmes régulières commencent presque toujours en fin de journée et coïncident souvent avec le retour du père, elles peuvent véritablement nuire aux bons contacts entre le père et son bébé. Je me sentais souvent « rejeté » par les périodes de mauvaise humeur de mes enfants, voire responsable. Il faut que les pères arrivent à comprendre, exactement comme les mères, que ces périodes qui reviennent régulièrement font partie du cycle de vingt-quatre heures, et qu'ils n'aillent surtout pas s'en croire responsables. Lorsqu'on est désireux d'être un bon père, on a souvent tendance à prendre les choses trop à cœur. Si le jeune père parvient à accepter cette mauvaise humeur à ce moment de la journée, et insiste pour jouer quand même avec son bébé aussi longtemps qu'il en a envie, l'expérience sera probablement riche en gratifications. En effet, le bébé est alors indéniablement en pleine possession de ses moyens et, à trois mois, lorsque cette humeur grincheuse commencera à lui passer, ce sera probablement sa période la plus sociable de la journée. Les pères doivent donc en profiter pour jouer avec lui à ce moment-là, ou alors trouver, s'ils le peuvent, un autre moment. Souvent, lorsqu'ils se sont bien défoulés en pleurant, les bébés sont d'humeur alerte et joueuse. S'il n'y a pas moyen de faire autrement, je conseille fortement au père de réveiller le bébé le matin pour jouer avec lui avant de partir pour son travail. Il est important, pour l'un comme pour l'autre, que le bébé connaisse bien son père et voie en lui une personne différente de sa mère.

Lorsqu'on met Daniel sur le dos, il entre aussitôt dans un tourbillon d'activité motrice. Ses bras tournent comme des hélices, décrivant de vastes cercles tout autour de sa tête. Il se balaie le visage de ses mains, se griffant les joues et parfois même les yeux. Sa mère lui coupe régulièrement les ongles (en profitant toujours de son sommeil), mais cela ne l'empêche nullement de s'égratigner. On distingue parfois, sur le blanc de l'œil, de minuscules points rouges dus au coups d'ongle qu'il se donne. Mme Kay se demande si elle ne devrait pas mettre à Daniel des moufles pour le protéger de lui-même.

Ces égratignures se cicatrisent vite et bien. L'œil lui-même est si rarement atteint par les coups d'ongle du bébé qu'il n'y a vraiment pas lieu de s'inquiéter. Si la conjonctive de l'œil est éraflée par une source extérieure, telle que l'ongle de la mère, des ennuis sérieux peuvent en résulter, mais d'ordinaire une égratignure faite par le bébé lui-même ne cause aucune infection, car il semble y avoir un phénomène d'auto-immunisation. La marque disparaîtra vite, sans laisser de cicatrice. C'est heureux, car les petits bébés n'arrêtent pas de se griffer. Il semble préférable de risquer les égratignures et de laisser à l'enfant le libre usage de ses mains. Lorsque celles-ci sont couvertes, un vaste secteur d'expérience lui est fermé. Il a besoin d'explorer son univers avec les doigts, de regarder et d'observer ses mains, et d'étudier avec elles son visage et sa bouche. Tout cela représente une partie importante de sa découverte de lui-même et de son univers. Certaines études faites sur des animaux prouvent qu'à moins de pouvoir regarder ses membres pendant qu'il s'en sert, un petit animal connaîtra de sérieux troubles du développement moteur. Cela est très certainement vrai aussi pour les petits de l'homme.

Mme Kay décide de ne pas chercher à empêcher Daniel de s'agiter, car elle sent que c'est une partie importante de sa nature. Ses moulinets des bras font finalement atterrir sa main dans sa bouche, mais il est obligé de s'y reprendre à plusieurs fois avant d'atteindre son but, qui est tout simplement de sucer son pouce. Lorsqu'il arrive enfin à établir le contact, il aspire son pouce avec une telle vigueur que sa mère entend le bruit depuis la pièce voisine. Elle se demande comment il ne s'étrangle pas. Une vigoureuse séance de succions s'ensuit, tandis que Daniel regarde tout autour de la pièce. Tout son petit corps semble concentré sur son activité. Tout en suçant, il parvient à s'immobiliser complètement, et il est évident que c'est un moment qui compte dans sa journée. Durant ces instants de relative inactivité, Daniel est libre de regarder autour de la pièce et d'absorber des expériences visuelles, ce que Laura et Louis parviennent à faire durant une grande partie de leur journée. S'il n'avait pas trouvé ce moyen de ralentir l'activité quelque peu frénétique qui absorbe toute son énergie, Daniel n'aurait peut-être pas été capable de parfaire ainsi son important développement visuel. Lorsqu'on se trouve en présence d'un de ces bébés agités et volontaires, on a envie de leur « apprendre » à se détendre.

Dès qu'il se désintéresse de son pouce, ou que ce dernier lui échappe à la suite d'un sursaut causé par un bruit extérieur, Daniel reprend sa turbulente activité. Il fait de la bicyclette avec les jambes, tandis que ses bras décrivent des cercles au-dessus de sa tête. Il se tord dans tous les sens et finit très souvent par se retourner sur le ventre. Cela le surprend tout d'abord, puis lui déplaît, et il pleure jusqu'à ce que sa mère arrive en courant pour le remettre à l'endroit. Après quoi, il se propulse jusqu'à la tête de son lit. Arrivé là, il se calme un instant, puis il reprend son activité. Lorsqu'il est resté quelques secondes coincé dans un angle, il hurle de frustration, et une fois de plus sa mère doit voler à son secours. Elle le remet au centre du lit et il recommence.

> Certains bébés semblent rechercher le coin ou la tête de leur lit, et ils ne se calmeront pas tant qu'ils n'auront pas le crâne appuyé contre quelque chose de solide. Les psychanalystes ont parlé d'un retour à l'utérus, avec la tête coincée contre le bassin de la mère. C'est un réflexe à rapprocher d'autres tentatives fréquemment observées chez les petits bébés pour reproduire dans leur sommeil la position du fœtus. Cependant, les enfants aussi agités que Daniel ne se laissent pas facilement réconforter, et ce n'est pas un « support » aussi simple qu'une position particulière pour dormir qui va les calmer bien longtemps.

A la fin du deuxième mois, Daniel semble déjà avoir compris que lorsqu'il pousse des hurlements d'un certain type, il verra apparaître sa mère. De son côté, Mme Kay commence à s'apercevoir que son bébé la « fait marcher », car il se détend et se met à sourire dès qu'il l'aperçoit. Elle a l'impression de

156

s'être fait rouler, mais les sourires qu'il lui adresse sont si adorables qu'elle fond à chaque fois. La vigueur de son fils la ravit. Heureusement, car sinon la situation entre eux aurait pu être catastrophique. Si Mme Kay était agacée par la façon quelque peu cavalière dont Daniel l'appelle lorsqu'il en a assez d'une occupation ou d'une position, elle ferait peut-être la sourde oreille à ses cris. Or, cette aide, Daniel en a besoin pour se sortir du guêpier où il s'est fourré, exactement comme il a besoin de sa mère pour sortir de l'angle du lit où il s'était coincé. En satisfaisant ce besoin, Mme Kay obtient deux résultats simultanés : elle augmente le plaisir mutuel qu'ils prennent, le bébé et elle, à son activité motrice, et elle lui indique comment se sortir tout seul de ses mauvaises passes.

Lorsqu'elle a le temps de rester à côté de lui pour le regarder, Daniel remercie sa mère en lui faisant un véritable numéro. Il cambre le dos, se tourne, se tord, donne des coups de pied et se livre à une telle débauche d'activité que Mme Kay en est épuisée pour lui.

Il apprend à lui « parler ». Lorsqu'elle ou Mark le regardent, Daniel parvient petit à petit à faire un sourire, puis un gloussement. Le sourire semble déclencher une activité des membres et du tronc, et bientôt c'est de tout son corps qu'il leur sourit. S'ils restent auprès de lui, il glousse et roucoule pendant de longues minutes; cependant, si la séance dure trop longtemps, il devient surexcité, et le sourire se transforme brutalement en larmes de frustration.

Son père enfile sur une ficelle accrochée au-dessus de son lit toute une série de bobines pour qu'il joue avec elles. Il apprend très vite à leur donner de grands coups avec les mains. Au début, il a tendance à passer à côté, mais peu à peu il parvient à taper en plein dedans pour faire du bruit. Lorsqu'il se rend compte qu'il peut produire ce bruit tout seul, il se met au travail avec beaucoup de concentration. Il passe progressivement à une espèce d'activité du corps tout entier, de façon à pouvoir frapper dans les bobines avec ses bras.

> La nécessité de se servir de tout son corps pour accomplir une activité partielle est caractéristique de l'apprentissage de cette période. C'est l'un des aspects les plus exquis de la toute petite enfance. A mesure que l'enfant avance en âge et parvient à dissocier une activité particulière de sa réaction totale, il perd un peu de son charme de petit bébé.
>
> On rencontre rarement un bébé qui, à deux mois, est déjà capable de comprendre ce qui provoque un bruit, et de s'ingénier avec autant de détermination à répéter le mouvement et son résultat.

Dès que l'on installe Daniel pour une sieste ou pour la nuit, c'est la crise de rage assurée. Il est furieux lorsqu'on le met sur le ventre. Comme c'est la seule position dans laquelle il accepte de dormir, sa mère sait qu'il interprète le fait d'être mis sur le ventre comme une incitation à sombrer dans le sommeil. Aussitôt sa tête se soulève, tandis qu'il cherche du regard un secours quelconque. En se redressant, il pousse des glapissements. Ses bras se tendent, et il cambre le corps. Ses jambes poussent elles aussi avec vigueur, à mi-chemin entre les coups de pied et la bicyclette. Il se propulse rageusement en avant. Etant donné que tout cela constitue une partie inévitable de son activité durant la nuit, Mme Kay ne cherche même pas à le couvrir.

> Pour la mère d'un enfant aussi agité, il y a deux solutions : soit l'attacher au moyen de sangles de sécurité, soit lui enfiler un chaud nid d'ange, ce qui lui laisse les bras libres et lui permet de bouger aisément sans être découvert pour autant.

Mme Kay et son mari ont choisi la deuxième solution. Ils ont le sentiment que l'activité physique est un exutoire très important pour Daniel, et ils savent à présent qu'il doit passer au moins la moitié de ses vingt-quatre heures dans sa position de sommeil. Ils ne se sentent pas le droit d'entraver son activité au point de l'attacher, même la nuit.

Daniel a le sommeil léger. Tout au long de la nuit, il pleurniche par intermittence. Il semble avoir un sommeil cyclique, avec une période d'éveil toutes les trois heures. Il pousse un cri, lève la tête, pleurniche, avance jusqu'à la tête de son lit, se met les doigts dans la bouche, puis se rendort. Lorsqu'il dormait encore dans la chambre de ses parents, ces derniers se réveillaient avec lui, et la chose se répétait plusieurs fois par nuit. Ils ont découvert qu'il valait mieux, pour lui comme pour eux, qu'il dorme dans une autre pièce. Durant ces périodes de demi-sommeil, en effet, il sentait leur présence, y réagissait en s'éveillant tout à fait et criait pour qu'ils viennent s'occuper de lui. Dès qu'ils l'ont eu isolé, Daniel a eu un sommeil beaucoup plus paisible.

Durant la journée, il fait des siestes d'une heure ou deux. Trois fois par jour, il se met dans un tel état qu'il finit par hurler d'épuisement. Lorsque sa mère se rend compte qu'il est fatigué, elle le met sur le ventre et le laisse s'endormir tout seul.

Mme Kay aurait bien voulu profiter du sommeil de Daniel pour dormir elle aussi. La plupart du temps, elle se sent à bout de nerfs et épuisée. Elle prend un immense plaisir à voir son bébé s'activer, s'amuse beaucoup à jouer avec lui et le trouve passionnant à observer, mais il n'est quand même pas facile.

Il déteste le fauteuil inclinable. Ses bras et ses jambes n'y sont pas assez libres, et il se tortille jusqu'à ce qu'il ait réussi à s'en extraire. Un jour, sa mère le pose près d'elle, sur la table de la cuisine, pendant qu'elle vaque aux soins du ménage. A un moment donné, elle entend un bruit et se retourne juste à temps pour voir son fils basculer avec son fauteuil, tomber de la table face contre terre, et se mettre aussitôt à hurler.

Heureusement, Daniel n'a pas perdu conscience. Lorsque sa mère le relève, il agite vigoureusement ses membres. Elle le palpe sur toutes les coutures, mais il ne semble souffrir de nulle part. Le pédiatre lui explique quels symptômes il faut guetter pour pouvoir écarter toute possibilité de commotion cérébrale.

> Les périodes où l'enfant n'a plus de réactions, des pupilles qui ne rétrécissent pas à la lumière, et éventuellement des vomissements répétés peuvent être signes d'une commotion cérébrale. La plupart des bébés finissent par faire une chute de ce genre un jour, mais heureusement, la plupart du temps, les accidents sont sans conséquence grave. Si le bébé reste inconscient ou que les parents discernent chez lui un ou plusieurs des symptômes énumérés plus haut, le médecin préférera le voir pour s'assurer qu'il n'a pas de commotion cérébrale.

Mme Kay est très secouée par cet accident et se sent affreusement coupable, mais Daniel, lui, n'a pas l'air de s'en ressentir le moins du monde. Jamais plus elle ne le reposera sur une table avec son fauteuil.

> Il existe certains réflexes soudains qui peuvent faire basculer un enfant dans son fauteuil ou sur une table. Lorsque le bébé se trouve sur un meuble ou un lit, la maman doit prendre l'habitude de garder toujours une main sur lui, à chaque fois qu'elle se détourne pour faire quelque chose. J'ai connu une petite fille de quatre semaines qui s'était jetée à bas d'une table sur le sol, pendant que sa mère avait le dos tourné, et

s'était fracturé le crâne. Si sa mère l'avait maintenue d'une main, il ne serait rien arrivé.

Daniel déteste toujours le bain. A chaque fois qu'on le déshabille, il se démène et se débat furieusement. Ses membres partent dans tous les sens, il sursaute, se met à pleurer et finit par pousser des hurlements si épouvantables que sa mère redoute chacune de ces séances. Elle ne tarde pas à constater qu'elle ne le baigne que tous les deux jours, puis deux fois par semaine seulement, et qu'elle laisse des petites saletés dans les plis de sa peau tant elle a hâte d'en avoir fini.

Il n'est pas nécessaire de baigner un bébé tous les jours. Il y a beaucoup d'enfants qui ont des problèmes de peau sèche ou sensible et que l'on ne peut baigner qu'une fois par semaine, et ils ne s'en portent pas plus mal. Dans certaines sociétés – chez les Esquimaux ou les Indiens des montagnes –, ni les enfants, ni les adultes ne se baignent jamais complètement. Si l'on nettoie soigneusement le derrière et les parties génitales du bébé chaque fois qu'on le change, il n'est certainement pas indispensable de le laver tous les jours de la tête aux pieds. Je suis sûr qu'un bain quotidien, selon un horaire régulier, permet à la mère de se rappeler plus facilement la routine et à l'enfant de s'y habituer, mais je ne vois aucune autre raison pour justifier tout le tapage que l'on fait, aux Etats-Unis, autour du bain quotidien.

Lorsqu'il pique sa crise de larmes régulières, en fin de journée, Daniel passe très rapidement aux hurlements soutenus, perçants, exigeants. Tout en pleurant, il se raidit, réduit son activité corporelle et semble mettre toute son énergie dans la prise de profondes inspirations qui se terminent par une explosion de cris stridents. Son teint devient violacé. Il atteint souvent un stade où il semble s'arrêter de respirer. Après une période d'apnée (absence de respiration), Daniel se calme, puis il bâille parfois avant de se remettre à pleurer. Ses parents le prennent dans leurs bras et le serrent contre leur épaule. Il se tient tout raide, refusant de se pelotonner confortablement malgré leurs efforts. On dirait même qu'il n'a pas envie d'être pris dans les bras. Si l'un ou l'autre le berce vigoureusement ou arpente la pièce avec lui, d'un pas rapide, il se calme momentanément, mais il s'arrange pour donner l'impression qu'il n'est pas vraiment heureux de ce contact. Dès que l'on cesse de s'occuper de lui, cependant, les hurlements perçants reviennent très vite.

Ses parents lui donnent une sucette. Mme Kay a pourtant toujours détesté voir des enfants avec cette espèce de « bouchon au milieu de la figure », mais en huit courtes semaines d'existence, Daniel a modifié beaucoup de ses idées préconçues concernant l'éducation des enfants. Au début, il accepte la sucette, la suçote, la tète brièvement, puis la recrache avec force. Durant la journée, lorsqu'il est en période d'activité paisible, sa mère parvient à la lui faire garder dans la bouche pendant un quart d'heure entier parfois, seulement, à ces moments-là, Mme Kay a l'impression qu'il n'en a pas vraiment besoin. En revanche, durant ses périodes régulières de mauvaise humeur, Daniel se montre intraitable et refuse la sucette avec une vigueur caractéristique et sans appel.

Les mamans se posent des questions sur l'utilité des sucettes. A mon avis, l'important ce n'est pas *quel* support la mère fournit à son enfant, mais *la façon* dont elle le fait. Presque tous les bébés éprouvent le besoin de téter plus qu'ils ne le font pour se nourrir. Si la mère les y autorise, ils suceront d'eux-mêmes leur pouce ou leurs doigts et seront alors indépendants de leur environnement. Une sucette remplace cet intérêt pour leurs propres doigts, mais ce n'est pas un support maîtrisé de façon autonome. De ce fait, la mère s'en servira peut-être à mauvais escient, quand le bébé n'en aura pas besoin. Beaucoup de mères ont tendance à utiliser trop souvent les sucettes et les considèrent effectivement comme de véritables « bouchons » dès la petite enfance. Comment s'étonner ensuite de voir leurs enfants qui ont grandi en suçant cette espèce d'appendice fourni par leur environnement, devenir à deux ans de gros bébés obèses et passifs, qui ne sont heureux que lorsqu'ils ont la bouche pleine ? Dans ce cas, d'ailleurs, la sucette reflète le besoin de « support » de la mère plutôt que celui du bébé.

Les Kay passent en revue l'alimentation de Daniel avec le pédiatre, pour s'assurer que les crises de larmes ne sont pas dues à la faim. Le bébé mange très bien durant la journée. Il a tendance à mettre autant de vigueur pour avaler son biberon qu'il en met pour faire toute chose. Lorsqu'il va trop vite, il en rejette ensuite une bonne partie. Sa mère a appris à ne lui donner que des tétines à tout petits trous, pour que le biberon dure au moins quinze à vingt minutes. Il semble satisfait de ses repas et il a adopté pour sa journée un cycle régulier avec un biberon toutes les quatres heures. Le soir, on peut lui faire ingurgiter trente à cinquante grammes de lait lorsqu'il pleurniche, mais il manifeste pour cet en-cas le même désintérêt que pour la sucette. Il y a en outre de sérieux risques de le voir rejeter ce qu'il a absorbé durant cette période, à mesure qu'il s'agite. A la fin de sa crise de larmes, il avale un biberon de cent soixante-dix à deux cents grammes avec son appétit habituel, puis il s'endort pour une bonne huitaine d'heures, sans autre repas. Il est donc difficile d'imaginer qu'il pleure parce qu'il a besoin de manger.

Le soir, avant qu'il ne se mette à pleurnicher, Mme Kay essaie de lui faire absorber une bouillie à base de riz, pour voir si par hasard ça ne le calme pas. Il accepte de manger une bouillie assez fluide à la petite cuillère. Les premiers jours, cela paraît même l'intéresser, et sa mère croit avoir trouvé la solution. Il mange l'équivalent de deux cuillerées à soupe de flocons de riz, délayées dans du lait. Mais ça ne l'empêche nullement de pleurer. Au bout de quelques jours, Daniel commence à s'étrangler avec sa bouillie. Il avale, puis il régurgite, s'étrangle, s'arrête de respirer et se tortille dans son fauteuil inclinable. Manifestement, il ne prend aucun plaisir à cet intermède. Lorsqu'il parvient à porter ses doigts à sa bouche et à y enfourner son pouce pour le sucer, il finit par aspirer en même temps la bouillie et semble plus content de la manger. A un moment donné, Mme Kay essaie de lui tenir les mains pour l'empêcher de mettre de la bouillie partout, mais il réagit en refusant obstinément la cuillère. Il détourne la tête, serre les mâchoires, puis il hurle. Lorsqu'elle lui libère les mains, il accepte à nouveau la cuillère et la bouillie, et absorbe chaque cuillerée en la suçant en même temps que ses doigts. Cependant, quoiqu'il mange sa bouillie tous les soirs, il continue de pleurer, ce qui prouve bien que ce n'est pas la faim.

La visite de contrôle chez le pédiatre, à deux mois, rassure les Kay quant à la bonne progression de leur bébé. Il a grandi de presque quatre centimètres et réussi à prendre près de sept cents grammes, en dépit de sa vie très active. Mme Kay questionne le praticien à propos de deux « anomalies » qu'elle a remarquées chez Daniel et qui les inquiètent son mari et elle. La première, c'est la dissimilitude de ses yeux; le gauche semble nettement plus petit que le droit. Le médecin leur explique que c'est dû à l'immaturité et à l'inégalité du tonus musculaire dans les muscles des paupières; tout cela changera dès qu'il sera un peu plus âgé. Les Kay s'inquiètent par ailleurs de voir que Daniel a les jambes arquées et ils se demandent si c'est normal. Etant donné qu'il a les pieds bien souples et les hanches bien placées dans leurs cavités, le pédiatre peut leur assurer que cette particularité est le résultat de sa position dans la matrice. Avec l'axe du poids à la verticale, dès qu'il se tiendra debout, et un apport suffisant de vitamines pour prévenir le rachitisme, ses jambes arquées se redresseront d'elles-mêmes.

Ils passent ensuite à l'hyperactivité du bébé et à ses journées de forcené. Ils s'aperçoivent, en en parlant, que la fierté et l'intérêt que suscitent ses progrès l'emportent très largement sur tout autre sentiment. Le médecin est aussi satisfait qu'eux de la volonté qui pousse Daniel vers l'activité motrice, les gestes qu'il fait déjà pour attraper des objets, ses sourires, ses gazouillis, sa capacité de se retourner tout seul, de ramper dans son lit et de tenir, pendant de longues périodes, un objet qu'on lui a mis dans la main; tout le ravit. Il leur assure que leur fils est précoce et en avance d'un bon mois sur son âge.

Le médecin confirme pour finir une idée qu'ont eue les Kay : si Daniel pleurniche autant le soir, c'est à cause de cette intense volonté de réussir; à la fin de la journée, l'épuisement est inévitable. Il leur explique qu'il n'y a pas de remède miracle lorsqu'on traverse cette période. Ce sont le temps et la maturité qui se chargeront de faire passer les crises de larmes, et vers l'âge de trois mois, Daniel sera sans doute capable de trouver un autre exutoire pour toute cette énergie qu'il porte en lui. Le médecin incite vivement les parents à jouer avec leur bébé et à profiter de lui au maximum. Il s'efforce enfin de lutter contre le sentiment qu'ils ont de ne pas être à la hauteur, lorsque Daniel traverse une de ses crises.

5

LE TROISIÈME MOIS

Louis, un bébé moyen

Le troisième mois va largement compenser les difficultés des deux premiers. A la fin de cette période, tant de choses se sont passées, la vie est tellement plus facile et satisfaisante que Mme Moore nage en pleine euphorie. Louis est déjà un petit personnage aux réactions individuelles et passionnantes. Celles-ci semblent même disproportionnées par rapport à la stimulation qu'on lui propose, et Louis est un bébé si délicieux que ses parents ont souvent l'impression de ne pas l'avoir mérité. Lorsqu'elle le regarde, avec son petit visage rond et son corps dodu, et qu'il lui répond par des sourires et des gazouillis, Mme Moore se voit très bien mère d'une ribambelle d'enfants.

M. Moore l'appelle son « petit trésor en sucre » et n'arrête pas de jouer avec lui, de le câliner, de l'embrasser. Comblé de tant d'attentions, le bébé roucoule d'allégresse. Au début, son père s'en est pourtant voulu de son manque d'affection pour ce petit dernier. Il s'est demandé quand il commencerait à éprouver pour lui ce qu'il se rappelait avoir ressenti pour les deux autres. A présent, lorsqu'il arrive auprès de Louis, allongé dans son lit ou dans son fauteuil inclinable, le bébé se tourne immédiatement vers lui. Il le dévisage brièvement, fixe les yeux sur ceux de son père et sur sa bouche, et commence aussitôt à s'agiter. Il sourit, donne des coups de pied et se tortille, puis il étend les bras sur les côtés.

Cette extension des bras sur les côtés prélude à leur extension vers l'avant pour prendre un objet, laquelle viendra plus tard. En tendant ainsi les bras latéralement, le bébé incorpore son ancien réflexe de Moro à une activité plus volontaire, qui est celle de chercher à s'emparer de quelque chose.

A la vue d'un visage souriant, tout le corps de Louis semble participer à une espèce de mouvement de joie. Tout en s'agitant ainsi, il s'esclaffe. Sa bouche s'arrondit pour faire « hou » et il roucoule dans l'arrière de sa gorge. A chaque fois qu'un nouveau son franchit ses lèvres, il s'interrompt, surpris, puis recommence. M. Moore, subjugué, reste de longs moments penché vers son fils, agite la tête, sourit et imite les bruits qu'il fait. De temps en temps, Louis s'immobilise, contemple son père et tente de lui répondre. Lorsque M. Moore finit par s'éloigner, il proteste. Ses cris attirent Martha ou Tom qui prennent alors le relais. Il arrive ainsi que tantôt l'un, tantôt l'autre membre de la famille passe une grande partie de l'après-midi et de la soirée à s'amuser avec Louis.

Les parents de familles nombreuses manifestent souvent une certaine tristesse et une certaine culpabilité à l'idée de ne pas avoir suffisamment de temps à consacrer au nouveau bébé. Ils ont l'impression qu'il est désavantagé par rapport à l'aîné dont ils s'occupaient constamment. Il suffit d'observer des échanges comme ceux que nous venons de voir entre Martha ou Tom et leur petit frère pour comprendre pourquoi ces parents n'ont pas de reproches à se faire; les frères et sœurs aînés sont très souvent disponibles pour amuser le bébé, pour lui offrir d'innombrables sortes de stimuli, et le petit dernier, de son côté, adore regarder ses aînés et jouer avec eux.

Les petits bébés semblent d'ailleurs avoir une préférence marquée pour les autres bébés ou les enfants. S'ils ont le choix, on les verra souvent observer un enfant plutôt qu'un adulte, ce qui est assez étonnant, car les enfants ont davantage tendance que les adultes à faire des bruits soudains ou à changer brusquement d'activité. Pourtant, les bébés, à ce qu'il semble, aiment mieux communiquer avec quelqu'un dont l'âge se rapproche davantage du leur. Serait-ce une tendance innée à s'identifier à l'activité d'un autre enfant ? Quoi qu'il en soit, un petit dernier apprend sans conteste beaucoup de choses de ses aînés et semble le faire en outre plus facilement. Peut-être tous les signaux que les enfants se transmettent entre eux sont-ils plus appropriés que les méthodes d' « enseignement » appliquées par les grandes personnes.

Pour finir, Louis se met à pleurer ou à se sucer les doigts en détournant la tête. Sa mère peut alors en profiter pour le mettre au lit. Une fois couché, il se tortille, essayant maladroitement de se faire un nid dans ses couvertures, il remet ses doigts dans sa bouche et s'installe pour faire un petit somme ou pour la nuit.

Il s'est donc créé un schéma bien défini pour s'endormir. Sa préférence pour la position ventrale était probablement évidente dès la naissance, mais elle fait désormais partie intégrante de la routine du coucher. Une fois qu'il a fait son nid pour s'installer confortablement, qu'il s'est fourré les doigts dans la bouche, le bébé peut s'endormir. Certains ont besoin de pleurer pour y parvenir. Ces schémas sont d'une grande importance, et l'on verra le bébé répéter tout ce petit rituel au milieu de la nuit, lorsqu'il reprend partiellement conscience et qu'il a besoin de se replonger dans le sommeil profond.

Lorsqu'il atteint ses trois mois, les crises de larmes du soir ont pratiquement cessé, et ses parents les ont déjà presque oubliées.

Au troisième mois, il existe un tournant magique sur la route des crises de larmes. Quelque chose se passe, qui remplace, semble-t-il, ce besoin de pleurer. Ce quelque chose paraît lié à une capacité accrue de se tourner vers le monde extérieur et d'y participer de façon nouvelle, par exemple, en roucoulant, en gloussant, en regardant ses mains, en s'efforçant de saisir un objet placé au-dessus de lui.

Louis dort paisiblement le matin, pendant deux heures, et il fait une sieste d'une heure et demie l'après-midi. La nuit, son temps de sommeil s'allonge jusqu'à dix et parfois onze heures de suite, vers la fin du troisième mois. C'est Mme Moore qui a réussi à instituer cet horaire. En le réveillant dans la journée pour l'allaiter, durant les premières semaines, elle l'a incité à rallonger par compensation son temps de sommeil aux moments qui s'y prêtaient, c'est-à-dire la nuit.

Lorsque les parents nourrissent leur bébé selon un horaire libre uniquement fondé sur ses demandes, ils ont tendance à le laisser décider lui-même quelle tranche du cycle de vingt-quatre heures il va passer à dormir. Cette méthode me paraît, je l'avoue, inutilement masochiste. Rares sont les bébés qui refuseront de s'adapter et de dormir plus longtemps la nuit, à un moment qui convient mieux au reste de la famille. Cependant, les parents seront parfois obligés de faire quelques efforts au début pour lui donner le pli.

Les tétées de Louis sont tout aussi organisées et efficaces. A présent, il sait pleurer d'une certaine façon bien spéciale quand il a faim. Lorsqu'il entend le pas de Mme Moore qui se rapproche, annonçant la tétée, il s'arrête de pleurnicher. Il l'attend avec impatience dans son petit lit, tandis qu'elle s'installe dans son fauteuil et se prépare. Lorsque sa mère le prend pour le changer avant la tétée, Louis arbore une mine sérieuse et attentive, mais il ne pleure pas. Cependant, si elle est par hasard obligée de le quitter un instant, en le laissant solidement attaché à la table à langer, il est incapable de se contenir plus longtemps et il éclate en sanglots.

La capacité d'attendre une récompense convoitée, telle que la tétée, est déjà un véritable petit exploit en soi et témoigne d'une solide connaissance de l'environnement et d'une grande confiance en lui. Que l'on compare cette attitude à celle du monde animal. Combien d'animaux sont capables d'avoir suffisamment confiance pour attendre tranquillement le repas qu'on leur prépare ? Cependant, lorsque sa mère est obligée de l'abandonner en pleins préparatifs, Louis montre que son nouveau contrôle est encore bien ténu. Dans ce cas-là, ses ressources personnelles sont impuissantes à le soutenir et il craque...

Cela prouve, à mon avis, à quel point un bébé apprend vite à dépendre d'une espèce de schéma, d'un comportement cohérent de la part de ses parents.

Une fois qu'il a commencé à téter et qu'il a absorbé une bonne quantité de lait, Louis s'arrête un moment pour regarder autour de lui, pour sourire à sa mère ou pour contempler ses propres mains. En lui remuant doucement la tête, Mme Moore parvient à le remettre en route, mais à présent les tétées sont entrecoupées d'intermèdes ludiques. Lorsqu'un des autres enfants entre dans la pièce, Louis s'interrompt brièvement avant de continuer.

Toutes ces interruptions durant la tétée peuvent être exaspérantes pour une maman pressée, mais pour le nourrisson, c'est formidable. Il est alors dans un état de réceptivité maximale. Sa mère est en train de combler ses besoins physiologiques; il est donc de parfaite humeur, et chacune des expériences qu'il connaît durant cette période doit avoir pour lui d'autant plus de valeur. Lorsqu'il savoure ces instants bénis, le bébé fait irrésistiblement penser à un petit vieux rondouillard, occupé à se délecter d'un bon cigare à la fin d'un repas exquis et copieux.

A la fin du troisième mois, le lait maternel ne suffit plus à Louis, et après la tétée il regarde autour de lui comme s'il attendait autre chose. Sa mère en déduit qu'il est temps de commencer à lui donner des bouillies.

Les bébés ne font pas toujours savoir aussi clairement qu'ils sont disposés à passer à autre chose. Parfois, ils semblent prêts pendant un certain temps, puis ils cessent presque entièrement de manger après qu'on a commencé à leur donner autre chose que du lait. Durant ces périodes en dents de scie, il se passe parfois plusieurs jours où l'on dirait que le bébé ne parviendra jamais à assouvir sa faim. Après quoi il retombe dans son régime antérieur et ne veut plus de ce qu'il réclamait. Les exigences physiologiques ne sont pas encore organisées selon une courbe constamment ascendante, mais selon une progression beaucoup moins régulière, faite de brusques bonds en avant suivis de régressions.

Mme Moore se rappelle ses précédentes discussions avec le pédiatre. Il n'est pas en faveur d'une alimentation solide trop précoce, car il pense qu'elle risque de perturber l'allaitement en bourrant le bébé et en émoussant son intérêt pour la tétée; il pense aussi que les enfants ne digèrent pas, durant leurs premiers mois, les molécules complexes des aliments solides, et il cite à l'appui les analyses de selles des petits bébés; ces selles contiennent des particules en grande partie non digérées des hydrates de carbone, lipides et protéines complexes qui constituent la nourriture solide; enfin certains indices laissent penser que les allergies alimentaires sont déclenchées plus facilement durant les premiers mois de vie, sans qu'apparaisse aucune marque extérieure, et qu'au fur et à mesure qu'il se « rode », le tube digestif d'un enfant est plus capable de digérer et de réagir directement aux agents sensibilisateurs. C'est pourquoi en mettant Louis à la bouillie de céréales, Mme Moore décide de s'en tenir à un seul aliment, le riz.

De cette façon, le bébé ne prend qu'un seul aliment nouveau à la fois. S'il manifeste alors une allergie, la mère saura automatiquement ce qui l'a provoquée. En revanche, si elle lui donnait un mélange, elle ne saurait pas exactement quel est l'agent sensibilisateur. L'allergie aux aliments nouveaux peut se manifester de diverses façons. On constate bien souvent une réaction immédiate au jus d'orange, le bébé vomit et se remet à vomir à chaque fois qu'on lui présente cette boisson. Le jour même ou le lendemain, ses selles deviennent fréquentes et liquides. Il sera peut-être grincheux et ballonné pendant plusieurs heures. Une réaction à retardement peut exister, sous forme de rougeurs, une plaque rouge et sèche qui se desquame (d'ordinaire sur le visage, mais parfois aussi sur le corps); elle peut aussi se déclarer une bonne semaine plus tard.

Pour toutes ces raisons, l'Académie américaine de pédiatrie a récemment recommandé de n'introduire les aliments solides qu'entre le quatrième et le sixième mois. Il n'y a d'ailleurs pratiquement aucune raison de commencer plus tôt, à moins que le bébé ne paraisse avoir besoin d'autre chose que de lait pour se caler l'estomac. Dans le cas de Louis, par exemple, c'est peut-être en effet cela qu'il réclame, mais peut-être aussi devient-il tout simplement plus actif et plus exigeant au moment des repas. En tout cas, il est certainement plus sage de ne commencer les bouillies qu'à petites doses et de les augmenter très progressivement. Il ne faut surtout pas en profiter pour diminuer la consommation de lait du bébé, ni pour réduire le nombre de ses tétées. Il serait vraiment dommage que l'introduction de bouillies contrarie l'allaitement ou incite le bébé à réduire trop brusquement ses tétées.

Au début, Louis rechigne et s'étrangle, et sa mère décide d'essayer un aliment plus sucré, la compote de pommes. Il continue à faire la grimace et semble choqué par cette saveur inhabituelle. Mme Moore, cependant, a connu la même résistance chez ses deux autres enfants et elle tient bon durant les premiers jours, bien résolue à aller jusqu'au bout de la première semaine. A ce moment-là, comme elle s'y attendait, Louis commence à accepter les cuillerées qu'elle lui met dans la bouche.

Les premiers refus et l'acceptation finale ne me paraissent pas dus à des questions de saveur, mais plutôt à la nouveauté de toute la situation : nouvelle façon d'être nourri, nouvelle consistance, nouveau goût, besoin d'avaler véritablement la nourriture au lieu de l'aspirer par un phénomène de succion. Jusqu'à l'âge de dix à douze semaines, la déglutition est en majeure partie un phénomène de succion, auquel participent toute la bouche, l'œsophage et le haut du tube digestif. Après quoi le bébé apprend à avaler de façon plus consciente. Comme bien souvent, lorsque se produit un passage du réflexe à la maîtrise consciente, il peut y avoir une période de flottement, avant que l'acte volontaire ne soit parfaitement contrôlé. Lorsqu'ils portent leurs doigts à la bouche pour les sucer, après chaque cuillerée de bouillie ou de compote, les bébés manifestent leur préférence pour l'ancien mode d'aspiration et de déglutition. S'ils ne pouvaient pas en même temps se sucer les doigts, ils refuseraient peut-être les nouveaux aliments.

A chaque fois qu'elle commence à donner un nouvel aliment, Mme Moore attend une semaine avant d'en ajouter un autre, pour s'assurer qu'il n'y a pas d'allergie. Martha a eu de l'eczéma quand elle était toute petite, et sa mère est bien décidée à ne plus connaître ce genre de problème.

Je suis convaincu que l'on peut éviter bien des allergies de la petite enfance en procédant ainsi, très prudemment, à l'introduction de nouveaux aliments et agents sensibilisateurs. Si le mécanisme de l'allergie n'est pas activé, chaque mois qui passe en relève le seuil, et il devient d'autant plus difficile de déclencher la réaction. Beaucoup de bébés sont allergiques aux œufs avant six mois, mais ne le seront plus après. Il me paraît quand même plus logique d'éviter les réactions aux allergènes, plutôt que de les déclencher puis d'essayer de les soigner.

A mesure que Louis commence à mieux manger, il engloutit ses bouillies et compotes. Il est capable de manger tout ce que sa mère veut bien lui donner, mais après cela, il refuse le sein. Elle commence donc à guetter les signaux annonçant qu'il a suffisamment absorbé d'aliments solides. Lorsqu'il se met à les recracher plus vite qu'elle ne parvient à les lui enfourner dans la bouche, elle comprend qu'il n'avale plus efficacement et qu'il est temps d'arrêter. Elle décide de le limiter à deux cuillerées à soupe de chaque aliment, après quoi il a encore de la place pour son lait.

A cet âge, le lait reste beaucoup plus important que le reste. Les bébés ne savent pas toujours indiquer qu'ils ont assez mangé. Certains avaleront tout ce qu'on leur donne mais, ensuite, ils refuseront leur lait. Il est donc préférable de limiter les aliments solides afin de conserver toute son importance à la consommation de lait.

A trois mois, les journées s'écoulent très agréablement et on s'amuse beaucoup. Louis reste allongé sur le dos pendant de longues périodes, occupé à jouer avec ses mains ou à regarder son mobile et ses mains. Il s'est aperçu qu'il peut attraper une de ses mains avec l'autre et jouer avec ses doigts comme des joujoux. Un beau jour, il remarque qu'en faisant des moulinets avec ses bras, il fait bouger son mobile. Aussitôt, ses tentatives pour agiter les bras et faire voleter ses papillons deviennent plus conscientes. Une autre fois, il aperçoit ses pieds et se met à les observer avec intérêt tout en les faisant bouger. Ses parents sont sidérés par sa capacité de comprendre que c'est lui qui fait remuer son mobile ou qui lève les pieds pour pouvoir les regarder. Il ne leur semble pas que leurs aînés avaient saisi cela aussi vite.

Louis a réussi là, en effet, un excellent enchaînement d'idées. Pouvoir associer l'action qu'il fait avec son résultat est un grand pas en avant dans son apprentissage. L'un des premiers exemples de ce genre d'associations est le circuit main-à-la-bouche, que nous avons déjà vu. Lorsque l'enfant complète ce circuit, il commence à sentir une stimulation gratifiante à chaque extrémité, la main et la bouche. Après quoi, il tend la main et ajoute la vue à son circuit, car sa main est pour lui un prolongement de lui-même. Lorsque son appréciation de cette capacité de prolongement englobe aussi ses pieds et un mobile non loin de lui, on peut estimer que cet enfant commence à manifester une conscience de lui-même assez perfectionnée. Il apprend non seulement à reconnaître ses nouvelles capacités, et les possibilités illimitées qu'elles lui offrent, mais il commence également à pressentir ses propres limites. Tout cela fait partie du développement précoce de la personnalité.

Lorsqu'on prend Louis dans les bras, il réagit en redressant tout le corps. Et lorsqu'il arrive à s'asseoir, il est capable de tenir facilement sa tête droite, avec très peu de ballottement. Il reste assis sur les genoux de Martha comme un gros baigneur, et il sait aider à se maintenir. Il adore être sur les genoux de sa mère et regarder les deux autres enfants jouer autour d'eux. A mesure qu'ils deviennent plus bruyants et que lui-même se fatigue, il sursaute de plus en plus souvent et se met à pleurer. Mme Moore emporte alors Louis dans sa chambre, pour qu'il fasse un petit somme.

Mme Moore a l'impression de n'avoir jamais pris autant de plaisir à s'occuper d'un bébé. Elle se fait peu de souci pour Louis et elle s'amuse de tous ses progrès plus qu'elle n'a pu le faire pour ses deux aînés. Elle conseille à toutes ses amies d'avoir un troisième enfant.

C'est une constatation que font de nombreuses mères. Le premier bébé est pour elles un tel examen de passage, à réussir coûte que coûte, que bien peu d'entre elles parviennent à profiter de leur enfant sans arrière-pensée. Elles en viennent souvent à se demander comment un premier bébé supporte toutes ces anxieuses manipulations. A long terme, cependant, la position d'aîné comporte certains avantages qui compensent les inconvénients. Je suis sûr que le taux élevé de corrélation entre la réussite à l'âge adulte et la position d'aîné d'une famille de plusieurs enfants n'est pas fortuit. Le premier enfant doit certes essuyer les plâtres et apprendre à faire face aux conflits de ses parents concernant son éducation, mais c'est à lui, en revanche, que les parents consacrent la plus grande partie de leur intérêt. Le deuxième enfant est souvent plus « négligé », tandis que la famille se remet de la venue du premier. Et tout le monde ressent la joie et la liberté qui accompagnent le troisième.

Laura la placide

Laura conserve toute sa placidité et paraît comme isolée du monde qui l'entoure. Elle est parfaitement satisfaite de rester allongée dans son berceau durant la majeure partie de la journée et elle n'exige pas grand-chose de ses parents. Au fur et à mesure qu'elle grandit, elle semble devenir plus placide, mais aussi plus attentive.

Le contraste entre le portrait que nous traçons de Laura et ceux des deux garçons est parfois si accusé que le lecteur pourrait bien se demander si elle est vraiment normale. C'est qu'il s'agit d'une nature radicalement différente : son manque d'intérêt apparent pour l'activité motrice, la gratification évidente que lui procure l'usage de son système sensoriel associée à un degré élevé de sensibilité au monde extérieur, entraînent chez elle un rythme de développement tout à fait différent. Elle reste, cependant, très nettement dans les normes.

Elle est bien partie pour devenir une personne absolument différente des deux autres bébés. Elle pourrait fort bien devenir une artiste, une observatrice douée d'une grande sensibilité, ou bien alors se tourner vers des études et manifester dans ce domaine un vif esprit de compétition. Bien souvent, lorsqu'on évoque la petite enfance de grandes personnalités intellectuelles, on trace le portrait de bébés ressemblant à Laura.

Son humeur égale n'est jamais troublée par les événements ordinaires. Bien souvent, Mme King s'aperçoit qu'il lui arrive d'oublier d'aller allaiter Laura lorsque les quatre heures d'intervalle sont écoulées. La petite fille ne paraît pas lui en tenir rigueur. Lorsque sa mère arrive enfin, elle se tourne vers elle, son visage s'éclaire et elle sourit, comme si elle était ravie de la voir mais n'y avait pas vraiment compté. Cela a le don d'agacer Mme King qui se sent à nouveau rongée par le sentiment que Laura n'a pas vraiment besoin d'elle.

C'est peut-être le côté le plus pénible d'un bébé aussi réservé. A un moment où la mère est obligée de sacrifier une grande partie de son temps à son enfant, elle aimerait en être récompensée par des manifestations de dépendance et de tendresse. L'autonomie, si l'on peut dire, du bébé peut dresser une véritable barrière entre eux.

Au milieu de la nuit, cependant, c'est Laura qui pleure pour que sa mère vienne la nourrir. Progressivement, elle arrive à tenir de dix heures du soir à quatre heures du matin mais, à ce moment-là, elle réclame régulièrement à téter. Lorsque Mme King arrive auprès d'elle, Laura est bien réveillée et ravie de la voir. Elle lui fait de merveilleux sourires, d'une oreille à l'autre, auxquels tout le visage participe. Mme King est récompensée de l'effort qu'elle a dû faire pour sortir du lit. Après la tétée, elle éprouve un vif sentiment d'intimité avec sa fille; elle la câline si fort et lui murmure tant de mots tendres que Laura réagit comme elle ne le fait pas d'ordinaire. Elle sourit, « glousse » et se tortille, comme pour bien montrer à quel point elle apprécie ces périodes de jeu avec sa mère, aux petites heures du matin. Mme King aussi est heureuse. Elle s'en veut, cependant, de ne pas parvenir au même résultat après les tétées de la journée.

Durant la journée, lorsqu'elle ne dort pas, Laura reste allongée sur le dos, dans son petit lit, les jambes fléchies et largement écartées, les mains près de la figure. Elle regarde son mobile, écoute les bruits tout autour d'elle et suit des yeux sa mère qui s'active dans la pièce. Dès qu'elle la perd de vue, ses mains se lèvent pour venir devant son visage et elle joue avec elles pendant de longues périodes, regardant ses doigts s'agiter lentement et intercepter la lumière. Laura semble éprouver un plaisir indicible à combiner la sensation de bouger les mains et le spectacle qui en résulte. Elle observe une de ses mains et, ce faisant, l'approche tout contre sa figure. Ses yeux s'écarquillent au fur et à mesure que la main se rapproche, comme s'il s'agissait d'un nouvel objet particulièrement bizarre. Puis, lorsque la main est trop près des yeux pour prolonger davantage l'examen, Laura tend son bras pour l'éloigner et recommence tout son petit manège. Souvent, elle approche une main de son visage et se touche doucement les joues, les yeux et la bouche, les explorant du bout des doigts. Lorsque ceux-ci atteignent la bouche, ils en tripotent doucement tout le pourtour avant de s'y enfourner lentement, et elle commence à les sucer. Toute cette activité semble bien être une recherche des nombreux aspects du mouvement de la vue, et elle révèle l'importance de la bouche comme but ultime d'exploration. Durant cette période, Laura montre comment un enfant apprend à se connaître, s'explorant avec beaucoup plus de minutie que ne le fait Louis.

Tandis qu'elle suce ses doigts, elle est à nouveau libre de contempler la pièce. Elle regarde chaque source lumineuse avec un soin attentif. Elle écoute le pas de sa mère dans une autre pièce, s'arrêtant même de sucer pour mieux tendre l'oreille. En entendant les bruits familiers, elle se carre confortablement dans son berceau et recommence à se sucer les doigts.

Elle a déjà appris à reconnaître les bruits que fait sa mère dans le lointain. Elle regarde son mobile, comme s'il s'agissait à chaque fois d'une expérience nouvelle. Lorsqu'elle reporte son attention d'un des éléments du mobile sur le suivant, le mouvement de succion ralentit. Elle semble explorer du regard toutes les facettes de chaque élément, noter ses changements de couleur et de forme lorsqu'il oscille. Elle le suit d'un œil circonspect, gigotant dans son lit à chaque fois qu'elle le voit bouger.

On pourrait croire qu'en prêtant à Laura un tel souci du détail et une telle faculté de l'apprécier, nous versons quelque peu dans l'adultomorphisme. Pourtant, ce type de découverte visuelle peut effectivement survenir dès le troisième mois.

Lorsque Mme King s'aperçoit à quel point Laura s'intéresse à ses mains et à son mobile, elle se sent un peu jalouse. Elle tente de la sortir d'elle-même en lui parlant doucement et en lui souriant. La petite fille la dévisage d'un air grave, en se suçant les doigts, et elle explore chaque partie du visage de sa mère. Une fois, Mme King en a brusquement assez et elle sort de force les doigts de Laura de sa bouche, pour l'obliger à réagir. Le bébé fronce les sourcils et se renfrogne. Son expression pleine de curiosité est aussitôt remplacée par un désintérêt apathique.

Laura est très expressive dans ses réactions motrices à la stimulation. L'espèce de ramollissement auquel elle a recours dès que sa mère cherche à contrarier le plaisir qu'elle prend à regarder et à sucer est, à sa façon, aussi positif que l'activité accrue d'un Daniel, lorsqu'il entend refuser un stimulus qui lui déplaît. Et il n'est pas moins expressif. Malheureusement pour Laura et pour sa mère, il donne à Mme King l'impression d'être rejetée et elle ne parvient pas à comprendre les réactions de sa fille. Lorsque sa mère la prend par les épaules, Laura se laisse aller, sa tête retombe en arrière, ses membres pendent mollement. Il y a si peu de réaction que Mme King a envie de la laisser dans son berceau et de ne plus s'occuper d'elle. Cependant, la mise en garde de son pédiatre l'incite à jouer quand même avec l'enfant. Il l'a vivement encouragée à le faire et lui a cité des études prouvant que les bébés mis dans des institutions, qui n'étaient l'objet d'un intérêt stimulant qu'à l'heure des tétées, manifestaient dès deux mois des symptômes de privation. Bien sûr, il y a peu de risque de ce genre avec un bébé qui a une vie de famille, mais le médecin conjure sa cliente d'essayer de solliciter plus activement les réactions de sa fille.

Mme King a peur que la placide autonomie de Laura ne soit la marque d'une espèce de retrait par rapport à elle. Elle n'a pas remarqué tout l'intérêt tranquille mais puissant que manifeste la petite fille à chaque fois qu'elle se trouve en présence d'une stimulation qui lui convient. Evidemment, ses réactions ne sont pas faites pour séduire son entourage. Il faudrait une mère pleine d'assurance et de ressort pour faire sortir Laura de son humeur contemplative.

Lorsque Mme King joue avec Laura, elle la met en position assise et l'y maintient, toute branlante. La fillette semble volontiers accepter d'être tirée et poussée comme une poupée de chiffon. Lorsqu'on la met sur le ventre, elle relève la tête pour regarder sa mère, comme pour demander ce qu'on attend d'elle à présent. En s'installant à côté d'elle sur son lit, Mme King parvient à la faire jouer un peu. Si elle place un objet brillant à côté de sa main, Laura tente lentement et consciencieusement de s'en saisir. Finalement, après quelques minutes frustrantes passées à jouer ainsi, le bébé met son pouce gauche dans sa bouche et pose sa joue droite contre le lit, s'écroulant en un petit tas.

Mme King a l'impression qu'elle progresse vraiment trop lentement avec sa fille. M. King se montre plus habile. Elle le presse vivement de se charger davantage de stimuler Laura. Lorsqu'il met la petite fille sur le dos et la regarde explorer son univers, il se rend compte, mieux que sa femme, que Laura met beaucoup d'énergie à observer, écouter et bouger lentement. Il place un jouet dans sa petite main. Elle le saisit d'abord automatiquement, mais ensuite elle s'y cramponne délibérément. Elle apprend très vite à l'agiter au-dessus d'elle tout en l'observant. Elle le tourne et le retourne dans tous les sens, contemplant attentivement chacun de ses différents aspects. Finalement, elle l'amène tout près de son visage et s'en caresse la joue, avant de le porter à sa bouche pour l'examiner. Son père est enchanté de cette réaction, et il commence à chanter les louanges du caractère réfléchi et sensible de sa petite fille.

Ce vif intérêt de la part de son mari ne fait évidemment qu'accentuer la frustration par laquelle se soldent toutes les tentatives de Mme King pour materner Laura. Elle a l'impression d'être une mère ratée.

Daniel l'actif

Chez les Kay, la tension règne. Pendant la majeure partie de la journée, Mme Kay a les nerfs tendus à craquer. Mark devient plus actif et plus exigeant qu'il ne l'a jamais été, comme s'il réagissait à la suractivité de Daniel en se mettant à son diapason. M. Kay s'aperçoit qu'il s'arrange pour rentrer de plus en plus tard de son travail et pour se trouver de bonnes raisons de sortir de chez lui au week-end.

C'est le moment où il faut avoir périodiquement recours à une garde-bébé. La mère a besoin de pouvoir sortir de chez elle, et le couple de parents doit avoir l'occasion de se retrouver en tête-à-tête. Il est courant de voir les pères marquer un éloignement momentané durant cette période. Ils sont las de voir leur femme accaparée par le bébé et les soins du ménage. Si les parents peuvent s'arranger pour passer quelques bons moments seuls ensemble, ils en profiteront au maximum, et cela ne pourra être que bénéfique pour leur vie de famille.

Les pères qui ont été dès le départ intimement mêlés aux soins à donner au bébé resteront probablement plus proches que les autres. Ils ont l'impression que chaque nouveau pas en avant dans le développement de leur enfant les concerne directement. Même si l'on voit naître à ce moment-là, comme c'est parfois le cas, une sorte de rivalité entre les deux parents, elle reste incontestablement centrée sur le développement du bébé. Au cours de nos recherches, nous avons pu isoler quatre niveaux du développement de la conscience de soi chez la mère, durant les cinq premiers mois, à mesure qu'elle apprend à connaître son enfant et à se connaître elle-même dans son rôle de mère nourricière. Pour le moment, nous n'avons pas encore étudié ce même développement chez le père, mais je suis tout à fait convaincu qu'il est présent chez celui qui est étroitement mêlé à la vie quotidienne du bébé. Obligé de partir à la découverte de son bébé à chaque nouveau stade de son développement, le père ne peut éviter de se découvrir lui-même.

Il y aura, cependant, un risque de rivalité inconsciente autour de l'enfant, et les jeunes parents feront bien d'essayer de la considérer comme normale, voir inévitable. Ce n'est pas forcément entre eux un élément de dissension, mais cela pourrait le devenir, ce qui serait navrant pour tout le monde, à commencer pour le bébé.

Ce genre de rivalité est on ne peut plus courant dans l'entourage des très jeunes enfants. Le personnel des crèches, par exemple, l'éprouve vis-à-vis des parents. Les médecins et les infirmières ont aussi tendance à exclure les parents pour la même raison. C'est elle encore qui pousse souvent les grands-parents à critiquer les façons de faire des parents. Bref, tous ceux qui ont la responsabilité de petits enfants éprouvent, dans une certaine mesure, ce sentiment possessif et jaloux.

Daniel poursuit sa carrière agitée, il agrandit son répertoire de jour en jour. Lorsqu'il est allongé sur le dos, dans son parc, il frappe du pied, décrit des cercles avec les bras, tord la tête et le corps tout entier. Il apprend à faire un tour complet sur lui-même en donnant de violents coups de pied et en rebondissant sur le derrière. Il lance les deux jambes ensemble et fait en même temps des moulinets avec les bras.

Les mouvements unilatéraux identiques et alternés que l'on observait auparavant sont progressivement remplacés par une capacité nouvelle d'utiliser symétriquement les deux côtés du corps. Cette symétrie dans les gestes fait que le bébé se retournera moins souvent. A ce stade, il se cambre rarement d'un côté ou de l'autre. Le réflexe tonique du cou (cf. chapitre 2) cesse de dominer aussi totalement les positions du corps.

Daniel frappe des deux mains sur le boulier accroché à son parc, enchanté des bruits qu'il obtient. La première fois qu'il a compris qu'il pouvait provoquer un bruit en frappant ces boules enfilées sur un élastique, Daniel est brusquement devenu très grave, il s'est concentré et il leur a prudemment donné un autre coup. Il a gardé le souvenir de ce phénomène et le reproduit à présent constamment, dès qu'on le met dans son parc.

Ces répétitions volontaires favorisent la capacité d'apprendre vite. Les souvenirs que garde un bébé du jour au lendemain font qu'il n'est pas obligé de rapprendre tous les jours la même chose. Il est donc libre d'ajouter du nouveau à ce qu'il sait déjà et de ce fait progresse rapidement.

Mark apporte un hochet à son frère et le lui met dans la main. Le poing de Daniel se referme dessus et il l'agite. Surpris par le bruit du joujou, il le lâche.

Mme Kay se met de la partie et replace le hochet dans la main du bébé. En agitant les deux bras ensemble, Daniel fait faire du bruit à son hochet. Il semble soudain comprendre que c'est lui qui provoque ce bruit, et son activité augmente. Lorsque le jouet lui échappe à nouveau, il cligne des yeux, fait la moue et attend que sa mère le lui remette dans la main.

En attendant ainsi que sa mère l'aide à continuer son jeu, le bébé montre qu'il a atteint un nouveau stade. Il commence à comprendre que sa capacité de reproduire le geste en question est limitée, mais il prend aussi conscience du fait que sa mère peut compenser sa propre incapacité. Daniel, notons-le, est précoce dans ces associations.

Au milieu de toute cette activité, Mme Kay tente de mettre son bébé en position assise. Daniel cambre le dos et refuse de répondre à cette sollicitation. Sa mère a beaucoup de mal à interrompre ses longues séances de jeu. Bien souvent, lorsqu'elle finit par le faire, il hurle de frustration. Elle constate qu'il vaut mieux assurer une transition par le biais d'autres jeux. Elle parvient, par exemple, à le distraire de son boulier en lui montrant un autre jouet. Lorsqu'elle le fait bouger lentement, Daniel le suit des yeux de nombreuses fois de suite, d'un côté à l'autre, décrivant un arc complet de cent quatre-vingts degrés. Une fois qu'elle a ainsi fait glisser son intérêt de l'activité motrice à la contemplation du nouveau jouet, Daniel est plus disposé à passer à un autre type de jeu, ou à son changement de couches, ou à ce que sa mère a prévu de lui faire faire.

On remarque souvent une sorte d'inflexibilité chez ces bébés qui font tant d'efforts pour maîtriser une activité. Celle-ci reflète le haut degré d'intérêt éprouvé pour la tâche qu'ils se sont fixée et les laisse relativement indifférents aux distractions qui les entourent. C'est souvent un grand avantage pour apprendre vite, dans la petite enfance.

Sur le ventre, Daniel est à présent capable de redresser la tête pendant de longues périodes. Il se concentre sur une image près de son berceau ou sur un jouet assez loin de lui. A mesure que ses jambes deviennent de plus en plus actives, il s'efforce délibérément de ramper. En décrivant des mouvements de jambes symétriques, il parvient à se propulser le long de son matelas.

Il y a aussi des périodes de grande sociabilité, avec Mark et Mme Kay, qui sont un régal. Daniel fixe les yeux sur leurs visages, au-dessus de lui, commence à s'agiter, puis se calme rapidement pour mieux les regarder. La concentration avec laquelle il les dévisage est aussi intense que l'était un instant auparavant son activité motrice. Il semble rejeter la tête en arrière comme pour les voir plus clairement. Durant cet examen scrutateur, sa bouche s'arrondit.

Il s'est aperçu qu'il pouvait produire des sons et il s'entraîne assidûment. Son visage se plisse, ses quatre membres commencent à trépigner et son corps tout entier participe à l'effort. A mesure que celui-ci s'intensifie, l'activité motrice vient interrompre les vocalises. A ce rythme-là, le bébé n'est pas encore capable de continuer les deux à la fois; or Daniel est l'esclave de son activité motrice. Il se livre à une débauche de gesticulations, qui se termine par une explosion de mauvaise humeur, suivie de pleurs. A ce moment-là Mme Kay doit intervenir promptement, le prendre dans ses bras et le consoler en le câlinant ou en le berçant. Pelotonné contre elle, il lève les yeux vers son visage.

Le petit garçon et sa mère redoutent toujours l'heure du bain. Lorsque celui-ci est devenu vraiment nécessaire, Mme Kay dépense des trésors d'ingéniosité pour déshabiller son fils. Le plus souvent, cela se termine quand même par des larmes. Mme Kay s'aperçoit que l'opération est un peu moins pénible si elle prend Daniel avec elle dans la baignoire, pour lui faire sa toilette en le tenant dans ses bras. Le shampooing est un supplice pour tout le monde, et Daniel a une pelade qui reproduit exactement la forme de ses fontanelles. Celles-ci semblent si fragiles à la maman qu'elle ose à peine les toucher.

Les repas, heureusement, sont beaucoup plus amusants. Le moment venu, Mme Kay installe Daniel dans sa chaise haute pour lui donner sa bouillie. Cela fait deux semaines que Daniel mange des céréales, et il est à présent habitué à leur goût et à la déglutition. Lorsque sa mère lui donne pour la première fois de la compote, ses yeux s'arrondissent, puis il fait claquer sa langue et lui adresse un sourire radieux. Et aussitôt il se penche en avant pour essayer de s'emparer de la compote avec la bouche et le visage tout entier. Il manifeste un tel enthousiasme que Mme Kay a bien du mal à suivre son rythme. Elle a l'impression que Daniel serait encore beaucoup plus heureux si elle pouvait lui verser directement son dessert dans la bouche.

Les premiers émigrés qui vinrent s'installer aux Etats-Unis, au XVIIe siècle, utilisaient ce qu'ils appelaient des « papcups », sortes d'entonnoirs grâce auxquels ils faisaient « boire » aux bébés les bouillies relativement fluides. C'est peut-être plus logique que l'emploi de la cuillère, mais j'ai le sentiment qu'il est important de faire faire à l'enfant l'apprentissage de cet instrument à ce moment-là de son développement. Certaines mamans mettent les bouillies dans des biberons pourvus de tétines à très gros trous, ce qui permet à l'enfant de les avaler par succion. Il me semble que c'est une façon de se dérober devant l'obstacle qui est de lui « apprendre » à déglutir.

Lorsque Mme Kay a donné la quantité de compote prévue, Daniel pousse un cri désolé. Il se fourre le pouce dans la bouche et se met à le sucer furieusement.

Sa mère revient avec son biberon. Daniel lève la tête, son visage s'éclaire, il tend le cou, ouvre bien grands les yeux et la bouche et agite les deux mains, comme s'il reconnaissait l'objet. Il l'engloutit d'abord goulûment, avant de se détendre dans les bras maternels, lorsqu'il en a bu environ la moitié. Mme Kay parvient rarement à l'interrompre assez longtemps, au milieu d'un biberon, pour lui faire faire son renvoi, si bien qu'à la fin Daniel a accumulé une énorme bulle d'air qui remonte généralement accompagnée de lait.

La mise au lit est toujours un passage difficile, même si, à trois mois, Daniel fait régulièrement ses dix heures par nuit.

Selon certaines études récentes, les cycles du sommeil chez les bébés sont réguliers et caractéristiques de chaque enfant. Un bébé comme Daniel, actif et bruyant à l'état de veille, le restera sans doute endormi. D'ordinaire, les heures du sommeil nocturne se découpent en tranches de trois à quatre heures. Chaque tranche comporte plusieurs types de sommeil. Au milieu de chacune, on trouve environ soixante minutes de sommeil profond. Chacune des deux heures qui encadrent cette période correspond à un sommeil plus léger, accompagné de rêves durant lequel les mouvements et l'activité (ou les rêves) vont et viennent. Puis, à intervalles réguliers, tout au long de la nuit, le bébé traverse un état semi-conscient. A ce moment-là, il lui arrive de se sucer les doigts, de crier, de se balancer ou de se frapper la tête contre la paroi du lit, de se déplacer dans son lit, de répéter tous les nouveaux tours qu'il vient d'apprendre, de ronchonner ou de se parler, puis de se remettre dans la position qui pour lui conditionne le sommeil.

Lorsque les parents dorment à côté de lui et réagissent à ces cris ou à cette activité, leur intervention devient vite une partie nécessaire du schéma que le bébé a besoin de reproduire pour se rendormir. Il me semble important, pour nous autres parents, de savoir « conditionner » nos enfants de façon qu'ils apprennent le plus tôt possible à ne faire appel qu'à leurs propres ressources.

A présent que les périodes grincheuses de Daniel en fin de journée commencent à disparaître et qu'il est de plus en plus sociable à cette heure-là, il suscite chez son père un intérêt croissant. M. Kay et Mark s'assoient ensemble sur le canapé et partagent avec Daniel cette activité de communication qu'il apprend si vite. La vue de ses trois « hommes » s'amusant ensemble réchauffe le cœur de Mme Kay. Elle commence à voir apparaître un morceau de ciel bleu.

Voici un exemple des joies à côté desquelles M. Kay risquerait de passer, s'il se laissait maintenant accaparer par son travail. Il est certain que l'activité professionnelle est souvent très exigeante et peut en arriver à se substituer à la vie familiale, pour les mères comme pour les pères. Le secret de la réussite est d'apprendre à répartir son énergie, sinon une moitié du développement individuel en souffrira. Malheureusement, la concurrence qui existe sur le marché du travail a tendance à prélever impitoyablement son dû. Ce qui m'inquiète, chez les parents obligés de se séparer de leur petit bébé, c'est qu'ils risquent de ne pas se rendre suffisamment compte de l'importance qu'ils représentent pour leur enfant. Or, à force de se sentir de moins en moins concernés et importants, ils finiront peut-être par transférer leur responsabilité à la personne qui les aide à s'occuper du bébé, et ils risquent de ne pas retenir la leçon qui est au cœur même du rôle de parent : ce n'est pas tant la *quantité* de temps que l'on consacre à son enfant qui compte que la *qualité*. Si un père ou une mère se laissent détourner par leur travail de la possibilité de laisser s'épanouir le côté paternel ou maternel de leur personnalité, c'est une façon assez désastreuse de réduire l'importance du rôle qu'ils devraient jouer dans le développement de leur enfant. Dans le temps, il était malheureusement plus ou moins admis que les pères n'avaient pas besoin de s'occuper beaucoup de leurs bébés. Résultat : lorsque plus tard ils cherchaient à se rapprocher de leurs enfants, c'était d'autant plus difficile. La petite enfance est une période durant laquelle nous avons une occasion unique d'apprendre à connaître nos bébés et à nous connaître nous-mêmes, et il est dommage de la laisser passer en faveur d'autres exigences. Puisque aujourd'hui les obligations professionnelles concernent les jeunes mères au même titre que leurs maris, il est essentiel que les deux parents considèrent ensemble le rôle que chacun peut jouer auprès du bébé afin de lui assurer la présence d'un « chef émotionnel de la famille ».

6

LE QUATRIÈME MOIS

Louis, un bébé moyen

Louis est à présent un vrai bébé de concours. Son corps est bien rond, il a des fossettes aux coudes et aux genoux, et sa peau est incroyablement lisse et nette. Le lanugo (ce fin duvet qu'on voit à la naissance) a entièrement disparu de ses oreilles et de son dos, et les rougeurs qui inquiétaient sa mère n'ont pas duré longtemps. Son corps est doué d'une robustesse qui lui permet de se tenir bien droit quand on le prend. Quoiqu'il soit bien dodu, il ne paraît pas gros du tout; sa chair est ferme sous la main. C'est un bébé qu'on a plaisir à tenir dans ses bras et avec lequel il est amusant de jouer. Ses coudes et ses genoux craquent quand on les plie.

Ces craquements indiquent tout simplement combien les articulations sont encore lâches à cet âge. A mesure que les muscles s'affermiront, ce phénomène disparaîtra.

Les deux aînés apportent à leur mère une aide appréciable. Tom, à trois ans, sait aller chercher les couches ou les aliments pour bébé dont Mme Moore a besoin, et elle l'autorise, de temps en temps, à prendre Louis sur ses genoux. C'est souvent lui qui met fin de lui-même à la séance, soit parce qu'il en a assez, soit parce que Louis ronchonne et se tortille, mais il a ainsi le sentiment que le bébé lui appartient un peu, et qu'un jour il sera suffisamment grand pour jouer avec lui. La rivalité fraternelle n'a pas encore disparu mais depuis qu'on a permis à Tom d'aider à s'occuper de son petit frère, elle est mieux contrôlée.

Du haut de ses cinq ans, Martha est bien souvent une assistante fort efficace pour sa mère. Elle fait manger Louis, aide même parfois à lui donner son bain et apprend à le changer. Mme Moore confie volontiers le bébé à sa fille lorsque celle-ci se trouve dans son bain et la laisse le faire sautiller dans l'eau, assis devant elle dans la baignoire. L'intérêt de Martha pour le pénis du bébé se transforme vite en fascination et provoque des questions sans fin. Mme Moore éprouve le besoin de consulter son pédiatre lorsque le désir qu'a sa fille de posséder elle aussi un pénis lui semble dépasser les bornes : « Où est passé le mien ? » veut-elle savoir. « Est-ce que j'en ai eu un, moi aussi ? » « A quoi ça sert ? » « Pourquoi est-ce qu'on n'en a pas, toi et moi ? » Cependant, une fois que sa mère lui a répondu avec franchise et sérieux, Martha semble satisfaite.

C'est une excellente occasion pour les parents d'apprendre à leur petite fille comment elle est faite. Il faut se mettre à son niveau, bien sûr, et employer un langage qu'elle peut comprendre, mais elle mérite une réponse. La première fois, l'explication que ses parties génitales contiennent deux importantes structures – un point de sortie pour l'urine et un autre merveilleux endroit où un jour, peut-être, un petit bébé se formera et d'où il sortira – la dépassera sans doute un peu. Cependant, à mesure qu'elle multiplie ses questions, il sera possible d'expliciter ces deux concepts d'une façon appropriée au stade de développement qu'a atteint la fillette.

A l'âge de Martha, la déception que cause aux

petites filles la « disparition » ou l'absence du pénis est tout à fait courante, et la naissance du petit frère les incitera bien sûr à exprimer ce sentiment à haute et intelligible voix. C'est un moment important pour établir dès à présent un moyen de communication pour l'avenir. Si la mère ne se montre pas franche et ouverte, elle risque de gâcher cette excellente occasion. Les questions et la perplexité de l'enfant appellent des réponses, et elle a besoin de sentir que sa mère est prête à les lui fournir.

A présent, M. Moore a la charge quasi permanente des repas et des distractions de son dernier-né dans la soirée. Il s'occupe donc de le faire dîner. Etant donné que Louis suce ses doigts après chaque bouchée, puis joue avec la main de son père tandis que celui-ci le nourrit, l'opération n'est pas sans laisser de traces. Le papa, cependant, parle à son fils en le faisant manger, et il est charmé de l'entendre glousser en réponse. Louis est à présent capable de vocaliser sur plusieurs notes. Il peut faire « hoouu » et « aaah » et il sait même tousser dans l'espoir de faire démarrer la conversation. Le dîner dure souvent une demi-heure ou plus, tant les jeux se prolongent.

Louis est ravi de sa position de roi de la maison. Il mange bien et beaucoup. A chaque repas, il dévore facilement deux moitiés de petits pots contenant des aliments différents, puis il réclame avidement le sein. Il tète brièvement, puis il tourne la tête pour voir ce que fait le reste de la famille, avant de continuer. Durant la tétée, il s'interrompt souvent et lève les yeux vers sa mère pour vocaliser, tandis que le lait lui coule le long des joues. Lorsque sa mère a le temps de lui répondre, l'interruption peut durer une bonne trentaine de minutes, après quoi Louis se remet au sein pour finir son repas. Bien souvent, il mâchonne son poing et se comporte comme s'il était en train de percer une dent.

C'est ce qui incite beaucoup de mères à croire que leur bébé s'arrête de téter parce qu'il a mal aux dents. Je suis convaincu qu'il le fait beaucoup plus souvent parce que ça l'amuse de regarder autour de lui. S'il est nécessaire d'abréger la tétée ou si le bébé ne prend pas suffisamment de lait, on peut essayer de l'allaiter dans une pièce obscure et calme. Cela marche presque toujours.

Etant donné qu'elle a fort peu de temps dans le courant de ses journées bien remplies pour se consacrer tranquillement à le faire téter, Mme Moore continue à réveiller son bébé tard le soir, après avoir couché les deux aînés, pour une dernière tétée qu'elle considère comme sa « récréation avec Louis »; elle l'apprécie au moins autant que lui. A ces moments-là, elle a l'impression que le bébé est vraiment tout à elle. Il prend toujours quatre tétées quotidiennes, mais Mme Moore a le sentiment qu'il se passerait assez facilement de la dernière.

Pour habituer le bébé à ne prendre plus que trois tétées par jour, la mère peut lui faciliter la tâche en adoptant l'horaire de transition suivant :

7 heures : tétée.

8 h 30-9 heures, après le petit déjeuner des aînés : céréales et fruits.

12 heures-13 heures : tétée, viande, légumes.

17 heures : céréales et fruits.

18 h 30 : troisième tétée.

En rallongeant les deux extrémités de la journée, on peut « apprendre » progressivement au bébé à tenir pendant les intervalles qui durent plus de quatre heures. A mesure qu'il s'habituera, il sera sans doute possible de raccourcir à nouveau les horaires.

Pour une mère qui travaille au-dehors, il est encore plus important d'établir un horaire visant à lui assurer le temps de voir son bébé, de jouer avec lui et surtout de l'allaiter. J'ai vu de très nombreuses mères retourner au travail durant cette période, sans arrêter pour autant de nourrir leur bébé au sein. Le principal risque est de réduire trop brusquement le nombre de tétées, ce qui fera baisser presque à coup sûr la production de lait. Avant de reprendre ses activités professionnelles, la mère devrait veiller à rajuster autant que possible son horaire de façon à avoir au moins trois occasions d'allaiter son enfant durant la journée. Si elle est obligée de rester absente pendant huit heures de suite, elle peut donner le sein une première fois le matin, avant de partir, une deuxième fois l'après-midi, en rentrant du travail, et une troisième fois le soir. Cela vaut la peine de réveiller si besoin est le bébé afin d'inclure un quatrième repas (qui sera la troisième tétée). Au milieu de la journée, on donnera un biberon et on complétera les trois tétées par des aliments solides si le bébé est prêt à les consommer. En faisant faire à l'enfant de longues siestes durant l'après-midi, on pourra l'aider à se montrer bien éveillé et alerte quand ses parents rentreront à la maison.

Louis commence à baver constamment, et il a tout le temps le visage et le cou mouillés. Si Mme Moore ne prend pas la précaution de lui enduire le visage de vaseline pour le protéger et de poudrer les plis de son cou à la maïzena, des rougeurs apparaissent aussitôt. Malgré sa vigilance, il a quand même une vilaine plaque dans le cou, à cause de la doublure en plastique de ses serviettes; elle ne s'estompe que lorsque Mme Moore se procure des serviettes doublées de tissu éponge.

Les serviettes en plastique, les savons détergents et la laine sont trois agents sensibilisateurs fort connus. Notez au passage que la maïzena remplace commodément et avantageusement le talc et autres poudres du même genre.

Tout en bavant ainsi, Louis suce assidûment ses doigts et explore sa bouche de la main. Il semble passer une grande partie de la journée la main dans la bouche.

Une étude sur ce besoin de sucer en dehors des repas, faite au moyen de graphiques établis par les mamans, a démontré qu'un bébé passait souvent quatre heures par jour à « téter » ainsi.

Mme Moore se demande si ces trois facteurs conjugués – forte salivation, succion accrue des doigts et intérêt moindre pour le sein – n'annoncent pas que Louis va commencer à faire ses dents plus tôt que prévu.

Il s'agit peut-être, en effet, d'un syndrome de dentition, mais de toute façon ces symptômes apparaissent souvent au cours du quatrième mois. L'utilisation plus habile des mains et l'intérêt accru pour le monde extérieur favorisent en outre le désir d'exploration, lequel abrège les tétées.

Les incisives inférieures sont les premières à venir. La dent qui perce agit comme un corps étranger (une écharde, par exemple) et cause l'irritation de la gencive qui l'entoure. En frottant l'endroit avec un doigt bien propre ou un glaçon dans un mouchoir, il est possible de faire dégonfler la gencive et de soulager momentanément la douleur. Lorsque le bébé suce ou tète, le sang afflue dans la bouche. Ce sang excédentaire ajoute donc un engorgement à l'enflure qui existe déjà. De ce fait, toute succion est douloureuse pour une gencive déjà enflée. Souvent, le bébé portera lui-même la main à ses gencives comme pour soulager la douleur. Constatant qu'il a moins mal lorsqu'il mâchonne ou frictionne l'endroit qui le gêne, il commence à frotter tout autour et jusque sur ses joues. Le nerf qui correspond aux dents traverse en effet le visage, la joue et l'orteille externe. L'enfant est donc soulagé lorsqu'il touche n'importe quelle partie de sa figure. Un bébé qui fait ses dents se frottera souvent la mâchoire et se triturera l'oreille comme s'il y avait mal. La mère aura même parfois du mal à décider s'il souffre de l'oreille ou des dents. Bien évidemment, elle peut toujours palper la gencive du bébé pour voir si cela lui fait mal. Lorsqu'on touche à une gencive sous laquelle perce une dent, le bébé pousse un hurlement qui laisse amplement savoir que c'est bien là que réside la source de tout le mal. Si l'on continue à frictionner cependant, cela le calmera. On peut aussi le soulager avec un analgésique, par exemple une aspirine-bébé par voie buccale ou une lotion calmante sur la gencive.

Allongé sur le dos, Louis joue parfois trois quarts d'heure de suite. Il regarde ses mains, les joint, joue avec ses doigts et s'intéresse à chaque main tour à tour lorsqu'il les tient devant lui. Il les contemple alternativement, puis il les joint à nouveau, avec un grand sourire, et s'esclaffe en empoignant l'une avec l'autre. Il écarte ensuite les bras et s'arrache les mains l'une de l'autre avec un bruit sourd qui le fait rire aux éclats.

Il s'agit d'une exploration et d'une utilisation des mains déjà assez complexes, ces mains qui peuvent servir à tant de choses, y compris à faire d'excellents joujoux.

Il tente à de multiples reprises de s'emparer des boules alignées sur son boulier; il en saisit une, la tire vers lui, puis la lâche et la laisse repartir. Il semble capable de faire ce geste des deux mains indifféremment et, vers la fin de son quatrième mois, il prend un certain plaisir à alterner ces tentatives de la main droite, puis de la gauche. Sa mère a l'impression qu'il cherche à établir une distinction entre les deux.

Si c'est le cas, cela indique que l'enfant commence à prendre conscience du fait que son corps comporte deux côtés différents. Pour la conscience croissante qu'il a des rapports spatiaux, il est important qu'il comprenne bien que ses mains sont distinctes l'une de l'autre.

Il adore qu'on le manipule et qu'on joue avec lui. Il s'esclaffe bruyamment lorsqu'on le fait asseoir. A présent, il tient la tête bien droite quand il est assis et il peut regarder tout autour de lui si quelqu'un le soutient. Il parvient à tourner la tête dans toutes les directions.

Il a déjà eu l'occasion de regarder autour de lui lorsqu'on le mettait dans son fauteuil inclinable, en position semi-assise, mais à présent il sait combiner les efforts nécessaires pour s'asseoir et se cambrer à ceux faits pour tourner la tête et obtenir ainsi une image parallèle à la surface sur laquelle il est assis. A mesure qu'il intériorise tous ces progrès et qu'il en prend conscience, il parvient peu à peu à les combiner. Il dispose à présent d'un espace tridimensionnel qu'il peut produire ou abandonner à volonté.

Lorsque Louis joue trop longtemps, il se fatigue vite, ce qui indique bien la somme d'énergie qu'il dépense.

Sur le ventre, il agite les membres comme un nageur. Après avoir « nagé » ainsi pendant un certain temps, il commence à se raidir de frustration et à frapper le lit de ses bras tendus.

Ces gestes de la nage constituent une activité réflexe que nous avons héritée de nos ancêtres amphibies.

Ayant raidi ses jambes et son corps, il se balance d'avant en arrière avec un mouvement de bascule.

Cela devient vite un nouveau jeu, et il s'active pendant plusieurs minutes en s'esclaffant. Au bout d'un moment, cependant, il s'en lasse et devient grincheux, et il faut le remettre sur le dos. Lorsqu'un des autres enfants vient le retrouver dans le parc, pour jouer avec lui, Louis peut rester concentré deux fois plus longtemps.

> Cela indique à quel point la somme d'énergie qu'un enfant peut mettre dans ses jeux est variable ou souple.

Lorsque Louis a trois mois et demi, Mme Moore est certaine qu'il sait déjà comment attirer son attention, lorsqu'il peut la voir. S'il veut qu'elle le prenne dans ses bras, il se penche en avant en la regardant fixement. Si elle coud tranquillement dans un coin, elle le voit la chercher du regard à travers la pièce; dès qu'il l'a repérée, il se met à vocaliser et à glousser jusqu'à ce qu'elle tourne les yeux de son côté, puis il pleurniche pour qu'elle vienne auprès de lui. Parfois, il est sur les genoux de son père, en train de s'amuser comme un petit fou, lorsque Mme Moore entre dans la pièce. Il sursaute, prend un air perplexe et commence à se raidir et à geindre pour aller la retrouver. Dès qu'il est dans ses bras, il se retourne pour regarder son père et se remet à geindre pour qu'il le reprenne sur ses genoux. Il est capable de jouer à ce petit jeu aussi longtemps que ses parents voudront bien s'amuser à se le repasser ainsi. Avant de sourire à sa mère, tout son corps se détend, puis ses yeux et son visage se plissent en un touchant sourire. En revanche, le sourire qu'il réserve à son père et à ses frères et sœurs est différent, moins tendre, comme s'il était accompagné d'une plus grande activité musculaire du corps tout entier. Il a, semble-t-il, déjà établi une distinction entre les membres de son entourage, et paraît sentir quelle réaction est plus appropriée à chacun d'eux et lui plaira davantage.

Laura la placide

Pour Laura, la découverte du monde est plus progressive. Elle absorbe l'univers qui l'entoure à son propre rythme, lent et déterminé. C'est allongée sur le dos, dans son berceau ou par terre, qu'elle est la plus heureuse; depuis la sécurité de ce poste d'observation, elle se sent libre de poursuivre son exploration de la pièce ou de ses mains, avec lesquelles elle joue toujours beaucoup et dont elle sait maintenant entrelacer les doigts. A la vue d'un jouet que sa mère tient au-dessus d'elle, elle allonge d'abord les bras sur les côtés et décrit des cercles. Ensuite, elle essaie progressivement de lever les mains pour aller à la rencontre de l'objet, s'en emparer et le tenir solidement. Elle l'agite de haut en bas, bien serré dans ses deux mains. Finalement, elle le lâche en sursautant légèrement lorsqu'elle sent qu'il lui échappe. Elle étudie chacun des joujoux suspendus au-dessus de son berceau et semble avoir une préférence marquée pour l'un d'entre eux. Elle se tord dans son berceau, avec une volonté opiniâtre, pour pouvoir atteindre plus facilement une balle en peluche rouge et jouer avec elle. Le cube jaune et brillant, l'anneau vert auquel on peut se cramponner si aisément et l'animal en peluche brun n'existent pas pour Laura qui revient, encore et toujours, à cette balle rouge chérie.

Cet attachement précoce à un objet, parmi plusieurs autres, est la preuve d'une sensibilité discriminatoire. A cet âge, la plupart des bébés n'ont pas encore sélectionné un jouet de préférence à tous les autres. C'est aussi le signe que la petite fille commence à s'intéresser vraiment au monde qui l'entoure, ce qui est une bonne chose et montre que son développement émotionnel est parfaitement normal. Un enfant autiste de trois ou quatre mois conçoit très rarement de l'affection pour un objet. Je suis toujours ravi lorsque je vois les bébés s'attacher ainsi à des objets, même s'ils en font un fétiche qui n'est manifestement qu'un substitut de la mère. Cela leur donne sans conteste un avantage supplémentaire pour affronter les rigueurs de la croissance, ses frustrations et ses séparations inévitables d'avec cette mère bien-aimée.

Tout en jouant, Laura commence à parler toute seule. Elle glousse et fait des vocalises sur une voyelle, en utilisant une gamme de notes qui va croissant. Sa voix devient de plus en plus étendue, et elle semble s'écouter tout en s'exerçant. Dès que ses parents s'approchent d'elle, cependant, les vocalises diminuent.

Ce n'est pas une réaction courante. D'ordinaire, un bébé réagit au contraire en augmentant la fréquence et la force de ses sons.

Elle dévisage ses parents avec sa concentration habituelle et caractéristique, et semble réduite au silence par leur aspect. On dirait qu'elle veut étudier chacun de leurs traits, observer chacun de leurs mouvements. L'un et l'autre s'efforcent de provoquer une réaction en lui murmurant des mots tendres. Ce n'est qu'à la fin du quatrième mois que Laura commence à « répondre » à sa mère, d'une voix douce et prudente, lorsque Mme King lui parle. Elle semble enfin capable de voir sans se troubler un de ses parents se pencher sur elle. Peut-être sa capacité d'intégrer les différents stimuli, simultanés et importants, que déclenche la présence d'un parent, a-t-elle augmenté. Au lieu de prendre ces stimuli un par un, de goûter chacun indépendamment les uns des autres, Laura commence à présent à les coordonner.

Mme King porte Laura devant un miroir pour qu'elle se regarde. Laura examine les visages qu'elle voit dans la glace. Elle semble particulièrement intéressée par sa propre image et finit par se sourire. Lorsque le visage lui sourit en retour, elle commence à s'agiter et à vocaliser en se regardant. L'échange dure plusieurs minutes. Puis elle regarde fixement le reflet de sa mère et se retourne pour contempler sa mère elle-même, comme si ce dédoublement la laissait perplexe. Tandis qu'elle regarde Mme King dans le miroir, celle-ci lui parle doucement. Laura sursaute, paraît d'abord stupéfaite, puis inquiète, et se retourne aussitôt vers le vrai visage de sa mère. Elle paraît très troublée par ces deux visages qui lui parlent.

> Ce trouble indique qu'elle est déjà sensible aux ressemblances. Une petite fille qui connaît aussi bien que Laura le visage de sa mère ne peut accepter d'en voir deux « presque » pareils. Le son de la voix, qui lui arrive brusquement dans le dos, ajoute à sa perplexité. Cette préférence pour la maman « en chair et en os », plutôt que pour son image, témoigne d'une solide faculté discriminatoire.

Laura adore toute l'activité qui accompagne son bain. A présent, elle aime beaucoup être toute nue et devient nettement plus active. Mme King aussi y prend grand plaisir. Elle la baigne après le petit déjeuner, car Laura semble y prendre un plaisir accru après le repas.

> Je ne vois pas ce qui peut étayer la vieille rengaine du « il ne faut jamais mettre un bébé dans l'eau après un repas ». L'ancien argument qui prétendait que cela empêchait le sang d'affluer vers l'estomac est parfaite-

204

ment absurde. Il y aura bien assez de sang comme ça et, pour autant que je sache, jamais un bébé n'a souffert de crampes d'estomac pour avoir été baigné trop tôt après un repas. Le seul argument « contre » que l'on pourrait retenir, c'est que le bébé risque peut-être de rejeter davantage de lait si on le manipule tout de suite après sa tétée. C'est un risque calculé, et il est possible que cela se produise. Cependant, tant de bébés détestent être baignés avant un repas et adorent l'être après qu'il semble plus logique de suivre leur goût.

Mme King met Laura dans sa grande bassine avec environ cinq centimètres d'eau et lui tient la tête d'une main, pendant qu'elle la savonne et la rince de l'autre. Pendant ce temps, Laura pousse des petits cris, puis rit aux éclats et donne des coups de pied désordonnés en lançant les bras sur les côtés. Elle éclabousse tout ce qui l'entoure, et lorsqu'un peu d'eau lui atteint le visage, elle s'immobilise, stupéfaite. Son visage se crispe, elle geint tout bas, et cligne des yeux pour les débarrasser de l'eau qui y est entrée. Puis elle aperçoit au-dessus d'elle le visage souriant de sa mère, sa figure s'éclaire et elle recommence à s'agiter.

Au lit, Laura s'active surtout quand elle est sur le dos. Elle déteste être sur le ventre et manifeste son mécontentement en enfonçant sa figure dans les couvertures ou le matelas dès qu'on l'y met. Après quoi elle reste étendue, immobile, les doigts dans la bouche, jusqu'à ce qu'on vienne la retourner.

Beaucoup d'enfants boudent ainsi lorsqu'on les met sur le ventre alors qu'ils ont envie de jouer. Cela arrive souvent s'ils étaient justement en train de bien s'amuser sur le dos, mais aussi dans mon cabinet où ils veulent pouvoir observer ce qui se passe, me « tenir à l'œil ».

Laura se montre rarement active, couchée sur le ventre, même lorsque ses parents viennent jouer avec elle.

> Pour habituer un bébé à aimer être sur le ventre, il faut se mettre à son niveau et jouer avec lui. Peu à peu, il acceptera peut-être de passer quelque temps dans cette posture. Jusque-là, on l'a pratiquement toujours habitué à jouer lorsqu'il se trouvait sur le dos, et il n'est donc pas étonnant que beaucoup de bébés refusent de rester sur le ventre.

Lorsqu'on veut mettre Laura en position assise, elle manifeste sa résistance en cambrant le dos et en rejetant la tête en arrière. Si on l'assoit quand même, elle contemple d'un air maussade le responsable, qui ne tarde pas à se sentir mal à l'aise. Laura a déjà appris à utiliser son petit visage si expressif pour donner à ses parents un sentiment de culpabilité.

Les repas, en revanche, sont de plus en plus amusants. L'allaitement est un régal pour Mme King. Il comble tous ses désirs de sentir que Laura a besoin d'elle, et la petite fille se montre coopérative et s'intéresse à la tétée. Leur plaisir mutuel va croissant. Laura a fini par éliminer d'elle-même la tétée du milieu de la nuit, et Mme King pense qu'elle pourrait aussi supprimer celle de vingt-deux heures s'il le fallait, mais elle refuse de perdre cette occasion de se sentir si proche de son bébé. Elle attend d'ailleurs cet instant avec impatience toute la soirée. M. King participe lui aussi à cet agréable intermède familial. Il regarde sa femme et Laura qui se parlent. Mais parfois il se sent jaloux, et il lui arrive de demander à sa femme « si elle a assez de lait », « quand elle a l'intention d'arrêter » et « si l'allaitement ne risque pas d'aggraver le comportement placide et introspectif de Laura ».

C'est une réaction courante, chez les pères à ce stade, surtout lorsque la mère allaite. Ils commencent à se sentir jaloux de leur femme, jaloux du bébé et mis à l'écart de cette étroite union entre les deux êtres. Beaucoup d'entre eux éprouvent le besoin de manger un en-cas à l'heure de la tétée. D'autres projettent d'emmener leur femme en week-end sans le bébé. La réaction est peut-être inconsciente, mais elle vise manifestement à détruire cette union.

D'ailleurs, la plupart des femmes qui approchent une jeune mère qui allaite lui enverront, elles aussi, des petites piques : « Comment, tu allaites *encore* ? », « Ton bébé est trop gros » ou « trop maigre », « Tu ne l'as pas encore mis aux bouillies ? », toutes phrases qui reflètent sans conteste une espèce de rivalité. Même une jeune femme de sa propre génération ou une grand-mère ayant allaité avec beaucoup de plaisir ses propres enfants se montreront jalouses de cette merveilleuse union. Les jeunes mamans qui allaitent doivent bien se dire que c'est généralement l'envie qui est à la base de ces remarques décourageantes.

Le soir, c'est M. King qui nourrit sa fille. Il parvient à lui arracher des cris de joie en faisant tinter la cuillère sur le petit pot d'aliments pour bébé, lorsqu'il va commencer le repas. Il soutient qu'elle sait reconnaître ses petits pots d'autres récipients semblables et il lui montre toujours le bébé sur l'étiquette avant de la faire manger. Elle ne se fait pas prier pour avaler et se lèche de temps en temps les lèvres et les doigts. Après chaque bouchée, elle se fourre le poing entier dans la bouche, puis elle frotte son visage de sa main poisseuse. M. King s'amuse beaucoup à la voir faire et dit qu'elle ressemble à une vieille douairière gloutonne qui ne parvient pas à se caler les bajoues assez vite. Elle met de la nourriture jusque dans ses cheveux qu'il faut rincer tous les soirs. Etant donné qu'ils tombent par poignées,

Mme King est fort ennuyée de devoir les lui laver si souvent.

De toute façon, quoi que puisse faire la mère, ces premiers cheveux tomberont et d'autres repousseront à leur place. La chute commence généralement un peu plus tôt que chez Laura, et se prolonge jusqu'au cinquième ou sixième mois. Etant donné que de nouveaux cheveux poussent au fur et à mesure, il est parfois difficile de remarquer la transition.

La couleur des cheveux risque, cependant, de changer radicalement à ce moment-là. C'est pourquoi on s'avance beaucoup en se hasardant à prédire leur couleur future d'après celle qu'ils ont à la naissance. La couleur de la peau est un indice bien plus sûr, mais le plus sûr de tout est encore de se fonder sur le teint et la couleur de cheveux des parents. On peut toutefois annoncer qu'un bébé sera très brun si l'on distingue à la naissance des taches « mongoliennes », plates et brunes, disséminées à la base de la colonne vertébrale. Il s'agit, en fait, de petites réserves de pigment foncé, et ces taches sont dites « mongoliennes » parce qu'elles sont caractéristiques des races mongole et noire. Cependant, les bébés de race blanche qui seront plus tard des enfants et des adultes très bruns les ont à la naissance. Au fil du temps, le pigment est utilisé et les « taches » disparaissent. Elles n'ont par ailleurs aucune importance.

La couleur des yeux intéresse aussi beaucoup les parents. D'ordinaire un bébé naît avec les yeux bleus, encore que j'aie connu quelques nouveau-nés avec des yeux bruns. Chez les enfants qui seront très bruns, l'iris s'assombrit dès les premières semaines, mais l'œil peut changer de couleur tout au long de la première année. Cependant, vers l'âge de six mois, il est généralement possible de prédire que les yeux vont foncer, en raison de l'aspect « boueux » de l'iris. Durant les six premiers mois, les futurs yeux bleus restent d'un bleu très limpide.

Après ses repas, Laura somnole dans son petit fauteuil inclinable, la tête pendant sur le côté, son petit ventre rebondi formant une légère saillie. Lorsqu'on la met au lit, sur le ventre, elle appuie sa joue droite contre le matelas, suce son pouce gauche et s'endort. Après ces intermèdes familiaux, si douillets et si tranquilles, les jeunes parents se regardent, tout étonnés de se sentir déborder de paix et de satisfaction.

Daniel l'actif

Daniel répartit équitablement son énergie entre l'activité physique et le contact avec son entourage. Bien souvent, lorsqu'il est en plein milieu d'un acte moteur, il est frappé d'indécision en voyant le visage de M. Kay apparaître au-dessus de son parc. Il cesse aussitôt de bouger, regarde son père, lui adresse un large sourire et se met à pousser des petits cris. Après quoi il alterne les mouvements et la « parole ». Les uns et l'autre deviennent de plus en plus fébriles dès qu'il a affaire à un auditoire. Son père le traite de « cabotin ». Si le spectateur ne le prend pas dans ses bras, Daniel continue son numéro aussi longtemps que l'on veut bien le regarder. C'est rarement lui qui se lasse le premier. Lorsque cela arrive, il se met à réclamer d'un ton geignard un changement de rythme qu'il semble incapable d'assumer seul. Il sait déjà qu'il y parviendra beaucoup plus aisément avec l'aide de quelqu'un d'autre.

Il adore qu'on le mette debout et rit à mesure qu'il se redresse, cramponné aux index de son père. Une fois sur ses jambes, il garde peu de temps l'équilibre, les yeux baissés vers les mains de M. Kay, qui le soutiennent. Si l'on cherche à l'amener en position assise, à présent, il est capable d'éviter cette étape pour se mettre directement debout. Pour le faire asseoir, il faut littéralement le plier en deux par le milieu.

Daniel se montre là assez précoce. C'est symptomatique de sa volonté de réussir, de « passer à l'action ». A cet âge, la station debout est un réflexe pur et simple, mais lorsque le bébé s'aperçoit qu'il y parvient, cela l'enchante et il ne cesse de recommencer. On n'a jamais pu expliquer de façon satisfaisante ce qui pouvait inciter un bébé à se mettre debout. En tout cas, c'est incontestablement une chose qu'ils ont tous hâte de faire, et le plaisir qui accompagne ce qui au début n'est qu'un réflexe montre bien que le bébé a la volonté d'y parvenir.

Lorsqu'on le met sur le ventre, Daniel pousse fortement sur ses bras tendus et redresse la tête à angle droit pour regarder dans toutes les directions. S'il est dans cette position, dans son parc, il peut observer Mark pendant de longues minutes. Puis, quand il est fatigué, il se laisse retomber sur le tapis du parc, cambre le dos et étend les bras en avant pour se balancer à la façon d'un cheval à bascule. Ensuite, il amène ses mains près de son visage et se met à griffer le tapis. Il se tord de rire en entendant le bruit que font ses ongles, et comprend, semble-t-il, qu'il en est responsable. C'est un bruit qui fait très vite accourir sa mère, même si elle se trouvait dans la pièce voisine, car il lui tape sur les nerfs. Dès que Daniel la voit, il pousse un hurlement.

Quelle que soit sa position, Daniel semble avoir beaucoup plus de ressources que nos deux autres bébés. Ces ressources sont la marque d'une aptitude motrice très poussée et très vive, ainsi que du plaisir que prend le bébé à ajouter de nouvelles zones d'exploration à des actes moteurs très simples.

Un jour, M. et Mme Kay emmènent Daniel en visite chez ses grands-parents. Ces derniers sont absolument charmés par sa franche gaieté et son activité débordante. Son grand-père joue avec lui toute la journée. Le petit Mark, qui n'a que deux ans, reste blotti sur les genoux de sa mère, observant la scène en silence, d'un regard d'envie. Mme Kay fait de son mieux pour le consoler et s'occuper de lui, mais c'est quand même Daniel qui parvient à monopoliser l'attention générale pendant plusieurs heures. Il fait une courte sieste en début d'après-midi, mais en dehors de cela il maintient un niveau constant d'activité et d'intérêt tout au long des sept heures que dure la visite, réagissant intensément à ce nouvel auditoire et à toute cette stimulation.

Durant le trajet du retour, il commence à « craquer », et sa mère est obligée de le tenir dans ses bras. Il hurle pendant tout son dîner, refuse tous les aliments solides et ne boit que la moitié de son biberon.

Anna Freud parle de la « désintégration du moi » d'un bébé ou d'un enfant, laquelle survient en fin de journée; en voici un exemple typique. Il me semble d'ailleurs qu'à la fin d'une longue journée, les défenses de la mère s'effondrent simultanément.

Lorsque ses parents le mettent au lit, Daniel hurle un court instant et s'endort presque aussitôt, mais c'est pour se réveiller moins de deux heures plus tard, en pleurant. M. Kay se rend auprès de lui et constate qu'il s'est retourné sur le dos et qu'il trépigne, tout en hurlant. Il refuse de se laisser apaiser par un simple câlin. Son père finit par le ramener dans le living pour le bercer dans le grand fauteuil à bascule. Aussitôt Daniel se montre charmant et sociable. Au bout d'une demi-heure, Mme Kay tente

211

de lui faire absorber le restant de son biberon pour le calmer. Il le refuse. Elle le remet au lit et éteint la lumière. Avant minuit, M. ou Mme Kay seront obligés de retourner trois fois le remettre sur le ventre, pour qu'il puisse se rendormir. Dès qu'ils entrent dans sa chambre, il se réveille complètement, et lorsqu'ils s'en vont, il pleure avant de parvenir à trouver le sommeil. A minuit, ils vont se coucher en se félicitant d'être enfin parvenus à régler le problème. Ils se trompent. A deux heures, puis à quatre, le même scénario va se répéter, et il faudra retourner Daniel sur le ventre et le laisser pleurer. A six heures, nouvelle alerte; Mme Kay décide de se lever pour de bon. Durant les trois jours suivants, Daniel se montrera grognon et exigeant durant la journée et se réveillera tout au long de la nuit.

Daniel est un bébé extrêmement sensible, voire nerveusement fragile, pour être, à l'âge qu'il a, bouleversé à ce point par une simple visite à ses grands-parents. Cependant, j'ai entendu parler de perturbations semblables, survenues plus tard, chez des bébés beaucoup moins nerveux. J'ai bien l'impression que le désarroi des parents renforce ce qui n'est au départ qu'une simple crise d'énervement, au point d'en faire un processus cyclique, et c'est pourquoi les problèmes peuvent durer plusieurs jours.

Mme Kay se sent écartelée par les constantes exigences de son bébé. Dès qu'il la voit approcher, Daniel fait un grand sourire, et sa mère se rend compte qu'il sait parfaitement qu'il la fait marcher. Elle finit par décider de le laisser pleurer davantage durant la journée et elle se blinde contre ses cris. Malheureusement, en entendant hurler son frère, Mark est dans tous ses états, et Mme Kay doit bientôt supporter une double ration de pleurs. Après une journée d'abandon délibéré, cependant, Daniel revient de lui-même à son ancien schéma d'activité pleine de ressource. Les Kay se demandent s'ils oseront jamais emmener Daniel faire une autre visite.

> Cette extrême sensibilité aux événements inhabituels et aux nouvelles sources de stimulation pose en effet un problème difficile. On peut essayer d'habituer progressivement le bébé à voir du monde. S'il ne sort pas assez, il ne parviendra pas à assimiler de nouvelles expériences sans qu'elles prennent des proportions démesurées et s'accompagnent d'une vaste accumulation de tension.

La réaction de Daniel est très certainement due à la sensibilité très vive avec laquelle il reçoit tous les stimuli qui l'entourent et y réagit. Il y ajoute en outre une dimension qui lui est propre, les magnifiant par un excès d'intérêt et d'activité. Les Kay ont l'impression qu'il faut absolument traiter Daniel comme ils l'ont fait, avec un calme rigide et inflexible, sans quoi il sera manifestement incapable de se soustraire au cyclone qu'il a créé de toutes pièces pour revenir à sa routine habituelle.

Les bains se passent mieux désormais. Mme Kay a eu l'excellente idée de mettre le bébé dans la baignoire avec Mark. Il est si enchanté de se trouver avec son frère aîné qu'il commence à se montrer ravi quand on le déshabille, comme s'il se réjouissait à la perspective du bain. Une fois dans l'eau, il s'agite comme un beau diable, et Mark l'imite. Ce dernier éclabousse son petit frère et lui projette des gouttes sur le visage. Daniel adore cela. Lorsqu'ils sont enfin propres, la salle de bains est inondée, mais Mme Kay préfère ça aux hurlements d'antan.

Chez le pédiatre, Daniel recommence le numéro qu'il avait fait chez ses grands-parents. Allongé sur la table, il rit et vocalise pendant tout le temps où le médecin l'examine. Il empoigne son stéthoscope à deux mains et s'y cramponne. Lorsqu'on le retourne sur le ventre, sa tête se relève aussitôt et se tourne pour surveiller le docteur. Sur la balance, il donne de tels coups de pied qu'il faut deux fois plus de temps qu'à l'accoutumée pour obtenir son poids exact. Quand le pédiatre lui fait sa piqûre, il paraît très étonné et dévisage le coupable. Leurs regards se croisent : Daniel sourit et se remet à faire le pitre. Le médecin pousse un soupir et déclare : « Ce petit bonhomme a tant de ressources que la douleur elle-même ne le démonte pas. »

7

LE CINQUIÈME MOIS

Louis, un bébé moyen

Louis passe désormais ses journées à expérimenter. Maintenant qu'on peut l'attacher dans son fauteuil inclinable pendant de longues périodes, il doit faire l'apprentissage d'un univers tridimensionnel.

> Le siège type transat ne fait plus l'affaire. Trop d'enfants actifs parviennent à en sortir. Il est temps à présent de passer aux fauteuils inclinables dans lesquels le bébé peut passer plusieurs heures par jour. Il ne faut jamais, cependant, mettre le dossier complètement droit. Le bébé ne restera pas longtemps incliné vers l'arrière, mais lorsqu'il se penchera en avant, l'angle du dossier lui soutiendra les reins.

Apprendre est une tâche qui le passionne. Il est capable de se concentrer beaucoup plus longtemps à présent, et avec un peu d'aide de la part de sa famille, il parvient à jouer, allongé sur le dos ou assis dans son fauteuil pendant une heure et demie ou deux heures d'affilée. Un mobile ou un petit portique pour bébés placés hors de sa portée ne lui suffisent plus. Il les veut assez près pour pouvoir les toucher et les examiner. Il a besoin de palper, de tenir, de tourner, d'examiner, d'agiter, de sucer chaque jouet. Il ne se contente plus d'observer; il a dépassé son univers de petit bébé. Ses concepts sont à présent tridimensionnels, et il hurle de frustration s'il ne parvient pas à atteindre un objet. Lorsqu'il apprend, ses yeux, ses doigts et sa bouche entrent tous en jeu.

> La force qui sous-tend cette intégration peut être éveillée, chez un bébé de cet âge, en le laissant seul avec un objet qu'il peut toucher, mais sans le tirer jusqu'à lui. Cela lui laisse l'examen des yeux et des doigts. Il jouera d'abord très gentiment pendant quelques instants, puis, comme s'il se rendait brusquement compte que cela ne lui suffit pas, sa frustration deviendra évidente et il fera de gros efforts pour porter l'objet à sa bouche. Il finira par hurler de rage de ne pouvoir l'examiner sous toutes ses coutures, avec la bouche et les mains en plus du regard.

Louis se passionne pour tout. Certes, il fait sa nuit entière sans interruption, et ce, depuis un bon mois, mais il s'éveille de très bonne heure, prêt à « passer à l'action ».

> Les cycles de quatre heures dont nous avons parlé à propos du troisième mois de Daniel entraînent généralement une période d'éveil vers six heures du matin. A ce moment-là, le bébé a suffisamment dormi et il sort complètement de son sommeil pour commencer à exprimer ses désirs de façon audible. Durant les périodes tranquilles du développement, un bébé ne parvient pas à s'éveiller aussi rapidement qu'il le fait entre quatre et cinq mois. Ce besoin de « passer à l'action » reflète l'accélération croissante de la conscience et de la frustration, qui précède toute nouvelle étape du développement moteur.

Au lieu de rester tranquillement allongé à sucer son poing, Louis se réveille rapidement pour se lancer dans une activité musculaire. Celle-ci est comparable à celle que nous avons connue un peu plus tôt chez Daniel; Louis manifeste d'ailleurs la même volonté de faire ses preuves, seulement ses désirs vont et viennent par brusques poussées, alors que chez Daniel ils forment une partie constante et innée de sa nature.

Durant ses périodes d'activité durable, Louis fait l'avion, se balance et finit par se retourner. Lorsqu'il se retrouve sur le dos, il s'amuse tout seul pendant un certain temps, mais les premières lueurs du jour viennent lui rappeler qu'il doit « se mettre en action ». Il commence aussitôt à crier et à appeler ses parents. Les deux autres enfants réagissent bien entendu à ses cris, et c'est bientôt le branle-bas de combat général. Passé six heures, plus personne n'a le droit de dormir.

Aucune des manœuvres de diversion tentées par les parents pour lutter contre ce schéma ne paraît réussir. Ce n'est pas en couchant le bébé plus tard qu'on l'empêchera de se réveiller de bonne heure le lendemain matin. Non plus qu'en le faisant téter durant la nuit. On peut essayer, en revanche, les rideaux ou les stores noirs pour intercepter la lumière du jour. En désespoir de cause, on peut décider d'attacher le bébé à son lit au moyen de sangles de sécurité[1]. Cela marchera probablement. Cependant, je ne recommande pas, pour ma part, ces mesures draconiennes. Il est très important pour un bébé de pouvoir s'entraîner et manœuvrer librement; cela fait partie intégrante de cette brusque poussée de son développement. Que se passe-t-il lorsqu'on réprime avec des sangles les forces qui poussent un bébé aussi nettement orienté que Louis vers l'apprentissage ? S'il se réveille aussi tôt, ce n'est pas parce qu'il distingue la lumière du jour, qu'il fait ses dents ou qu'il a faim, c'est parce qu'il éprouve véritablement le besoin de s'activer. Comment un parent peut-il comprendre ce besoin, mais sans lui permettre de révolutionner toute la maisonnée dès les premières heures du matin ? Je choisirais, quant à

1. En France, les sangles sont déconseillées. *(N.d.T.)*

moi, d'éloigner le bébé au maximum du reste de la famille, de façon qu'il soit obligé de s'agiter davantage et de pleurer plus fort pour les réveiller. Cela permet non seulement aux autres de dormir, mais oblige en outre le bébé à compter pendant plus longtemps sur ses seules ressources. Cette façon d'agir me paraît plus susceptible de mener à l'apprentissage et au développement que la suppression délibérée des capacités motrices par la contrainte de sangles.

Ce schéma de réveil est extrêmement pénible pour les parents qui travaillent tous les deux (ou pour le parent seul). Si la mère n'est pas chez elle pendant la journée, elle a beaucoup plus de mal à ne pas courir auprès de son bébé au premier appel. Chaque période de demi-conscience, de pleurs, d'appels ou de jeux nocturnes devient pour elle un signal lui indiquant que son enfant a besoin d'elle. Et son propre besoin d'être avec lui la pousse à répondre à ce signal. Une mère qui travaille risque d'encourager les réveils au milieu de la nuit en devenant le « support » grâce auquel le bébé est capable de passer du sommeil léger au sommeil profond toutes les trois ou quatre heures. A mon avis, dormir toute la nuit d'une seule traite nécessite un apprentissage, au même titre que n'importe quelle autre étape du développement. Le bébé doit franchir ce cap. Il doit « apprendre » à passer tout seul du sommeil léger au sommeil profond, ce qui est plus difficile pour les uns que pour les autres. Certains auront besoin d'être aidés davantage par leur environnement. Cela reste cependant, en dernier ressort, le travail de l'enfant lui-même. Les parents qui ont du mal à laisser leur bébé apprendre à dormir feront bien de réduire leur rôle au minimum, pour permettre à cet apprentissage de se faire chez l'enfant. Ce n'est pas facile, mais notre culture demande l'autonomie ou l'indépendance individuelles dans le domaine du sommeil.

Un parent seul aura encore plus de mal à se séparer de son bébé la nuit. Sa propre solitude et son besoin d'avoir l'enfant auprès de lui l'emporteront, à ce moment-là, sur toute autre considération. Cela peut entraîner de réelles difficultés à chacune des crises du développement, lorsque le réveil cyclique devient le déversoir pour toute l'énergie motrice et intellectuelle qui n'a pas été utilisée durant la journée. Un parent seul fera bien d'aborder cette question avec une tierce personne concernée, qui pourra l'aider à évaluer tous les problèmes de séparation qui entrent en jeu et qu'il faut équilibrer avec cette nécessité d'apprendre au bébé à être autonome et indépendant durant la nuit.

Louis peut à présent communiquer largement avec quiconque est disponible. Quand quelqu'un lui parle, il observe sa bouche et son visage, puis il s'entraîne à produire ses propres sons. Etant désormais capable de reproduire certaines consonnes, telles que « p » et « b », il se met à les combiner aux voyelles. Il tombe quelquefois, par hasard, sur « papa » ou « baba ». Aussitôt, la famille réagit. « Papa » provoque l'arrivée de son père, et « baba » arrache à Martha des clameurs d'allégresse. Louis sent très certainement qu'ils ont réagi à son babillage.

C'est ce qu'on appelle le renforcement « positif », c'est-à-dire une réponse gratifiante de l'environnement, saluant à plusieurs reprises un acte qui entrait à l'origine dans le cadre d'un empirisme purement fortuit. Etant donné que cette gratification se répète plusieurs fois, le bébé en vient à associer l'acte à son résultat. Il apprend à reproduire d'innombrables fois le mot miracle pour provoquer la réponse attendue. Il n'est pas encore capable, cependant, d'établir une relation entre ce son donné et sa signification.

Les deux aînés s'amusent à imiter les bruits que fait Louis en s'exerçant.

Au moment où le bébé commence à peine son apprentissage de la parole, cette reproduction des sons qu'il émet est peut-être l'un des principaux facteurs de progrès. Chez un enfant dont les parents étaient tous deux sourds, j'ai vu apparaître à cet âge les premières roulades expérimentales, mais au bout d'une période relativement brève (un mois), elles ont perdu de leur vigueur. Le bébé a paru se désintéresser de ces vocalises que rien ne venait renforcer. Plus tard cette année-là, il a fait une nouvelle tentative, cette fois en imitant les sons plats et nasillards émis par ses parents. Dans un environnement normal, le parent imite son bébé, celui-ci s'en rend compte, s'imite à son tour, prend plaisir à cette répétition, et le cycle est ainsi lancé.

De la même façon, Louis essaie d'imiter les mimiques faciales de sa mère. Lorsqu'elle fait des grimaces ou fait claquer ses lèvres, il la dévisage fixement. Si elle lui parle et se détourne soudain pour parler à quelqu'un d'autre, il se met à pleurer et cherche, tant bien que mal, à la rappeler à lui. Quand Mme Moore sort pour régler différentes affaires et le tient sur ses genoux pendant qu'elle parle, Louis se met à parler plus fort qu'elle. Il commence à sourire à l'interlocuteur de sa mère et à lui faire des roulades. Lorsque cette intervention ne suffit pas à les interrompre, il se tord le cou pour regarder sa mère et tente de détourner son attention. Voyant que ce moyen échoue également, il se remet à vocaliser en faisant des roulades de plus en plus fortes. Mme Moore est souvent obligée de le mettre par terre ou dans une autre pièce pour pouvoir continuer sa conversation.

> Voici un usage intéressant de ces vocalises si récemment découvertes : une tentative d'interrompre la conversation de la mère avec une tierce personne et de se rappeler à son attention.

C'est peut-être en partie parce qu'il devient de plus en plus exigeant vis-à-vis d'elle que Mme Moore se décide à sevrer Louis. Elle s'aperçoit qu'elle est de plus en plus fatiguée, à force d'être réveillée si tôt le matin. Toute la journée, il l'appelle par ses roulades et demande à être pris dans les bras.

L'une des façons dont un enfant se défoule de la frustration qui accompagne ces brusques poussées du développement, c'est en « se défoulant » sur quelqu'un de son entourage. Et certains bébés ne sont heureux que lorsqu'ils sont en mouvement, c'est-à-dire quand on les porte ou que l'on joue avec eux.

A présent, lorsque Louis voit sa mère apparaître au-dessus de lui, il lui tend les bras. Et même si elle ne répond pas à cette sollicitation, elle ne peut s'empêcher de se sentir coupable et épuisée. Elle ne devrait pas, pourtant. La frustration qu'il éprouve lorsqu'elle ne répond pas à ses avances contribuera peut-être suffisamment à le pousser à se débrouiller tout seul.

Elle trouve toutes sortes de raisons pour le sevrer, toutes plus justifiables les unes que les autres.

Après le bon départ au sein, qui procure au tout petit bébé une immunité précoce et une alimentation entièrement digestible et non allergique, il y a de moins en moins de raisons, pour le bien de l'enfant, de pousser la mère à continuer l'allaitement. Evidemment, tant qu'il dure, l'enfant conserve l'avantage de cette immunité supplémentaire et d'une source de lait idéale, mais celles-ci ne sont plus nécessaires à sa survie dans notre société. Dans beaucoup de sociétés primitives, les mères continuent à allaiter leurs enfants pendant des années pour tenter de leur assurer une immunité, du calcium, des protéines et des vitamines qu'ils ne pourraient obtenir autrement. Au Mexique, j'ai vu une mère qui allaitait son bébé appeler ses deux aînés (deux et quatre ans) pour leur faire téter l'autre sein. De cette façon, elle les protégeait de son mieux contre les quarante pour cent de mortalité infantile qui menacent certaines de ces populations, souffrant de malnutrition. C'est une preuve évidente de la puissance de l'instinct maternel et de la conscience qu'a une mère des vertus protectrices de son lait pour la vie de ses enfants.

Mme Moore décide de donner à Louis un lait non traité, non sucré et non stérilisé. Elle choisit un lait concentré en boîte qu'elle garde, une fois la boîte entamée, au réfrigérateur. Lorsqu'elle a besoin d'un biberon, elle mélange ce lait à l'eau chaude du robinet qui chauffe en même temps le biberon.

Elle estime, en effet, et je suis bien de son avis, qu'un lait entre tiède et chaud est plus naturel. N'est-ce pas ce que la nature elle-même fournit au bébé ? Or, à moins de pouvoir réellement faire mieux que la nature, il vaut toujours mieux la suivre. Il est si facile de faire un biberon chaud.

Pour moi, le lait froid est froid avant d'être du lait. L'avantage qu'il y a à utiliser du lait en boîte, plutôt que le lait ordinaire en bouteille ou en carton, c'est que la maman sera toujours sûre d'en avoir. Le lait ordinaire risque souvent d'être bu par les autres enfants, voire par les adultes, tandis qu'on peut toujours pour le bébé avoir une provision de lait en boîte.

De toute façon, Louis mange à présent suffisamment d'aliments solides pour n'avoir plus besoin que de trois tétées par jour, et maintenant qu'il est au biberon, les autres membres de la famille peuvent le nourrir, si Mme Moore est trop occupée. Elle pense, et elle a raison, qu'elle sera peut-être moins lasse en éliminant la fatigue supplémentaire que l'allaitement représente pour elle.

Elle va sevrer Louis lentement, abandonnant d'abord la tétée de midi, puis celle du soir et, en dernier lieu, celle du matin, à laquelle elle a plus de mal à renoncer. Elle avait, en effet, pris l'habitude de prendre Louis dans son lit, très tôt le matin pour l'allaiter et le câliner, puis de le remettre dans son berceau pendant une heure ou plus, ce qui lui permettait de gagner une précieuse heure de sommeil. A mesure que le nombre des tétées diminue, le lait de Mme Moore se tarit, et au bout d'une semaine elle aurait pu sevrer complètement son fils, mais elle préfère prolonger d'une quinzaine de jours la tétée du matin. Pour elle aussi, c'est un lien important qui la rattache encore directement à son dernier-né.

Le sevrage est généralement un déchirement plus pénible que ne l'imaginent a priori la plupart des femmes. Il les oblige à renoncer définitivement à un lien unique, et il arrive souvent qu'une jeune mère éprouve, au moment du sevrage, une forme atténuée de la dépression postnatale. D'ailleurs, dans ce cas-là comme dans celui de l'accouchement, la dépression s'accompagne d'une adaptation physiologique due à un changement hormonal. D'ordinaire, ce coup de cafard n'est ni aussi intense, ni aussi durable que le premier. Un sevrage étalé sur plusieurs semaines permet à la mère et à l'enfant de s'adapter tout à loisir.

En général, ce sentiment qu'il est « temps de sevrer » le bébé coïncide avec une accélération de son développement. Les nouvelles facultés motrices et l'intérêt croissant pour le monde extérieur figurent parmi les principales tendances de ce développement. Ils représentent tous deux les premières velléités d'indépendance chez le bébé. La mère aura peut-être du mal à renoncer à la merveilleuse intimité des tout premiers mois. Une mère qui travaille peut même avoir l'impression que son enfant la rejette, parce qu'elle le quitte pour aller travailler. Tout cela est faux. Le moment n'est peut-être pas très bien choisi pour renoncer à cet allaitement qui « ressoude » leur union en fin de journée.

Une mère qui élève seule son enfant peut avoir au sevrage la prémonition de l'éloignement de celui-ci. Cela aura généralement pour résultat de la pousser à se cramponner plus étroitement à lui, souvent à un niveau tout à fait inconscient. Le plus dur, pour les parents seuls, c'est de reconnaître et d'accepter les minuscules et subtils élans vers l'indépendance, qui sont si cruciaux pour le développement autonome de leur bébé. A l'âge que nous étudions, une mère seule pourra soit sevrer son enfant, soit le couver encore davantage. Ni l'un ni l'autre ne sont nécessaires, si elle sait reconnaître la raison de cette brusque poussée d'indépendance chez son bébé. Si j'en juge par ma clientèle, il est préférable d'en discuter entre pédiatre et cliente et de tenter de comprendre le comportement « autonomiste » du bébé.

Le sevrage provoque chez Louis une certaine constipation. Ses selles sont moins fréquentes et très dures, et plusieurs fois sa mère remarque des traces de sang rouge vif.

Les traces de sang rouge vif sur une selle dure, à ne pas confondre avec le sang digéré, plus sombre, qui pourrait provenir d'une partie supérieure du conduit intestinal (et être un symptôme de troubles), sont dues le plus souvent à une petite écorchure ou fissure autour de l'anus. Pour la soigner, la mère doit chercher à ramollir les selles, soit avec du jus de pruneau, soit avec du sucre brun comme la mélasse, soit avec un aliment laxatif comme le pruneau, et protéger la fissure en enduisant tout l'anus de vaseline deux ou trois fois par jour. Si l'amélioration se fait attendre, il faut dilater l'anus avec le petit doigt et bien le graisser pour qu'il se cicatrise. Si au bout de quelques jours les saignements persistent, il vaut mieux consulter le médecin.

Une fois sevré, Louis s'habitue à son nouveau lait et semble parfaitement heureux. Il suce davantage ses doigts, et Mme Moore lui achète des tétines à tout petits trous pour être sûre qu'il tétera pendant au moins vingt minutes à chaque biberon. Dès qu'elle le voit se sucer les doigts, elle se sent coupable, car elle n'a plus cette impression de « faire tout ce qu'elle peut pour lui ». Cela reflète bien la propre ambivalence de ses sentiments concernant le sevrage. Louis est peut-être, en effet, perturbé par celui-ci et, de ce fait, se suce davantage les doigts; mais il se peut aussi qu'il éprouve un plus fort besoin de se sucer les doigts, indépendamment du sevrage. Ce besoin accru pourrait être la marque du tumulte et de la frustration intérieurs inhérents aux brusques poussées de développement moteur qu'il traverse durant cette période.

Laura la placide

Laura continue son petit train-train satisfait. Quel contraste avec l'activité sans cesse croissante de Louis ! Sa conscience de plus en plus vive du monde qui l'entoure est radicalement différente. Allongée dans son lit, elle suce ses doigts et ses jouets avec une intensité accrue, regardant autour d'elle de ses grands yeux intelligents. Elle a même pris l'habitude de se mettre les pieds dans la bouche pour les sucer. Tout en suçant son pouce, elle le mâchonne à présent. Lorsqu'il s'agit d'un jouet, elle suçote et mâchonne tous les bords qui se présentent. Ce faisant, elle semble en goûter toutes les faces. La douce balle rouge n'est plus son jouet préféré. Elle aime mieux les objets plus résistants dont les angles procurent à ses gencives une impression de fraîcheur.

> L'application d'objets contre les gencives enflées stimule l'envie d'explorer. Si l'enfant mâchonne quelque chose de froid, l'enflure diminuera, exactement comme lorsqu'on frotte la gencive. Le soulagement qu'apporte cette activité rehausse donc l'intérêt de l'exploration buccale.

Laura fait passer très facilement ses jouets d'une main dans l'autre et semble y prendre grand plaisir.

Elle saisit d'abord un objet dans sa main droite et l'agite. Puis elle le fait passer dans la gauche et répète le même geste. Elle recommence plusieurs fois, une main imitant l'autre.

> Peut-être Laura est-elle en train d'assimiler la découverte qu'elle peut faire la même chose avec chacun de ses bras. C'est aussi un exemple du plaisir d'imiter que Louis connaît grâce à ses frère et sœur. Pour Laura, le geste a peut-être encore plus de valeur, puisqu'il s'agit d'une imitation de sa propre action.

Elle porte ensuite le joujou à sa bouche. Elle y met d'abord le pouce, puis elle remplace pensivement celui-ci par le jouet. Après quoi elle fait alterner le pouce et le jouet, comme si elle était occupée à évaluer leurs saveurs respectives.

> Il est bien évident qu'elle cherche à comparer une partie d'elle-même avec un objet. Ce genre d'examen fait partie du processus de différenciation entre le « moi » et le monde extérieur.

Les bruits que Laura produit en jouant prennent davantage d'importance. Elle étudie et assimile, pendant de longues périodes, le tintement que fait un de ses jouets. Elle apprend même à le tourner dans tous les sens de façon à produire des sons différents. Les mélodies de sa boîte à musique la passionnent beaucoup moins, semble-t-il, que les très légers changements de ton qu'elle produit elle-même. Elle paraît se désintéresser des airs de plus en plus lents que lui débite la boîte à musique et elle est manifestement soulagée de les entendre se terminer. C'est la marque de sa sensibilité caractéristique aux variations très subtiles. Elle est occupée à assimiler et à explorer le domaine des sons. La boîte à musique la gêne et l'empêche même de poursuivre ses propres expériences qu'elle préfère parce qu'elle les contrôle. Elle combine ainsi sa découverte du domaine auditif et l'appréciation de sa propre faculté de produire des sons.

La maîtrise devient à la fois un stimulant et un exutoire. C'est exactement ce même mélange de sensibilité auditive et de production active que l'on peut observer chez les musiciens lorsqu'ils répètent un morceau. C'est ce qui leur permet de répéter indéfiniment la même phrase pour se rapprocher le plus possible de la perfection, alors que quelqu'un qui les écoute « de l'extérieur » aura l'impression qu'il va devenir fou.

Ce genre d'exploration pleine de sensibilité est typique de la nature très spéciale de Laura. Il s'agit chez elle d'un véritable don qui l'aidera plus tard à acquérir un talent explorateur et à se concentrer sur les objets et les gens qui l'entourent. Le plaisir qu'elle prend à découvrir et à assimiler chaque aspect sensoriel d'une situation contribue incontestablement à diminuer son intérêt pour le développement moteur. Cela dit, quel est celui qui, observant chez Laura une telle complexité, n'y verrait pas une façon passionnante de se développer ?

Pour les vocalises, la façon de procéder est exactement la même. Laura reste allongée pendant de longs moments, occupée à faire des roulades pour elle-même ou pour sa mère. Elle n'utilise pratiquement pas de consonnes, en dehors du « l »; elle dit souvent « lééé » ou « liii ». Elle peut monter et descendre une octave sur « a » et « ou », avec une merveilleuse musicalité. Sa mère imite les bruits qu'elle fait. Laura l'écoute, puis semble chercher à l'imiter à son tour. Elles s'amusent beaucoup toutes les deux, mais Mme King ne parvient jamais à se tenir bien longtemps à ce petit jeu. Elle essaie toujours d'ajouter une « nouvelle » consonne ou une « nouvelle » note au répertoire de sa fille. Dès qu'elle le fait, cependant, la séance s'interrompt brutalement. Les tentatives du bébé cessent aussitôt. Son visage se fige, son regard s'assombrit, et elle ferme la bouche. On dirait presque qu'une sorte de membrane, comme celle qu'on voit chez les chats, s'est abattue sur ses yeux, tant elle réagit négativement à ce nouveau stimulus. Mme King ne se rend pas compte que ses tentatives de « formation » constituent une véritable agression pour la sensibilité de sa fille et son désir d'apprendre par elle-même.

Laura sait aussi faire claquer ses lèvres et sa langue et apprend à tousser interminablement. Elle comprend vite que si elle tousse assez longtemps, un de ses parents viendra à son chevet.

Ce phénomène peut être déclenché au départ par la salivation accrue qui accompagne les premières dents, mais le bébé apprend vite à la maîtriser et à la reproduire interminablement. Il s'agit d'une toux sèche et rauque qui n'est pas sans rapport avec celle du fumeur. On peut la distinguer d'une toux vraiment inquiétante par le fait que le bébé la répète à volonté.

Les tétées durent désormais moins longtemps. Laura boit ce dont elle a besoin au cours des cinq premières minutes et préfère alors « parler » à sa mère ou jouer avec ses vêtements, ses cheveux ou sa figure.

Cette faculté d'absorber entre cent quinze et cent soixante-dix grammes de lait en l'espace de cinq minutes m'a toujours stupéfié. Il serait bien difficile d'en faire autant en buvant au biberon ou à la tasse. C'est une preuve de plus de l'efficacité de l'allaitement. Le danger, évidemment, c'est que les seins ne seront plus suffisamment stimulés dès que le bébé réduira son temps de tétée. Le lait de la mère risque alors de se raréfier assez brusquement. Si c'est le cas, il suffira d'augmenter le nombre des tétées pour accroître la production de lait. Un autre truc pour accroître la stimulation et la quantité de lait est d'allaiter le bébé, matin et soir, dans une pièce obscure, où il ne sera entouré d'aucun stimulus perturbateur. Il tétera alors aussi longtemps qu'il en avait l'habitude, et la production de lait de la mère remontera.

M. et Mme King sortent davantage Laura. Ils l'emmènent chez ses grands-parents et la prennent avec eux lorsqu'ils vont dîner chez des amis. On l'installe dans la chambre à coucher pendant que les adultes sont au salon.

C'est l'époque où l'on peut encore éviter les baby-sitters. Plus tard, il ne sera pas aussi facile de sortir. Tant que le bébé n'a pas encore besoin de dormir dans un lit, il est bien dommage de ne pas profiter de cette mobilité.

Mme King estime que ces petites excursions sont bonnes pour Laura, parce qu'elles atténuent un peu sa sensibilité envers les personnes et les endroits qu'elle ne connaît pas.

Elle a tout à fait raison, c'est peut-être l'un des grands avantages des promenades en landau : exposer le bébé au monde extérieur et l'y habituer.

La faculté qu'a Laura de distinguer ses parents des autres adultes s'affirme de plus en plus. Elle est capable de reconnaître son père parmi toute une assemblée d'hommes, et dès qu'elle a trouvé son visage, elle se tortille et fait des roulades. Elle fait preuve aussi d'une sensibilité accrue vis-à-vis des femmes qu'elle ne connaît pas. Si une inconnue s'avise de lui faire des sourires ou de vouloir la prendre dans ses bras, Laura éclate en sanglots. Un peu plus tôt, avec sa garde, elle avait déjà manifesté une certaine tendance à la timidité. A présent, il suf-

229

fit de l'apparition d'un visage de femme inconnu pour provoquer une crise de larmes.

> Cette espèce d'antipathie pour les femmes inconnues, souvent beaucoup plus violente que pour les hommes, me paraît liée à l'importance relative de la mère pour le bébé et aux signaux associés à sa personne. Un homme n'évoque pas pour sa part des associations aussi poignantes qu'une femme, surtout si elle rappelle la mère.

Laura connaît bien son nom à présent. Si sa mère l'appelle d'une autre pièce, elle se tourne vers la porte. Lorsque son père parle près de l'endroit où elle se trouve et prononce son nom dans le courant de la conversation, elle le reconnaît aussitôt, s'immobilise et se tourne vers lui.

Les miroirs l'amusent toujours beaucoup. Elle s'arrête de pleurer pour se regarder. Lorsqu'elle a faim, on peut toujours la faire patienter grâce au jeu du miroir, tant le plaisir qu'elle y prend est vif.

> S'agit-il d'une dimension supplémentaire qui vient s'ajouter à la connaissance de soi et de ses mouvements ? La préférence manifestée pour son propre visage est caractéristique des enfants aussi introvertis que Laura, mais tous les bébés semblent pareillement intéressés par leur image. Les parents qui s'inquiéteraient à l'idée de les voir devenir des êtres égocentriques ne doivent pas se tracasser outre mesure, car les enfants introvertis ne deviennent pas forcément des adultes braqués sur leur propre nombril. En fait, il y a même plutôt des raisons de penser que si un bébé apprend à se connaître et à s'explorer très tôt, il sera mieux équipé pour observer le monde extérieur en grandissant.

M. et Mme King n'ont aucune raison de penser que Laura est douée d'une faible personnalité.

Daniel lui-même est peut-être plus fragile, malgré sa puissante énergie.

Daniel l'actif

Les journées ne sont pas assez longues pour Daniel. Il s'y précipite, tête baissée. C'est sur le dos qu'il est le plus libre de s'agiter. Il se roule dans tous les sens, tordant la moitié inférieure de son corps pour entraîner l'autre. Il se tourne ainsi sur le ventre et se cambre, dressé sur ses bras tendus, pour regarder autour de lui. Une fois qu'il a bien observé les environs, il semble digérer tout ce qu'il a vu, prendre une décision et revenir sur le dos. Après quoi, il se penche en avant, comme s'il cherchait à s'asseoir. Cette activité ininterrompue remplit la majeure partie de ses journées et déborde même sur la nuit. Durant son sommeil, en effet, à chaque fois que revient l'état de demi-conscience, Daniel roule sur lui-même dans son lit. Cette activité le réveille, et il tente de s'apaiser en s'agitant encore plus.

Etant donné que l'activité physique est pour lui un tel exutoire, il ne faut pas s'étonner qu'il l'utilise comme Laura se sert de ses longues séances d'observation ou Louis de sa manie de sucer ses doigts : c'est son moyen à lui pour essayer de se rendormir. Malheureusement, toute cette activité l'entraîne parfois jusqu'à un point culminant, d'où il lui est impossible de redescendre. Résultat : il se réveille plusieurs fois par nuit. Lorsque sa mère vient le retrouver, il est toujours sur le dos, et elle croit qu'il s'est réveillé en se retournant. Comme nous le savons, cela fait déjà plusieurs semaines qu'il roule sur lui-même dans son lit. Non, ce qui l'a réveillé, c'et la surexcitation qui en découle, à laquelle s'ajoute la frustration de ne pas être capable de se satisfaire. Mme Kay essaie de le border très serré pour l'empêcher de bouger et incline son matelas en glissant sous un côté une couverture roulée, de façon qu'il ne puisse pas se retourner dans ce sens-là. Cela le met en rage, et il lutte encore plus férocement lorsqu'il se réveille.

Sa mère finit quand même par trouver un moyen de le soulager. Elle le réveille à vingt-deux heures pour un biberon et une courte récréation, ce qui lui donne l'occasion de se défouler. Après l'instauration de cette routine, Daniel cesse de se réveiller la nuit. Par la suite (deux semaines plus tard), sa mère parvient à supprimer la petite séance de jeux nocturnes sans qu'il recommence à se réveiller. Elle l'aide aussi à épancher une partie de sa frustration en lui faisant faire certains exercices dans la journée. Elle lui apprend à rouler dans les deux sens pour revenir à son point de départ. Elle l'incite à se calmer tout seul lorsqu'il devient surexcité à force de se démener comme un beau diable ! Elle l'aplatit sur le ventre, en position de sommeil, et lui met le pouce dans la bouche; puis elle le maintient dans cette position. Au début, il est furieux de cette intrusion dans ses jeux, en plein milieu de la journée, puis il se calme et commence à comprendre ce qu'elle signifie.

Allongé sur le dos, il a appris à donner des coups de pied et martèle le tapis de son parc à toute vitesse. Tout en trépignant ainsi, il se propulse à travers le tapis, dans un angle du parc où il reste coincé. Il paraît dépité, mais semble accepter ce contretemps avec un certain humour, et il continue à donner des coups de pied. Il ne tarde pas, cependant, à se fatiguer de cette posture et appelle au secours. Sur le ventre, il parvient à se déplacer en s'activant et en grattant avec les bras et les jambes, se balançant d'arrière en avant, le dos cambré. Il avance ainsi à travers le parc.

Il sait tousser, lui aussi, et apprend à pousser des

hurlements et des glapissements aigus expérimentaux, exactement comme Laura avec ses vocalises.

La différence dans la façon d'expérimenter saute aux yeux. Un enfant comme Daniel hurle pour le simple plaisir de se servir de son appareil vocal en faisant le plus de bruit possible. Ces brusques explosions ne possèdent ni l'étendue, ni l'agilité, ni la tranquille autostimulation que nous avons vues chez Laura.

Aux repas, Daniel est en passe de devenir un véritable « affreux jojo ». Il essaie de manipuler lui-même son biberon, qu'il tient à deux mains. Quelquefois, il l'arrache littéralement des mains de sa mère. Il tire sur la tétine qui se détache du goulot avec un bruit sec et, hilare, il lève les yeux vers Mme Kay. Elle éprouve alors une forte envie de le laisser se débrouiller tout seul. Elle a l'impression qu'il mangerait mieux et plus vite si elle n'était pas là pour le regarder faire le pitre.

C'est sans doute vrai. Cependant, ce type de bébé a besoin du contact apaisant de sa mère pour se calmer et revenir à un état où il sera capable de recevoir et d'apprécier toutes les importantes gratifications qui entourent un repas. Il est si actif et si occupé qu'il a moins l'occasion que les autres d'apprendre à obtenir des satisfactions du monde extérieur. Il serait facile de le pousser très vite dans la voie de l'indépendance, mais ce serait un sentier bien aride. Un bébé comme Daniel a davantage besoin de sa mère qu'un bébé comme Louis, car son apprentissage peut facilement mener à une sorte de précocité totalement coupée de la réalité extérieure.

Lorsque Mme Kay lui donne des aliments solides, il s'empare de la cuillère et projette de la nourriture à travers toute la pièce. Son père finit par mettre un ciré pour le faire manger ! On lui apprend à boire à la tasse, et il adore ça. Il plonge dedans impétueusement, y enfouit tout son visage et s'étrangle lorsqu'il aspire du lait par le nez. Cela ne refroidit nullement son ardeur. Pour lui, la tasse est une nouvelle aventure, et il grogne de joie quand on la lui apporte. Il pleure lorsqu'il la voit repartir.

A cet âge, on peut donner au bébé une cuillère et une tasse ou bien un morceau de biscuit « de dentition », très dur – un objet pour chaque main –, afin de l'occuper avec des accessoires appropriés au repas. Il les laissera rarement tomber pour attraper la cuillère de sa mère. Tôt ou tard, il finira d'ailleurs par imiter les gestes maternels avec ses propres ustensiles.

Installé dans sa chaise haute, il fait des bulles avec ses carottes et asperge le mur d'épinards. Pour agacer sa mère, il garde les cuillerées dans sa bouche pendant plusieurs minutes. Au bout du compte, bien peu de nourriture finit dans son estomac. Il est devenu plus important pour lui de jouer avec elle que de l'avaler.

Le résultat, c'est qu'il ne prend guère de poids. Mme Kay s'inquiète de le voir absorber si peu, en comparaison de son incroyable dépense d'énergie.

Un bébé est capable de rester en bonne santé avec un apport calorique étonnamment faible. Le peuple américain est un peuple suralimenté, et dans ce domaine, nous visons beaucoup trop haut pour nos enfants. De temps en temps, un enfant cesse de gagner rapidement du poids à mesure qu'il se développe. Dans n'importe quel domaine – physique, mental ou émotionnel –, le développement suit rarement une courbe ascendante régulière. Il consiste, au contraire, en brusques poussées, suivies de périodes de nivellement avant un nouveau bond en avant. Par moments, il semble même y avoir une véritable régression avant que la nouvelle poussée ne prenne sa vitesse de croisière. Pour moi, les périodes comme celle que traverse Daniel servent à assurer le statu quo dans un domaine, pendant que l'enfant évolue dans un autre. Daniel, par exemple, a pratiquement cessé de se développer physiquement, afin de mettre toute son énergie dans la poussée motrice qui va bientôt l'amener à s'asseoir tout seul et à marcher à quatre pattes. Il y a d'autres moments où nous pouvons observer ce même processus de conservation dans la vie d'un enfant. Ainsi, lorsqu'il est malade et puise dans ses réserves pour se rétablir physiquement, on distingue chez lui un manque d'énergie très net pour les ajustements émotionnels complexes. Ce n'est donc pas en période de maladie qu'il faut le pousser à progresser sur le plan mental. Il y a une sorte d'économie au niveau des autres paramètres, afin de concentrer un maximum d'énergie vers le rétablissement physique.

En ce qui concerne Daniel, il absorbe peut-être suffisamment de nourriture pour une croissance ordinaire, mais c'est évidemment un enfant qui impose un fardeau supplémentaire à ses ressources caloriques par l'espèce d'intense énergie avec laquelle il remplit ses journées (et ses nuits).

Le plus souvent, une prise de poids régulière est relativement peu importante chez un bébé, sauf pour la mère, bien entendu !

Daniel explore constamment son propre corps. Il met ses doigts dans ses oreilles, dans son nez, et lorsqu'on lui enlève ses couches, il ne tarde pas à découvrir son pénis. Il se met à jouer avec lui et à tirer dessus, au point de provoquer une érection. Sa mère en reste confondue.

C'est un résultat courant des manœuvres investigatrices auxquelles se livrent les bébés pour apprendre à se connaître. Le plaisir que l'on peut observer lorsqu'un petit garçon trouve pour la première fois son pénis, ou une petite fille son vagin, indique bien qu'il s'agit d'une zone très sensible à l'excitation. Cependant, que la région génitale soit de naissance une zone « érogène » ou non, nos habitudes hygiéniques et vestimentaires se chargent d'exacerber cette particularité, car c'est un endroit du corps que nous gardons constamment couvert et à l'abri des explorations. Un bébé peut découvrir ses oreilles et les explorer aussi longtemps qu'il le faudra pour se satisfaire, et il ne s'en prive pas. Il a bien peu d'occasion, en revanche, de découvrir ses parties génitales. Dès qu'il commence à les explorer, il y a toujours une main pour écarter la sienne, le distraire ou dissimuler la zone en question sous une couche. C'est pourquoi il va s'intéresser davantage à cette zone inconnue. Par ailleurs, le fait que la peau de cette partie du corps est soumise à une stimulation quasiment nulle ne fera que la rendre plus sensible. Le reste de son épiderme est quand même exposé aux changements de température, aux pressions et au contact des vêtements qui le couvrent et qui bougent. Les parties génitales sont si bien protégées par les couches qu'elles ne sont pratiquement jamais stimulées, sauf quand le bébé urine ou va à la selle. Par conséquent, cette zone réagit différemment des autres, lorsque le bébé arrive à l'âge où il commence à explorer son corps.

Une mère a été tellement scandalisée par la détermination avec laquelle son bébé jouait avec son pénis et par les vigoureuses manipulations auxquelles il se livrait qu'elle m'a téléphoné à minuit pour me demander s'il ne risquait pas de se faire mal ou de « se l'arracher ». J'ai pu lui assurer que tous les petits garçons du monde avaient tiré sur leur pénis et tripoté leurs testicules, mais qu'aucun n'était jamais parvenu à se mutiler de la sorte. C'est une exploration normale et importante, à n'importe quel âge. Les petites filles mettent leurs doigts dans leur vagin et trouvent cela tout aussi agréable. Réagir de façon exagérée, en interdisant ce geste à l'enfant, serait une lourde erreur et ne servirait qu'à renforcer le côté excitant de ces explorations. Sous l'influence de leurs propres inhibitions, les adultes ont tendance à vouloir faire croire aux enfants que c'est « mal ».

A la suite de cet épisode, Daniel a un vilain bouton au bout du pénis, et il pleure à chaque fois qu'il fait pipi. Mme Kay associe ce bobo aux petits jeux investigateurs.

Elle a tort. Ces boutons rougeâtres à l'extrémité du pénis sont dus à l'irritation que provoquent les couches mouillées et peuvent être le seul symptôme apparent d'une plaque d'eczéma. Il faut donc les traiter comme tels et ce vigoureusement. L'ulcération peut en effet gagner l'urètre et y laisser une cicatrice, après la guérison, si on permet au bobo de s'installer pendant plusieurs semaines. Cette cicatrice risque de rétrécir l'ouverture de l'urètre, et le petit garçon aura ensuite plus de difficultés à uriner. Cela peut créer des complications futures au niveau du conduit génito-urinaire, et la mère doit tout faire pour éviter cette cicatrisation. Voici certaines méthodes qui aideront à y parvenir : changer très souvent les couches (y compris un change au milieu de la nuit), pas de culotte en caoutchouc, ni de détergents pour laver les couches, utiliser une poudre (la maïzena, par exemple) pour absorber l'ammoniaque et un produit de rinçage antiammoniacal pour les couches, exposer le pénis à l'air et au soleil, appliquer fréquemment à l'extrémité une crème protectrice (la vaseline, par exemple). Ces remèdes devraient permettre à toute la zone de s'assainir avant d'être à nouveau brûlée par l'urine. Si l'ulcération persiste, cela vaut la peine de consulter le médecin.

Au cours d'un autre épisode, Daniel échappe de peu à une tragédie. Confortablement installé dans sa chaise haute, devant la table de cuisine, il se penche brusquement en avant pour empoigner la tasse de sa mère qu'elle vient de remplir de café bouillant. Il s'en renverse plein les vêtements et hurle. Mme Kay a la présence d'esprit de le sortir aussitôt de ces vêtements brûlants.

Les habits retiennent en effet la chaleur et gardent le liquide en contact avec la peau, si bien qu'elle continue à agir. Pour une brûlure, le meilleur soin d'urgence est de rincer à l'eau froide le plus vite possible.

Mme Kay applique d'abord de l'eau froide, puis de la vaseline stérile sur la zone atteinte, qui est très rouge. Comme il s'agit d'une plaque relativement petite (sept centimètres et demi sur cinq), elle se contente de la graisser régulièrement et n'appelle pas le médecin. Cet accident l'incite, en tout cas, à faire l'inventaire de tous les autres pièges dans lesquels pourrait tomber Daniel. Elle éloigne sa chaise du cordon du grille-pain électrique; elle lui achète un harnais pour sa poussette et elle commence à passer la maison entière en revue, pour voir tout ce qui risque de constituer un danger.

Avec un enfant aussi actif et fouineur que Daniel, il n'est certainement pas trop tôt pour le faire. De toute façon, c'est le genre de bébé qui ira imaginer des bêtises auxquelles sa mère n'aura pas pensé, mais elle a tout intérêt à prendre d'ores et déjà un maximum de précautions. Lorsque le bébé atteint cet âge, il vaut mieux toujours avoir un flacon d'ipéca à portée de la main (c'est un émétique pour faire vomir le bébé s'il a avalé du poison, la dose est d'une cuillerée à soupe toutes les quinze minutes, trois fois, en administrant de l'eau très salée entre les cuillerées jusqu'à ce que l'on parvienne à provoquer les vomissements), ainsi qu'un livre sur les poisons qui indiquera la meilleure façon de faire face aux ingestions de substances toxiques. Si vous habitez une ville où il y a un centre antipoison, songez à en noter le numéro à côté de votre téléphone, en cas d'urgence. Sur le coup, en effet, le parent sera peut-être trop bouleversé pour parvenir à le trouver rapidement. Il n'est jamais trop tôt pour faire le point de toutes les substances dangereuses présentes dans votre maison qu'un bébé pourrait atteindre et avaler.

8

LE SIXIÈME MOIS

Louis, un bébé moyen

Louis a trouvé de nombreuses façons de se servir de son fauteuil. Il sait si bien s'asseoir à présent que son père a redressé le petit siège et qu'il y passe la majeure partie de sa matinée. Il s'amuse avec des jouets attachés au plateau. A mesure qu'il s'en lasse, il les jette par-dessus bord, puis lorsqu'ils ont disparu il appelle en pleurant sa mère ou Tom pour qu'ils les lui ramassent. C'est un jeu qu'il répète tous les jours, plusieurs fois, jusqu'à ce que sa mère comprenne qu'il la fait marcher et que Tom se désintéresse de lui. Ensuite, Louis se penche en avant, par-dessus le plateau, pour attraper ses pieds, puis sur les côtés pour explorer le sol tout autour de lui.

> Il faut penser à lester le siège, pour éviter les accidents. Un gros bébé peut fort bien le faire basculer rien qu'en se penchant.

Louis parvient aussi à faire avancer son siège en sautillant et à gagner ainsi une table toute proche. Il cherche à s'emparer de tout ce qu'il aperçoit dessus.

Il prend ses repas dans son siège, ce qui, à son âge, est excellent, car on peut poser sur le plateau la cuillère et la tasse avec lesquelles il joue, et sa mère peut s'installer à ses côtés pour le nourrir pendant qu'il s'active. Lorsqu'elle le met à table avec les aînés, il passe son temps à les regarder et à les distraire. Le fauteuil se transporte dans toute la maison, même dans la cuisine pour les repas. Plus d'une fois, M. Moore l'installe dans la salle de bain où il est plus facile de faire disparaître les traces nombreuses et largement disséminées que laissent à présent les repas de Louis.

C'est dans son petit siège que Louis apprend à se tenir debout avec très peu de soutien. Au début, il s'entraîne à se tenir sur ses jambes tendues, cramponné au plateau. Puis, à mesure qu'il devient plus sûr de lui, il lâche partiellement prise et ne s'y appuie plus que d'une seule main. Solidement campé à l'intérieur, il gesticule de l'autre main, comme un orateur, en baragouinant des onomatopées.

Cependant, dès qu'on le met debout à l'extérieur du siège, il cherche des yeux son soutien habituel d'un air inquiet, et se laisse tomber sur le derrière.

Le matin, Mme Moore varie les activités de son bébé en le mettant par terre ou dans son parc. Malheureusement, dès qu'elle les laisse seuls ensemble, Tom constitue toujours une menace pour son petit frère. Dans le parc, Louis est relativement à l'abri, mais il faut compter avec les objets jetés en l'air, et avec le fait qu'il prend parfois fantaisie à Tom d'aller le rejoindre. Louis est plus en sécurité et s'amuse davantage si sa mère le dépose au milieu du parc dans son siège. Cela lui laisse le temps d'arriver, dès qu'elle entend Tom grimper dans le parc.

Après s'être entraîné avec sa mère et son père, Louis parvient à rassembler suffisamment de courage pour se tenir debout tout seul, presque sans soutien de leur part. Ce faisant, il pousse un gloussement d'aise qui se transforme en cri de triomphe. Lorsqu'il pleure, il suffit de le mettre debout, et il en est si enchanté que ses larmes se tarissent d'elles-mêmes.

Cela montre bien que la station debout revêt pour l'enfant une grande importance. Comment se fait-il qu'il éprouve si tôt ce sentiment ? Le bébé y attache-t-il tant de valeur parce qu'il veut imiter son entourage ou bien s'agit-il d'un besoin inné d'être debout ? S'il manifeste dès ses premiers mois autant de hâte de se tenir à la verticale, il doit exister une aspiration innée que satisfait cette posture.

L'après-midi, si la famille Moore reste à la maison, Louis passe la majeure partie de son temps par terre avec Tom et Martha. Cette dernière constitue une protection supplémentaire pour le bébé contre la brusquerie de leur frère, car elle sait fort bien défendre Louis et détourner l'attention de Tom. Les deux aînés jouent avec le petit comme avec une poupée de chiffon et le traînent bruyamment à travers toute la maison. Martha parvient à le porter sur sa hanche, car il est maintenant tout à fait capable de l'aider en se tenant bien droit. Mme Moore estime, à juste titre, que ces parties de jeu avec ses aînés – avec tout ce qu'elles apportent non seulement à Louis, mais à Martha et à Tom, dans le domaine des rapports fraternels – valent amplement le léger risque de voir le bébé se faire mal. Martha est assez grande pour savoir ce qui pourrait le blesser, et elle a appris à le manipuler adroitement et avec beaucoup de soin. Louis adore ça et il peut s'amuser avec elle pendant au moins deux heures de suite. La petite fille joue souvent à la « maman », enrôlant, bon gré, mal gré, les services de Tom pour le « papa », Louis étant bien sûr le bébé. Martha et Tom le mettent debout, le couchent, le nourrissent, lui changent ses couches, comme s'il était une véritable poupée. Lorsqu'il coopère en se levant ou en s'asseyant aux moments voulus, ou bien en gloussant de plaisir, ils le récompensent par leurs encouragements. De temps en temps, bien sûr, il arrive qu'ils renversent Louis de sa chaise, ou qu'ils le fassent tomber sur la tête, mais ce sont des accidents assez rares, largement compensés par l'entente qui s'établit entre les trois enfants.

Louis apprend ainsi, évidemment, beaucoup plus de choses qu'on ne saurait le dire. Il a d'innombrables occasions d'observer, d'imiter et de voir ses efforts constamment encouragés et renforcés.

Tom a découvert un nouveau moyen de faire enrager sa mère. Au lieu de s'ingénier à l'asticoter, elle, durant les repas du bébé, Tom cherche à présent à distraire Louis. Lorsque Mme Moore essaie de nourrir Louis ou de lui donner son biberon, Tom prend un malin plaisir à bondir, à passer en courant devant son frère pour lui faire tourner la tête ou à lui voler les ustensiles avec lesquels ils s'amuse pendant que leur mère lui donne à manger. Tom sait combien il est facile de distraire le bébé à l'heure des repas et aussi combien sa mère est ulcérée de le voir se servir ainsi de Louis pour la narguer.

Habiller Louis tient maintenant davantage de la lutte que d'autre chose. Mme Moore s'efforce toujours de l'intéresser aux jouets qu'elle lui tend, les uns après les autres. Cela marche pendant quelques instants, mais Louis est trop passionné par tout ce qui l'entoure. Lorsqu'on le maintient allongé pour le changer, il s'ennuie. Il se tord et se tourne dans tous les sens. Il adore faire le pont et regarder derrière lui, la tête en bas. D'ailleurs, un des plus sûrs moyens de l'intéresser est de poser à l'envers, à l'extrémité de la table à langer, des images qu'il regarde pendant qu'on le change.

Cette brusque passion pour les choses à l'envers persiste encore lorsque le bébé apprend à marcher et s'amuse à regarder derrière lui, entre ses jambes. Cela lui rappelle évidemment la façon dont il contemple les choses qui se trouvent derrière lui lorsqu'il est couché. C'est aussi un moyen de changer tout seul son univers visuel, cela devient alors une manière de tester ses limites et de les explorer.

Au moment du changement de couches, la meilleure source de distraction, ce sont les deux aînés. Ils l'occupent en faisant les singes, pendant que leur mère le change, ce qu'elle parvient alors à faire deux fois plus vite.

Par terre ou dans son lit, il est constamment en activité. Il est à présent capable d'avancer ou de reculer. Cependant, même lorsqu'il voudrait bien avancer en direction d'un jouet placé devant lui, il n'est jamais tout à fait sûr de la direction dans laquelle il va partir. Il recule plus souvent qu'il n'avance, et il lui faudra assez longtemps pour apprendre à se propulser vers l'avant sans faire autant de mouvements vers l'arrière. Lorsqu'il guigne un joujou, il se démène pendant de longues périodes pour parvenir jusqu'à lui, en grognant et en se poussant comme un perdu. Parfois, il atterrit sur l'objet convoité qui se trouve alors bien caché sous son ventre. Il regarde autour de lui, mystifié, ce qu'il convoitait a disparu.

Il sait rouler sur lui-même plusieurs fois de suite. Il peut d'ailleurs traverser ainsi une pièce entière, mais comme il lui arrive souvent de se coincer sous un meuble en cours de route, il faut être constamment sur le qui-vive pour aller l'en extraire. C'est en roulant ainsi sur lui-même qu'il s'aperçoit qu'il est parfois tout près de se retrouver en position assise, s'il se plie en même temps qu'il roule. Bien qu'il n'essaie pas encore de s'asseoir tout seul, il répète ce mouvement d'innombrables fois.

Longtemps avant d'accomplir un acte complet, le bébé s'exerce à effectuer et à perfectionner chacune de ses composantes, comme s'il cherchait à assembler les morceaux d'un puzzle, qu'il réunira en un seul acte parfaitement conçu le moment venu.

Tandis qu'il se concentre ainsi sur des tâches motrices, ses vocalises se font plus rares. Il passe le plus clair de son temps à grogner ou à pleurnicher parce qu'il s'est fourré dans de mauvais draps. Il semble, cependant, avoir associé certains mots à leur signification. Lorsqu'il dit « papa » à présent, il sait que son père va réagir. S'il est en mauvaise posture, il geint « mamamama », rattachant toute une suite de voyelles au moyen d'un « m » particulièrement plaintif. Sa mère répond consciencieusement, ce qui déclenche le processus qui lui permet de l'associer au mot « mama ».

Il ne faut pas s'étonner si ces noms ont pris le sens que nous leur donnons. « Papa » est l'un des premiers mots que prononcent la plupart des enfants. Il devient rapidement associé aux activités ludiques et à un apprentissage agréable. « Mama », en revanche, commence par être d'abord une plainte. Etant donné que c'est presque toujours la mère qui soulage le bébé, il est facile de comprendre comment le nom lui est resté.

Louis apprend vite à appeler sa mère depuis une autre pièce. Elle se précipite vers lui, s'attendant à le trouver en difficulté, au lieu de quoi elle l'aperçoit allongé sur le dos, tout content de constater qu'elle répond comme prévu à son appel.

Louis est un petit malin pour avoir déjà appris à associer l'acte à son résultat. On voit en outre apparaître les germes d'un sens de l'humour. Heureusement que les mamans en ont aussi.

Chez Laura, on ne voit guère de traces du développement moteur que connaît Louis. Quand on la prend dans les bras, elle est toujours aussi molle. Tant qu'elle n'est pas serrée contre ses parents, elle n'a pratiquement aucun tonus musculaire. Elle se pelotonne chaleureusement contre son père ou sa mère, comme si elle ne désirait rien d'autre au monde. Si on l'assoit, elle se laisse pendre vers l'avant jusqu'à ce que son menton touche le sol. Elle ne semble faire pratiquement aucun effort pour se tenir droite. Ses jambes, tendues devant elle, se raidissent, mais elle n'essaie absolument pas de s'en servir pour former la base triangulaire qui lui permettrait de garder l'équilibre en position assise. Lorsqu'on la tient sous les bras, elle se laisse aller de tout son poids contre les mains qui la tiennent.

Il ne s'agit pas ici d'un manque de pratique, mais d'une résistance délibérée. Certains bébés, comme Laura, refusent de se laisser pousser à l'activité, et pour eux être mis en position assise équivaut justement à cela. Ils accompliront tous ces gestes quand ils seront prêts à les faire, et pas avant. Cette détermination obstinée est indéniablement une espèce de force.

Lorsque son père essaie de la mettre debout, Laura se laisse aller entre ses mains. Elle refuse de tendre ses muscles, si bien que ses jambes et son tronc restent complètement flasques. Si son père la tient par les épaules, elle plie les jambes au niveau des hanches et les tend droit devant elle. Cet effort exige au moins autant d'énergie que celui fourni pour se tenir debout, mais c'est un effort négatif, caractéristique de la petite fille. Même bien calée dans son fauteuil, elle s'arrange pour peser d'un côté ou de l'autre.

Cependant, lorsqu'elle est intéressée par un nouveau jouet ou par sa tasse, elle sait fort bien s'asseoir parfaitement droite pour jouer avec lui. Elle est capable de manipuler un objet pendant des heures, le tournant et le retournant dans tous les sens, coincé entre son pouce et ses autres doigts. Elle prend deux cubes semblables, un dans chaque main, les compare, les tient l'un à côté de l'autre, comme si cela l'aidait à voir leur similitude, puis elle les change de main; on dirait qu'elle tient à s'assurer que cet acte tout simple ne va pas changer les cubes.

> Ce genre de comparaison est déjà fort complexe pour cet âge, et c'est peut-être une nouvelle preuve de cette faculté qu'a Laura de distinguer non seulement les différences, mais les ressemblances. Les manœuvres compliquées que nécessite le passage d'un côté du corps à l'autre indique que le bébé commence à se rendre compte que les deux côtés, eux aussi, sont différents.

Assise dans sa chaise, elle joue avec un biscuit de dentition que sa mère lui donne entre les repas. Elle le regarde et le tripote. Finalement, après avoir retardé le plaisir pendant plusieurs minutes, pour mieux le savourer d'avance, elle porte le biscuit à sa bouche. Puis elle le lèche sur toute sa surface, avant de commencer à le mâchonner. Lorsqu'elle a fini, elle se suce délicatement les doigts.

L'un de ses jouets favoris est une simple feuille de papier. Elle la lève pour l'avoir devant elle, la contemple, la fait tourner sur elle-même en la tenant par les coins, l'agite pour faire du bruit, la roule en boule et se met finalement à la mâcher. Elle confectionne ainsi de délicieuses boulettes, toutes détrempées, qu'elle avale. Il lui arrive parfois de s'étouffer, et sa mère est obligée d'aller les récupérer au fond de sa gorge.

Il y a deux façons d'extraire un objet coincé dans le gosier d'un enfant. On peut soit lui taper dans le dos en le tenant la tête en bas, soit introduire les doigts pour aller le chercher là où il est. Evidemment, en procédant de cette dernière façon, on risque aussi de l'enfoncer plus loin, mais en désespoir de cause, il faut tout tenter.

On peut, en dernier ressort, essayer la manœuvre de Heimlich. Pour ce faire, il faut placer le corps du bébé parallèle au sien, la face tournée vers l'extérieur. On exerce alors une brusque pression à la base de la cage thoracique, afin d'obtenir dans les poumons une pression correspondante qui devrait déloger le corps étranger par la force de son souffle. Précisons qu'un coup trop violent risque de blesser le bébé.

Le papier n'est pas, de toute façon, un aliment très recommandé. Le papier journal en grande quantité est certainement à déconseiller; quant aux petits morceaux de papier, ils peuvent être aspirés dans la trachée-artère. Lorsque le bébé est allongé sur le dos, il ne faut surtout rien lui donner dont il puisse arracher des morceaux. Ce n'est que lorsqu'il est assis que l'on peut lui donner un biscuit de dentition, ou autre, dont chaque bouchée fondra très vite, et ce uniquement en présence d'un adulte prêt à le secourir en cas de besoin.

Maintenant, Laura adore la musique. Une fois qu'elle a appris à produire elle-même différents sons, son goût pour cette activité semble s'accroître. Assise dans son fauteuil, elle se balance et sautille en mesure, tout en écoutant la radio. Tandis qu'elle oscille ainsi, il lui arrive de fredonner. Ses mouvements sont bien scandés, même si le rythme n'est pas toujours exactement celui de la musique qu'elle entend. Lorsque sa mère ferme la radio ou met le son trop fort, elle pleurniche pour faire savoir qu'elle n'est pas d'accord. Elle paraît associer la musique et le fait que sa mère aille dans un coin de la pièce bien défini pour ouvrir la radio ou changer de poste. Elle associe également le bruit à l'endroit d'où il provient. Un jour, elle entend un bébé pleurer à la radio. Aussitôt, à la grande surprise de sa mère, son visage se crispe et elle se met à pleurer à son tour. Mme King a déjà été témoin du même phénomène chez une de ses amies. Laura est très sensible à l'humeur des autres bébés et avait d'ailleurs imité les rires de l'autre enfant avant d'imiter ses pleurs.

> Certains jours, dans mon cabinet, un bébé commencera à pleurer par sympathie pour un autre bébé qui pleure, et le désespoir se répandra aussitôt comme une traînée de poudre autour de la pièce.

Laura peut désormais s'exprimer de toutes sortes de façons. Elle se sert de sa voix pour marquer son plaisir, vocalisant comme un vrai petit oiseau. Lorsqu'elle est mécontente, elle grogne entre ses dents et rabroue sa mère par de longues phrases inintelligibles si cette dernière n'arrive pas quand elle l'appelle. Lorsque son père rentre le soir, elle le poursuit de ses « ah-ah-ah-ah-ah » dont le volume et l'insistance vont s'amplifiant jusqu'à ce qu'il vienne la retrouver.

Ils font d'interminables parties de « coucou, me voilà ! » tous les deux. M. King se cache le visage dans ses mains, puis il les retire brusquement, ce qui fait pousser des cris de joie à sa fille. Lorsqu'il garde le visage trop longtemps caché, c'est elle qui se penche pour lui enlever les mains. S'il se découvre la figure vraiment trop brusquement, elle sursaute, comme si elle était totalement absorbée par le jeu. Au bout de plusieurs parties, elle est surexcitée ; elle pousse des cris stridents, hurle de rire et saute comme une puce dans son fauteuil. C'est l'un des premiers domaines où Laura réagit en s'activant.

Couchée sur le ventre, elle tape sur le sol avec les

bras, mais elle ne fait aucun effort pour bouger. Mme King la compare aux autres bébés de son âge et la trouve toujours en retard. Laura n'est certainement pas intéressée par le genre d'activité qui absorbe déjà Louis et Daniel.

C'est le plus souvent à l'aube du développement moteur que l'on mesure les progrès accomplis par l'enfant, ce qui fait qu'un bébé comme Laura peut paraître en retard, alors qu'en réalité elle est déjà occupée à perfectionner des tâches beaucoup plus complexes.

Mme King impute cette paresse au poids de sa fille. A six mois, elle pèse presque dix kilos. C'est un gros poupon.

Il est certain que dans le domaine moteur, les gros bébés ont plus de difficultés que les autres. Leur poids peut en effet les immobiliser, et ils cessent alors d'utiliser leur musculature, ce qui a pour résultat d'augmenter la couche de graisse. A mesure qu'ils sont frustrés par leur incapacité de bouger, ils mangent pour compenser ou bien on les fait manger davantage pour les empêcher de pleurer : dans notre pays, beaucoup de mères utilisent sciemment les biscuits de dentition ou les petits gâteaux pour supprimer les protestations de leurs enfants.

Ce n'est pas le cas de Laura, mais peut-être sa mère la nourrit-elle trop parce qu'elle est elle-même malheureuse de ne pas parvenir à la stimuler de façon qu'elle fasse « autant de progrès que les autres ». Dès que Laura commencera à s'activer davantage, sa graisse sera brûlée ou incorporée à des tissus plus fermes.

Lorsqu'elle emmène Laura en promenade dans le landau, Mme King aime bien lui mettre de jolis vêtements. Elle lui achète des chaussures coûteuses, car elle estime qu'elles sont importantes pour bien lui soutenir les pieds « au cas où elle aurait envie de se mettre debout ou de marcher ».

Voilà un navrant exemple de la façon dont une mère peut se tourmenter au sujet du développement moteur de son enfant. Il est bien sûr beaucoup trop tôt pour acheter des chaussures coûteuses. A cet âge, celles-ci servent tout au plus à couvrir les pieds du bébé, et des articles bon marché le font tout aussi bien.

Mme King semble vouloir prouver que Laura a besoin de chaussures et qu'elle-même est prête à lui acheter tout ce dont elle a besoin. Inconsciemment, elle nie bien sûr tout cela et redoute que Laura ne s'en serve jamais pour marcher. Elle en veut à sa fille de ce manque d'intérêt pour l'activité motrice. Les chaussures deviennent le symbole de son inquiétude.

Sur le plan alimentaire, Laura est une enfant difficile. Sa mère continue à l'allaiter, bien qu'elle ait déjà été mordue à plusieurs reprises. Elle essaie vraiment d'être une bonne mère pour sa fille. Trop bonne peut-être.

Il n'y a aucune raison pour qu'une mère accepte de se laisser mordre. Pour le bébé la morsure fait partie de son exploration du monde et de son apprentissage de la vie, mais enfin personne n'aime être mordu à un endroit aussi sensible, et il ne faut pas le tolérer. Dans les sociétés primitives, où la mère doit allaiter le plus longtemps possible, les mamans réagissent en ôtant leur sein au bébé, ou bien elles le réprimandent et lui mordent le doigt pour montrer que ça fait mal, ou encore elles lui font comprendre d'une façon quelconque que les morsures sont inacceptables. Dans notre société, une mère n'a aucune raison de consentir à ce genre d'exploration, si ce n'est que nous avons « peur » de nos bébés. Nous avons l'impression que nous devons renforcer toutes leurs réactions, au lieu de nous intéresser aux nôtres. Pourtant, n'ont-ils pas plutôt besoin d'une réaction sincère, pour les aider à appréhender la réalité. Une mère qui accepte ces morsures éprouve probablement des sentiments ambivalents envers son enfant.

Laura sait exactement ce qu'elle aime et n'aime pas sur le plan alimentaire. Elle refuse les épinards. Elle adore tous les fruits et les bonbons. Elle n'aime pas la gelée, mais elle a un faible pour la crème renversée. Elle n'accepte toujours pas les petits pots à la viande et préfère qu'on mélange sa viande avec un autre aliment.

Certains enfants préfèrent les petits pots de viande et légumes mélangés, mais je les déconseille pour plusieurs raisons : ils ne comportent que peu de viande, or c'est elle qui contient le fer et les protéines qui deviennent de plus en plus importants à mesure que l'enfant grandit; le mélange comporte plusieurs aliments, lesquels sont tous des sources potentielles d'allergie; de ce fait, si une allergie se déclenche chez l'enfant, il sera bien difficile d'isoler l'aliment responsable; enfin, ces mélanges contiennent une forte proportion de céréales peu coûteuses et moins nourrissantes que la viande et les légumes qu'elles remplacent; les parents sont donc financièrement lésés.

Daniel l'actif

Lorsque Daniel s'aperçoit qu'il parvient à se soulever du sol, il s'entraîne pendant des heures à faire de véritables « tractions ». Il reste posé en équilibre au bout de ses bras et jambes tendus, comme une espèce de grosse sauterelle. Les premières semaines, il demeure sur place, vacillant dangereusement sur ses quatre membres peu stables. Puis il constate que s'il bouge un membre de deux ou trois centimètres, le tronc suit. Avec mille précautions, il se hasarde à avancer une jambe. Cependant, lorsqu'il veut pousser le geste un peu plus loin, il perd l'équilibre et roule sur le côté, furieux. Mais il sait désormais maîtriser sa frustration et, à l'encontre de Louis, il se remet sur le ventre et se soulève à nouveau. Après quelques essais également infructueux, il se rend compte qu'il faut avancer d'abord une jambe, puis un bras, ce qui permet de garder un meilleur équilibre. A mesure qu'il s'exerce d'innombrables fois à coordonner les mouvements du bras et de la jambe qui se trouvent du même côté du corps, il constate qu'il faut faire suivre ceux qui sont de l'autre côté. Avant de faire cette découverte, cependant, Daniel se retrouve plus d'une fois le nez dans la poussière.

Ce qu'il y a de stupéfiant, c'est qu'une démarche intellectuelle aussi compliquée puisse prendre racine en si peu de temps. Etant donné la persévérance avec laquelle le bébé recommence ses tentatives, il ne faut pas s'étonner s'il tombe par hasard sur la bonne formule, mais ce qu'il y a de merveilleux, c'est qu'il comprenne tout de suite que c'est elle qui marche et pas les autres. Sa capacité d'emmagasiner ce savoir pour s'en resservir est un autre aspect intéressant. Je suis sûr qu'il existe des relations innées entre les actes moteurs dont le bébé sent instinctivement qu'ils sont « corrects », qu'il les fasse par hasard ou en s'entraînant. Lorsqu'ils sont maîtrisés, l'enfant doit recevoir un signal gratifiant. Cela l'aide à isoler cette partie de son expérience, et il lui donne priorité pour la nouvelle tentative.

Les séances d'entraînement durent parfois une heure entière. Lorsque Mme Kay tente de les interrompre, Daniel lui laisse clairement voir qu'il est résolu à poursuivre. Il pleurniche et proteste jusqu'à ce que sa mère le remette à plat ventre sur le sol, où il pourra continuer ses exercices.

Une forte orientation dans une direction donnée est un avantage important pour l'enfant qui apprend. D'ailleurs cette détermination et ce refus de se laisser distraire sont aussi des avantages pour l'athlète qui s'entraîne. Cela dit, aucun adulte ne saurait rivaliser, sur le plan de l'énergie, avec l'incroyable stock où puise un bébé pour passer, comme le fait Daniel, plusieurs heures à s'exercer. Il paraît que Jim Thorpe, célèbre athlète américain, s'était engagé à reproduire chacun des gestes que faisait un bébé dans une de ses journées débordantes d'activité. Thorpe dut abandonner, épuisé, au bout de quatre heures. Le bébé, lui, avait tenu huit heures ou plus.

Daniel parvient à ramper, en poussant avec les pieds, pendant qu'il se guide à l'aide de ses bras tendus.

Il ne faut pas confondre ramper (exercice au cours duquel le ventre du bébé touche terre) et marcher à quatre pattes.

Comme Louis, Daniel a d'abord appris à reculer; on dirait une curieuse espèce de crustacé, lorsqu'il disparaît à reculons sous une table. Il commence, cependant, à saisir le concept d'échapper à un poursuivant et il s'aperçoit vite que, pour prendre la fuite, il avancera plus fort et plus vite vers l'avant que vers l'arrière.

Toutefois, pour évaluer les mérites relatifs de la marche avant et de la marche arrière, le bébé doit se fonder sur autre chose. Il doit être plus satisfaisant pour notre système inhérent des valeurs d'aller en avant. Il est certain que pour le jeu de poursuite que vient de découvrir Daniel, il est plus efficace de tourner le dos au poursuivant et de filer le plus vite possible. Lorsqu'on peut voir l'« ennemi » – surtout s'il s'agit d'un de ses parents –, on a tendance à renoncer plus facilement. A cet âge, un enfant mettra plus de puissance à pousser sur ses jambes qu'à les tirer en reculant. Les bras serviront plus efficacement à guider et à tirer – le bébé s'en apercevra tout seul très tôt –, et plutôt contre le cours des choses, puisque la nature le fait d'abord reculer. Voici un nouvel exemple de la façon dont Daniel est capable de comparer, d'évaluer et de choisir.

Le jeu qu'il préfère à tous pourrait s'intituler « Attrape-moi si tu peux ». A chaque fois qu'il voit un de ses parents se diriger vers lui, il pousse des gla-pissements de joie, fait usage des quatre membres et commence à s'enfuir en rampant le plus vite qu'il peut. Il ne se lasse pas de cette distraction. Si le pour-suivant l'attrape dès le début pour aller le faire man-ger ou le changer, il est fou de rage. En revanche, si on le laisse échapper ne fût-ce que deux ou trois fois, il se résigne beaucoup plus aisément à en passer par la volonté de ses parents.

Sur la table à langer, c'est une vraie toupie. Cela fait déjà longtemps que Mme Kay a pris le parti de l'attacher systématiquement. Elle l'a vu trop de fois manquer passer par-dessus bord. Avec Mark, déjà, elle avait appris à ne jamais se détourner sans mainte-nir fermement le bébé d'une main. Seulement Daniel, lui, est capable de lui glisser entre les doigts comme une anguille. Elle préfère donc l'immobiliser en le sanglant à plat ventre sur la table; même dans cette position, il parvient à agiter son petit derrière à un rythme tellement endiablé qu'elle a l'impression de mettre des couches à une véritable tornade. A pré-sent, si elle est obligée de le laisser seul, le sol est un endroit beaucoup plus sûr que le lit ou la table.

Daniel sait désormais très bien rester assis pendant une bonne demi-heure. Il a le dos parfaitement droit et les mains libres. Il a appris à s'asseoir tout seul, en ramenant ses jambes sous lui pendant qu'il rampe.

Dans cette position, il se sent libre d'observer le monde.

Au début, lorsqu'il commence à s'asseoir, le bébé se sert de ses mains et de ses bras pour s'équilibrer. Même lorsqu'il a appris à se tenir assis, l'observateur averti peut deviner depuis combien de temps il sait le faire, rien qu'en regardant ses mains. Lorsqu'il ne les tient plus toutes prêtes pour se rattraper, mais s'en sert pour manipuler des objets, c'est qu'il est bien sûr de son équilibre.

Cela fait un mois qu'il est capable de tenir sa tasse et de s'en servir lorsqu'il se trouve dans sa chaise haute. A présent, il n'a même plus besoin du support de ce meuble. Il peut rester assis par terre, au milieu de la pièce, prendre sa tasse d'une main, y mettre l'autre main et la porter à sa bouche.

C'est un assemblage assez impressionnant de talents divers : s'asseoir, tenir en équilibre, manier adroitement un objet d'une seule main, puis des deux à la fois, et pour finir imiter un acte assez complexe, comme celui qui consiste à porter la tasse à sa bouche.

Sur les épaules de son père, Daniel se tient parfaitement en équilibre, arborant un sourire comblé, tandis que M. Kay le fait sautiller. Pour garder cet équilibre, il a appris à se cramponner aux cheveux de sa « monture ». Il est si solidement installé qu'il n'y a pratiquement plus besoin de lui tenir les jambes. Il s'amuse à sautiller sur place, comme il le fait dans son fauteuil. C'est un autre de ses jeux préférés.

A cet âge, les bébés ne souffrent pas encore de vertige, et le maintien de l'équilibre fait partie de l'apprentissage global de l'équilibre, qu'ils font aussi par terre. La chevelure du père est en tout cas un merveilleux « guidon », facile à attraper.

Daniel adore qu'on le mette debout. Comme pour Louis, c'est un excellent moyen de le consoler lorsqu'il pleure. Il ne se contente plus, cependant, de rester sur place. Il pousse des « hou-hou-hou » rauques et véhéments, jusqu'à ce que le parent qui le soutient l'aide à se déplacer en le tenant par les mains. Il avance alors ses petites jambes bien raides l'une après l'autre, comme s'il marchait au pas de l'oie. Son corps devient rigide, tandis que son énergie tout entière se concentre sur cette nouvelle activité. Le visage crispé par la concentration, il se promène cramponné aux mains de son père ou de sa mère. Il peut continuer aussi longtemps qu'ils seront disposés à le soutenir. En fait, si le parent se fatigue de cette distraction, Daniel n'abandonne qu'à contrecœur. Il a du reste beaucoup de mal à interrompre ses activités quelles qu'elles soient, mais surtout évidemment lorsqu'elles concernent l'apprentissage d'un nouvel exercice qui le passionne.

Les repas se passent un peu mieux à présent. Daniel préfère toujours tenir et manier lui-même son biberon, mais il s'est résigné à ce que quelqu'un le tienne dans ses bras, pendant qu'il boit. Il semble même le désirer. Plusieurs fois, lorsque Mme Kay est obligée de le poser pour s'occuper de Mark, elle constate qu'il tient son biberon bien haut, à deux mains, mais qu'il s'arrête de boire pour attendre son retour. Dès qu'elle le reprend, il recommence à téter, en lui souriant du regard. Il sait enfin goûter la délicieuse intimité de la situation.

Mme Kay s'est demandé s'il n'était pas temps d'arrêter les biberons, mais en remarquant la réaction dont nous venons de parler, elle se dit que son bébé n'est pas encore tout à fait prêt à franchir ce pas important.

Je suis bien de son avis. Certes un bébé aussi précoce que Daniel parviendrait probablement à boire son lait dans une tasse, et il pourrait même préférer cette méthode, à certains stades de son développement, mais il a besoin de moyens de régresser vers un état infantile, plus calme, qu'il saura découvrir tout seul. Il vaut sans doute mieux freiner un enfant de ce type plutôt que de le suivre à son allure casse-cou.

Il a appris à faire tomber sa cuillère et sa tasse par-dessus bord, lorsque sa mère le fait manger. Il les lâche et se penche pour les regarder, évitant ainsi l'autre cuillère que lui tend Mme Kay. Si celle-ci les ramasse, elle constate que ce petit jeu peut se répéter des dizaines de fois.

Daniel commence à s'intéresser davantage aux biscuits de dentition, et sa mère remarque qu'il ramasse souvent des petites parcelles de nourriture tombées sur le plateau de sa chaise. Il les contemple, y porte la main, la referme tout entière dessus, lève cette main pleine jusqu'à son visage et tente de se fourrer les petits morceaux dans la bouche, en écrasant sa petite patte contre sa figure. Mme Kay s'aperçoit qu'il est commode de lui donner quelques petits morceaux de pain ou de banane qu'il peut manipuler de son côté, pendant qu'elle le nourrit à la cuillère. Il est tellement intéressé par ses propres manœuvres qu'il se laisse alors nourrir sans difficulté.

Grâce à ce nouvel intérêt pour ses mains, Daniel va apprendre à contrôler les muscles plus petits de son corps. Chez lui, cet apprentissage ne viendra qu'*après* la maîtrise des grands mouvements. (Il est donc à l'opposé de Laura chez qui les petits mouvements sont venus en premier.) Déjà, cependant, son intérêt pour ces nouvelles expériences suffit à le distraire de la résistance qu'il oppose d'ordinaire à sa mère lorsqu'elle veut le nourrir. Daniel adore faire le pitre avec son frère. Assis tous les deux par terre, ou de chaque côté de la table de la cuisine, ils se font des grimaces. Chacun se tord de rire lorsqu'il en fait une. Daniel essaie d'abord son propre répertoire, puis il semble vouloir imiter ce qu'il voit faire à son frère. Inévitablement le jeu dégénère, et les petits garçons commencent à cracher ce qu'ils ont dans la bouche et à faire des bulles. Mme Kay intervient avec lassitude, mais elle est néanmoins heureuse de voir ses fils jouer ensemble. L'intérêt que Daniel porte à Mark est bien moindre que celui de Louis envers ses frère et sœur.

La raison de cette différence réside peut-être dans leurs façons respectives d'apprendre. Chez Daniel, nous voyons un apprentissage davantage orienté vers l'autostimulation et l'épanouissement. Un enfant comme Louis, en revanche, apprend plutôt en observant, en assimilant, puis en imitant. Le résultat de sa méthode est un acte potentiellement plus riche, comportant plus de facettes, de couleurs et de choix. Celle de Daniel est linéaire, et le résultat final risque d'être un acte plus stéréotypé.

Jusqu'à maintenant, la mauvaise réaction de Daniel vis-à-vis de Mark n'a rien fait pour instaurer entre eux de bons rapports, comme ceux de Louis avec Tom et Martha.

Mme Kay songe à présent à reprendre son travail. Durant les cinq premiers mois, elle a senti que Daniel avait énormément besoin d'elle, mais maintenant, inconsciemment, elle commence à se sentir repoussée.

C'est un stade où bien des mères me disent éprouver ce sentiment. A mesure que les exigences du bébé diminuent et que son indépendance motrice prend son essor, les mères voient apparaître la fin de leur présence indispensable auprès de lui. Bien qu'en réalité cette fin soit encore assez éloignée, elles commencent déjà à se préparer à renoncer à cette délicieuse et gratifiante intimité.

Toute l'ancienne insatisfaction de Mme Kay concernant le rôle de « simple » mère de famille – passer des journées entières à ne communiquer qu'avec des petits enfants, accomplir des travaux ménagers que quelqu'un d'autre ferait tout aussi bien, ne pas se sentir aussi comblée par sa maternité que le sont, à les en croire, certaines de ses amies – recommence à lui trotter dans la tête.

Beaucoup de femmes ont, comme Mme Kay, trop d'intérêts autres que leur maternité pour que celle-ci puisse les satisfaire entièrement. La gratification qu'apportent l'action et les poursuites intellectuelles est liée à un plaisir plus immédiat que celui que procure le seul fait d'élever ses enfants. Même avec un enfant aussi passionnant que Daniel (qui risque, cependant, aux moments les plus pénibles de pousser sa mère à retourner le plus vite possible à ses autres intérêts), elles éprouvent le vieux besoin de sortir de chez elles, d'avoir une activité indépendante. Tout en se sentant vaguement coupables de ne pas pouvoir se contenter du rôle de femme au foyer, elles savent bien que la famille entière y gagnera, si elles respectent leur propre nécessité intérieure. Pour ma part, j'ai tendance à penser que le rôle le plus important pour une femme est celui de mère de famille, mais j'ai appris qu'il arrive un moment critique où la mère a besoin de prendre conscience de ses aspirations profondes et de s'y adapter. Sans compter que beaucoup de femmes qui travaillent le font parce qu'elles n'ont pas le choix. Il convient donc de savoir à quel âge le bébé peut se passer de sa mère sans en souffrir trop et aussi sans qu'elles-mêmes en souffrent trop. Et il convient ensuite de donner officiellement aux femmes la possibilité de se conformer à ces impératifs naturels. Pour le moment, en effet, les femmes qui ne reprennent pas leur travail dans les plus brefs délais sont pénalisées sur le marché du travail. En tant que pédiatre, mon rôle est actuellement de pousser la mère à trouver une personne valable pour la remplacer auprès de ses enfants, plutôt que de l'engager à rester chez elle. Elle remplira sans doute beaucoup mieux son rôle de mère si elle a les moyens de satisfaire ses besoins intellectuels, de façon à donner le meilleur d'elle-même à ses enfants en fin de journée. Lorsqu'elle trouve effectivement une personne susceptible de la remplacer en son absence, elle doit l'introduire auprès de ses enfants avant de reprendre le travail, pour leur permettre à tous de faire connaissance. Qu'il s'agisse d'une garde, d'une grand-mère, d'une nounou ou d'une gouvernante, chaleur, compréhension et compétence sont bien sûr des qualités primordiales, comme nous le verrons au chapitre suivant. Dans une certaine mesure, c'est cette possibilité de trouver pour ses enfants une personne qualifiée ou une crèche valable qui doit dicter à la mère sa décision de reprendre ou non le travail.

L'un des grands dangers de cette double vie, professionnelle et familiale, c'est que la mère elle-même risque de se sentir un peu coupable. Lorsque mon attitude critique, en tant que pédiatre, vient renforcer sa culpabilité inconsciente, elle est incapable de se tourner vers moi pour que je l'aide à s'adapter à son double rôle. Si elle continue néanmoins à me consulter, je pourrai parfois discerner certains pièges que lui tend ce sentiment de culpabilité vis-à-vis de ses enfants et lui venir en aide en les lui signalant.

J'aimerais, cependant, presser la mère qui est sur le point de prendre sa décision de bien considérer l'équilibre indispensable qu'elle doit absolument trouver entre la satisfaction de ses propres besoins et la dépendance encore très réelle du bébé vis-à-vis d'une personnalité maternelle sur laquelle il doit pouvoir toujours compter. Pendant qu'il est encore occupé à démêler ses propres réactions envers le monde extérieur, il est important pour le bébé d'avoir des relations durables avec les mêmes personnes. A mesure qu'il grandit et devient plus indépendant, il sera certainement plus apte à faire face à de multiples ensembles de signaux en provenance de son entourage. Se faire remplacer par une seule personne douée de vertus maternelles est pour la mère qui travaille au-dehors une excellente solution. Le plus difficile, évidemment, c'est de trouver une telle personne et de la garder. L'idéal serait que le père parvienne à se libérer suffisamment pour partager les responsabilités avec sa femme. Sinon, la mère pourrait s'entendre avec une autre jeune maman, et les deux femmes prendraient chacune son tour de garde.

Pour une mère qui travaille à plein temps, la meilleure solution est probablement une bonne crèche. A mesure que nous abandonnons nos préventions contre ce genre d'établissement, nous facilitons l'amélioration de leur niveau. Il me semble, toutefois, que certains critères fondamentaux doivent être imposés :

— Il est essentiel que le rapport d'une grande personne (la même si possible) pour trois bébés (quatre au maximum) soit respecté. La personne en question doit être chaleureuse, maternelle et avoir appris à comprendre et à apprécier le processus du développement chez les tout-petits. Elle doit savoir accepter les fortes différences individuelles. D'après nos recherches, il est possible de reconnaître les meilleures crèches en observant le personnel; il doit être capable de se montrer sensible au besoin de cycles individuels de jeu, de sommeil, de tétée chez chaque bébé. S'il parvient à les respecter, on peut gager que le personnel fera passer à chaque enfant une excellente journée. Les occasions de jouer, d'apprendre et de communiquer avec un adulte sont une partie si capitale de la journée d'un petit enfant qu'en choisissant une crèche les parents doivent absolument songer à évaluer la qualité des occasions offertes.

— Il est tout aussi important que les parents aient le sentiment d'être inclus dans les progrès de leur bébé. Beaucoup de puériculteurs et puéricultrices travaillant dans les crèches semblent incapables de reconnaître qu'ils jouent un rôle primordial dans le domaine de l'unité familiale. Beaucoup de parents souffrent tant d'être obligés de partager leur enfant que cela peut les inciter à se retirer carrément de la course, sous prétexte de « laisser à la puéricultrice, plus compétente, le soin de s'occuper du bébé ». Or, cette réaction est souvent renforcée par le sentiment de rivalité que manifestent les employés des crèches. L'éloignement qui en résulte entre parents et enfant est une conséquence aussi déplorable qu'inutile des impératifs professionnels de nombreux parents. Chaque matin, lorsqu'ils confient leur bébé au personnel de la crèche, les parents doivent être consultés sur le programme quotidien. Et en venant reprendre l'enfant le soir, ils devraient absolument avoir la possibilité de passer en revue les événements de cette journée. Les parents doivent aussi être prêts à comprendre qu'il est *inévitable* qu'un bébé qui pendant des heures a contenu tous ses sentiments importants en vue de l'arrivée de ses parents se mette à pleurer en fin de journée. Ils doivent considérer cette crise passagère comme une excellente occasion de ressouder la famille, au lieu de la prendre pour un reproche. Il est fort probable, en effet, qu'après l'orage initial suivra une merveilleuse période d'échanges, avec un bébé bien éveillé et disposé à communiquer avec ses parents. Je conseille donc vivement à ceux-ci de s'assurer que la crèche convient non seulement à leur enfant, mais à eux-mêmes.

– Des normes de sécurité, d'alimentation et d'hygiène dignes de ce nom sont, bien sûr, trois des principaux facteurs à respecter lorsqu'on s'occupe d'un enfant, et la crèche doit être en mesure de les assurer.

Le fond du problème, pour tout parent qui travaille au-dehors, c'est d'être capable de se partager en deux. Il faut apprendre à économiser suffisamment d'énergie pour remplir valablement son rôle à la fin d'une longue journée. La qualité du temps passé avec l'enfant est encore plus importante que la quantité. Par conséquent, une mère ou un père qui travaillent doivent veiller tout particulièrement à aménager dans le courant de la journée et de la semaine des plages spéciales pour chaque enfant et chaque bébé.

Mme Kay et toutes les femmes qui sont dans son cas méritent d'être véritablement secondées dans leur

tentative de faire face à leurs obligations professionnelles, en plus de leur maternité. Comprenant pleinement l'importance de leur rôle de mère, et se rendant
compte de tout ce qu'il peut représenter pour l'harmo-
nieux développement de leur famille, elles devraient
être capables d'envisager la réussite de leur maternité
comme un but au moins aussi important pour elles
que la réussite professionnelle, quelle qu'elle soit.
Voici donc une cible à viser, dans l'éducation des
futures mères de famille. Le rôle de mère fait appel à
l'expérience passée d'une femme et exige donc une
constante adaptation aux conflits qu'apportent avec
eux tous les souvenirs. Pour une femme, être mère sera
probablement l'activité la plus difficile de son existence, à une exception près : se résigner à ne plus
l'être.

9

LE SEPTIÈME MOIS

Louis, un bébé moyen

A présent que Louis sait bien se tenir assis, il a les mains libres dans cette position et il trouve mille façons de les utiliser. Cette nouvelle posture élargit en outre son univers en le laissant libre de tourner sur lui-même, de se pencher pour ramasser des objets ou au contraire de les lâcher pour pouvoir aller les chercher tout seul. Il prend un plaisir infini à effectuer tous les nouveaux gestes qu'il vient d'ajouter à son répertoire.

Le fait que les bébés sont souvent mis en position assise dès leur toute petite enfance, pour pouvoir regarder autour d'eux, enlève un peu de prestige et d'intérêt à cette position lorsque l'enfant parvient à s'y mettre tout seul. Pourtant, il découvre une nouvelle liberté en apprenant à faire pivoter et à fléchir le buste dans tous les sens, ce qui donne d'autant plus d'envergure à ses gestes de bras et de mains.

Louis peut maintenant se servir indépendamment de ses deux mains et ne marque aucune préférence pour l'une ou l'autre.

Alors que la plupart des bébés sont alternativement unidextres ou ambidextres tout au long de la première année, certains, comme Laura, manifestent très tôt une latéralisation asez nette. A cet âge, cependant, le bébé se servira autant d'une main que de l'autre.

Louis tient un jouet dans chaque main et les frappe joyeusement l'un contre l'autre. Il en claque un contre le sol, puis l'autre, exactement de la même manière.

Ce geste n'est pas sans rappeler les mouvements alternés, mais répétés, des bras et des jambes chez le nouveau-né. A l'âge de Louis, l'enfant utilise ces mouvements pour tenter d'évaluer le potentiel d'un des côtés de son corps par rapport à l'autre. C'est ainsi qu'un bébé parvient à choisir comment il va utiliser chacune de ses mains.

Louis prend un gros cube dans la main droite, un petit dans la gauche, les compare et les pose devant lui, sur la table. Comme pour mieux assimiler leur différence de taille, il prend alors le gros dans sa main gauche et le petit dans la droite, les suce l'un après l'autre, puis les repose sur la table dans l'ordre inverse. On le trouve rarement, à présent, sans un jouet à la main. Tout en manipulant un joujou, il se tient à la table de l'autre main. Il rampe tout autour de la pièce, serrant un jouet dans une main ou dans l'autre, souvent un dans chacune. L'objet qu'il traîne ainsi avec lui est parfois un vêtement, une couverture ou une couche.

C'est peut-être une preuve de son attachement à un objet particulier, qui va devenir sa « chose »; chaque famille ou presque a son propre nom pour désigner l'objet en question. Qu'il est donc commode de pouvoir transporter avec soi son propre symbole de réconfort, à tripoter ou à contempler chaque fois que le besoin s'en fait sentir !

Louis a presque arrêté de se sucer les doigts. Non seulement ses mains sont désormais trop occupées, mais la vie est en outre plus constamment gratifiante.

Sa mère sait toujours quand il est fatigué ou qu'il a faim, en le voyant se mettre les doigts dans la bouche.

Il adore manger tout seul des aliments tendres coupés en très petits morceaux. Pendant qu'elle le fait manger, Mme Moore lui donne donc quelques petites bouchées à tripoter, examiner et ramasser de sa propre main. Elle ne lui en met que très peu à la fois, cependant, car il a tendance à se les fourrer toutes ensemble dans la bouche et à s'étouffer. Cette précaution évite en outre que Louis fasse trop de saletés, car lorsqu'il en a assez, il écrase ces petits morceaux sur le plateau de sa chaise ou les balaie par-dessus bord, avec un grand geste. Tout en mangeant, il tient un objet dans une main et tripote ses petits morceaux de l'autre.

L'objet qu'il tient semble presque oublié. Peut-être est-il nécessaire de bloquer une des mains en la remplissant ainsi, afin de donner à l'autre plus de liberté pour s'activer. Au cours d'une période où l'orientation est ambidextre, cela paraît logique. Lorsque les mains du bébé sont occupées, les parents ont souvent moins de difficultés à le faire manger.

Louis essaie de se servir de son pouce, son index et son majeur, pour ramasser chaque petit morceau de nourriture. Parfois celui-ci, maladroitement englouti dans son poing, reste inaccessible. Il se donne alors beaucoup de mal pour l'extraire de sa main fermée et finit par se l'écraser contre la bouche, la paume largement ouverte. Il met tant de détermination à explorer les divers usages de sa main et de ses doigts que Mme Moore peut le faire manger tout à loisir. Si elle ne lui avait pas permis de s'amuser ainsi, il aurait pu prolonger le repas indéfiniment.

Bientôt, pour bien marquer sa volonté de participer à son propre repas, il commencera à rejeter la tête en arrière, à fermer hermétiquement la bouche et à tenter de s'emparer de l'assiette et de la cuillère que manie sa mère. Un bébé sait trouver d'innombrables façons de tenir en échec une mère (pourtant bien décidée) à le faire manger, si celle-ci refuse de tenir compte de ses velléités d'indépendance. Il est tellement plus facile de le laisser collaborer de façon très simple, en lui donnant de petits morceaux à manger avec les doigts, ou bien une cuillère et une tasse, une pour chaque main.

Durant les repas, Louis taquine Mme Moore de diverses façons. Lorsque sa mère lui fait manger un aliment coupé en petits morceaux, il les tourne longuement dans sa bouche, puis les recrache délicatement, un par un, alors qu'il accepte les morceaux qu'il mange tout seul, en les prenant avec ses doigts.

Le fait qu'il mâche et avale des morceaux plus gros qu'il se met lui-même dans la bouche, mais refuse d'accepter les morceaux plus petits que lui donne sa mère, marque la différence de motivation. Il est prêt à manger ses aliments en morceaux du moment qu'il les ramasse lui-même, mais il est mécontent de tout changement de texture dans les aliments que lui donne sa mère.

Une fois qu'il a craché ce qu'elle lui avait donné, il se met à rire. Dès que sa mère commence à être vraiment exaspérée par ces pitreries, il le sent et s'arrête.

Etant donné que Mme Moore se fâche rarement, Louis est très sensible à ce changement d'humeur.

Louis rampe de mieux en mieux, à présent. Il manœuvre très adroitement et part maintenant en avant sans hésiter un instant. Il pousse sur ses bras et peut se tourner d'un côté ou de l'autre en avançant. Il s'approche d'un canapé, ramène ses genoux sous lui et tire avec les bras tandis qu'il pousse avec les jambes. Finalement, il parvient à se mettre debout et aussitôt il commence à crier d'une voix de stentor; on dirait qu'il appelle sa famille pour qu'elle vienne l'admirer. Cependant, à présent qu'il est debout, il oscille dangereusement, et il faut l'aider à se rasseoir. Curieusement, cette nouvelle expérience ébranle sa confiance en lui. Alors qu'il se laissait volontiers mettre debout dès que ses deux aînés le tiraient par les bras, il semble, depuis qu'il a su s'y mettre tout seul, avoir compris qu'il y a des dangers. Il refuse désormais de laisser Tom et Martha le hisser sur ses pieds. Seuls M. et Mme Moore peuvent le persuader de se lever, cramponné à leurs genoux.

> C'est en s'apercevant qu'il est capable de le faire tout seul qu'un bébé prend conscience des véritables dimensions d'un acte. Louis, très intelligemment, se tourne vers les adultes et non vers ses frère et sœur pour être rassuré et sécurisé à l'intérieur de certaines limites.

Durant les jours qui suivent cette expérience, Louis continue à ramper autour de la pièce, mais il devient irritable et grognon dès qu'il se trouve à proximité du canapé.

> Ce meuble semble évoquer pour lui le souvenir de sa récente tentative et de l'indécision qui en est résultée.

Plusieurs semaines passeront avant que Louis essaie à nouveau de se tenir debout.

La liberté nouvelle qu'il a découverte en rampant semble lui avoir apporté une meilleure conscience de l'endroit où se trouve sa mère. Dès qu'elle quitte la pièce, il pleure et tente de la suivre. Il n'aime plus qu'elle le laisse jouer tout seul dans son parc, pendant qu'elle vaque aux travaux du ménage. Tant qu'elle est dans la même pièce que lui ou qu'il peut la voir, il reste tranquille, mais Mme Moore veut absolument qu'il apprenne à rester sagement dans son parc même quand elle n'est plus là, et elle est donc obligée de le laisser pleurer. Cependant, elle apporte des travaux à faire près de lui, par égard pour ce regain de dépendance... Lorsqu'elle se rend dans une autre pièce, elle se retourne pour lui assurer qu'elle va revenir et l'appelle périodiquement de loin. Lui aussi l'appelle, de temps en temps, pour savoir où elle est, et parvient généralement à se fourrer dans un guêpier d'où il ne peut sortir sans son aide, afin de l'obliger à revenir.

> Cette recrudescence du sentiment de dépendance accompagne paradoxalement la conscience qu'a le bébé de pouvoir à présent s'éloigner de sa mère, s'il le veut. Comme chez Daniel, elle prélude à la véritable maîtrise de la locomotion. Au début, cette notion de pouvoir aller et venir à volonté fait peur à l'enfant. Mais telle est sa volonté innée de progresser et d'être indépendant qu'elle le pousse quand même en avant.

Son frère et sa sœur le distraient de ses problèmes. Ils s'amusent énormément, tous les trois, à jouer à « coucou, me voilà ! » Louis imite tous les gestes des deux autres et glousse d'aise lorsqu'ils jaillissent brusquement de derrière une chaise pour l'attraper. Tom prend infiniment de plaisir à lui sauter dessus en rugissant à tue-tête. Louis trouve ce jeu merveilleux et arrête de pleurer dès que Tom lui bondit dessus. Il n'a jamais peur de son frère aîné. Lorsqu'il l'aperçoit à ses côtés, il fixe aussitôt le regard sur lui, comme s'il attendait que la fête commence. Si Tom l'ignore, il crie « um-um » pour l'appeler, semble-t-il. Un jour où elle a laissé Louis au milieu de son parc, Mme Moore est ravie d'entendre ses deux fils rire aux éclats. Curieuse, elle jette un regard discret par l'entrebâillement de la porte. Tom est en train de frapper Louis sur la tête, à coups redoublés, avec une petite batte de base-ball en plastique dur. A chaque coup, Louis a un geste de recul, mais il se tord néanmoins de rire, tout comme son frère. Horrifiée, leur mère met aussitôt fin à cette distraction, à la plus grande déception des deux petits.

> Un bébé peut éprouver une telle gratification à jouer avec un frère ou une sœur aînés qu'il sera capable d'accepter la douleur ou la crainte. Pour faire plaisir à l'autre enfant et le garder auprès de lui, il parvient à dominer ses sentiments.

Louis est à présent un maniaque du « doigt explorateur ». Le sien file dans ses oreilles, son nez, sa bouche et son nombril, sans l'intensité qu'y met un Daniel, toutefois. Il semble vouloir examiner à fond chaque orifice et chaque partie de son corps. Si Martha vient se pencher au-dessus de lui pendant qu'on le change, il se laisse faire sans bouger. Il lui met le doigt dans les yeux, le nez, les oreilles et la bouche. Comme elle le laisse poursuivre ses investigations tout à son aise, il compare la sensation éprouvée en mettant le doigt dans le nez de sa sœur, puis dans le sien, dans la bouche de Martha, puis dans la sienne. Lorsque sa sœur lui suce le doigt, il paraît surpris, puis il rit aux éclats. Il suce lui aussi son propre doigt, puis il le remet dans la bouche de Martha pour qu'elle recommence. Après avoir répété plusieurs fois ce petit jeu, il met rêveusement son majeur et son annulaire dans sa bouche, comme il faisait naguère pour se sucer les doigts. Cette exploration des différences de sensation entre la bouche de sa sœur et la sienne lui a irrésistiblement rappelé l'agréable manie d'antan. Martha l'imite en suçant ses propres doigts.

Tout cela prouve que Louis peut déjà associer visuellement l'acte de sa sœur et le sien.

Malheureusement, le « doigt explorateur » l'est parfois un peu trop. Louis commence à le fourrer partout, à mesure qu'il se traîne à travers la pièce. Sa mère le trouve en train de l'enfoncer dans une prise électrique.

Il s'agit d'un danger très réel. Si le doigt est mouillé, le bébé risque de se brûler gravement. Une petite fille de ma clientèle a réussi à enfoncer sa langue dans une prise et s'est brûlée si fort qu'un morceau y est resté collé. Une brûlure d'origine électrique laisse toujours des cicatrices. Lorsque le bébé atteint l'âge de Louis, les parents ont intérêt à acheter des caches en plastique pour toutes leurs prises de courant, et ils peuvent d'ores et déjà commencer à associer dans l'esprit du bébé un « non » très ferme à tout ce qui touche de près ou de loin à l'électricité.

A présent, lorsque Louis est « en vadrouille », il lui faut en permanence quelqu'un à ses côtés pour le surveiller. Le petit garçon, évidemment, est enchanté de cette aubaine, et cela ne fait que l'inciter à explorer davantage.

Laura la placide

A son propre rythme, toujours indolent, Laura commence à bouger. Elle parvient à se déplacer, allongée sur le dos, en soulevant les fesses pour les projeter un peu plus loin, le reste du corps suivant automatiquement. Ayant découvert que cela lui permet de se déplacer dans la direction de sa tête, elle semble comprendre qu'elle peut ainsi aller d'un point à un autre. Elle préfère rester sur le dos et explorer du regard les perspectives qu'elle aperçoit au-dessus d'elle. Elle paraît également apprécier le bruit mat que fait son derrière en retombant. Dans son lit, elle passe de longs moments à se cambrer bien haut pour laisser retomber son postérieur. Grâce à sa méthode de locomotion, elle parvient à sortir du tapis en caoutchouc que sa mère lui a installé à même le sol et à filer sous un fauteuil, où elle se met à jouer avec les franges du capitonnage. On la retrouve parfois sous une table, en train de tripoter le bord de la nappe. Daniel ou Louis auraient sans doute tiré dessus jusqu'à ce qu'elle tombe, mais Laura n'est pas aussi vigoureuse dans ses jeux.

En revanche, elle babille constamment. Elle maîtrise à présent toute une série de consonnes et sait reproduire la majorité des voyelles. Elle est capable de prononcer le groupe « ch » pour imiter son père et elle en est très fière. Il lui apprend plusieurs autres sons, par exemple « coucou » lorsqu'ils jouent à « coucou, me voilà ! » Elle crie « cou » en enlevant les mains de son père de devant sa figure. Elle appelle chacun de ses parents par le nom qui lui convient. Au début, sa mère se précipite auprès d'elle à chaque appel, mais elle finit par comprendre que Laura s'exerce tout simplement à dire « mama ». Tout comme Louis, la petite fille profite de ce savoir tout neuf pour contrôler où se trouve sa mère quand elle ne la voit plus. Pour le moment, le contact vocal suffit encore à la satisfaire. Elle se contente d'entendre sa mère lui répondre d'une autre pièce.

Elle passe beaucoup de temps à mâchonner ses doigts et à sucer son pouce. Elle fait rouler sa tête dans son lit, de gauche à droite et de droite à gauche, interminablement. Elle arbore à ces moments-là une expression tellement absente que Mme King sent toutes ses vieilles craintes se réveiller. La petite fille finit d'ailleurs par se faire une pelade à l'arrière de la tête. Elle se met aussi beaucoup les doigts dans les oreilles et les égratigne au point que sa mère trouve du sang sur ses draps.

Bien souvent, lorsque les dents sont en train de percer, le bébé jouera avec une oreille ou la frottera. Des traces de sang dans le conduit de l'oreille peuvent provenir d'une simple écorchure, mais il faut toujours s'en assurer et vérifier que le tympan n'est pas percé et que l'oreille ne coule pas. Pour cela, il faut placer un tampon de coton dans l'oreille. A l'encontre d'une égratignure, un véritable écoulement finira par détremper le coton.

Laura, en effet, a mal aux dents, mais dès que deux nouvelles dents apparaissent, son besoin de mâcher et de se frotter le visage diminue.

Les deux premières dents à percer sont généralement les deux incisives inférieures, suivies des deux incisives supérieures. La première dent est généralement la plus douloureuse. Peut-être ensuite le bébé est-il mieux préparé à la souffrance ou bien a-t-il davantage de ressources pour la supporter. Toujours est-il que la plupart des bébés ne font d'histoires que pour les premières incisives, puis pour les molaires qui viennent vers un an.

Le schéma de dentition est généralement héréditaire, et si l'on remarque un schéma inhabituel dans l'ordre ou l'âge où apparaissent les dents, il y a fort à parier que l'un ou l'autre parent aura eu le même.

Une fois que ses dents ont percé, Laura semble emportée par un véritable tourbillon d'activité. Elle suce moins son pouce et cesse de faire rouler sa tête. Elle apprend en revanche à se mettre sur le ventre. Et quand elle est sur le dos, elle commence à se pencher en avant, comme si elle avait envie de s'asseoir. Elle joue d'ailleurs un rôle plus actif lorsqu'on l'aide à le faire. Bien qu'elle ait encore besoin d'un support, elle parvient à rester assise toute seule en se recroquevillant vers l'avant, les deux mains à plat sur le sol.

Il ne faut pas laisser un bébé trop longtemps dans cette position, car, à force de se maintenir tant bien que mal dans cette posture tassée, il risque de fatiguer la musculature assez peu fournie de la région lombaire.

Cependant, lorsqu'elle est assise ainsi, Laura n'a pas les mains libres, si bien qu'elle s'en lasse assez vite.

Sur le ventre, elle est nettement moins mobile que nos deux autres bébés. Elle reste rivée au même endroit, occupée à regarder autour d'elle. Elle arrache des petits bouts de laine de la moquette ou de la couverture sur lesquelles elle est posée. Elle voit par terre de minuscules tas de poussière qui ont échappé à sa mère, elle y met le doigt, les rassemble entre le pouce et l'index et les porte à sa bouche. D'ordinaire elle se sert de sa main droite pour le faire.

Cela concorde avec la manie qu'elle avait, toute petite, de tourner sa tête vers la droite.

Placée sur le ventre, elle peut s'amuser pendant une bonne demi-heure à tripoter un rang de petites perles de formes et de matières différentes. Elle adore aussi jouer avec un trousseau de clefs qu'elle manipule et fait tinter, avant de les sucer l'une après l'autre, avec amour.

Par rapport à Louis, elle est en avance dans le domaine des petits mouvements moteurs. Un bébé comme Laura trouvera dans cette activité réduite un excellent exutoire, alors qu'un Louis préférera les grands mouvements moteurs.

Laura apprend à pousser un joujou juste hors de sa portée, puis à pleurer pour le ravoir. Sa mère ne tarde pas à s'apercevoir que c'est un « truc » pour qu'on s'occupe d'elle et la laisse pleurer. Dès que la petite fille comprend qu'il lui faut se débrouiller toute seule, elle commence à se propulser sur le ventre – à contrecœur –, selon une méthode très semblable à celle qu'elle a mise au point pour avancer sur le dos.

> La frustration est une des forces qui poussent un bébé à apprendre. L'une des principales difficultés, avec un bébé comme Laura, c'est qu'il existe peu de domaines moteurs qui l'intéressent suffisamment pour qu'elle puisse en concevoir un tel sentiment. Sa mère doit, quant à elle, comprendre que la frustration est nécessaire au bébé pour progresser. La mère d'une petite fille aussi peu exigeante que Laura risque en effet de se sentir quasiment obligée de satisfaire les demandes que son bébé lui adresse, tant elles sont rares.

En ce qui concerne les associations d'idées, par contre, Laura est extrêmement vive. Dès qu'elle entend la porte d'entrée s'ouvrir ou se fermer, elle crie pour saluer son père. La plupart du temps, il s'agit d'un verbiage incompréhensible, mais elle s'arrange néanmoins pour inclure quelque part le mot « papa » ou quelque chose d'approchant. Lorsque M. King se hâte de venir la retrouver, elle tremble de plaisir anticipé à l'idée de jouer avec lui. Elle sait aussi que lorsqu'elle entend la porte du réfrigérateur, elle va bientôt manger, et à l'heure de ses repas elle glapit dans son parc, pendant que sa mère s'active pour tout préparer.

Elle associe les dames d'un certain âge qu'elle rencontre dans la rue avec sa grand-mère qu'elle adore. Lorsqu'une dame se penche sur son landau, elle vocalise d'un air ravi, mais dès qu'elle entend une voix inconnue elle se raidit et se met à pleurer, déçue dans ses espérances.

Les bébés sont souvent déçus de ne pas recevoir les signaux qu'ils attendaient; cela prélude à la crainte plus directe des inconnus que l'on remarquera chez eux vers l'âge de huit mois.

On commence à voir poindre un certain sens de l'humour. Un jour où elle chantonne pour elle-même, sa mère se joint à elle. Laura lui sourit et reprend sa petite chanson. Puis sa mère continue l'air, tandis que le bébé reste dans le tempo, agitant rythmiquement les bras et le haut du corps. Lorsque Mme King s'arrête brusquement, après « tu n'en auras pas ! », Laura, elle, rebondit encore une fois, s'arrête, puis éclate de rire. Lorsque sa mère laisse tomber un morceau de beurre par terre et s'écrie « zut ! », en se baissant pour le ramasser, Laura rit de la voir se pencher si brusquement et adopter cette drôle de position. A la suite de cet incident, Mme King peut faire rire sa fille sur commande avec un juron bien senti.

La première manifestation d'un sens de l'humour survient souvent en réponse à un événement surprenant. Après quoi une simple partie de l'incident en question peut servir à déclencher le souvenir de l'élément comique. En répétant alors sa réaction du moment – un éclat de rire –, le bébé prouve qu'il est capable de faire correspondre au fragment l'événement tout entier. Laura, toutefois, est précoce dans ce domaine.

Daniel l'actif

Pour Daniel, être assis et ramper, c'est désormais de l'histoire ancienne. Il est à présent capable de démarrer sur le ventre, de se retourner à mi-chemin et de pousser sur les bras d'un seul côté pour se retrouver en position assise. Il essaie d'abord d'un côté, retombe lourdement sur le sol, où il se cogne fort la tête, et se tourne aussitôt de l'autre côté pour tenter la même manœuvre. Après avoir fait sa tentative d'un côté, puis de l'autre, il semble choisir entre les deux et prend l'habitude de se redresser du côté gauche.

> Beaucoup de bébés n'éprouvent pas le besoin d'essayer chaque côté et adoptent plus rapidement un schéma donné, mais un enfant comme Daniel prend trop de plaisir à faire toutes ces expériences pour laisser passer l'occasion de les explorer de fond en comble.

Une fois assis, il se met à sautiller sur le derrière et traverse parfois toute une pièce ainsi.

> C'est un mode de locomotion que certains bébés utilisent couramment, plutôt que de ramper. Etant donné que nous renforçons la position assise par l'emploi de chaises hautes et d'autres sièges à mesure que l'enfant grandit, cette méthode est peut-être tout simplement le résultat d'un manque de pratique sur le ventre.

Daniel marche aussi à quatre pattes sur les genoux et les coudes. Après s'être à maintes reprises affalé par terre, il s'aperçoit qu'il est plus stable quand il avance sur les bras et les jambes pliés. Bientôt, il traverse les pièces à vive allure. Mark et lui inaugurent alors une nouvelle variante de l'attrape-moi-si-tupeux. Mark jette un jouet à travers la pièce et attend que son petit frère soit parti le chercher. Après quoi il se précipite en courant et le lui arrache des mains pour le relancer ailleurs. Ce jeu enchante Daniel qui est toujours le dernier à s'en lasser.

L'intervention des parents aurait pu gâcher leur plaisir. Si Mme Kay s'était interposée pour conserver au cadet le jouet qu'il est allé chercher et donner à l'aîné le sentiment d'avoir mal fait en le lui arrachant des mains, elle aurait placé ce jeu sous un jour très différent pour chacun de ses petits garçons. Pourtant, tel quel, il satisfait le besoin de se dépenser de Daniel et aide Mark à exprimer les sentiments contradictoires qu'il nourrit envers son petit frère. Il peut donc asticoter ce dernier sans être grondé, tandis que Daniel, lui, est ravi d'avoir quelqu'un pour jouer avec lui. De toute façon, maintenant que Mme Kay a repris son travail, les deux enfants jouent davantage ensemble. Lorsque leur mère n'est plus là, ils se tournent tout naturellement l'un vers l'autre. La garde ne joue pas, dans leurs rapports fraternels, un rôle d'intermédiaire aussi important.

> Hors de la présence de leurs parents, les enfants inaugureront bien souvent des rapports beaucoup plus directs. C'est d'ailleurs un des avantages secondaires qui résultent de l'absence du père et de la mère.

Ensemble, Mark et Daniel regardent des livres. Mark aime beaucoup feuilleter des magazines ou des bouquins. Il s'amuse à en tourner les pages, en marmonnant de longues phrases, comme le font ses parents quand ils lui lisent une histoire. A présent, c'est lui qui « lit » pour Daniel, lequel songe surtout à attraper les pages et les déchire en voulant les tourner. Pour le punir, Mark lui donne des tapes sur les mains, mais rien de ce que fait son frère ne dérange le bébé. Mark lui montre les images et, imitant consciencieusement leur père, il aboie lorsqu'il y a un chien et miaule si c'est un chat. Lorsqu'ils arrivent à une image représentant un bébé, Daniel la regarde et se met à gazouiller avant que son frère ait pu placer un mot.

Se rend-il compte que le bébé lui ressemble? Les enfants que l'on a habitués à jouer avec des miroirs comprennent parfois que l'image est comme eux, mais la chose est certainement plus complexe. Dans une pièce pleine de monde, un bébé de l'âge de Daniel montrera une préférence marquée pour un autre bébé; il l'observera, l'imitera. Cette préférence est sûrement fondée sur la conscience d'une similitude, laquelle n'est pas forcément le résultat d'expériences préalables avec d'autres bébés. Les signaux doivent lui être si familiers que le bébé les reconnaît comme faisant partie de son propre répertoire.

Mark joue à « prendre le thé » avec son petit frère. Tandis qu'il verse le thé imaginaire, Daniel tend déjà les mains pour recevoir la tasse que va lui offrir son frère. Ce jeu lui permet d'améliorer encore la dextérité avec laquelle il manie sa tasse. A l'heure du goûter, la garde leur donne du chocolat au lait. Daniel parvient à en boire tout seul, dans sa tasse, de petites quantités.

C'est Mark qui lui dit son premier « non ». Dès que Daniel commence à s'attaquer à ses jouets, Mark appelle à l'aide. Si leur mère est là, c'est elle qui vient le débarrasser du petit trublion. La garde, cependant, est beaucoup moins rapide, et Mark doit apprendre à se débrouiller tout seul. Il attrape son frère par les pieds et le tire loin du coffre à jouets. Cette méthode devient vite un jeu. Mark tire, Daniel attend d'avoir été déposé en tas à l'autre bout de la pièce et repart à toute allure à l'assaut du coffre. Avant d'avoir compris qu'en traînant ainsi le bébé, il ne fait qu'ajouter à son plaisir, Mark passe quelques instants exaspérants à geindre de frustration. Il constate alors qu'en tapant sur les mains du petit et en hurlant « non », il obtient des résultats un peu plus satisfaisants. Cependant, la façon la plus efficace de détourner Daniel de son but, c'est de l'attirer ailleurs par la ruse, en lui faisant miroiter un autre joujou. Mark l'appelle donc depuis la pièce voisine ou lui traîne un jouet sous le nez, comme la carotte de l'âne, pour l'y attirer, puis dès que le bébé a suivi, il claque la porte de la pièce où se trouve son précieux coffre.

A deux ans et demi, le petit garçon a déjà compris ce que les parents mettent parfois des mois à apprendre, qu'en écartant simplement un bébé de son but, sans lui procurer une véritable diversion, on ne fera que l'inciter à répéter son geste initial avec d'autant plus de vigueur.

Pendant des heures, Daniel s'exerce à se tenir debout, accroché aux meubles. Il est capable de se déplacer très facilement, le long d'un canapé, en faisant de petits pas de côté.

Cette aptitude à marcher très vite de côté disparaît lorsque l'enfant apprend à marcher vers l'avant.

Il parvient à dépasser le bout du canapé, à continuer sur sa lancée en titubant pendant quelques pas, ce qui lui permet de plonger pour se rattraper au pied d'une table toute proche. Il peut ainsi passer progressivement d'un meuble à l'autre. Inutile de dire qu'en plongeant ainsi, il lui arrive de rater son but et de se retrouver les quatre fers en l'air, mais son pourcentage de réussite est étonnamment élevé. Peu à peu d'ailleurs, le jugement et la bravoure dont il fait preuve s'améliorent. Celle-ci n'est, semble-t-il, jamais entamée par l'échec. Si Mark passe en courant à côté de lui lorsqu'il s'exerce à manœuvrer ainsi, Daniel paraît avoir du mal à conserver son équilibre. Il tombe en avant et se cramponne plus fortement à son meuble. Il attend alors, solidement agrippé, que son frère ait disparu de la circulation.

Les repas, malheureusement, se sont à nouveau dégradés. Daniel n'a pas d'appétit et semble perdre tout intérêt pour son biberon et sa nourriture. Mme Kay est persuadée que c'est de sa faute, parce qu'elle a repris son travail; pourtant, la garde lui assure que Daniel mange bien en son absence.

> L'enfant dont les rapports affectifs avec sa garde sont moins complexes acceptera plus volontiers de manger ce qu'elle lui donne. Les enfants se montrent tous plus soumis avec quelqu'un d'autre que leurs parents.

Mme Kay réagit en s'efforçant de faire manger Daniel coûte que coûte. Le soir, à l'heure du dîner, elle s'assied et joue avec lui pour lui faire accepter sa nourriture. Elle allume la télévision sous son nez, dans l'espoir que cela le distraira suffisamment pour qu'elle puisse le « gaver » tout à son aise. Elle est amusée de voir qu'elle parvient toujours à lui faire avaler une cuillerée, lorsqu'il voit sur l'écran quelque chose qui l'étonne et qu'il en reste bouche bée. Comme on pourrait s'y attendre, cependant, Daniel réagit à ce « forcing » en résistant. Les repas se prolongent de plus en plus et deviennent un véritable cauchemar. A mesure que la tension s'accumule chez sa mère, la réaction négative du bébé s'installe de plus en plus solidement. Heureusement, Mme Kay finit par trouver un beau jour la solution qui s'imposait : elle laisse Daniel manger tout seul. De cette façon, la tension retombe, et c'est le petit garçon qui se charge de résoudre lui-même son propre conflit.

Etant donné que l'enfant n'est capable de manier habilement une fourchette ou une cuillère que vers dix-huit mois, il ne serait pas raisonnable de laisser un bébé de cet âge en tête-à-tête avec ses ustensiles et ses purées. Beaucoup de bébés, cependant, semblent prendre plaisir à saisir de petits morceaux de nourriture avec leurs doigts. On peut donc en profiter pour leur laisser prendre, si l'on peut dire, les choses en main. Il existe toutes sortes d'aliments relativement mous qu'un bébé peut mâchonner avec ses gencives ou avaler en morceaux, si l'on coupe ceux-ci suffisamment petits, mais il ne faut lui en donner que très peu à la fois. Il pourra parfaitement se débrouiller pour absorber tout seul des petits flocons de céréales, des œufs brouillés, de petits morceaux de pain bien tendre, du pain perdu, des carottes ou des pommes de terre cuites coupées en petits dés, des petits pois, de la viande hachée, du fromage tendre, des tartines – à la viande ou à autre chose –, elle aussi coupées en dés. Une fois qu'il a appris à mâcher tant bien que mal les premiers morceaux, on lui en donne davantage, mais jamais plus de deux à la fois. Pendant ce temps, la mère s'occupera de son propre dîner, car, en restant assise à côté du bébé, elle risque de faire remonter la tension. Celui-ci cherchera peut-être à l'asticoter en lançant des petits morceaux de nourriture un peu partout. Dans ce cas, la mère aura intérêt à mettre immédiatement fin au repas et à sortir l'enfant de sa chaise. Du moment que sa mère a le courage de ne rien lui donner entre les repas, le bébé comprendra très bien qu'il s'agit d'une réprimande.

Beaucoup de parents me disent qu'ils font prendre des petits en-cas à leurs enfants en dehors des heures régulières, parce qu'ils se rongent les sangs en voyant combien ceux-ci mangent peu durant les repas. C'est vraiment une méthode qui manque de subtilité pour inciter le petit à manger, et ces parents finissent par avoir ce qu'ils méritent, un enfant qui grignote toute la journée, mais qui n'en est pas moins difficile à nourrir.

Les repas sont souvent un des domaines où se

posent le plus grand nombre de problèmes aux parents qui travaillent au-dehors ainsi qu'aux parents seuls. Lorsqu'un père ou une mère très souvent absent de chez lui se trouve en présence d'un enfant qui refuse de manger, le sentiment qu'il n'est pas à la hauteur de sa tâche revient au galop. Les pères risquent de connaître de graves difficultés avec les questions alimentaires. Instinctivement, on a tendance à penser qu'être un bon parent, c'est veiller à ce que son enfant soit bien nourri. Quiconque se heurte à la résistance du bébé a du mal à voir cette « nouvelle » façon d'expérimenter avec la nourriture pour ce qu'elle est vraiment : un moyen d'explorer une indépendance fraîchement acquise dans le domaine alimentaire. Parvenir à manger tout seul avec ses doigts est une étape cruciale qu'il faut savoir reconnaître et encourager.

De nos jours, il n'y a vraiment aucune raison d'avoir des repas à problème. Il existe d'innombrables substituts pour tous les aliments dont l'enfant a besoin, et ils permettront aux parents de rester en dehors des conflits alimentaires de leur enfant. Les besoins nutritifs d'un bébé seront entièrement satisfaits par :

– Un demi-litre de lait ou l'équivalent sous forme de fromage, crème glacée ou sirop de calcium (une cuillerée à café équivaut à environ cent quatre-vingt-dix grammes de lait);

– une trentaine de grammes de jus de fruit frais ou un morceau de fruit;

– une cinquantaine de grammes de protéine contenant du fer, par exemple un œuf ou cinquante grammes de viande (la moitié d'un petit pot ou un ministeak haché);

– une préparation multivitaminée (cette dernière est même parfois inutile, mais il me semble qu'ainsi on peut se permettre en toute quiétude d'oublier si l'enfant a eu des légumes verts ou autres ou pas de légumes du tout).

Si l'on respecte soigneusement ces quatre points, le bébé doit grandir et prendre du poids de façon parfaitement normale. C'est tout ce qu'il lui faut. Or, il n'est quand même pas sorcier de faire absorber ces aliments à un enfant en l'espace de vingt-quatre heures, à moins que l'angoisse du parent ne déclenche chez le bébé un conflit et un besoin d'autonomie dans ce domaine. On pourra pendant un certain temps l'obliger à manger plus qu'il n'en a envie, mais le retour de bâton n'aura aucune commune mesure avec les bénéfices ainsi obtenus. Vers l'âge de un an, il manifestera sa puissante détermination, et, croyez-moi, c'est lui qui gagnera.

Cette brève analyse du besoin qu'éprouve tout parent de s'assurer que ses enfants mangent suffisamment me fait penser à l'expression « essen und brechen » que m'a un jour expliquée une grand-mère juive. Cela voulait dire, à l'en croire, « manger et vomir », et c'était un symbole de ce qu'une bonne mère devait faire pour son enfant. Du moment qu'elle lui avait fait ingurgiter la quantité prescrite de nourriture, elle avait rempli son contrat, et ce qui se passait ensuite ne la regardait plus. Nous savons aujourd'hui que ce qui regarde la mère, ce n'est pas tant la nourriture que l'atmosphère des repas. Ceux-ci ne doivent surtout pas devenir un véritable champ de bataille pour l'affrontement entre parents et enfant. Donner au bébé une autonomie en rapport avec ses intérêts et ses facultés, tout en évitant d'appliquer la moindre pression, voilà quelle est, à partir de l'âge étudié dans ce chapitre, la méthode la mieux faite pour éviter les problèmes, à ce moment-là et plus tard.

10

LE HUITIÈME MOIS

Louis, un bébé moyen

Etre éveillé, à présent, c'est être en mouvement. On dirait que Louis est remonté, propulsé par une force qu'il ne contrôle à peu près pas. C'est cette force qui l'anime, qui le pousse à essayer de nouvelles manœuvres qu'il est tout content d'ajouter alors aux anciennes. Il se rappelle désormais comment, en position assise, il faut écarter les pieds, plier légèrement les genoux et tirer avec les mains sur un pied de table pour se hisser debout. Il répète si souvent cette série de mouvements qu'il est aisé de comprendre que les légères variations dans sa technique ne sont pas le fruit du hasard. A mesure qu'il maîtrise parfaitement chaque phase de ce changement de position, il se sent libre de reconnaître et d'utiliser toutes les variations qu'il rencontre. Au début, il semble placer les mains et les pieds dans des positions stéréotypées, avant de commencer à se hisser. Puis, toujours cramponné des deux mains au pied de la table, il atteint en vacillant une position penchée, semi-accroupie, le derrière sorti et se trémoussant. Il a alors le choix : doit-il lâcher une seule main ou les deux ? Lorsqu'il lâche les deux, il retombe sur les fesses et doit recommencer à zéro. En revanche, s'il n'en lâche qu'une et la reporte un peu plus haut, il lui suffit de répéter ce geste pour remonter lentement le pied de la table et atteindre son but, le dessus du meuble.

En l'espace d'un jour, guère plus, il apprend à partir d'en bas, avec les deux mains, à les faire passer l'une par-dessus l'autre à mesure qu'il s'élève, et à atteindre la hauteur voulue avec une main bien en place.

Il s'agit d'un apprentissage conscient. Le bébé doit renoncer à la prise à deux mains, en faveur de prises alternées à une seule main. A cela doit s'ajouter la flexion, suivie d'une tension, d'autres parties du corps, afin de se mettre à la verticale. Pour les mammifères grimpeurs, apprendre à escalader est un processus instinctif qui consiste tout simplement à relier les uns aux autres des comportements réflexes appropriés, tout prêts pour accomplir cette action. Bien que le petit de l'homme hérite en partie de ce besoin instinctif d'escalader, les diverses techniques qui lui sont nécessaires pour grimper sont apprises et utilisées pour d'autres activités qui n'ont rien à voir avec l'escalade. Le bébé doit sciemment emprunter une technique par-ci, une autre par-là, puis les assembler en une seule action parfaitement intégrée. Il s'agit, bien évidemment, d'une méthode d'apprentissage qui nous est familière à tous : tourner et retourner les données dans tous les sens, jusqu'à ce que l'on obtienne ce que l'on cherche.

Louis se tient à la table et crie pour alerter sa famille. Il frappe sur le meuble avec la main bien à plat et paraît fasciné par le bruit qui en résulte. Il ne tarde pas à savoir quelle table fait le plus de bruit. Il constate aussi qu'une surface sur laquelle se trouvent des objets en porcelaine produit un tintement en plus du martèlement. Il se précipite pour frapper sur la table du petit déjeuner, et paraît déçu qu'on enlève les tasses et les soucoupes. Il apprend – empiriquement – quels meubles sont suffisamment robustes pour qu'il puisse s'y agripper et se hisser debout. Un jour il fait basculer une table de poupée chargée de vaisselle, appartenant à Martha. Le vacarme lui fait une peur bleue et par-dessus le marché sa sœur est si fâchée qu'il ne recommencera jamais. Il tire sur lui les coussins du canapé et tombe un jour à la renverse, enseveli sous les couvertures d'un lit, auxquelles il a voulu se cramponner. Chacune de ses tentatives lui permet d'apprendre quelque chose, et il finit par sélectionner quelques endroits favoris et solides, auxquels il revient, jour après jour, pour faire ses exercices.

La liberté d'explorer et de faire ses propres erreurs doit accélérer l'assimilation de cette technique. Si la mère ne lâche pas son bébé d'une semelle et l'arrête avant qu'il ne se soit trompé, elle transforme son exercice en quelque chose de radicalement différent. Au lieu d'une leçon de choses pour Louis, cela devient plutôt une mise à l'épreuve de sa mère, à chaque stade de l'exercice. Le bébé s'intéresse beaucoup plus à inclure sa mère dans son jeu qu'à explorer les résultats de ses propres efforts.

Au bout de plusieurs journées passées ainsi à se mettre debout, Louis s'aperçoit qu'il peut s'appuyer du ventre contre le meuble auquel il se tient, ce qui lui permet d'avoir les deux mains parfaitement libres; aussitôt, le bruit qu'il est capable de faire redouble d'intensité. Lorsqu'il frappe ainsi, bruyamment, sur un meuble, il lui arrive, dans sa surexcitation, de se rejeter en arrière, de perdre l'équilibre et de tomber à la renverse, en se cognant douloureusement l'arrière du crâne.

Un bébé a beaucoup de mal à apprendre à se rouler en boule lorsqu'il tombe à la renverse. Tendre le cou et cambrer le dos sont en effet deux gestes qui font partie de l'ancien réflexe de Moro (cf. chapitre 2), lequel est déclenché lorsque le bébé tombe à la renverse et peut venir renforcer sa réaction naturelle qui est de choir tout d'une pièce, la tête et le corps tendus. Il est même étonnant qu'il n'y ait pas davantage d'enfants sérieusement blessés dans ce genre de chute, car ils se cognent souvent la tête avec une force considérable. Heureusement, comme nous l'avons déjà fait remarquer (cf. Laura la placide, chapitre 3), leurs crânes, qui ne sont pas encore rigides, puisque les fontanelles ne sont pas refermées, protègent le cerveau et amortissent le choc, si bien que les bébés souffrent rarement des commotions cérébrales qui guettent les adultes. Les parents feront bien, toutefois, de veiller à placer un épais tapis sous chaque gros meuble près duquel l'enfant risque de tomber. Un sol en ciment ou un parquet glissant ne feront qu'augmenter les risques de blessure grave.

Il faudra à Louis plusieurs semaines, fort douloureuses, pour apprendre à se rasseoir une fois qu'il s'est mis debout. Au début, lorsqu'il est resté, à son gré, assez longtemps à la verticale, son seul recours est de frapper de plus en plus fort sur le meuble auquel il se tient, jusqu'à ce qu'on vienne l'aider. Il essaie ensuite de se laisser aller à la renverse, mais constate que cela fait mal. Durant la journée, son frère ou sa sœur viennent à la rescousse, si bien que M. et Mme Moore ne se rendent pas tout de suite compte que Louis est pratiquement incapable de se rasseoir tout seul; ce n'est que lorsqu'il commence à se hisser debout en se cramponnant aux barreaux de son lit, à chaque fois qu'on le couche pour la nuit ou pour sa sieste, qu'ils s'aperçoivent de son manque de pratique. Une fois debout, en effet, Louis se contente de s'agripper au bord de son lit, en appelant à l'aide. Lorsque ce petit manège s'est répété plusieurs fois dans la soirée, ses parents excédés le retournent sévèrement sur le ventre et le bordent très serré pour l'empêcher de bouger.

C'est un artifice auquel ont recours beaucoup de bébés pour rappeler leurs parents auprès d'eux, lorsqu'ils n'ont pas envie de dormir. Il est alimenté par la surexcitation qu'engendre chez l'enfant l'acquisition d'un nouveau talent. Survolté, le petit n'est plus capable de « décrocher » de lui-même et de s'endormir. Si la mère ne se montre pas intraitable, le manège peut durer indéfiniment, car plus l'enfant sera fatigué, plus il deviendra agité. Lorsqu'il devine ou soupçonne des sentiments contradictoires chez ses parents, un bébé de cet âge aura du mal à se décider à renoncer à son activité. Voici encore une circonstance dans laquelle un parent doit savoir se montrer ferme et être sûr d'avoir raison d'imposer sa loi. Sinon, il fait faux bond à son enfant, à un moment où celui-ci n'est pas encore vraiment équipé pour se résoudre à s'abandonner de lui-même au sommeil (et où il est, en outre, handicapé par son excitation). A mon avis, il n'y a rien de plus navrant que de voir des parents attendre que l'enfant soit suffisamment épuisé pour réclamer son lit. A mesure que l'énervement de l'enfant augmente et que ses parents le cajolent, incapables de dominer leur propre indécision, ils montrent bien le peu de force qu'ils ont à lui offrir en soutien. L'heure du coucher doit être choisie par les parents et il faut l'imposer avec fermeté, en sachant bien qu'aucun enfant ou presque n'est prêt à interrompre de lui-même son activité en fin de journée.

A chaque fois qu'un bébé passe périodiquement au stade du sommeil léger, durant la nuit (cf. Daniel l'actif, chapitre 5), il revit dans son souvenir la dernière étape de son développement. Il s'agit d'un reste d'énergie diurne, laquelle est si vigoureusement canalisée durant les heures d'éveil qu'elle suit la même direction pendant la nuit et refait surface dès que l'état de semi-conscience de l'enfant le permet. De façon automatique, sans être vraiment réveillé, il reproduit les gestes qu'il s'est exercé à faire toute la journée. (Est-ce la preuve de l'extrême intériorisation de son comportement ?) Seulement, lorsqu'il s'est mis debout et qu'il est incapable de se rasseoir, il se réveille tout à fait et appelle à l'aide.

Etant donné que Louis a pris le pli de les appeler souvent deux ou trois fois par nuit, les Moore ont deux solutions : ou bien l'attacher dans son lit avec des sangles, ou bien lui apprendre à se rasseoir et le laisser se rendormir tout seul. Jamais ils n'ont attaché leurs enfants. Pendant plusieurs jours, ils passent donc au moins une heure par jour à apprendre au bébé à se plier au niveau de la taille s'il désire se rasseoir. Ces leçons l'amusent énormément, et il rit aux éclats lorsqu'un de ses parents le plie en deux pour le faire asseoir; pourtant, il n'apprend pas aussi vite qu'il le ferait tout seul. Ils ont finalement l'idée de le mettre debout près de leurs genoux, de le pencher légèrement en avant et de le pousser vers le bas, de façon à le faire plus ou moins tomber sur le derrière. Cette méthode lui donne, semble-t-il, davantage l'impression d'avoir agi tout seul, et il comprend plus facilement et plus vite ce qu'on attend de lui. Au bout de trois jours, il est capable de se rasseoir tout seul et tout content de se faire admirer. De la pièce voisine, ses parents l'entendent s'exercer assidûment.

> Il est effectivement bien préférable d'élargir le répertoire du bébé et de lui donner un sentiment de maîtrise accrue, plutôt que de l'attacher dans son lit, ce qui élimine automatiquement toute possibilité d'apprentissage (cf. chapitre 7).

Maintenant qu'ils le savent capable de se rasseoir tout seul, ses parents laissent pleurer Louis quinze ou vingt minutes, la nuit, à chaque fois qu'il se réveille, avant d'aller auprès de lui. Ils se contentent d'ailleurs de le plier en deux, de le pousser en position assise et de le laisser se rendormir sans leur aide. Au bout de deux nuits, il cesse de les appeler. Dès qu'il est capable de se suffire ainsi à lui-même au milieu de la nuit, ils se sentent tous trois plus à l'aise et plus reposés durant la journée. Louis n'est pas, semble-t-il, le moins soulagé des trois.

Il peut sembler cruel d'obliger ainsi un bébé à maîtriser son propre schéma de sommeil, mais je suis sûr que c'est indispensable. Si l'on permet au bébé de continuer à dépendre de quelqu'un la nuit, la tension montera vite. Aucun parent au monde n'est capable de supporter à long terme les exigences nocturnes de son enfant, surtout s'il en a d'autres dont il doit aussi s'occuper. Ce qui est encore plus important, cependant, c'est qu'il risque de laisser passer l'occasion d'amener le bébé à accepter cette indépendance nocturne. Je suis convaincu que, d'une façon quelconque, les enfants eux aussi comprennent et apprécient ce besoin d'indépendance durant la nuit. Il ne leur plaît peut-être pas, mais, dans notre culture, on s'attend à ce que les enfants soient capables d'acquérir cette autonomie.

Lorsqu'il est dans son parc, Louis est malheureux. Il gagne à quatre pattes la paroi, se hisse debout et y reste cramponné, en tapant dessus à coups redoublés et en hurlant « non ». Mme Moore, cependant, ne se laisse pas attendrir, car elle veut pouvoir mettre Louis dans son parc de temps en temps, pour de brèves périodes, lorsqu'elle ne peut pas le surveiller de près, mais c'est une étape très pénible, pour l'un comme pour l'autre. Lorsqu'elle est obligée de confiner ainsi le bébé, Mme Moore finit par demander à Martha de le rejoindre. La petite fille parvient à intéresser Louis à ses jeux, ce qui adoucit l'épreuve, mais dès que sa sœur ressort du parc, il veut sortir aussi.

À cet âge, si les parents ne s'en tiennent pas à une utilisation cohérente du parc – en y enfermant le bébé à intervalles réguliers qu'il apprend à attendre et à accepter –, ils ne pourront plus espérer s'en resservir par la suite. L'enfant sera trop perturbé de se retrouver brusquement captif, au moment où il s'y attend le moins. Donc, s'il n'est pas indispensable de pouvoir laisser le bébé dans son parc, autant y renoncer dès à présent, à un stade où la locomotion commence à prendre une énorme importance. Cependant, s'il s'agit d'une inévitable mesure de sécurité, parce que le parent ne peut rester sans arrêt aux aguets à proximité du bébé, il vaut mieux s'en tenir inflexiblement au même schéma. Il est toujours possible d'offrir au bébé des jouets, ou un biscuit, ou la compagnie d'un frère ou d'une sœur. Mais attention ! Si on lui laisse voir qu'il a une chance d'en sortir en engageant la lutte, c'est la fin de tout espoir de pouvoir l'y mettre sans déclencher de conflit.

Dans son parc, Louis passe la majeure partie de son temps à se mettre debout et à se rasseoir, ou bien à pivoter sur son derrière. Il est capable de tourner ainsi sur lui-même jusqu'à ce qu'il soit pris de vertige et s'affale sur le côté. Il ne tourne que dans une seule direction et s'exerce très rarement dans l'autre sens.

On pourra s'attendre à voir le bébé s'exercer à faire marche arrière ou à aller en sens inverse lorsqu'il fera ses expériences sur la station debout et ses multiples variations. La position assise est plus limitée, toutefois, et loin d'être aussi amusante.

Installé dans son parc, Louis s'entraîne à déposer de petits objets dans un grand récipient. Il y met d'abord un petit cube qu'il ressort entre le pouce et l'index, l'explorant délicatement, tandis qu'il tourne et retourne sa main dans tous les sens. Le mouvement de « tenailles » est si nouveau qu'il s'efforce avant tout de voir s'il parvient à le maintenir et à ne pas lâcher l'objet lorsqu'il tourne la main dans diverses positions. Il passe de longs moments à regarder sa main tout en rapprochant le pouce et l'index pour saisir un cube. Une fois qu'il l'a soulevé, il le lâche exprès, observe le résultat, le reprend, le relâche, assimilant des yeux ce nouvel usage. Il commence à mettre plusieurs objets dans le récipient, l'un après l'autre, et semble s'intéresser au concept de « plus d'un ». Il secoue le récipient où il n'a mis qu'un seul objet, pour faire cogner celui-ci contre les parois. Puis il recommence après y avoir mis plusieurs objets, comme s'il « entendait » la différence. Il sait ramasser un objet dans chaque main, en porter un à sa bouche, puis l'autre, puis les deux, comme s'il s'agissait d'établir avec la bouche la différence entre « chacun » et « tous les deux ». Lorsque sa mère lui donne ses petits morceaux à manger, il semble avoir mis au point un véritable rite, comme s'il cherchait à démêler les différences en réservant chaque aliment à une main donnée.

Louis a horreur que sa mère le laisse seul dans une pièce pour aller plus loin et il tente toujours de la suivre, mais il se résignera à son sort si Martha ou Tom se trouvent près de lui. Il est capable de jouer avec l'un ou l'autre à leur propre rythme aussi longtemps qu'ils acceptent sa présence, mais il veut à présent prendre une part active. Avant, il s'était contenté de jouer les spectateurs, gloussant quand ils gloussaient, souriant quand ils souriaient, mais maintenant il veut participer aux échanges. Lorsque les aînés n'en tiennent pas compte et se désintéressent de lui, ou bien il se faufile silencieusement au milieu d'eux et interrompt leur activité, ou bien il quitte discrètement la pièce pour partir à la recherche de leur mère. Il adore jouer à la balle et rit dès qu'il en voit une rouler vers lui. Il essaie vainement de la renvoyer, mais il est quand même capable de la prendre d'une main, puis des deux et de la pousser devant lui en la lâchant, comme s'il comprenait le principe.

Il est ravi lorsqu'on le nourrit en même temps que ses deux aînés, lesquels s'empressent d'ailleurs de lui donner tout ce dont ils ne veulent pas. Alors qu'il secoue violemment la tête lorsque sa mère cherche à lui faire avaler son repas, il reste sagement assis pendant que Martha lui donne un bol entier de céréales. Ainsi les jours où Louis se montre particulièrement difficile, c'est Martha qui, bien souvent, est chargée de le faire dîner.

C'est un moyen pour Louis de se raccrocher à sa grande sœur. Pour retenir son attention, il est prêt à tout accepter, fût-ce de jouer un rôle passif. Il comprend parfaitement qu'il doit parvenir à intéresser Martha. Cela montre encore, s'il en était besoin, la grande importance que revêtent les frère et sœur dans l'environnement d'un troisième enfant dont les parents ne peuvent s'occuper exclusivement.

Mme Moore s'aperçoit que Tom se charge lui aussi de nourrir Louis à sa façon; il lui fait avaler n'importe quoi, depuis les vers de terre jusqu'aux aspirines pour bébé, alors qu'il sait parfaitement qu'il ne doit pas les manger lui-même. Elle retrouve le ver dans les selles de Louis et surprend Tom en train de lui faire ingurgiter l'aspirine. Heureusement, elle arrive à temps pour l'empêcher d'en administrer à son petit frère une dose dangereuse.

Aux Etats-Unis, l'aspirine infantile est encore la principale responsable des empoisonnements de ce genre. Il faut *absolument* la mettre hors de portée des petits, de préférence sous clef. J'ai connu personnellement un exemple confondant de la façon dont un enfant de trois ans, bien décidé, peut déjouer toutes les précautions prises par ses parents. Un petit garçon de ma clientèle a poussé une chaise jusqu'à l'armoire à pharmacie, il a tiré la targette de la porte, dévissé le bouchon du flacon d'aspirine, avalé tous les comprimés, revissé le bouchon, remis le flacon sur son étagère, refermé la porte et repoussé la targette et, finalement, remis la chaise à sa place. Ce n'est que lorsque sa mère est allée lui chercher un comprimé d'aspirine, quatre heures plus tard, en le voyant « tout chose », qu'elle a compris qu'il avait avalé les *cinquante* comprimés du flacon neuf. Si un enfant avale dix comprimés ou plus d'aspirine infantile, il faut le signaler au médecin et s'occuper immédiatement de le faire soigner. Si l'on a de bonnes raisons de croire qu'il a fait une telle bêtise, il faut administrer au plus vite (dans les quinze minutes qui suivent) un émétique, par exemple de l'ipéca, pour le faire vomir (cf. Daniel l'actif, chapitre 7). Il faut donc toujours avoir de l'ipéca à portée de la main, car le quart d'heure qu'il faudra peut-être pour courir à la pharmacie la plus proche risque d'empêcher les soins à domicile. Après avoir consulté le médecin, il faut emmener l'enfant à l'hôpital pour un lavage d'estomac et un traitement approprié. Mon entreprenant petit bonhomme de trois ans a survécu, mais c'est, de l'avis général, un véritable miracle.

En donnant ainsi à Louis l'aspirine dont il a lui-même envie, mais qu'il n'ose pas prendre, Tom obéit à un mélange de jalousie consciente et inconsciente. Consciemment, il a probablement envie de voir ce que leur mère fera à Louis et de se réjouir de sa punition; inconsciemment, il a peut-être espéré faire du mal à son petit frère. Cet épisode prouve bien que les sentiments complexes que Tom éprouve à l'égard de Louis depuis sa venue au monde sont toujours présents et l'incitent à inventer des méthodes de « torture » de plus en plus subtiles.

Lorsque sa mère est dans les parages, Louis passe le plus clair de son temps à l'asticoter. Quand elle s'asseoit pour souffler un peu ou lire le journal, il s'approche d'elle, tire sur sa jupe, défait ses lacets ou donne des coups dans son journal. Lorsqu'elle refuse de faire attention à lui, il s'arrange pour se mettre dans un guêpier dont il ne peut sortir sans son aide. Elle s'aperçoit qu'elle s'est ainsi laissée « avoir » à plusieurs reprises, sans même s'en rendre compte. Lorsqu'elle tente de mettre fin à ce manège, elle voit Louis se diriger délibérément vers un endroit interdit, une prise de courant, par exemple, ou le fourneau. Elle comprend qu'il est désormais capable d'utiliser sciemment les zones dangereuses pour attirer son attention. Il est inutile d'espérer le distraire. Elle est donc obligée de lancer un « non » péremptoire pour l'empêcher de continuer. En entendant ce « non », Louis s'arrête, surpris, se retourne pour regarder sa mère, afin de voir si elle est vraiment sérieuse; son visage se crispe, comme s'il allait pleurer, puis il change finalement de direction et passe à autre chose.

Lorsqu'un bébé commence à asticoter ses parents pour accaparer leur attention et commence aussi à comprendre « non », il est temps pour eux de songer à lui fixer des limites. Une mère expérimentée comme Mme Moore se sent parfaitement à l'aise dans ce rôle; elle ne craint pas de traumatiser l'enfant en lui parlant sèchement. Un père ou une mère novice, en revanche, peut éprouver un fort sentiment de culpabilité lorsque le bébé tourne vers lui un petit visage pathétique et désolé en l'entendant lui donner un ordre. Ce chagrin n'enlève rien, bien sûr, à l'importance qu'il y a à savoir se faire obéir. Bien souvent, lorsqu'ils auront pris une mesure de fermeté, les parents liront sur le visage de leur enfant une expression de gratitude. Ils sauront alors qu'ils avaient parfaitement raison.

Laura la placide

La relative immobilité de Laura forme un contraste saisissant avec l'activité de Louis et de Daniel. Elle se contente de rester assise, le dos rond, inclinée en avant sur son gros ventre qui lui remonte vers le thorax et la fait haleter. Le visage rouge, décrivant des cercles avec les bras, elle conserve cette position jusqu'à ce que sa mère l'installe plus confortablement. On dirait d'ailleurs, bien souvent, qu'elle prend une attitude particulièrement désemparée et paraît plus à court de souffle dès qu'elle voit un de ses parents se profiler à l'horizon. (C'est à comparer avec son « impuissance » au chapitre 9.)

Un week-end où sa mère, malade, doit garder le lit et où M. King est trop préoccupé par les soins à donner à sa femme pour s'intéresser autant qu'il le fait d'habitude au bébé, Laura se met à circuler seule. Son père la laisse, allongée sur le dos, dans le salon, avec un jouet pour l'occuper, et il retourne auprès de sa femme. Une demi-heure après, la petite abandonnée arrive soudain dans la chambre de ses parents, en se traînant péniblement sur le ventre. Etant donné que c'est la première fois qu'elle se déplace toute seule d'une pièce à l'autre, ils décident de la laisser plus souvent seule, pour voir si cela l'incite à bouger. M. King la laisse assise, lourdement penchée en avant, selon sa bonne habitude, après avoir placé plusieurs joujoux juste hors de sa portée. Tout honteux de sa cruauté, il quitte alors la pièce, mais repasse subrepticement la tête pour observer sa fille. Du regard, Laura fait le tour de la pièce pour chercher de l'aide, puis elle se redresse, avance un bras, plie une jambe sous elle et commence à se traîner en direction des jouets.

Lorsqu'elle les a atteints, toujours assise, elle retend sa jambe devant elle et se met à jouer. Cependant, en voyant reparaître son père, elle a l'air surpris et lâche bien vite les jouets pour reprendre son habituelle attitude de petite chose sans défense. Elle sait déjà jouer à merveille son rôle de fille unique, couvée par ses parents.

Dès qu'ils auront perçu un signal de ce genre, les parents feront bien d'essayer de « négliger » un peu leur enfant pour stimuler ses progrès. En « feignant » ainsi la dépendance, Laura fait la preuve de sa vive intelligence, mais elle laisse aussi entrevoir avec quelle obstination elle risque de se cramponner à ses parents si on la laisse faire. Au lieu de se passionner pour des activités motrices qu'elle pourrait accomplir seule (comme le font Daniel et Louis), elle semble prendre beaucoup plus de plaisir à manipuler son entourage pour se faire aider. S'agit-il de mécanismes parallèles chez des enfants extrêmement différents ? Si l'enfant abandonne cette mentalité dès qu'on l'y oblige, il n'y a pas lieu de s'en soucier.

Le nouveau mode de locomotion remplace les sauts de carpe sur le ventre, beaucoup plus lents, et Laura parvient bientôt à circuler relativement vite en position assise, en utilisant un bras pour se tirer et une jambe pour se pousser. Lorsque son père est occupé à lire dans son fauteuil, elle s'approche souvent de lui sans qu'il s'en aperçoive, et tire sur sa jambe de pantalon pour attirer son attention.

Les petits enfants ont mis au point toutes sortes de manières de se déplacer, plus fascinantes les unes que les autres. Elles semblent souvent refléter le caractère de l'enfant. La position vaguement « en crabe » de Laura, assise sur sa jambe, avançant avec une espèce de silencieuse et redoutable résolution, apparaît un peu comme le symbole de son refus de se conformer à la position à quatre pattes utilisée par tant de ses semblables. Parce qu'elle se tient droite, Laura dispose ainsi du libre usage de tous ses « radars » : ses yeux, ses oreilles et toutes ses autres antennes sont prêts à saisir le moindre petit changement dans l'atmosphère ou chez ces grandes personnes qui l'entourent. Elle accomplit autant en observant que ne le font la plupart des enfants en s'activant. Ses cinq sens sont si aiguisés que Laura peut s'entraîner à faire visuellement ce à quoi les autres enfants ne parviennent que grâce à l'exploration motrice. Lorsqu'elle sera prête à avancer à quatre pattes ou sur ses jambes, sa musculature ne sera pas aussi développée que la leur, ses articulations seront plus faibles, mais si elle est suffisamment motivée, elle surmontera cet obstacle. Il lui faudra peut-être plus de temps pour savoir se tenir debout et marcher, mais entre-temps elle aura appris beaucoup d'autres choses sur le monde qui l'entoure.

Lorsqu'elle est assise dans son coin, en train de jouer, Laura ne cesse de babiller, elle appelle ses parents par d'interminables enchaînements de « papa-pa », « ga-ga-ga », « ba-ba-ba ». S'ils quittent la pièce, elle les poursuit de ses appels et semble parfaitement satisfaite de les entendre lui répondre et maintenir le contact à plusieurs mètres de distance. Quand ils reviennent, elle bat joyeusement des mains. Elle joue à faire « au revoir » à son père, agitant la main lorsqu'il disparaît, riant et battant des mains lorsqu'il revient. M. King et sa fille font des parties interminables de ce jeu. La gaieté de Laura est un vrai plaisir pour tous les deux. Elle rit aux éclats lorsque son père s'assied par terre à côté d'elle et imite après elle ses poses et ses mouvements. Elle semble parfaitement saisir le rapport entre le corps et les mouvements de M. King et les siens. En le regardant l'imiter, elle prend nouvellement conscience de ses propres gestes, et cela l'enchante.

Lorsque Mme King enfile son manteau, Laura commence à réclamer le sien. S'il n'apparaît pas, sa mère constate qu'elle établit un rapport entre le manteau et la venue d'une garde. Cela fait déjà un certain temps que Mme King la confie à la même dame quand elle doit sortir, et Laura s'est toujours très bien entendue avec elle; mais, brusquement, la petite fille ne veut plus que sa mère la laisse. Dès qu'elle la voit quitter l'appartement, elle pleure comme si son cœur allait se briser. La garde signale cependant à Mme King que ces pleurs ne continuent que jusqu'au moment où Laura comprend que sa mère est partie pour de bon; elle semble alors accepter l'inévitable et reprend ses jeux. Ce n'est que lorsqu'elle entend le pas de sa mère qui revient qu'elle éclate à nouveau en sanglots. Mme King est déchirée entre son désir d'épargner ce chagrin à sa fille et sa conviction qu'en réalité Laura n'est pas aussi désespérée qu'elle voudrait le faire croire. La garde lui certifie qu'elle s'est bien amusée en son absence.

Ce n'est en effet qu'une mauvaise passe, et la garde a parfaitement raison. A cet âge, la conjugaison de certaines circonstances provoque souvent un regain de dépendance vis-à-vis de la mère (cf. Louis, un bébé moyen, chapitre 9). A présent que le bébé est capable, en se déplaçant, de quitter volontairement sa mère, une séparation qui se fait contre son gré l'effraie d'autant plus. Par ailleurs, beaucoup de nouveaux signaux et de nouvelles façons de faire lui arrivent pêle-mêle de partout. Un de ses moyens de défense contre cette agression est de se raccrocher à ses parents et d'exclure de cet univers qui change trop rapidement les étrangers, avec leurs signaux inconnus et difficiles à comprendre. Dans mon cabinet, les bébés de cet âge se comportent parfaitement bien tant qu'ils restent sur les genoux de leurs parents ou que ce sont *eux* qui s'approchent de *moi*; mais si c'est moi qui m'avance vers eux d'un pas rapide ou qui émets des signaux inhabituels, nous sommes fichus. C'est pourquoi je demande généralement à la mère de tenir l'enfant que je dois examiner et je m'efforce, pour ce faire, de me placer derrière elle. Jamais je ne regarde un enfant de cet âge dans les yeux. S'il m'arrive accidentellement de le faire, je me trouve aussitôt devant un véritable mur des lamentations dressé par le bébé pour se protéger. Il est bien évident qu'un examen approfondi fait facilement peur à un enfant de huit mois. (Que l'on compare ce phénomène à celui du chimpanzé qui se battra avec un congénère, si ce dernier soutient son regard.)

Durant cette période, lorsque les King emmènent Laura dans un endroit inconnu, ils peuvent s'attendre au pire, depuis les cramponnements éperdus jusqu'aux hurlements assourdissants. Ses protestations durent parfois aussi longtemps que la visite. M. King se rend compte que les « séances » de sa fille durent vraiment trop longtemps et qu'elle semble décourager tous les gens qu'elle rencontre par ses épouvantables crises de larmes. Il décide d'essayer d'en venir à bout. Lorsqu'ils quittent leur appartement, il lui parle d'une voix chaude et calme. Une fois arrivés à destination, il lui répète à plusieurs reprises, en quelques mots très simples, qu'elle ne doit pas pleurer, et il lui tient fermement la main. Soit parce qu'elle comprend effectivement, soit parce qu'elle est rassurée par sa voix et sa poigne solide, Laura se comporte beaucoup mieux. Elle parvient à garder son sang-froid tout au long d'une visite, même si elle s'agrippe à la main de son père comme à une bouée de sauvetage. De temps en temps, elle laisse échapper un profond sanglot, comme si elle pleurait intérieurement. Elle garde néanmoins un silence impénétrable et angoissé pendant tout le temps qu'elle passe chez des amis ou à l'épicerie. Qu'un adulte bien intentionné s'approche d'elle pour lui pincer le menton, cependant, et aussitôt, c'est la crise de larmes; il faut la ramener à la maison. Chaque fois qu'elle parvient à se dominer, son père la félicite. Il est bien résolu à l'aider à surmonter cette terreur des endroits et des personnes inconnus. Peu à peu, elle prend courage et, à la fin du mois, elle est capable de rester sagement assise sur les genoux de sa grand-mère, secouée de temps à autre par un gros sanglot.

Même à un âge aussi tendre, il est possible de préparer un bébé à une épreuve désagréable, peut-être parce que cela aide les deux personnes concernées. Il est aussi très utile de préparer les grands-parents, ou la personne à qui l'on doit rendre visite. De cette façon, si leur attitude, jugée trop agressive par le bébé, provoquait un de ces accès de larmes inconsolables, ils ne se sentiraient pas indûment coupables. Je conseille aux parents de les prévenir de ne pas s'approcher trop près du bébé et de ne pas s'occuper de lui tant qu'il n'a pas fait lui-même des avances. Inutile de dire qu'un grand-parent qui attend impatiemment la venue de sa petite-fille aura du mal à se rappeler ces recommandations et à les comprendre.

Laura manifeste à cet âge quelques nouvelles manies alimentaires. Elle adore ramasser des petits morceaux de nourriture, les examiner, les sucer, les recracher dans sa main, les réexaminer avec les doigts et les yeux, les reposer sur son plateau, les reprendre dans sa main et se les remettre dans la bouche. Ce manège peut se prolonger interminablement avec chaque petite bouchée, avant qu'elle ne se décide à l'avaler. Parfois, en la voyant faire, Mme King a envie de hurler d'exaspération. Pour finir, elle pose deux ou trois petits morceaux sur le plateau de sa fille et part vaquer à ses propres tâches dans une autre partie de la cuisine. Laura arrive parfois à faire durer un repas pendant une bonne heure.

Il me semble vraiment navrant que tant de mères soient si braquées sur la nécessité de faire avaler un maximum de nourriture à leur bébé qu'elles sont incapables de saisir toute la valeur de ce genre de comportement explorateur vis-à-vis des aliments. Il est bien évident que si l'enfant est capable de, et autorisé à regarder, toucher, tripoter et goûter ce qu'il mange (exactement comme il a exploré un peu plus tôt avec ses doigts et sa bouche des objets qui ne se mangeaient pas), les repas peuvent devenir une de ses principales sources de satisfaction quotidienne. En combinant ainsi plusieurs actes différents, tels que toucher, regarder, goûter et explorer de la bouche et des doigts les nombreuses caractéristiques d'un aliment avant de l'avaler, l'expérience tout entière prend une dimension particulière pour un bébé aussi sensible que Laura.

La petite fille fait preuve d'une grande diversité dans la façon dont elle aborde les différents aliments. Elle n'aime pas jouer avec les aliments visqueux et mange une banane très vite, en la touchant le moins possible. Un morceau de gâteau sec ou de pain en revanche est tripoté jusqu'à en être totalement méconnaissable. Une fois qu'elle a terminé son repas, elle se lèche méthodiquement les doigts, comme si elle avait peur de perdre une seule miette de ces mets délicieux. Mme King lui tend une serviette, pendant qu'elle essuie le plateau avec un torchon. Laura passe sa serviette sur le plateau, pour imiter sa mère. Elle commence d'ailleurs à manifester par moments la propreté presque maniaque de Mme King.

Elle refuse en revanche d'imiter sa mère lorsque celle-ci lui montre comment se servir de la tasse et de la cuillère. Elle veut bien prendre ces objets pour jouer avec eux, si sa mère les lui tend aux heures des repas, mais si Mme King essaie de lui faire porter la tasse à sa bouche, elle prend un air buté. Elle est capable de boire à la tasse que lui offre sa mère, mais elle ne fait aucun effort pour la tenir elle-même. Si Mme King essaie de lui mettre les mains autour de la tasse, elle les retire violemment et laisse ses bras pendre, ballants, à ses côtés. Elle refuse également de porter la cuillère à ses lèvres, et pourtant Mme King est persuadée qu'elle pourrait le faire si elle le voulait. Elle semble estimer que ces manipulations sont du ressort de sa mère et qu'elle n'est pas là pour faire son travail à sa place.

Certains enfants, qui savent parfaitement tenir leur biberon ou manipuler leur tasse et leurs autres ustensiles, refusent systématiquement de le faire. Je crois qu'ils se rendent compte de l'agrément qu'il y a à être dorlotés à l'heure des repas. Je suis tout à fait de leur avis. Tant qu'ils auront envie qu'on les fasse manger, on doit le faire. La petite enfance est de toute façon beaucoup trop brève, et nous sommes vraiment bien trop pressés, dans notre société, de voir nos bébés grandir. Le repas doit être une cérémonie intime, au cours de laquelle la mère donne et le bébé reçoit. N'importe quel bébé sentira bien que s'il laisse voir qu'il est capable de tenir son biberon tout seul, il risque fort de se retrouver en tête-à-tête avec lui. Il en va de même pour la tasse et la cuillère. Les bébés acceptent souvent d'utiliser leurs doigts, qui viennent tout juste d'apprendre à ramasser des petits morceaux, mais pas des objets aussi familiers que la tasse et la cuillère.

Laura semble s'amuser à jouer avec sa faculté de transformer à volonté son univers visuel. Assise par terre, au milieu d'une pièce, elle fixe son regard sur un objet éloigné. Elle penche la tête d'un côté, comme pour le voir sous un certain angle, puis de l'autre, ravie par le changement. Elle secoue la tête sans quitter l'objet des yeux, en variant la vitesse et la direction de son mouvement. Lorsqu'elle a retrouvé son équilibre, elle pouffe de rire et semble fort divertie par les modifications qu'elle peut apporter, toute seule, à son univers.

Devant un miroir, elle paraît hypnotisée. Elle se regarde pendant un long moment, de l'air de quelqu'un qui comprend ce qu'il voit. Ayant souri à son reflet, elle éclate de rire en voyant qu'il lui répond. Elle le caresse de la main et veut l'embrasser. Elle appuie son front contre la glace et cligne fortement des yeux, comme elle fait lorsqu'elle joue avec ses parents; on dirait qu'elle cherche à découvrir si ce reflet est une personne ou non. Elle aperçoit sa main dans la glace et la compare avec sa main réelle, en les regardant fixement chacune, à chaque fois qu'elle change de geste. Ce jeu l'intrigue beaucoup, et elle peut le prolonger très longtemps. Ses parents ont l'impression qu'elle assimile l'idée d'avoir affaire à son propre reflet.

A mon avis, elle est plutôt intriguée de voir reproduits devant elle les mouvements de son propre corps. Cela rehausse la perception visuelle-motrice qui s'effectue, lorsque le bébé apprend à maîtriser chacun de ses gestes. En se voyant de l'extérieur, si l'on peut dire, Laura a une meilleure conscience d'elle-même et de son corps. Cela peut être tout aussi passionnant pour un bébé que ça l'est pour nous, lorsqu'il nous arrive de faire une découverte sur notre personnalité intime.

Daniel l'actif

Daniel se déplace si vite à quatre pattes qu'il est capable de suivre son père ou sa mère où qu'ils aillent. Ils l'ont déjà coincé à plusieurs reprises avec la porte de la salle de bain. A présent, avant d'ouvrir une porte, il faut toujours appeler Daniel pour s'assurer qu'il ne se trouve pas de l'autre côté. Il aime beaucoup attendre assis ou debout derrière une porte qui devrait bientôt s'ouvrir, et il hurle vigoureusement si elle le fait tomber par terre en le heurtant. S'il a besoin d'aller quelque part le plus vite possible, il marche à quatre pattes, mais il passe ses moments de récréation à explorer les multiples complexités de la station debout. Dès qu'il entre dans une pièce, il s'assure que Mark ou les grandes personnes y sont installés de façon relativement durable. Fort de la certitude qu'il a du temps devant lui pour « s'entraîner » avant d'être obligé de vider les lieux, il se livre à une seconde évaluation de la pièce et la parcourt du regard pour en juger, semble-t-il, les possibilités sous le rapport de l'exploration. Si l'on a changé une chaise de place ou posé un nouvel objet sur une table, il file droit dessus.

> L'incroyable mémoire qu'il a de l'ensemble d'une pièce, telle qu'il l'a vue pour la première fois, permet au bébé de percevoir tout niveau stimulus de façon très économique. Et il se sent bien sûr aussitôt tenu d'aller l'explorer.

Etant donné que Mark ne s'est jamais montré aussi persévérant, ni aussi attentif aux moindres détails, que son frère, les Kay se laissent surprendre. Lorsque le bébé passe à l'attaque, la tasse oubliée dans le salon la veille au soir risque fort de finir par terre. Une cigarette qui se consume dans un cendrier est un objet fascinant, jusqu'à ce qu'il se soit brûlé. Après quoi il manifeste un profond respect pour les cigarettes, ainsi d'ailleurs que pour les cendriers.

> On ne saurait, certes, recommander sans réserve cette méthode pour apprendre aux bébés à ne pas jouer avec ce qui brûle, mais il faut bien reconnaître qu'elle est efficace. Dans les montagnes du Mexique méridional, où les Indiens vivent dans des huttes bâties autour d'un âtre central qui ne s'éteint jamais, personne ne cherche à arrêter le bébé qui se précipite vers le feu. « Il apprendra », disent-ils. Et c'est bien ce qu'il fait, car il le faut. Peut-être demandons-nous trop à nos enfants, lorsque nous les arrêtons dans leurs explorations, et nous nous attendons ensuite à ce qu'ils sachent ce que c'est que « brûlant », sans en avoir jamais fait l'expérience. Une maman m'a dit qu'elle laissait toujours sa petite fille essayer les choses avant de les lui interdire, car cela lui conservait son âme d'exploratrice. Elle pense qu'en l'interrompant toujours trop tôt, elle risque de remplacer la curiosité par la peur.

Les repas de la famille Kay virent au cauchemar. Daniel passe son temps à tourner autour de la table, en y appuyant d'abord les mains, en alternance, pendant qu'il marche, puis le menton pour voir ce qu'il pourrait grappiller, tirant sur la nappe pour essayer de mettre la main sur tout ce qui vient avec elle, ou bien se cramponnant aux genoux de ses parents pour réclamer des gâteries. Comme il mange généralement très peu durant son propre dîner, Mme Kay prend l'habitude de lui donner des petits bouts de ce qu'elle mange, « puisque c'est la seule façon de lui faire avaler quelque chose ». Elle tente de l'asseoir à table avec eux, dans sa chaise haute, mais il gâche le dîner de toute la famille. Il se met debout sur le siège pour faire le malin, refuse tout ce qui se trouve dans son assiette, réclame ce qui se trouve dans celles de ses parents et, dès qu'ils lui en donnent, l'écrase sur la table ou le fait tomber par terre exprès, pour les embêter. Au bout de trois repas infernaux, M. Kay sent son ulcère qui le tiraille, et sa femme comprend que ce n'est pas la solution. Elle continue donc à donner à Daniel des morceaux de ce qu'elle a dans son assiette et s'efforce de le confiner dans sa chambre chaque fois qu'elle le peut. Cependant, comme elle ne le voit pas de la journée, à cause de son travail, elle aime bien qu'il reste avec eux le soir, et elle parvient donc rarement à le coucher avant le dîner.

Une mère moins préoccupée par la quantité de nourriture que consomme son bébé (cf. chapitre 9) maîtriserait la situation de façon plus durable et efficace. Il n'y a aucune raison de laisser le bébé assister au repas de la famille, s'il doit en profiter pour empoisonner tout le monde, car cela n'aura d'autre résultat que d'augmenter la tension générale. Si on ne le gâte pas ainsi et qu'on ne le traite pas comme un petit chiot qui mendie, il apprendra vite que l'heure du repas est sacrée. On pourra même le convaincre de jouer sagement à proximité ou de manger un petit en-cas à sa propre petite table. Si la mère se montre très ferme sur ce point, le bébé se fera déjà une idée de l'importance sociale du repas familial, ce qui, plus tard, lorsqu'il sera plus apte à prendre part à ces échanges sociaux, en rehaussera peut-être la valeur.

A présent, Daniel est capable de se nourrir sans l'aide de personne, en mangeant avec les doigts, et il sait boire dans une tasse. Malheureusement, il a rarement l'occasion de se débrouiller seul, car ni sa mère, ni la garde ne peuvent s'empêcher d'essayer de le gaver. Le résultat, c'est qu'il profite de ses repas pour asticoter les grandes personnes. Il refuse d'être nourri à la cuillère, soit en secouant violemment la tête, soit en acceptant la cuillerée, mais pour la cracher aussitôt à travers la pièce. Lorsqu'il a un public, il boit un peu dans sa tasse et fait voir qu'il est capable de s'en servir comme un grand. A la fin de son numéro, il la laisse soigneusement tomber par-dessus bord. Ce faisant, il cligne des yeux, anticipant le bruit de son arrivée au sol.

> Cela indique la mémoire des espaces temporels. Le bébé a conscience qu'un certain laps de temps doit s'écouler avant que la tasse ne heurte le sol et il anticipe le bruit.

Heureusement, la vie avec Daniel a aussi ses bons côtés. Il est si agile et si malin que c'est un véritable plaisir de le regarder jouer. Il préfère à tous ses joujoux les affaires de ses parents. Il adore s'amuser avec une boîte de bobines ou bien avec le jeu d'échecs de son père, qu'il remet dans son étui pour sortir les pions un par un. Pour les saisir, il se sert d'abord d'une main, puis de l'autre. Il est également familiarisé avec le concept de poser un objet avant d'en prendre un autre. Bien qu'il aime se déplacer à quatre pattes, en tenant quelque chose dans une main (cf. Louis, un bébé moyen, chapitre 9), tandis qu'il explore de l'autre, il préfère garder les deux mains libres lorsqu'il est assis à jouer. Il ramasse un cube de la main droite, un autre de la main gauche, et il les frappe bruyamment l'un contre l'autre. Après quoi il essaie d'en attraper un troisième avec sa bouche. Ensuite, il semble avoir l'idée de mettre dans sa bouche un de ceux qu'il tient pour ramasser le troisième dans sa main ainsi libérée. Il cogne contre le cube qu'il a dans la bouche avec chacun de ceux qu'il tient. Le jeu prend fin quand il se donne un grand coup de cube en pleine figure.

Il adore la papier, les magazines, les journaux et même les livres, tout y passe. Il apprend à les déchirer bruyamment, et Mark l'imite, non sans hésitations, lorsqu'il s'adonne à cette oecupation destructrice. Mme Kay ne sait trop comment mettre fin à ce vandalisme. Lorsqu'elle essaie d'arracher un livre ou un magazine des mains de Daniel, il s'y cramponne si fermement que le malheureux objet se déchire. Elle s'aperçoit qu'elle peut, en revanche, lui faire lâcher par la ruse un livre précieux, en lui en tendant un qui n'a pas d'importance. Elle lui achète quelques magazines pour jouer avec, de façon qu'il laisse les leurs tranquilles, mais cette nouvelle ruse ne réussit qu'à moitié. M. Kay, lui, recouvre d'un grillage les rayonnages qui contiennent ses livres de valeur, pour que Daniel ne puisse pas les attraper et les déchirer en son absence.

Il sait aussi ouvrir les tiroirs et l'un de ses jeux préférés consiste à en projeter tout le contenu par terre. Après quoi il grimpe dans le tiroir vide et hurle pour qu'on vienne l'en sortir. Mme Kay découvre qu'en passant un balai verticalement à travers les poignées superposées des tiroirs d'une commode ou d'un bureau, Daniel est incapable de les ouvrir et par conséquent de les vider. Le coffre à jouets de son frère devient l'une de ses cibles de prédilection. Le malheureux Mark en est réduit à pleurnicher et à tempêter. Il essaie d'apprendre à son petit frère qu'il est tout aussi amusant de remettre les choses dans le coffre que de les en sortir, et Daniel veut bien le croire, du moment que Mark l'aide à ranger. Dès qu'il s'en lasse, Daniel aussi. Un jour, Mme Corcoran, la garde, entend des cris étouffés en provenance de la chambre de Mark. Guidée par le bruit, elle découvre Daniel coincé dans le coffre à jouets qu'il a vidé, avant de grimper dedans et refermer le couvercle.

Cet incident n'est pas sans rappeler les accidents, beaucoup plus tragiques, des enfants coincés dans des réfrigérateurs. Les enfants moins agiles feront toutes ces choses plus tard que Daniel, mais pour les mêmes raisons, par goût innocent de l'exploration. Pendant ces quelques mois, la maman fera bien de réévaluer constamment les pièges dans lesquels son bébé pourrait tomber.

A présent, il va jusqu'à la porte d'entrée dès qu'il l'entend s'ouvrir, et le soir il y est souvent posté pour accueillir chacun de ses parents, avant même d'avoir entendu le moindre bruit.

Les enfants acquièrent, en ce qui concerne un événement important pour eux et qui se reproduit régulièrement, un sens de l'heure qui leur permet d'aller d'eux-mêmes attendre leur père à la fenêtre, le moment venu.

Si le téléphone sonne, Daniel devance Mme Corcoran, et lorsqu'elle arrive, elle le trouve assis, l'écouteur à la main, muet comme une carpe. Le correspondant, à l'autre bout du fil, est exaspéré par ce silence ou bien, lassé de ne recevoir aucune réponse, il a déjà raccroché. L'une des distractions favorites du petit garçon est de décrocher le téléphone pour écouter avec intérêt les bruits qui lui parviennent par l'écouteur.

La compagnie des téléphones n'a pas trouvé grand-chose à proposer dans le domaine de la protection « anti-bébé ». Depuis le temps, elle aurait pourtant dû se pencher sur le problème. A moins de un an, un de nos enfants, ayant formé un numéro au hasard sur le cadran, est entré en communication avec le service d'achat Jordan Marsh, et nous l'avons trouvé écoutant d'un air béat les remontrances excédées de la préposée qui le sommait de bien vouloir passer sa commande.

Dès que passent la voiture des pompiers ou un camion très bruyant, Mark et Daniel se précipitent à la fenêtre. Le bébé apprend à faire « voum-voum » quand passe un camion, pour tenter d'en imiter le bruit.

Une bonne partie de la fascination qu'exercent les camions et les automobiles sur les enfants vient du bruit qu'ils produisent. Les camions qui font un vacarme particulièrement fort et agressif semblent les surexciter davantage, surtout à une certaine distance.

Daniel apprend à jouer à « grand comme ça » avec son père. Lorsque M. Kay demande : « Il est grand comment, Daniel ? », le bébé lève les bras jusqu'à hauteur de ses épaules quand il est debout et par-dessus sa tête s'il est assis.

Ces deux gestes ne sont pas entièrement fondés sur le fait qu'il sait que sa taille varie suivant sa position. Le bébé cherche aussi, instinctivement, à garder les bras prêts à lui servir de balancier ou à lui permettre de se raccrocher lorsqu'il est debout.

Daniel traverse à nouveau une période de sommeil troublé, qui perturbe évidemment aussi ses parents (cf. chapitre 7). Il a beaucoup de mal à abandonner ses passionnantes explorations pour faire sa sieste ou sa nuit. Les Kay ne se sont jamais montrés assez résolus dans leur manière de coucher leurs enfants à une heure donnée. Cela n'avait pas d'importance avec Mark, qui est un enfant facile à mener. Le moment venu, il est toujours possible de l'envoyer se coucher sans faire d'histoire.

> Les enfants placides comme Mark ou Laura dépensent une grande partie de leur énergie à distinguer tous les stimuli qui les entourent. Ils ne sont pas actifs physiquement, mais l'activité sensorielle et intellectuelle nécessaires pour faire face à tous les stimuli quotidiens les épuise. Ils sont donc tout prêts à saisir l'occasion de se soustraire au vacarme que fait le reste de la famille, lequel leur pèse plus qu'à un enfant direct et actif tel que Daniel.

Depuis que Mme Kay a repris son travail, elle se sent écartelée entre le désir de voir ses enfants le plus possible, en fin de journée, et un sentiment de culpabilité parce qu'elle a l'impression de ne plus satisfaire leurs besoins respectifs aussi pleinement qu'elle le devrait. Si Daniel refuse d'aller se coucher, elle espère que le moment viendra où il finira quand même par s'arrêter de lui-même (cf. Louis, un bébé moyen, chapitre 10). A mesure que son excitation s'accroît, cependant, elle se communique à Mark, et les deux enfants finissent par atteindre un état de totale surexcitation. Après quoi, c'est le dénouement inévitable, c'est-à-dire la crise de rage ou de larmes. M. et Mme Kay comprennent alors qu'il est temps de les obliger à aller au lit. C'est un véritable soulagement pour les petits garçons de s'y retrouver, et bien souvent ils dorment à poings fermés avant que Mark n'ait entendu la fin de son histoire ou que Daniel n'ait terminé son biberon.

Pour moi, c'est encore une preuve du soulagement que manifestent les enfants dès que leurs parents adoptent une attitude intraitable, qui leur enlève à eux toute responsabilité.

Les siestes de Daniel sont très brèves. Durant la semaine, la garde a moins de mal à le coucher que n'en a Mme Kay pendant le week-end. Cette dernière constate qu'elle est obligée de laisser Daniel se passer de son petit somme du matin pour mieux se concentrer sur la sieste de l'après-midi. Lorsque ses parents sont à la maison, le bébé est plus énervé et il a envie de rester avec eux. Toutefois, il faut dire aussi que Mme Corcoran est beaucoup plus ferme dans la façon dont elle programme la journée des deux petits garçons, et ceux-ci le savent parfaitement.

Daniel se réveille au milieu de la nuit et appelle sa mère. Elle va le retrouver et reprend l'habitude de lui donner un biberon pour l'aider à se rendormir, comme elle le faisait lorsqu'il avait cinq mois (cf. chapitre 7). En fait, elle savoure cette période d'intimité, en tête-à-tête avec son bébé. Tout en lui donnant son biberon, elle songe à tout ce qu'elle n'a pas su faire pour lui durant la journée ou bien à tout ce qu'elle a fait de travers, et elle se sent à nouveau culpabilisée par ses doubles responsabilités d'enseignante, qui lui apportent tant de satisfactions, et de mère, qu'elle craint de négliger.

Elle a tort. Son métier est pour elle une gratification très importante, et il fait d'elle une meilleure mère. Le grand danger pour une mère qui travaille au-dehors, c'est de se laisser aveugler par ce sentiment de culpabilité vis-à-vis de ses enfants. Avec un bébé de l'âge de Daniel, elle doit se rappeler qu'il a autant besoin de fermeté que de tendresse. Si elle se laisse aller à ses propres sentiments, elle risque de nuire à la discipline et aux horaires réguliers qui sont nécessaires à l'enfant. C'est évidemment bien difficile à se rappeler.

Daniel devient de plus en plus exigeant la nuit, et Mme Kay sait bien qu'elle ne devrait pas aller le retrouver dès qu'il appelle. Comme lorsqu'il avait cinq mois, elle résout encore une fois le problème en passant un moment avec lui vers vingt-deux ou vingt-trois heures, avant de se mettre au lit. Elle le réveille, le change, le câline et lui parle doucement, tout en lui donnant un peu de lait, lorsqu'il en réclame. Ensuite s'il se réveille à nouveau, elle le laisse pleurer. Elle est très étonnée de constater que la crise se dénoue d'elle-même. Daniel se réveille encore pendant quelques nuits, mais lorsque sa mère vient lui dire fermement qu'elle est déjà venue et qu'il doit dormir, il obéit sans protester. En venant à bout de ses propres contradictions et en consacrant un peu de temps supplémentaire à son fils (symbolique pour elle et important pour tous les deux), Mme Kay est parvenue à assainir la situation. Au bout d'une semaine, Daniel a juste besoin d'un gros baiser et d'un changement de couches vers vingt-deux heures, et le problème est définitivement réglé.

11

LE NEUVIÈME MOIS

Louis, un bébé moyen

Au cours du neuvième mois, Louis semble ralentir le rythme de son apprentissage pour consolider certaines de ses acquisitions. Il ne paraît plus aussi désireux d'apprendre de nouveaux tours qu'il a pu l'être tout au long des mois précédents. Il découvre qu'il lui est possible de s'asseoir lorsqu'il est allongé sur le dos, en une seule rotation. Il se pelotonne par terre, se tourne d'un côté et fait imperceptiblement glisser le poids de son corps, de façon à se retrouver assis sans grand effort apparent.

> Beaucoup d'enfants apprennent à s'asseoir en ramenant leurs jambes sous eux, comme pour se mettre à quatre pattes. Après quoi ils tendent les jambes devant eux et atterrissent adroitement sur les fesses. Comme pour toutes les étapes du développement, chaque bébé a sa méthode.

Pour se mettre debout, l'effort est plus net, mais Louis s'entraîne à présent à lâcher son support à mi-chemin, pour osciller d'une jambe sur l'autre. Une fois qu'il s'est accroché à la chaise ou à la table qui lui sert de point d'ancrage, il se laisse doucement glisser en position assise, en faisant redescendre ses mains le long du pied, exactement comme il a appris à les faire monter le mois précédent.

Assis par terre au milieu de la pièce, il découvre de nouveaux jeux. Il empile deux cubes l'un sur l'autre. Cette idée lui vient de Martha qui lui a appris à le faire. Sur les instances de sa sœur, il tente même d'en ajouter un troisième, mais l'entreprise est trop compliquée pour lui et il s'en désintéresse. Dès que Martha y consent, il abat la tour qu'il vient d'édifier du plat de la main. Le contrôle nécessaire pour saisir un cube entre deux doigts, le soulever, le poser sur un cube identique et aligner les deux de façon à former une tour demande un gros effort de concentration. Pour faire plaisir à Martha, Louis est capable de fixer son attention comme il ne le fera pour personne d'autre, mais il a quand même ses limites.

> On a tendance à oublier quel merveilleux outil l'homme s'est forgé en parvenant ainsi à isoler son pouce et son index du reste de sa « patte ». Cela lui permet de saisir les objets avec délicatesse, de les empiler les uns sur les autres, de tâter du doigt, de presser avec une force accrue entre le pouce et l'index, et de faire de l'usage perfectionné des outils, une prérogative purement humaine.

Louis adore lancer les choses, et Tom lui apprend à jouer avec une balle qu'on se lance et se renvoie. Lorsque le bébé lance (ou plutôt lâche) une balle, son grand frère la lui renvoie. Le moins qu'on puisse dire, c'est que Louis ne vise pas très droit, mais Tom a une telle envie de poursuivre le jeu qu'il veut bien courir pour rattraper la balle. Tout en jouant, Louis glousse de plaisir. Il commence à prévoir à présent le retour de l'objet qu'il a lancé et paraît franchement déçu si Tom ne le lui renvoie pas. Bien souvent, c'est lui qui commence la partie en allant à quatre pattes chercher la balle pour l'apporter à Tom.

Les jeux de ce genre sont très utiles pour développer chez l'enfant la capacité de lâcher un jouet et d'anticiper son retour. Dans le cas de Louis, il faut y ajouter le désir de conserver l'attention de son frère, mais ces amusements surviennent généralement à un âge où le bébé apprend d'autres concepts similaires, par exemple celui de quitter sa mère et de retourner ensuite volontairement auprès d'elle, ou bien de la laisser s'en aller et de prévoir son retour.

Louis est maintenant capable d'obéir à des ordres très simples, et il prend grand plaisir à les comprendre, à les exécuter et à venir, à la fin, chercher sa récompense : quelques mots de félicitation. Un jour, M. Moore dit : « Tom, va me chercher mes pantoufles », et il est ravi de voir Louis partir à quatre pattes en direction de la chambre de ses parents, à la suite de son frère. Le lendemain soir, c'est à Louis qu'il adresse sa requête, et toute la famille se divertit beaucoup de voir le bébé quitter la pièce et rapporter une pantoufle à son père. Cela devient alors un rite bien établi que Louis adore.

Un troisième enfant apprend une somme incalculable de choses en imitant ses frère et sœur ou en rivalisant avec eux, au point que le lecteur est en droit de se demander comment un malheureux aîné ou enfant unique parviendra jamais à lutter avec les autres dans les jeux de la vie. Les fragments de comportement que Louis apprend en imitant Tom et Martha sont certes plus facilement acquis sur le moment, mais au bout du compte, ils lui seront peut-être moins profitables, pour la découverte du processus de l'apprentissage, que ne le seront les tentatives empiriques d'une Laura ou de tout autre premier enfant.

Les trois enfants adorent chahuter avec leur père, en fin de journée. Un de leurs jeux préférés consiste à se rouler sur lui tandis qu'il est allongé par terre. Louis aime particulièrement lui atterrir sur le visage et s'écroule à plat ventre sur le nez de M. Moore. Un autre jeu consiste à être jeté en l'air et rattrapé par son père. Jusque-là, le bébé y prenait grand plaisir, mais à présent, lorsque M. Moore le lance, il prend une profonde inspiration, se raccroche désespérément à ses mains et refuse d'être lancé une deuxième fois.

> Lorsque le bébé est lui-même occupé à découvrir la verticalité, c'est-à-dire lorsqu'il commence à se mettre debout et à se rasseoir, il semble brusquement plus conscient des niveaux. Avant d'avoir appris à grimper ou à s'élever tout seul jusqu'à une certaine hauteur, Louis avait moins peur d'être jeté en l'air et rattrapé.

Après les jeux de ce genre, on voit Louis entreprendre tout seul une exploration de l'espace : il se met debout, puis se laisse volontairement retomber à genoux ou sur les fesses. Il répète inlassablement ces espèces de chutes « voulues », comme s'il cherchait à dominer ainsi la peur dont il vient tout juste de prendre conscience. Après cela, il pleurniche dès qu'il se retrouve sur une chaise. Lui qui avait pourtant appris à monter sur les chaises et à en redescendre, il semble à présent avoir peur de cette dernière opération, il est comme bloqué par sa récente expérience.

Il commence en même temps à avoir peur de la grande baignoire. Depuis qu'il sait se tenir assis, il a pris l'habitude d'y jouer avec Martha et Tom – ils prennent leur bain tous les trois ensemble –, mais maintenant, si Mme Moore l'installe dedans avec les deux autres, il se met à hurler. Elle essaie de le baigner tout seul, mais il sanglote pitoyablement et se cramponne aux rebords. Sa mère respecte cette brusque angoisse et ressort la vieille bassine dont elle se servait quand il était plus petit. Lorsqu'elle prend son bain, cependant, elle le prend avec elle et le tient bien serré tout en le laissant doucement glisser jusque dans l'eau. Lentement, il commence à reprendre confiance. Au bout d'un mois, il accepte d'être baigné tout seul dans la baignoire, mais il faudra longtemps avant qu'il ne consente à y retourner en compagnie de ses frère et sœur; il est incapable de supporter leurs mouvements violents et le vacarme qu'ils font, tant qu'il est encore occupé à surmonter de nouvelles terreurs.

Cette nouvelle conscience du danger coûte très cher au bébé. Elle amène dans son sillage la peur, l'insécurité et la nécessité de réévaluer toutes les anciennes acquisitions qui ont soudain pris une dimension nouvelle.

Louis laisse transparaître certaines de ses craintes en jouant avec son chien en peluche favori. Il le pose dans un fauteuil et le fait rouler par terre. Puis il s'assied à côté de lui pour le consoler.

Si nous savons les interpréter, nous verrons que les jeux qui mettent en scène les craintes, les souhaits et les ambitions d'un bébé ne sont pas rares. Même à cet âge, j'ai vu des bébés exprimer ce qu'ils éprouvaient en « y jouant ». Etre capable de voir tout seul ce qui vous dérange, l'exprimer en s'amusant, se servir du jeu pour faire remonter ses angoisses à la surface de la conscience, où l'on pourra mieux les contrôler, n'est-ce pas là l'essence même de la psychothérapie, pour les enfants comme pour les adultes ? Même après une expérience traumatisante, telle que l'hospitalisation, un enfant plus âgé que Louis sera capable d'effacer les cicatrices et l'angoisse laissées par ce traumatisme en les replaçant dans un contexte ludique. Si l'expérience a été pénible, le contexte en question peut être créé par les parents.

Louis commence à manifester de l'inquiétude à chaque fois que sa mère fait marcher l'aspirateur. Il se réfugie dans un coin et pleure jusqu'à ce qu'elle arrête l'appareil pour venir le consoler. Etant donné que cette nouvelle crainte est apparue en même temps que les autres, Mme Moore se creuse la tête pour trouver un moyen de sortir son petit garçon de cette mauvaise passe. Elle essaie tout d'abord de fermer la porte de la pièce où elle s'active, mais Louis est malheureux de se sentir isolé. Voyant qu'il est à la fois effrayé et fasciné, elle prend alors le parti de lui tenir la main bien fort, tout en passant l'aspirateur de l'autre main. Ensuite, une fois qu'elle a débranché l'appareil, elle fait approcher Louis pour qu'il puisse le toucher et l'explorer. Peu à peu, il surmonte aussi cette frayeur-là et se remet à jouer tranquillement pendant qu'elle fait son ménage.

Cette période où l'enfant a soudain peur de tout arrive plus tôt chez Louis que chez la plupart des enfants dont j'entends parler, hormis ceux qui vivent dans un environnement bruyant et agressif, comme celui créé par Tom et Martha. On a un peu l'impression que le petit dernier est la plupart du temps tout à fait capable de supporter le niveau de bruit et de surexcitation imposé par les aînés, mais la précarité de son équilibre devient évidente lorsqu'un accroissement de sa sensibilité au bruit vient le désarçonner. On se rend compte alors que ce n'était qu'au prix d'efforts constants qu'il parvenait à maîtriser tout ce qui se passait autour de lui. Cependant, le fait qu'un enfant comme Louis cherche sans faiblir à faire face aux agressions du monde extérieur et y parvient toujours démontre assez qu'un environnement stimulant comme le sien est un merveilleux cadre pour une croissance réussie.

En remarquant que le plus jeune de ses fils semble avoir peur de tout, Mme Moore se demande si elle ne devrait pas le pousser à cesser d'être aussi bébé.

Vu de l'extérieur, bien sûr, il est facile de voir que ce n'est pas le moment de le pousser à quoi que ce soit. Ces nouvelles frayeurs reflètent un besoin de dépendance accrue. La peur prélude souvent à des élans d'indépendance et d'agressivité. Elle constitue, semble-t-il, de la part du bébé, une tentative de rentrer dans sa coquille et de tirer une certaine sécurité de son environnement avant de commencer à essayer de voler de ses propres ailes.

Mme Moore voudrait apprendre à Louis à boire à la tasse, mais il refuse. Il adore son biberon qu'il boit volontiers sans l'aide de sa mère. Durant le mois qui vient de s'écouler, Mme Moore s'en est d'ailleurs beaucoup servie pour l'apaiser en fin de journée. Elle couche le bébé par terre, au milieu de la cuisine, avec son biberon. Il reste allongé sur le dos, occupé à sucer la tétine, puis il la sort de sa bouche avec un bruit sonore, il explore le récipient des mains et des yeux, avant de recommencer à téter avec ferveur. Sa mère se sent brusquement jalouse de cet attachement. Elle ne comprend pas, d'abord, pourquoi il se montre si maladroit lorsqu'elle lui propose son lait dans une tasse. Quand il boit, le liquide lui coule des deux côtés de la bouche, alors que si elle lui donne dans la même tasse une boisson fruitée, il l'avale sans en renverser une goutte. Elle comprend enfin que c'est pour résister à ses tentatives de lui enlever son biberon bien-aimé. Ce que voyant, elle est d'autant plus décidée à le lui supprimer. Elle en parle avec des amies, dont certaines semblent penser, comme elle, qu'il est grand temps que Louis sache boire dans une tasse.

Voici un parfait exemple de la subtile rivalité qui peut exister entre des parents. Chacun est toujours prêt à aider les autres à ne pas se sentir à la hauteur, prêt à voir le comportement des bébés des autres comme anormal. Peu d'entre eux sont disposés à, ou même tout simplement capables de, souligner la force extraordinaire que manifeste un bébé en se cramponnant ainsi à un symbole aussi important pour lui que le biberon. Ils semblent prendre comme critère de la réussite parentale la vitesse à laquelle l'enfant franchit les différentes étapes de la croissance. J'espère que la nouvelle génération de parents comprendra qu'il est beaucoup plus important de s'assurer que chaque pas franchi par l'enfant est bien assuré, qu'il est fait pour de bonnes raisons, même s'il faut l'attendre long-temps.

Les remarques de ses amies renforcent chez Mme Moore cette volonté d'obliger Louis à se passer du biberon. Plus elle le presse d'accepter la tasse, cependant, plus il semble résolu à résister. Elle ajoute un parfum au lait qu'elle met dans la tasse, et le bébé accepte alors de le boire, mais si elle ne met pas de parfum, il le refuse à nouveau. Elle songe alors à ne plus lui donner du tout de biberons et à le priver de lait jusqu'à ce qu'il cède, mais d'autres problèmes ménagers l'accaparent, et elle finit par s'adoucir.

Mme Moore fait là ce que font souvent les parents de plusieurs enfants. Ils remarquent tout d'un coup un détail qui nécessite, croient-ils, leur intervention immédiate. Se sentant coupables de l'avoir négligé jusque-là, ils s'acharnent dessus. C'est inutile. Louis apprendra bien assez tôt à se servir d'une tasse pour boire son lait. J'ai vu, dans les sociétés primitives, des enfants qui ne s'étaient jamais servis d'un tel usten-sile auparavant observer les grandes personnes, puis à l'âge voulu prendre leur tasse et y boire seuls, comme s'ils n'avaient fait que ça toute leur vie. Dans ces sociétés, l'apprentissage est davantage fondé sur l'imitation que sur l'enseignement, et cela permet de comprendre clairement qu'il y a bien des manières d'arriver au même résultat. Un bébé comme Louis apprendra à se servir d'une tasse lorsqu'il sera prêt à le faire.

Les parents valorisent le biberon en laissant très tôt le bébé l'explorer et le maîtriser tout seul. L'un des avantages qu'il y a à tenir le bébé, lorsqu'on lui donne son lait, tout au long de la première année, c'est qu'il y renoncera beaucoup plus facilement au début de la deuxième année, lorsqu'il cherche à se détacher de ses parents. Au cas où cette dernière phrase laisserait croire que je fais partie de ceux qui pensent que l'âge auquel le bébé renonce au biberon a une importance, je m'empresse de préciser qu'il n'en est rien.

Laura la placide

A première vue, Laura ne semble guère progresser vers le but que lui ont fixé ses parents : bouger davantage.

Inconsciemment, les parents se laissent influencer par ce que savent faire les bébés de leurs amis, par ce que « doit » savoir faire le bébé de tel âge dans notre société, selon les magazines spécialisés et ce que disent les autres parents. Même au bureau, les pères et les mères comparent les progrès de leurs bébés respectifs. Et ce sont invariablement les grandes étapes de l'activité motrice qui servent de critère.

Laura passe ses journées assise. Elle étudie calmement tous les aspects de cette position. Elle se propulse, selon sa méthode caractéristique, poussant avec la jambe et tirant avec le bras, pour aller là où elle veut. Sa vitesse de croisière augmente, lentement, mais régulièrement. De temps en temps, elle suit son père ou sa mère de pièce en pièce dans l'appartement. Celui-ci n'est pas bien grand, et où qu'elle soit, elle peut toujours voir ou entendre ses parents. Elle n'est donc pas aussi motivée pour les suivre qu'elle aurait pu l'être dans une grande maison.

Elle se balance sur place, d'avant en arrière. Elle oscille parfois de droite à gauche, bien en mesure lorsqu'il y a de la musique. Elle joue avec ses doigts, examinant minutieusement chacun d'entre eux, comme si elle ne les avait jamais vus; elle leur fait prendre diverses positions et semble particulièrement intéressée par les mouvements qui rapprochent son pouce de son index. Elle a aussi un regain d'intérêt pour ses pieds. Assise par terre, pieds nus, elle regarde ses orteils s'agiter en véritable spectatrice. Elle les empoigne, un par un, comme pour renouer connaissance avec de vieux amis. C'est bien ce qu'ils sont d'ailleurs. A l'âge de cinq mois, Laura s'était beaucoup amusée à jouer avec eux et même à les sucer. Elle se rappelle aussi un jeu que lui a appris son père, durant lequel il prend ses petits doigts de pied, un à un, et lui raconte une brève histoire sur chacun.

Lorsqu'elle a ses chaussures aux pieds, elle joue avec les lacets, tire dessus, essaie d'enfoncer l'extrémité dans les œillets, comme elle le voit faire à sa mère. Les souliers deviennent également de vrais amis. Elle les câline quand on les lui ôte, et lorsqu'elle se déplace en jouant elle en transporte souvent un avec elle, qu'elle tient par les lacets.

Les souliers du bébé prennent souvent une telle importance pour lui que j'ai constaté qu'il m'était possible dans mon cabinet de m'en servir pour expliquer à mon petit patient tout ce que j'allais lui faire. J'appuie d'abord le stéthoscope sur la chaussure et aussitôt, comme si la glace était ainsi rompue, le bébé me laisse le poser sur sa poitrine. Lorsqu'il m'a vu braquer ma lampe sur son soulier, il a moins peur lorsqu'elle se dirige ensuite sur lui. Voici un nouvel exemple de la façon dont le bébé est capable de s'identifier avec un objet, spécialement un de ses vêtements ou de ses accessoires familiers.

Laura adore ses jouets. Elle reste assise par terre pendant des heures, occupée à explorer chacun d'entre eux de mille façons nouvelles; chaque surface est câlinée, frappée, tâtée de la langue et du doigt. Elle tient dans sa main gauche un joujou qui comporte une ficelle et manie délicatement celle-ci du pouce et de l'index droits. De temps en temps, elle change de main, comme pour mettre à l'épreuve les « tenailles » de sa main gauche. S'apercevant qu'elles ne sont pas aussi parfaites qu'à droite, elle les abandonne très vite et revient à la main droite.

D'autres parties de son corps commencent à l'intéresser. Avant de s'asseoir, elle n'avait jamais pu voir son nombril et ses parties génitales. Une fois qu'elle les a découverts, elle y porte fréquemment les doigts. Un jour, Mme King, à la fois gênée et inquiète, annonce que Laura « apprend à se masturber ». La petite fille s'enfonce l'index dans le vagin lorsqu'elle est toute nue et semble chercher à glisser la main à l'intérieur de ses couches, si sa mère l'a rhabillée.

Cette découverte et cette exploration des régions inférieures de son anatomie sont parfaitement normales. Etant donné que les bébés n'ont pas vraiment l'occasion de voir ces endroits tant qu'ils n'ont pas commencé à s'asseoir et à se pencher en avant, faut-il s'étonner qu'ils veuillent alors en avoir le cœur net? De toute façon, à cet âge, et sans aller chercher si les zones érogènes autour du nombril et du vagin sont plus sensibles que les autres, toute exploration de ces parties est une fin en soi. Si elles sont (comme cela semble être le cas) effectivement très sensibles, il est évident que c'est pour le bébé une découverte importante concernant son propre corps. Notre héritage puritain nous remplit instinctivement de fausse honte et nous incite à croire que tout cela a quelque chose de vicieux. Par un effet de renforcement, l'interdiction de s'intéresser à ces parties du corps transforme le besoin d'exploration et d'autostimulation, naturel chez un bébé, en un moyen de se défouler de ses tensions par la masturbation. Je vois un nombre incalculable de bébés traverser cette phase de comportement explorateur et autostimulant, et je suis certain que s'ils y restent bloqués, c'est parce que leur environnement l'a renforcée d'une façon quelconque, soit par une interdiction, soit parce que le bébé reçoit par ailleurs trop peu de stimulation. Les bébés confiés à des institutions sont souvent bloqués ainsi, au stade du comportement autostimulant, parce qu'ils sont « en manque » sur le plan de l'environnement; on dit que leur environnement leur apporte un renforcement négatif. (Comparer à Daniel l'actif, chapitre 7.)

Lorsqu'elle est assise, le nombril de Laura fait saillie. Son petit ventre rond fait ressortir les tissus cicatrisés de l'ombilic qui forment un véritable bouton de chair. Mme King se demande avec inquiétude s'il s'agit d'une hernie ombilicale.

Ces hernies sont courantes chez les petits bébés. A la naissance, les muscles verticaux qui longent la paroi abdominale, des côtes au pubis, ne sont pas bien joints. A mesure qu'ils prennent de la force, ils se rapprochent les uns des autres, et chez la plupart des bébés de quelques mois il n'y a plus de séparation. La hernie disparaît donc, lorsque la paroi abdominale s'est affermie. Dans cinq pour cent des cas, environ, elle subsiste, et une intervention très simple est nécessaire pour joindre parfaitement les muscles. La hernie ombilicale est pratiquement sans danger et l'on peut très bien n'en tenir aucun compte. Toutes les méthodes utilisées pour y remédier – la sangler, poser dessus une pièce de monnaie maintenue par un sparadrap, essayer d'empêcher le bébé de pleurer pour éviter qu'elle ne s'aggrave – sont parfaitement inefficaces et inutiles. La hernie disparaît ou subsiste, un point c'est tout. Le bouton de chair qui orne le ventre de

Laura disparaîtra vers l'âge de quatre ans, lorsque son ventre sera bien plat, laissant derrière lui un creux profond. En attendant, c'est pour la petite un véritable plaisir que de l'explorer et le manipuler.

Lorsque Laura va se promener avec Mme King, elle peut rester sagement assise dans sa poussette pendant de très longues périodes. Et si sa mère s'arrête pour bavarder ou faire ses courses, Laura produit pour se distraire des changements sensoriels : elle se met la main sur les yeux ou renverse la tête en arrière. Elle se cache les yeux ou les ferme hermétiquement pour éliminer tout ce qu'elle ne veut pas voir : les inconnus qui lui font des avances intempestives, les endroits trop bruyants, d'autres bébés qui pleurent. Elle est très sensible aux autres enfants et saute en l'air s'ils bougent de façon brusque pendant qu'elle les observe. Elle les contemple en silence lorsqu'ils jouent autour d'elle, elle a un geste de recul s'ils s'approchent de sa poussette et se cache le visage dans les mains quand ils la regardent bien en face. Elle souffre d'entendre pleurer un autre bébé. Son visage se crispe, elle geint tout bas, ferme les yeux et se recroqueville comme pour se sentir protégée. Elle a besoin de contacts accrus avec d'autres enfants pour pouvoir apprendre à les connaître elle-même. La sensibilité exacerbée qu'elle manifeste envers eux est la preuve qu'ils l'intéressent de plus en plus. (Ce phénomène est à comparer avec la peur exacerbée de Louis à mesure qu'il apprend à mieux connaître le monde qui l'entoure.)

Son père reste son grand centre d'intérêt. Le matin, elle sourit en voyant arriver sa mère, mais si c'est M. King qui vient la sortir du lit, elle rit et se trémousse avec coquetterie. Lorsqu'il part au travail, elle se traîne jusqu'à la fenêtre qui donne sur la rue. Elle appelle sa mère à tue-tête, car elle veut être prise dans les bras pour faire de la main de grands signes à son père qui s'éloigne. « Au revoir » est d'ailleurs, dans son esprit, associé à son père, et dès qu'il met son chapeau, elle commence à agiter la main. Elle sait aussi ce que veut dire « voilà papa », et elle va aussitôt l'attendre à la porte d'entrée. Le soir, lorsqu'il rentre chez lui, elle paraît brusquement redoubler d'énergie. Elle imite sa façon de tousser, de faire claquer sa langue, apprend à produire des chuintements entre ses dents et tente même de siffler comme lui, en arrondissant les lèvres et en soufflant, sans arriver à faire le moindre bruit.

Il peut lui enseigner ce qu'il veut, et bien souvent Mme King, déprimée, a vraiment l'impression d'être inutile. Lorsqu'elle décide que Laura doit apprendre à se servir d'une tasse, c'est son mari qui est chargé de cette opération. Il donne une tasse à sa fille et en prend une pour lui; très vite Laura sait l'imiter. Il lui donne l'ustensile pendant qu'elle est dans la baignoire, et en un rien de temps elle est en train de boire l'eau de son bain; il verse aussitôt du lait dans le récipient, et elle réussit à en boire une partie. Elle fait couler le reste le long de son ventre. De cette façon, elle apprend à manier sa tasse toute seule, et lorsque sa mère est enfin prête à la sevrer, elle est capable de boire son lait comme une grande. C'est d'ailleurs la petite fille qui, la première, refuse la tétée de midi, après avoir bu une pleine tasse de lait avec son déjeuner. Mme King comprend alors qu'il est temps de cesser de lui donner le sein.

A trois reprises au moins, durant sa croissance, le bébé se désintéresse de la tétée. D'abord vers quatre ou cinq mois, au moment où s'élargit brusquement son intérêt visuel pour le monde qui l'entoure. Puis à sept mois, au moment de l'énorme poussée motrice qui survient à cet âge. Enfin, chez la plupart des bébés, entre neuf et douze mois. Quelques-uns ne perdent jamais leur goût pour le sein maternel mais doivent être sevrés contre leur gré. Passé neuf mois, lorsque le bébé commence souvent à refuser la tétée, il me semble tout à fait judicieux de se conformer à ses désirs. Sur le plan nutritif, il a eu ce qu'il lui fallait, et j'ai constaté qu'après neuf mois d'allaitement, un bébé avait rarement besoin de téter pour des raisons alimentaires. La soudaine poussée de développement et d'indépendance qui va surgir vers l'âge de un an correspond à une séparation naturelle d'avec la mère, et il me semble que le sevrage est toujours indiqué à ce moment-là. Dans notre société, les mères qui sont capables de résister aussi longtemps à la pression d'un entourage généralement désireux de la voir sevrer son bébé font déjà preuve d'une belle volonté, et je ne me sens pas le droit de les inciter à continuer davantage, sauf si je connais une raison inhabituelle et impérative de poursuivre l'allaitement. C'est déjà merveilleux d'avoir donné au bébé neuf mois de cette incomparable intimité. Les mamans qui ont autant « payé » de leur personne ne doivent surtout pas se sentir « rejetées » lorsque c'est le bébé qui fait les premiers pas vers le sevrage. Il est au contraire tout à leur honneur que ce geste vienne de l'enfant, mais il s'agit évidemment d'une union à laquelle les mères ont beaucoup de mal à renoncer. (Cf. Louis, un bébé moyen, chapitre 7.)

Dans le cas de Mme King, les liens étroits qui unissent Laura à son père lui rendent la situation encore plus pénible. Elle se sent d'autant plus rejetée par sa fille. (Cf. Louis, un bébé moyen, chapitre 7, pour la façon de sevrer.) A partir du moment où elle commence à refuser le sein, cependant, Laura insiste pour que ce soit sa mère qui la mette au lit. De façon presque imperceptible, elle laisse voir que l'ancienne intimité qu'elles partageaient au moment des tétées lui manque. En regardant sa mère, elle se met à sucer son pouce, comme si elle se rappelait d'anciennes habitudes. Lorsqu'elle a fini de jouer avec son père, elle s'approche de sa mère et grimpe sur ses genoux.

Ses parents inaugurent un nouveau jeu : chacun à son tour, ils appellent Laura, comme un petit chiot, afin de la soustraire à celui qui la tient. Le bébé circule de l'un à l'autre et met très longtemps à se lasser de toutes ces allées et venues.

Il est évident que ce jeu révèle chez les parents une certaine mesure de tension et de rivalité autour de la petite fille. Dans la logique des choses, Mme King ne devrait pas tarder à désirer avoir un nouveau bébé, qui serait « tout à elle », ou bien reprendre son travail, ou encore entreprendre de nouvelles études.

> Beaucoup de femmes éprouvent confusément le besoin inconscient de combler un « vide » lorsqu'elles sèvrent leur bébé. Pourtant, celui-ci a désespérément besoin de sa mère à ce moment-là, et celle-ci ne doit surtout pas laisser un quelconque dépit assez infantile – dû au fait qu'elle se sent rejetée par le sevrage ou par les liens très forts qui unissent le bébé à son père – empiéter sur son rôle de mère. C'est un moment où beaucoup de jeunes mères songeront à reprendre leur travail, mais il ne faut pas sous-estimer les besoins de l'enfant. (Cf. Daniel l'actif, chapitre 8.)

Daniel l'actif

Ça y est, Daniel tient debout tout seul. Au début, il titube dangereusement et reste à côté d'une chaise ou d'une table, de façon à pouvoir s'y rattraper, le cas échéant. Tout, en effet, peut compromettre son équilibre, et Mark n'est pas long à s'en apercevoir. Il prend un malin plaisir à passer en trombe à côté de son frère, sans le toucher, mais en le frôlant. Aussitôt le bébé vacille et tombe ou se raccroche in extremis à un meuble. Mark parvient à obtenir le même résultat en criant ou en claquant une porte. Daniel est obligé de limiter son entraînement aux moments où son frère n'est pas dans les parages.

Il arrive souvent qu'un deuxième ou un troisième enfant ne marche pas aussi tôt qu'il le pourrait, en raison de cette influence perturbatrice de l'aîné. Bien souvent, celle-ci est moins apparente qu'elle ne l'est dans le cas de Mark. Il est fréquent, cependant, que l'aîné manifeste ces dispositions ambiguës envers le cadet à ce moment précis. (Cf. Louis, un bébé moyen, chapitre 12.) Une fois que le frère ou la sœur aînés sont parvenus à maîtriser leurs premiers accès de jalousie envers le bébé, les parents croient que la crise est surmontée une fois pour toutes et n'ont donc aucune patience lorsqu'ils constatent une rechute. Il faut bien se dire que comme il n'y a rien de plus naturel que de se sentir en compétition envers autrui et de tout vouloir pour soi, la jalousie est un sentiment que l'on maîtrise rarement tout à fait.

Daniel peut à présent se fourrer beaucoup plus aisément dans les jambes de son frère et comme il représente, sur le plan personnel, une menace beaucoup plus précise, il est normal que Mark en conçoive une certaine agressivité. Il est excellent pour lui de pouvoir passer libre cours à ce sentiment.

Dès que Daniel sait vraiment bien se tenir debout, il essaie de faire mieux. Il apprend très vite à s'asseoir, d'abord de façon quelque peu pachydermique, puis bien vite avec une certaine grâce. En une semaine, il est déjà capable de se mettre debout, lorsqu'il est assis par terre au milieu de la pièce. Il commence par rouler sur le ventre, il pousse sur les deux bras (en passant par la position à quatre pattes), tend ensuite les jambes pour élever au maximum son petit postérieur, puis, en vacillant vers l'avant, il pousse sur ses deux bras et se redresse. Il jette alors un regard à la ronde, en quête de compliments, et aperçoit Mark qui fonce sur lui. Interprétant fort correctement la lueur sadique qu'il distingue dans le regard de son frère, il se laisse rapidement retomber en position assise. Son sentiment de triomphe n'a pas fait long feu, et si le renforcement positif de l'environnement était toujours nécessaire pour alimenter le désir d'apprendre du bébé, les tentatives de Daniel pour maîtriser la station debout auraient pu en rester là. Heureusement, il n'en est rien, et il se contente tout simplement d'attendre que Mark ait disparu avant de répéter sa manœuvre. A chaque nouvel essai (et il y en aura beaucoup ce jour-là), il montre un tout petit peu plus d'aisance, et dès le lendemain on a l'impression qu'il a toujours su se mettre debout lorsqu'on le laissait couché sur le ventre.

La vitesse à laquelle un bébé apprend à juxtaposer les différentes composantes d'un mouvement complexe est tout bonnement prodigieuse. Quant au perfectionnement de l'ensemble, il l'est encore plus, et un athlète aurait tout intérêt à s'en inspirer. Il est évident que chaque partie du tout est apprise indépendamment. Nous savons par exemple que Daniel a déjà appris à se soulever sur ses quatre membres tendus lorsqu'il est à plat ventre. Il sait aussi redresser le corps pour passer de la position assise pliée à la position debout. Il est capable de trouver son équilibre en se tenant à une table, puis en titubant tant bien que mal. Il a appris chacune de ces manœuvres séparément. Pour pouvoir les assembler, il faut donc que le bébé ait le concept du résultat final et les moyens d'y parvenir. Ensuite, en s'entraînant jusqu'à ce que l'enchaînement lui vienne tout naturellement, il montre sa véritable détermination d'atteindre le but qu'il s'est fixé.

De prime abord, cette façon de se mettre debout peut faire songer à la méthode utilisée par Louis à l'âge de huit mois. Il y a cependant une différence essentielle : chez Daniel, nous voyons un bébé qui a préparé son plan d'ensemble pour atteindre un but précis; chez Louis, nous avions un bébé disposant de toute une gamme de possibilités et les essayant les unes après les autres jusqu'à ce qu'il trouve le schéma qui fonctionne.

Lorsqu'il tend ses bras et ses jambes, Daniel perd souvent l'équilibre et part en trébuchant. Il est propulsé vers l'avant et apprend ainsi une nouvelle façon de marcher à quatre pattes. Bras et jambes tendus, le derrière bien haut, oscillant de droite à gauche, il arpente la pièce comme une espèce d'araignée. Il s'amuse beaucoup à regarder derrière lui entre ses jambes, pour voir si quelqu'un le poursuit, et il rit aux éclats en voyant Mark arriver au pas de charge.

Monter les escaliers est on ne peut plus facile. Il apprend à le faire très vite. Descendre, évidemment, c'est une autre affaire. Un jour, Mme Corcoran le retrouve justement dans l'escalier; s'étant hissé jusqu'à mi-hauteur, il s'est retourné et s'apprête à se lancer vers le bas, la tête la première. Aussitôt, elle demande à Mark son concours, et tous deux se mettent à descendre l'escalier à quatre pattes, les pieds les premiers, pour montrer à Daniel comment il faut faire. Lorsque Mme Kay rentre chez elle, elle trouve toute sa maisonnée à quatre pattes dans l'escalier; Mme Corcoran et Mark sont très occupés à faire comprendre à Daniel qu'en lançant sa jambe vers l'arrière, il descendra au lieu de monter. Le bébé, malheureusement, semble « braqué » sur la progression vers l'avant, encore toute nouvelle pour lui, et n'a pas l'air disposé à faire marche arrière.

C'est incontestablement une période dangereuse si la maison comporte des escaliers. En installant une barrière en bas, on empêchera efficacement le bébé de monter, et surtout de redescendre sur la tête. Un tapis tout le long de l'escalier aidera en outre à amortir les chutes, si chutes il y a, car il faut bien se dire que, tôt ou tard, le bébé trouvera le moyen d'ouvrir la barrière et de monter, ou bien il sera en haut et voudra descendre. La meilleure chose à faire est sans doute justement celle que tente de faire la garde : apprendre au bébé à maîtriser aussi la descente.

Notons au passage que cet intérêt manifesté par la garde pour le progrès d'ensemble de Daniel, et non pas uniquement pour sa sécurité, est l'une des qualités qu'une mère qui travaille doit rechercher chez la nounou ou la garde qu'elle engage pour s'occuper de ses enfants. La promptitude avec laquelle elle accepte de se mettre au niveau du bébé, au lieu de le confiner dans son parc ou de le « bâillonner » à coups de nourriture, peut faire toute la différence à cet âge.

La station debout devient de plus en plus importante. Daniel refuse à présent toute autre position. Il veut manger debout à sa petite table. Il hurle si fort lorsqu'on essaie de l'allonger pour le changer que sa mère et Mme Corcoran trouvent plus simple de le changer debout. Dès qu'il est dans cette position, en effet, il cesse de pleurer et entreprend même d'aider quiconque le déshabille. Il lève une jambe, en se tenant au mur contre lequel est appuyée la table à langer, puis l'autre. Il lève ensuite les bras pour qu'on lui enlève son tricot et, pourvu qu'il soit debout, il se laisse passer les encolures un peu serrées sans un murmure. Lorsqu'il reçoit un coup d'épingle maladroit, il pousse un cri, mais ne pleure pas. Sur le dos, en revanche, tout le met en rage.

La satisfaction éprouvée à se tenir debout peut, en effet, atténuer la douleur ou la frustration. Dans mon cabinet, après une piqûre, je mets toujours un enfant de cet âge debout, et je suis stupéfait de voir comme il se laisse vite distraire de la douleur par le plaisir que lui fait ce nouveau pas dans son développement.

Dans sa poussette-canne, qu'il adore, Daniel est un véritable danger public. Il se met debout, se penche de chaque côté pour s'agripper aux passants ou attraper ce qu'il voit par terre. Tant qu'il y a quelqu'un pour l'empêcher de tomber, ça peut aller, mais sa mère ne peut absolument pas le laisser seul dans sa poussette lorsqu'elle entre dans un magasin. Après une chute malencontreuse, un jour où Mme Corcoran rentrait avec lui de l'épicerie, les bras chargés de paquets, les Kay décident de se procurer un harnais de sécurité. Ils en trouvent un qui permet au bébé de se lever et de se pencher, mais sans tomber.

A moins que la poussette ne soit particulièrement solide, un enfant de cet âge peut généralement la faire tomber sur lui. Sur le plan de la sécurité, l'utilité du harnais ne compensera peut-être que momentanément ces inconvénients.

Daniel semble si impatient de marcher que M. Kay emprunte pour lui un « trotteur ». Dès qu'on le met dedans, le petit garçon devient un enfant différent, possédé, halluciné. Il perd tout contact avec la réalité qui l'entoure et se propulse devant lui, à droite, à gauche, dans les meubles, franchissant d'un bond le seuil des portes. Il est devenu comme inaccessible et semble incapable d'interrompre sa course folle. Quand on parvient enfin à l'extraire de l'engin, il se met à hurler comme un forcené; on dirait qu'on vient de lui arracher quelque chose de terriblement important. Cette réaction frénétique et exagérée affole ses parents par son intensité, et ils s'empressent de rendre le trotteur.

Je les approuve entièrement. J'ai pu constater que l'extrême surexcitation qui accompagne la maîtrise précoce d'une nouvelle étape peut entraîner une dépendance malsaine vis-à-vis d'un support comme le trotteur, si bien qu'à long terme, ce ne sera certainement pas une bonne chose. Un bébé est capable de mettre dans son apprentissage de la marche toute l'énergie et toute la frustration qu'il éprouve à l'idée de ne pas encore savoir marcher. Si on lui mâche le travail, il ne ressent plus le besoin d'apprendre, la sur-excitation s'installe, et ses efforts pour se débrouiller tout seul risquent d'être complètement étouffés. J'ai vu un bébé de seize mois parcourir sa maison comme une tornade dans son trotteur, mais s'effondrer, inactif et apeuré, dès qu'on l'en sortait. Sur le petit visage triste de cet enfant privé de son support, j'ai pu lire l'effet navrant de cet esclavage.

A présent, la sieste de Daniel est réduite à sa plus simple expression. Dès qu'il entend le mot « sieste », il se sauve à quatre pattes, aussi vite qu'il peut. Cependant, tout le monde a besoin de ce répit, non seulement lui, mais le reste de la famille. Une fois au lit, Daniel passe la première heure à parler à sa couverture bien-aimée ou à faire grincer ses dents toutes neuves. Pour câliner son tigre en peluche, il utilise un jargon dont il ne se sert pratiquement jamais autrement et qui ressemble, par ses inflexions, au langage que lui parle sa mère. Il caresse tendrement l'animal, puis il le jette par-dessus le bord du lit et appelle pour qu'on vienne le lui rendre. Voyant que Mme Corcoran est venue le ramasser, il recommence son manège, mais la troisième fois, elle se fâche, et Daniel se le tient pour dit. Le tigre reste dans le lit.

Les enfants font preuve d'une sensibilité vraiment remarquable dans la façon dont ils savent jusqu'où ils peuvent aller trop loin avec les grandes personnes. Il ne faut pas oublier, évidemment, que les sentiments de la personne qui s'occupe d'eux constituent le principal centre d'intérêt de leur petit univers.

La nuit, Daniel n'appelle plus sa mère, et elle a supprimé le « câlin de vingt-deux heures ». On peut, cependant, entendre le bébé se réveiller à plusieurs reprises durant la nuit et grincer des dents ou vocaliser.

Dès que les enfants ont des dents, ils apprennent à les faire grincer. C'est un bruit parfaitement insupportable, et les parents ont souvent peur qu'ils ne les abîment. Qu'ils se rassurent ! Il semble que ce soit un mécanisme de défoulement, un peu comme de sucer son pouce ou de faire rouler sa tête. Du moment que ça leur passe – ce qui est presque toujours le cas –, je considère la chose comme tout à fait normale.

L'animal en peluche est ce que l'on a appelé un « objet transitionnel ». On emploie ce terme parce que l'objet en question représente un support pour assurer la transition entre la dépendance vis-à-vis de la mère et l'indépendance. Etant donné qu'il s'agit de toute manière d'un passage pénible pour le bébé, il suffit de s'imaginer ce qu'il serait sans ce support pour comprendre toute l'importance que l'enfant y attache. J'ai toujours estimé qu'un bébé assez futé pour trouver cette « roue de secours » montre déjà beaucoup de force de caractère et de ressource personnelle. (Cf. Laura la placide, chapitre 6.) Il n'est pas facile de grandir. Dans le cas de Daniel, il est particulièrement louable de la part de sa mère de ne pas lui enlever ce support. Une mère dans la situation de Mme Kay pourrait facilement se sentir culpabilisée et prendre cet amour pour un jouet en peluche pour une critique envers elle, une façon de se consoler de son abandon. Il est heureux que la maman de Daniel n'adopte pas cette attitude, car un enfant aussi hypernerveux que lui a besoin de son support beaucoup plus qu'un bébé comme Laura. Un enfant de ce type, en effet, a énormément de mal à s'arrêter de remuer, à passer de l'activité à la non-activité quand vient l'heure du coucher, à se réconforter de façon paisible. Un objet de transition l'aidera sans doute à se sentir bien dans sa peau. Sans son aide, je vois assez bien un Daniel devenir par la suite un de ces hommes d'affaires perpétuellement sous tension, souffrant d'ulcères de l'estomac et d'artériosclérose. En bénéficiant d'un tel support, il me semble qu'il est équipé d'un solide bagage de ressources personnelles. Quant à la mère, elle devrait plutôt prendre l'existence de cet objet comme un compliment, car cela prouve qu'elle a su donner à son enfant l'espèce de chaleureuse élasticité qui l'amènera à assumer tout seul sa « transition ».

Daniel est un comédien-né. Le matin, lorsqu'il voit sa mère se préparer à partir au travail, il arrive à se faire pleurer et se tire de grosses larmes, manifestement destinées à impressionner Mme Kay. A deux reprises, il parvient même à se mettre dans un tel état qu'il vomit son petit déjeuner. Au lieu de le gronder, comme elle aurait pu le faire, Mme Kay le prend dans ses bras et le câline. Elle lui dit combien il va lui manquer, lui explique que Mme Corcoran et Mark vont jouer avec lui et qu'à son retour, ce soir, ils s'amuseront comme des fous, tous les deux. Certes, le contenu de son message est peut-être un peu au-dessus des moyens actuels de Daniel (elle cherche surtout à se rassurer elle-même), mais ce petit intermède de câlin et de bavardage semble consoler le bébé. Il est ensuite tout disposé à la saluer de la main quand elle s'en va. Après quoi il entame sa journée de « travail ».

Dans le domaine du jeu, il a aussi fait des progrès. Ainsi, Mark peut cacher un jouet et demander à son frère de le chercher. Ce dernier possède maintenant une mémoire suffisamment exercée pour se rappeler un jouet caché jusqu'à ce qu'il l'ait trouvé. Au cours des fouilles, il découvre d'autres objets, mais il sait bien que ce ne sont pas eux qu'on lui a demandés et il continue.

C'est un excellent exemple du genre de mémoire qu'utilisent les enfants de cet âge, même en ce qui concerne des activités relativement mineures. Le fait qu'ils se souviennent du cabinet du médecin, quelquefois après plusieurs mois d'absence, est la marque d'une mémoire encore plus puissante. En cherchant le jouet choisi par Mark, Daniel fait aussi preuve qu'il a enregistré le concept de se mettre en quête d'un objet bien particulier, en rejetant tous les autres objets et en refusant de se laisser distraire par ses « trouvailles », pourtant tout aussi séduisantes.

Daniel est capable de gagner un endroit à quatre pattes, en y transportant un objet, puis de retourner à plusieurs reprises chercher tous ceux dont il a besoin pour le jeu qu'il a choisi.

Nous voyons ici la faculté de combiner les idées par paire et, à nouveau, en refusant de se laisser détourner du but final. Etant donné que l'une des principales caractéristiques de la petite enfance est la propension à se laisser distraire, cela indique un progrès vers une forme de concentration prolongée, beaucoup plus adulte.

Lorsqu'il se sert de ses mains, Daniel commence à acquérir le sens de l'espace. On peut le constater quand il cherche à saisir des objets. Il tend la main vers un crayon, mais la tourne pour aborder l'objet dans l'axe de la longueur. Si l'objet est petit, il tend deux doigts pour le prendre et plie les autres. Pour un objet rond et volumineux, il mettra les deux mains, comme s'il savait d'avance qu'il en aura besoin pour prendre quelque chose d'aussi encombrant.

Il commence aussi à rassembler ses jouets sur ses genoux et cherche à les dissimuler dès que Mark approche. C'est ce dernier qui lui apprend la valeur de l'autodéfense et la notion de protéger son bien contre les dangereux maraudeurs. A mesure que son frère commence à se défendre et à défendre ses jouets, Mark devient plus ouvertement agressif, plus ouvertement taquin, et les jeux sont marqués du sceau d'une plus grande rivalité. Ce phénomène s'accompagne chez Daniel d'un respect accru pour son aîné, et Mme Corcoran remarque qu'ils commencent à jouer au même niveau. Ils se chamaillent davantage, mais en revanche ils prennent beaucoup plus de plaisir à se trouver ensemble.

Quand les parents ne peuvent pas s'empêcher d'intervenir, au lieu de laisser les frères et sœurs régler leurs comptes entre eux, ils risquent de fausser leurs rapports (Cf. Louis, un bébé moyen, chapitres 6 et 9). Non seulement les enfants prennent plaisir à se battre et à se chamailler, mais ils ont en outre besoin de pouvoir exprimer leur antagonisme afin de libérer le côté plus positif de leurs sentiments mutuels.

12

LE DIXIÈME MOIS

Louis, un bébé moyen

Pour le moment, l'acquisition de nouveaux talents moteurs est au point mort, mais Louis est néanmoins toujours aussi actif. Il s'amuse beaucoup à tenir la dragée haute à Tom et à Martha, et il n'a guère de temps pour faire des expériences. Lorsqu'il joue tout seul, il semble surtout occupé à mettre au point son répertoire. La marche à quatre pattes a été pour lui une étape importante, car elle lui a donné la vitesse dont il avait besoin pour garder le contact avec ses deux aînés. Tout comme Daniel et Laura, Louis a su ramper plusieurs mois avant de marcher à quatre pattes (Cf. Daniel l'actif, chapitre 8). A six mois, il savait déjà parfaitement avancer en rampant. A sept mois, Laura était capable de se déplacer sur le ventre. Daniel, bien sûr, circulait moitié en roulant, moitié en poussant dès l'âge de cinq mois, et à six il avait déjà une véritable pointe de vitesse. La marche à quatre pattes est venue deux mois plus tard pour Louis (à huit mois) et pour Daniel (à sept), tandis que Laura ne l'a pas encore essayée et préfère toujours se déplacer en glissant sur le derrière.

Une imbrication particulièrement intéressante de deux étapes du développement est celle qui permet à l'enfant qui rampe de passer ensuite à la station debout, avant de marcher à quatre pattes. Une fois debout, on dirait qu'il se rend compte qu'il a besoin d'un surcroît d'entraînement au ras du sol, et il se laisse retomber pour apprendre à circuler à quatre pattes, en alternant la progression des bras et des jambes. Une fois qu'il a assimilé ce schéma d'alternance, l'enfant se remet debout cette fois pour mettre au point les étapes cruciales de la locomotion vers l'avant en ne gardant au sol que deux points de contact !

A quatre pattes, Louis fait la course; il lui arrive même de passer en « sur-régime », de s'embrouiller et de finir à plat ventre, le nez dans la poussière. Après quelques malencontreux accidents de ce genre, que sa mère accueille par des éclats de rire, il se met à tomber exprès en se jetant à plat ventre, et il hurle de rire.

Nous voyons ici comment un bébé peut prendre conscience « accidentellement » de sa capacité d'innover : l'amusement de ses parents, en venant renforcer sa découverte, en augmente la valeur. En transformant un petit accident en événement comique, le parent peut aider le bébé à tirer une expérience positive de sa crainte.

Louis continue à redouter les hauteurs, mais à mesure qu'il s'entraîne, il devient plus courageux, et au bout de quelque temps il ose se risquer à redescendre tout seul d'une chaise sur laquelle il est monté. Avant de commencer sa descente, il observe soigneusement la distance, puis il laisse d'abord pendre une jambe pour évaluer l'espace qui le sépare du sol, en se cramponnant solidement au siège de la chaise tant que le contact n'a pas été établi.

Il m'arrive parfois de voir des enfants de cet âge dont les parents m'assurent qu'ils ne sont pas à l'aise dès qu'ils sont haut perchés. Lorsque par exemple ils veulent se glisser en bas d'une table à langer qu'ils connaissent mal, ils laissent d'abord pendre leurs jambes pour découvrir à quelle distance se trouve le sol; s'ils ne parviennent pas à le trouver, ils remontent sur la table. Cette prudence n'existe pas chez des enfants comme Daniel qui sont de véritables kamikazes, mais les bébés plus circonspects, comme Louis, montrent qu'ils possèdent déjà la faculté de bien évaluer les hauteurs et d'en tenir compte.

En ce qui concerne les escaliers, Louis commence d'abord par grimper deux ou trois marches, puis il se retourne pour regarder le sol, derrière lui. (Comparez cette démarche à l'imprudence de Daniel l'actif, chapitre 11.) Il décide qu'il est déjà bien assez haut comme ça et entame la descente. Les Moore n'auront pas besoin de mettre de barrière à leur escalier.

Louis adore la musique. Lorsqu'il est assis au milieu d'une pièce, un air familier suffit à le mettre en mouvement. Il se balance d'avant en arrière et de droite à gauche, bien en mesure. Il fredonne avec la musique et tient souvent les notes, comme s'il essayait d'imiter un chanteur. Cependant, dès qu'il s'aperçoit qu'il a un public, il s'arrête aussitôt. De même, si l'un de ses aînés s'avise de fredonner avec lui, il lui adresse un regard méfiant, comme s'il le soupçonnait de vouloir se moquer de lui, et se tait. Ses expériences vocales sont encore trop neuves, et il ne se sent pas vraiment en terrain sûr. Ce refus de chanter avec ses frère et sœur est tout à fait comparable à l'habitude qu'avait prise Daniel de se rasseoir si Mark passait en trombe à côté de lui pendant qu'il faisait ses premiers essais pour tenir debout.

Bientôt, Louis s'enhardit et, une semaine plus tard, il se produit devant son père; debout contre ses genoux, il se balance d'un pied sur l'autre et fredonne avec la musique. Mais si son regard croise celui de M. Moore, si quelqu'un se met à chanter en même temps que lui ou à rire, et si l'on essaie de lui faire faire son numéro devant quelqu'un d'autre, il refuse de continuer.

Il invente des jeux qui ont pour thème la séparation d'avec sa mère. Lorsqu'elle est bien installée dans son fauteuil, il s'éloigne d'elle à quatre pattes. Dès qu'il a tourné le coin, il passe la tête pour vérifier qu'elle n'a pas bougé. Une fois qu'il la perdue de vue, il garde le contact grâce à une série d'appels réguliers. Si Mme Moore change de place ou cesse de lui répondre, il revient auprès d'elle ventre à terre et demande aussitôt à être pris dans les bras et câliné.

> Eh oui, il est bien dur d'apprendre à se séparer (Cf. chapitre 9). Cela demande une certitude que le parent sera bien là quand on reviendra et qu'il ou elle sera capable de combler la brèche que le bébé vient de creuser en provoquant cette séparation. Brusquement, le jeu devient sérieux. L'enfant voit poindre les implications futures de la séparation. Cette faculté de quitter le point d'ancrage est encore très ténue, et cette période qui précède les premiers pas n'est vraiment pas le moment idéal pour une séparation d'avec la mère ou le père, ou même l'environnement familier du foyer. Il ne faut y songer que si elle est vraiment indispensable. (Cf. Laura la placide, chapitre 10.)

Lorsqu'il se promène à quatre pattes, Louis aime avoir avec lui sa couverture préférée, qu'il tient dans une main. Mme Moore finit par être gênée de voir cet oripeau traîner sans cesse derrière lui. Elle s'efforce donc d'en limiter l'usage. Louis n'y aura droit qu'en fin de journée, ou bien lorsqu'il s'ennuie ou qu'il est souffrant. Sa mère lui garantit qu'il la trouvera dans son lit quand il en aura besoin, et elle l'incite à transporter plutôt d'autres objets. Il accepte ces restrictions et commence docilement à emporter d'autres jouets dans sa main gauche lorsqu'il se déplace. La main droite reste libre pour les explorations plus actives (Cf. chapitre 9). Il constate même qu'il peut tenir deux objets assez petits dans sa main gauche, ce qui donne lieu à des expériences. Il prend l'habitude de transporter deux cubes dans un petit étui. La tâche assignée à chaque main est strictement respectée, c'est toujours la gauche qui assure le transport, jamais la droite.

> L'importance croissante de la main droite pour explorer et manipuler est accentuée par le fait que la gauche sert à tenir et à transporter; cela renforce la latéralisation, avec un côté actif et un passif. En gardant la main gauche pleine et de ce fait immobilisée, le bébé accroît l'habileté de la droite.

Louis apprend à pousser sur un petit manège et à le faire tourner. De nombreuses tentatives pour agir en force, en donnant de grands coups en arrière ou en avant – ce qui est pour Louis la façon naturelle de pousser –, se sont soldées par autant d'échecs. C'est Martha qui lui a enseigné, pour finir, le secret : pousser latéralement et lâcher en bout de course.

> Aucun de ces deux gestes ne vient naturellement à un bébé.

Louis mange de mieux en mieux avec ses doigts. Il est à présent capable de se nourrir tout seul et prend ses repas en même temps que ses frère et sœur. Sa mère lui donne la même chose qu'à eux, du moment qu'il s'agit d'aliments qu'elle peut couper en petits morceaux. (Cf. Laura la placide, chapitre 10, et Daniel l'actif, chapitre 11.) C'est une méthode qui plaît beaucoup plus à Louis que d'être nourri à la cuillère. Il ramasse ses petits morceaux et tente de les faire manger à Mme Moore ou à Tom. Lorsqu'ils les acceptent, il est enchanté et les regarde mâcher et déglutir avec un vif intérêt. Quelquefois, sa mère « se lèche les babines » après avoir mangé, ce qui le fait tordre de rire.

Louis apprend aussi à quels moments il vaut mieux ne pas se mettre dans les jambes de Tom. Ce dernier a désormais presque quatre ans et il traverse une nouvelle crise de jalousie envers son frère (très semblable à celle que traverse Mark vis-à-vis de Daniel, cf. Daniel l'actif, chapitre 11). Si Louis cherche à accaparer l'attention de Mme Moore en fin de journée, au moment où leur père rentre de son travail, Tom s'interpose brutalement. Louis crie invariablement « bonjour » lorsqu'il entend la porte d'entrée s'ouvrir, ce qui ravit son père; Tom hurle pour qu'on ne l'entende pas. Si Louis part à quatre pattes à la rencontre de M. Moore, Tom se précipite pour arriver avant lui et le faire tomber au passage. Le bébé apprend vite à se soustraire à ces attaques. Dès qu'il entend Tom arriver derrière lui, il s'aplatit sur le ventre, la tête enfoncée entre les mains. Lorsque son frère est de mauvaise humeur, Louis le sent très bien et se tient tranquille pendant de longues périodes, occupé à jouer dans un coin de la pièce ou dans un endroit protégé. Il se sent beaucoup plus menacé par les accès de colère de Tom que par ceux de Martha ou de ses parents.

Les bébés sont très réceptifs à l'espèce de brutalité incontrôlable que manifestera un frère ou une sœur à peine plus âgés, et ils se rendent compte que les grandes personnes ou les enfants nettement plus vieux sont infiniment moins dangereux. C'est une partie fondamentale de l'instinct d'autodéfense. Les chiens aussi reconnaissent cet état de choses et évitent souvent les plus jeunes membres de la famille. Ils apprennent également quels sont les adultes dont il vaut mieux éviter la colère.

Laura la placide

C'est Laura elle-même qui décide de se sevrer. Sa mère en souffre beaucoup plus qu'elle. Elle se cramponne même aux tétées du soir et du matin longtemps après que sa fille a éliminé celle de midi. Un jour, le bébé détourne la tête, appuie la paume de sa main contre le sein de sa mère et le repousse. Mme King, ulcérée, se sent rejetée, mais elle connaît à présent l'opiniâtreté de Laura et sait que ce geste marque la fin des tétées.

En revanche, la petite fille suce davantage son pouce. Lorsqu'elle est assise par terre, en train de jouer, elle met son pouce gauche dans sa bouche et joue de la main droite. (C'est à comparer au comportement de Louis qui tient sa couverture de la main gauche tout en explorant avec la droite.) Quand elle a besoin de tâter derrière elle, de la main, pour récupérer un jouet, Laura parvient à tourner sur elle-même d'un quart de tour, sans lâcher son pouce. Ce spectacle exaspère sa mère : puisque c'est Laura qui a mis fin aux tétées, elle ne devrait pas avoir besoin d'un substitut. Elle gronde sa fille et veut lui retirer le pouce de la bouche. Le bébé résiste de toutes ses forces, et le pouce finit par jaillir d'entre ses lèvres avec un bruit sec. Aussitôt, Laura offre à sa mère de sucer ce pouce tout fripé, comme pour tourner son interdiction en dérision. Mme King en reste confondue; après cet épisode, elle laisse sa fille sucer son pouce tranquillement.

Bientôt, la station assise, pouce dans la bouche, cède la place à la poussée tant attendue d'activité motrice. Comme si le sevrage lui avait fait prendre conscience d'une liberté nouvelle, Laura commence à manifester davantage d'indépendance motrice.

Ce n'est pas rare. Tant que les tétées se poursuivent, on dirait que les bébés se sentent enfouis dans un douillet cocon. Lorsqu'elles s'interrompent, leur développement connaît un brusque élan et leur indépendance aussi, bien sûr. Je me suis souvent demandé si le bébé et sa mère sentaient venir cette poussée, et si ce n'était pas une des raisons inconscientes du sevrage. En tout cas, l'arrivée des progrès moteurs n'est sûrement pas une simple coïncidence; elle fait même parfois à la mère l'effet d'une douche froide, en lui donnant l'impression que c'est elle qui a retardé son bébé en l'allaitant. Je crois, au contraire, que dans son cocon, le bébé emmagasine beaucoup d'énergie et d'expérience qui compensent très largement son éventuel retard dans les étapes motrices. De toute façon, il est fort probable que le bébé franchira alors ces étapes en un temps record, car dans le cocon, la maturation du système nerveux suit son cours. A certains stades de son développement, un bébé peut avec un entraînement minimal mettre sur pied un « numéro » qui lui aurait demandé beaucoup plus de temps s'il l'avait entrepris plus tôt. Nous voyons parfois, à l'hôpital, des enfants plâtrés qui n'ont encore jamais marché. Quelques jours après avoir été déplâtrés, ils sont capables de se lever et de le faire, pourvu qu'ils aient, bien sûr, atteint un certain stade de maturation du système nerveux, correspondant à l'acte de la marche.

Laura se tient à présent assise bien droite quand elle joue et s'arrange toujours pour faire face à sa mère. Si Mme King est dans une autre pièce, elle se met devant la porte par laquelle elle devrait entrer et l'appelle de temps en temps, pour surveiller ses allées et venues. Si par hasard la voix de sa mère, répondant à ses appels, lui arrive dans le dos, elle fait demi-tour sur elle-même pour se trouver face à la direction d'où vient la voix.

Elle commence à devenir très féminine dans ses jeux. L'un de ses préférés est de prendre un long morceau d'étoffe et de se le draper autour du cou comme une écharpe. Elle adore les colliers de sa mère et se les empile sur les épaules. Elle met aussi parfois un des chapeaux de Mme King et reste assise au milieu de la pièce, la tête coquettement inclinée.

C'est une étape très intéressante dans le développement des petites filles. Les garçons font beaucoup plus rarement le coquet. Les petites filles traversent presque toutes une passe de ce genre, et nous la renforçons si vite qu'il est difficile de savoir exactement ce qui vient d'abord. De toute façon, le genre de féminité que nous voyons chez Laura peut faire partie de l'identification précoce avec la mère. Au début, il ne s'agit très certainement que d'une simple imitation, mais comme l'environnement marque aussitôt sa vive approbation et renforce ce comportement, celui-ci est alimenté de l'extérieur au moins autant que de l'intérieur.

Mme King apprend à Laura à se tenir debout en refusant de lui donner un objet dont elle a envie, qui se trouve sur ses propres genoux. Elle attend inflexiblement, tandis que sa petite fille lui montre du doigt ce qu'elle veut en pleurnichant. Laura s'approche de sa mère, s'aggripe à ses jambes, puis à sa jupe. Mme King lui tend alors les deux index, et le bébé s'en empare et accepte de se laisser mettre debout, appuyée contre les genoux de sa mère. En moins d'une semaine, elle refait toute seule cette manœuvre, mais elle pleure pour que sa mère la fasse rasseoir. Elle en est à présent au même stade que Louis à sept mois et Daniel à six. Elle suit son propre rythme qui lui assure un développement sain et régulier.

Rendue plus courageuse par ses tentatives de se tenir debout, elle commence également à marcher à quatre pattes. Elle roule sur le ventre, frappe le sol de ses quatre membres et finit par se hisser péniblement sur ses genoux et ses coudes. Comme si elle n'avait encore jamais circulé sur le ventre (alors qu'elle rampe depuis deux mois), elle se met à avancer laborieusement un bras, suivi de la jambe du même côté, puis le deuxième bras et la jambe correspondante. En la regardant progresser ainsi, centimètre par centimètre, Mme King voit bien que, malgré sa vitesse extrêmement réduite, elle bouge avec une grâce et un rythme naturels. A quatre pattes, Laura semble avoir plus de mal à ramasser ses jouets, elle préfère pour cela s'en tenir à son ancien mode de locomotion sur le derrière (lequel lui permet d'ailleurs de continuer plus facilement à jouer lorsqu'elle a atteint l'objet convoité). Elle semble porter à la marche à quatre pattes un intérêt purement gratuit. Son seul but est, semble-t-il, de gagner un petit coin pour s'y pelotonner, ou bien un canapé pour se glisser dessous, ou une table pour se cacher. Elle s'y retire comme dans une place forte, observant la pièce qu'elle vient de quitter. Un jour, son père entre dans la pièce et, ne la voyant pas, l'appelle. Il croit entendre un petit « coucou ! » étouffé, en provenance de la table sous laquelle elle est assise, en train de le regarder.

A présent, lorsque son père l'appelle d'une autre pièce, c'est à quatre pattes qu'elle va le retrouver, lentement mais sûrement. Un jour, elle est en train de s'amuser avec un joujou quand elle l'entend. Au lieu d'emporter son jouet dans sa main (comme auraient fait Louis ou Daniel), elle le met entre ses dents et arrive devant M. King à quatre pattes, le jouet à la bouche, comme un petit chiot avec les pantoufles de son maître.

Les nouvelles randonnées de Laura l'entraînent parfois dans des lieux d'où il faut aller la sortir. Une fois, par exemple, elle se coince derrière les toilettes et ne peut plus ni avancer ni se retourner. Elle ne sait

354

pas reculer à quatre pattes (alors qu'elle a pourtant commencé à ramper à reculons), et pendant quelques instants elle ne peut plus bouger du tout. Elle hurle, et Mme King est obligée de venir la tirer par les jambes.

Elle commence à avancer à quatre pattes jusqu'à la télévision et à la cuisinière, deux objets « interdits ». Elle attend que sa mère soit près d'elle et fasse un peu attention à ses faits et gestes, puis elle se dirige vers l'objet en question, en marmonnant « non » entre ses dents. Si Mme King ne réagit pas aussitôt, Laura ralentit et finit par se retourner pour voir si sa mère la regarde, avant de continuer. Ayant constaté que cette dernière a les yeux fixés sur elle, elle sourit, dit « non » tout haut et poursuit son chemin. Lorsque sa mère vient la relever pour l'éloigner de l'objet, elle rit aux éclats. Elle recommence ce petit jeu à plusieurs reprises jusqu'à ce que Mme King se fâche ou ne fasse plus attention à elle.

Manifestement, Laura se sert de ce jeu pour voir exactement ce que sa mère entend par « non ». Elle n'est pas vraiment intéressée par l'objet interdit en soi; on le constate facilement, puisque si sa mère refuse de faire attention à elle, elle renoncera automatiquement à s'en approcher. Bien souvent le bébé s'amuse à jouer ainsi, même s'il a très bien compris le raisonnement qui sous-entend le « non » et accepté l'interdiction. Cependant, s'il doit se servir de ce petit jeu pour asticoter sa mère et attirer son attention, il semble bien sot de le laisser y mêler un objet aussi potentiellement dangereux que la cuisinière. Une enfant comme Laura sera sans doute assez avisée pour s'arrêter à temps, mais d'autres pourraient se laisser emporter par le jeu et aller trop loin. Il serait plus prudent de trouver une façon particulièrement ferme de dire « non » au sujet de la cuisinière, de façon à éliminer toute idée de jeu en rapport avec elle. Un bébé le comprendra immédiatement. (Cf. Louis, un bébé moyen, chapitre 9.).

A présent, Laura sait exprimer beaucoup d'humeurs diverses. Parfois elle a l'air triste et, après une dispute avec sa mère, elle paraît carrément peinée. Elle reste aussi assise toute rêveuse, au milieu d'une pièce, comme si elle remuait une foule de pensées dans sa tête. Quand son père rentre du travail, elle déborde littéralement de joie et bat des mains en le voyant entrer dans la pièce où elle se trouve. Après son arrivée, elle se tord de rire pendant une demi-heure.

Elle sait faire de nombreux gestes. Elle dit « non », en secouant la tête, tout en jouant, assise par terre.

L'axe le plus naturel pour les mouvements de tête est de droite à gauche ou de gauche à droite. René Spitz fait remarquer que le geste qui signifie « oui » est nettement plus compliqué.

Dès qu'elle a appris un nouveau mot ou un nouveau geste, elle passe des jours et des jours à le répéter interminablement. Cela devient la réponse à toutes les questions qu'on lui adresse. Bientôt, le mot perd toute véritable signification; il sert à passer le temps quand elle s'ennuie, il est incorporé aux jeux avec les jouets, il vient attirer l'attention des parents lorsqu'ils sont absorbés par autre chose. Il conserve son intérêt pour elle tant que ses parents réagissent, mais dès qu'ils montrent qu'ils en ont assez, Laura comprend et passe à autre chose. De cette manière, la petite fille va apprendre à être « triste », à faire « câlin » et un « bisou », à frapper dans ses mains en mesure avec la musique et faire « au revoir » de la main. Tous ces petits tours sont volontiers effectués à la maison, mais nulle part ailleurs. Chez sa grand-mère, Laura reste silencieuse, arbore une mine sinistre et refuse de jouer à un seul de ses nouveaux jeux. En revanche, dès que la porte s'est refermée derrière elle et ses parents, elle se met à agiter la main et à crier « au' voi' ». Plus ses parents la pressent vivement de montrer ce qu'elle sait faire, plus elle se montre obstinée dans son refus.

Lorsqu'on lui demande : « Où sont tes dents ? », elle les montre. Son répertoire s'étend d'ailleurs aux cheveux, aux yeux, aux oreilles et aux doigts de pied. Elle apprend tout cela par le truchement d'une poupée qu'elle adore. Sa mère montre d'abord chaque partie de la poupée et dit son nom. Laura apprend à les montrer à son tour. Au bout de quelques répétitions, Mme King demande : « Et les yeux de Laura, où sont-ils ? » Elle est enchantée de voir la petite fille montrer ses propres yeux, sans hésiter.

> On ne se rend pas toujours bien compte de l'étonnant bond en avant que cela représente; la poupée est un jouet inanimé, que le bébé voit devant lui et qui n'est pas chargé de toutes les associations qu'ont pour lui les parties de son propre corps. Cela montre bien à quel point l'enfant personnifie les objets auxquels il s'attache et s'identifie à eux. (A comparer avec la façon dont Laura traite ses chaussures, chapitre 11, ainsi que la façon dont Louis se défoule de ses angoisses par l'intermédiaire de son chien en peluche, chapitre 11.)

Laura refuse en revanche de montrer les yeux de son père ou de sa mère. Lorsqu'ils lui demandent où ils sont, elle regarde la partie correspondante de leur visage, puis se détourne aussitôt, comme si elle était affreusement gênée. N'est-elle pas suffisamment sûre d'elle, ou bien le pas en avant est-il vraiment trop difficile, compte tenu de ce que ses parents représentent pour elle ? Il est clair, en tout cas, que leurs yeux constituent pour elle quelque chose de très différent de ses propres yeux ou de ceux de sa poupée.

Depuis qu'elle a été sevrée, elle boit son lait dans

sa tasse. Elle mange avec ses doigts, d'excellent appétit, mais elle laisse toujours à sa mère le soin de lui donner ses purées. Maintenant qu'elle ne boit plus le lait de sa mère, elle prend moins de poids tous les mois. (A dix mois, elle pèse onze kilos.)

Quand elle veut relever sa fille, Mme King apprend à plier les genoux, puis à tendre les jambes pour se redresser. Elle se faisait mal dans le dos en se penchant en avant à partir de la taille.

Les parents des bébés très lourds apprennent souvent cette leçon trop tard. La musculature du dos est trop fragile pour supporter les efforts que lui impose le poids de l'enfant. Beaucoup de femmes commencent à connaître, vers cette époque du développement de leur bébé, des ennuis « lombaires ». Lorsque l'enfant est plus âgé et se tient debout pour se cramponner comme un singe au parent qui le soulève, l'effort est bien moindre. A l'âge de Laura, c'est souvent un poids mort, quand il ne résiste pas !

En passant au lait de vache, la petite fille commence à avoir des problèmes de constipation. Ses selles deviennent de plus en plus dures. Au début, elles sont comme des petites billes, mais elles deviennent ensuite plus grosses et plus dures.

Le lait de la mère est plus laxatif que les autres, et beaucoup d'enfants traversent une crise de constipation au moment du sevrage, lorsqu'ils passent au lait de vache. C'est donc une période où il faut veiller à amollir les selles de l'enfant pour qu'il n'ait pas mal. Un bébé contrôle déjà ses sphincters à cet âge et, après quelques évacuations douloureuses, il préférera se retenir pour éviter les souffrances qu'il redoute. Le phénomène tourne très vite au cercle vicieux, car en se retenant, il augmente la constipation, et chaque évacuation devient encore plus douloureuse. Avant que ce cycle infernal ne s'installe, il faut donner à l'enfant du jus de pruneau, du sucre roux ou même des laxatifs doux, sous surveillance médicale. (Cf. Louis, un bébé moyen, chapitre 5.)

Daniel l'actif

Daniel passe ses journées à la verticale. Il se tient debout à côté des meubles, debout au milieu des pièces, debout dans sa chaise haute pour manger, debout dans son bain, debout pendant qu'on le change; il s'endort même debout dans son petit lit. Il apprend à faire pivoter le torse, pour atteindre quelque chose qui se trouve derrière lui ou pour faire signe à ses parents. Au début, il se tient à un support pour le faire. Puis il essaie sans se tenir et y parvient. Très vite, il sait garder son équilibre quand il se retourne, en étendant les bras. Le prochain pas est de pivoter entièrement sur lui-même, ce qu'il fait en tournant d'abord le haut du corps, puis, après avoir étendu les bras, en amenant maladroitement les jambes dans le même axe.

Ce sont là les premiers pas, ou presque, que Daniel fait sans soutien. Il s'entraîne à se déplacer sur le côté, le long d'un canapé, et finit par pouvoir progresser très vite, en glissant un pied contre l'autre. Il veille, cependant, à rester en proche contact avec le meuble. Il s'exerce aussi en se tenant à la main de son père. De temps en temps, quand M. Kay le lâche, Daniel fait un pas tout seul, avant de se rendre compte que personne ne l'aide. Aussitôt il se laisse tomber par terre, furieux d'avoir été dupé et abandonné. Bientôt, cependant, il est capable de faire bon usage du nouvel équilibre qu'il vient d'acquérir en apprenant à tourner et ouvre tout grands les bras, en décrivant de petits cercles des avant-bras et des mains, pour ajouter une espèce de mouvement d'hélice qui le propulse en avant. Lorsqu'il parachève le tout par une démarche empruntée, les jambes raides comme des piquets et largement écartées, c'est le grand démarrage. En l'espace de deux jours, le petit bébé qui semble savoir ce qu'il faut faire, mais sans oser s'y risquer, se transforme en un enfant qui arpente la maison en trébuchant, pendant des heures entières. Dès qu'il marche, une telle expression de félicité se peint sur son visage que l'on comprend aisément qu'il a conscience d'avoir atteint un but important.

La surexcitation du bébé lorsqu'il commence à marcher seul nous donne un aperçu de la force intérieure qui le propulse d'un stade de son développement au suivant. La conscience d'avoir effectué tout seul la nouvelle manœuvre lui apporte une indicible satisfaction que ne pourra jamais lui procurer rien de ce que nous ferons pour lui. C'est, à mon avis, une précieuse indication pour nous, et nous devons nous arranger pour que nos méthodes d'enseignement viennent renforcer cette conscience de sa propre réussite, au lieu de l'ignorer. Il y a, semble-t-il, au moins deux façons d'apprendre quelque chose à un enfant. On peut : soit utiliser un système au moyen duquel les réflexes sont « enseignés » par un renforcement positif, à un rythme tel que l'enfant apprend à reproduire ses réactions d'une façon automatique (mais sans véritable intérêt), soit attendre le moment où la volonté de maîtrise chez l'enfant vient s'ajouter au système des réactions réflexes, où le choix et la liberté d'explorer feront partie de cette maîtrise. Puisqu'il existe un élément de choix, l'enfant peut évidemment aussi bien refuser qu'accepter ce qu'il est sur le point d'incorporer. S'il accepte, il se rend pleinement compte de la joie d'apprendre, comme nous pouvons le voir chez Daniel quand il a commencé à marcher. Pour ma part, je trouve que cela vaut la peine d'attendre et de faire les efforts supplémentaires que cette méthode exige de l' « enseignant ».

Pour donner un exemple du premier de ces deux systèmes – l'apprentissage par le réflexe –, je puis citer le cas d'une petite fille de ma clientèle qui, à six mois et demi, savait marcher seule. A trois semaines, à peine, elle avait été installée dans un petit siège spécial, dans lequel ses pieds touchaient le sol. Tous les jours, pendant un certain temps, sa mère ou sa grand-mère la tenaient par les bras et lui « apprenaient » à marcher. A cinq mois, lorsqu'on la maintenait en position debout, elle était capable d'avancer les jambes de façon purement automatique. A six mois et demi, elle faisait quelques pas toute seule, les jambes raides, les bras tendus sur les côtés et rigides eux aussi, le visage crispé par la tension. On aurait dit un de ces petits soldats mécaniques que l'on remonte pour les faire marcher au pas. Elle ne prenait absolument aucun plaisir à cet exercice, et ce n'était que lorsqu'elle s'effondrait dans les bras qui l'attendaient qu'elle pouvait enfin se soustraire à la terrible tension que l'on pouvait lire sur son visage et dans tout son petit corps. A trois ans et demi, dès qu'elle se mettait à circuler, on voyait revenir la même expression figée et la même démarche mécanique, les bras tendus, les jambes rigides. Elle était incapable de faire quoi que ce fût d'autre en marchant et devait s'en tenir au même rigoureux schéma de concentration qu'on avait « établi » pour elle à l'âge de six mois.

Est-ce là le modèle que nous voulons suivre en tentant d'apprendre à lire à des enfants de deux ans et à écrire à des enfants de trois ? Ces méthodes de formation pour les petits enfants, qui ne tiennent aucun compte des forces psychologiques beaucoup plus importantes que le résultat physique, à chaque stade du développement, m'inquiètent.

Lorsque Daniel entend ses parents le féliciter, il est capable de faire une bonne dizaine de pas avant de s'écrouler. Les Kay sont fascinés par sa passion inlassable, presque maladive, pour cette nouvelle activité. Mark lui-même, avec ses façons sournoises de lui compliquer la vie – en passant par exemple tout contre lui en courant, ou en lui claquant les portes au nez, ou encore en parsemant le sol de jouets à roulettes – est incapable de l'arrêter. Daniel s'écarte de son frère aîné, ou se relève après une chute, et recommence, avec au fond des yeux une lueur de surexcitation et sur le visage une expression résolue. Son sommeil, que ce soit la nuit ou pendant sa sieste, souffre une fois de plus de ce surcroît d'activité (cf. chapitre 10). Lorsqu'on le couche, il est incapable de se détendre et il se réveille très facilement. Pour essayer de s'endormir, il fait rouler sa tête sur le matelas ou la frappe contre la tête de son lit, et il a recours à cette même méthode chaque fois qu'il se réveille dans le courant de la nuit. Il ne tarde pas à s'apercevoir qu'en se balançant très vigoureusement, il peut faire grincer son lit. Quand il a du mal à sombrer dans le sommeil, il se balance violemment, à quatre pattes sur son matelas, et frappe son crâne contre la tête du lit. Le bruit qui en résulte est parfaitement horripilant. Il constate en même temps qu'en se balançant ainsi, il peut faire bouger son lit à travers la pièce et finir contre un mur; il alterne alors les grincements et les coups dans le mur. Etant donné que la sérénade se reproduit parfois plusieurs fois par nuit, les Kay sont à bout de nerfs.

Le surcroît d'énergie d'un enfant comme Daniel, qui doit être dépensé d'une façon quelconque, de préférence rythmique et autostimulante, semble toujours se situer juste au-dessous de la conscience. Comment le corps de l'enfant peut-il supporter ce constant besoin d'énergie ? Comment peut-il continuer à le satisfaire en dormant si peu ? (Les bébés agités ne dorment parfois qu'une heure dans la journée et environ onze heures la nuit.) Les mères se tourmentent beaucoup au sujet des efforts physiologiques que doit fournir un enfant aussi infatigable. Car enfin, il ne mange pas plus que Louis et il dort, en général, moins que la plupart des bébés. Ses mécanismes hormonaux sont réglés différemment de ceux de Laura ou de Louis, et son corps paraît plus efficace (ou, tout au moins, d'une autre espèce d'efficacité) dans sa façon d'utiliser le carburant et le repos.

Les bruits qui accompagnent le balancement deviennent un but secondaire, d'une grande importance. J'ai vu des enfants se réveiller complètement (ils sont d'ordinaire à moitié assoupis durant ce genre d'activité), si l'on avait supprimé un grincement familier, en resserrant des vis. Il faut donc toujours penser à vérifier que le lit de l'enfant ne grince pas, et ce avant qu'il n'ait eu le temps de s'habituer aux bruits qui accompagnent son activité nocturne.

Des roulettes en caoutchouc sous les pieds de lit et d'épais tapis, pour empêcher les vibrations de se transmettre aux autres parties de la maison, rendront cette période beaucoup plus vivable pour le reste de la famille. Etant donné que ce balancement semble souvent accompagner les brusques poussées de développement moteur chez les enfants, je pense qu'on peut le ranger dans la même catégorie que l'habitude de sucer son pouce et toute autre manie autocalmante. L'éliminer au moyen de sangles ou d'autres contraintes me paraît aller contre les besoins naturels de l'enfant, et, à moins que ce ne soit absolument impératif pour le repos des autres membres de la famille, j'aurais tendance à m'opposer à ces mesures. Si les parents luttent contre ce balancement par la contrainte physique, le bébé fera rouler sa tête plus vigoureusement ou se tournera vers d'autres moyens d'autostimulation avec, semble-t-il, une intensité accrue. On peut déclencher une masturbation acharnée en interdisant tout autre exutoire.

Mme Kay cherche des moyens d'aider Daniel à s'endormir plus paisiblement le soir. Elle l'emmène dans sa chambre, éteint la lumière, le berce en lui disant des mots tendres et lui met son tigre dans les bras pendant qu'elle lui donne son dernier biberon de la journée. A mesure qu'elle le câline, elle sent son petit corps noué se détendre, mais il faut parfois une bonne trentaine de minutes. Elle estime, néanmoins, que le résultat en vaut la peine, et elle en profite pour communiquer avec son bébé. Lorsque Daniel se réveille, plus tard dans la soirée ou dans la nuit, elle se sent moins coupable de ne pas se précipiter à son chevet et elle le laisse retrouver tout seul le chemin du sommeil.

Mme Kay tente de faire comprendre à son fils la valeur et l'importance de cette capacité d'abandonner un haut niveau d'activité pour un niveau beaucoup plus faible. Si la maman répète sa leçon suffisamment de fois, l'enfant sera peut-être capable d'incorporer ce schéma de relaxation à son répertoire. Lorsqu'il y parviendra, il sera beaucoup mieux équilibré.

Daniel joue à présent avec ses propres jouets et s'intéresse moins à ceux de Mark. Il va récupérer un de ses animaux, égaré dans un tas de joujoux appartenant à son frère. Il le prend dans ses bras et le caresse tendrement, comme il l'a vu faire à Mark.

Daniel manifeste une tendresse croissante, qui a commencé avec son tigre (chapitre 11) et qui s'étend à présent à tous ses autres jouets. C'est la preuve d'un environnement parfaitement sain. La capacité d'aimer un objet ou de « materner » quelqu'un d'autre ne peut en effet être dérivée que de l'expérience personnelle de l'enfant. C'est pourquoi, quand nous observons un bébé pour établir un diagnostic et que nous constatons qu'il est incapable de jouer affectueusement avec un autre enfant ou de jouer « au papa et à la maman », nous nous demandons toujours s'il a eu une bonne expérience avec sa propre mère.

Un jour, Daniel oublie un jouet derrière le fauteuil de son père. La garde le retrouve en train de pousser le meuble de toutes ses forces, afin de récupérer son bien. Comme nous l'avons vu, Daniel a saisi le concept de l'objet caché et sait le retrouver. Une autre fois, il se rappelle un jeu pratiqué la veille avec

Mark et dont le cours a été interrompu parce qu'il était l'heure d'aller au lit. Le lendemain matin, il essaie de persuader son frère de le reprendre. Que d'attention et de mémoire représente ce simple fait !

Daniel se cramponne à présent davantage à sa famille et à son foyer. Il commence à manifester envers les endroits et les personnes inconnus la même angoisse que Laura à huit ou neuf mois. Etant donné qu'il n'a jamais été timide, ses parents sont tout étonnés, lorsqu'ils l'emmènent chez ses grands-parents. Dans ce décor relativement peu familier, il se fige, refuse de bouger ou de toucher à aucun des joujoux avec lesquels il a coutume de jouer. Tout au long de la visite, il pleurniche pour que sa mère le prenne sur ses genoux et se recroqueville lorsque son grand-père s'avance pour le toucher. Il finit par se laisser faire, mais sans sourire, ni accepter que son grand-père joue avec lui. C'est un comportement entièrement nouveau chez le bébé, et ses parents sont perplexes. Dès qu'il est rentré chez lui, il reprend gaiement toutes ses anciennes activités. (Cf. Laura la placide, chapitres 10 et 11, pour certaines des raisons de cette attitude.) Daniel est moins sensible aux signaux venus de l'extérieur, mais son indépendance s'accroît très rapidement.

En dehors de Mark, Daniel voit trop peu d'enfants. Un jour, Mme Kay emmène ses deux fils en visite chez une amie qui a des enfants du même âge. Mark et son petit camarade vont s'installer dans une autre pièce. Dès que son frère a disparu, Daniel semble privé de son support. Il se pelotonne sur le plancher et contemple l'autre bébé. Il a l'air affolé et sursaute de façon très visible à chaque fois que ce dernier fait un bruit un peu fort ou un mouvement soudain. Pendant toute la visite, Daniel semble hypnotisé par l'activité de cet autre enfant. Dès son retour à la maison, sa mère s'aperçoit qu'il imite tout ce qu'il a vu faire à l'autre bébé, comme s'il l'avait appris par cœur. Jamais elle ne l'avait vu glisser jusque-là des anneaux autour d'une tige. Dès son arrivée chez eux, il se précipite sur le cône dont il ne se sert jamais et commence à en ôter les anneaux plats pour les remettre ensuite sur leur support, exactement comme il l'a vu faire à l'autre bébé. Ensuite, toujours dans le même esprit d'imitation, il empile plusieurs cubes les uns sur les autres.

Nous avons déjà évoqué l'intérêt avec lequel un bébé observera des enfants plutôt que des adultes, s'il a le choix. Cette merveilleuse capacité d'apprendre tout un comportement en bloc, uniquement en regardant faire quelqu'un d'autre, se remarque particulièrement chez les jumeaux. Bien souvent, l'un des deux enfants est celui qui agit et il s'entraîne à faire des choses une grande partie du temps. Pourtant on verra souvent l'autre jumeau, celui qui regarde, accomplir intégralement et spontanément une action que son frère a passé des journées entières à mettre au point. (Ce phénomène est à comparer avec Laura la placide, chapitre 12, et Louis, un bébé moyen, chapitre 11.) En ce qui concerne Daniel, c'est pour lui une nouvelle façon d'apprendre par imitation pure et simple.

Daniel (tout comme Laura) aime se draper de vêtements autour du cou et parcourir ensuite toute la maison. Il montre une certaine préférence pour ses tee-shirts et ses tricots ou ceux de Mark, mais il est toujours ravi de mettre la main sur une des cravates de son père. Lorsqu'on l'habille, il apporte son concours à l'opération en se tortillant; il aide aussi à enlever son tee-shirt et, quand on lui demande de tendre une jambe, il tend toujours celle qu'il faut, que ce soit pour mettre ou enlever son pantalon, ses chaussures ou ses chaussettes. Il essaie d'ailleurs d'ôter tout seul ses chaussettes, en attrapant le bout et en tirant dessus; malheureusement, il tire vers l'arrière et n'a guère de succès, à moins que la chaussette ne soit déjà pratiquement partie.

Mme Corcoran voudrait bien commencer à lui faire faire l'apprentissage de la propreté. Il apprend si vite, et elle a remarqué qu'il lui arrivait souvent de rester sec pendant une heure de suite ou plus. Elle fait également remarquer à Mme Kay que Daniel s'accroupit, grogne et devient tout rouge lorsqu'il va à la selle. La maman, bien qu'elle soit persuadée que Mme Corcoran est très capable de trouver une façon « attrayante » de rendre Daniel propre, refuse de la laisser faire. Elle lui explique qu'elle tient à apprendre elle-même à son fils comment être propre et qu'elle a l'intention de ne le faire que lorsqu'il sera en âge de comprendre vraiment ce qu'elle attend de lui.

Je suis tout à fait d'accord avec Mme Kay. Même si le bébé contrôle déjà suffisamment ses sphincters, à cet âge, pour pouvoir « apprendre » la propreté – ce que beaucoup d'enfants font dès la première année –, j'ai le sentiment qu'il s'agit alors d'un apprentissage réflexe et/ou d'un apprentissage de la grande personne concernée. (C'est à comparer avec le système dont nous avons parlé un peu plus haut, à propos de la marche.) Et il aura certainement des conséquences désastreuses pour l'avenir. J'ai souvent observé, à cet âge, une sorte de soumission passive de la part du bébé, mais elle est généralement suivie d'un brusque éclat de révolte, et d'une rétention volontaire d'urine et de matière fécale vers l'âge de seize à dix-huit mois, quand l'enfant est capable de comprendre ce qu'on lui a fait et de rendre coup pour coup. Dans notre société, nous valorisons la réussite individuelle dans tellement de domaines que cela entraîne peut-être une rébellion plus nette de la part de nos enfants lorsque l'apprentissage est institué sous la pression des adultes. Aux Etats-Unis en tout cas, si l'on essaie d'enseigner la propreté aux bébés dès la première année, le taux de refus et d'échec est plus élevé, selon les rapports, qu'il ne l'est en Grande-Bretagne ou en Europe, où l'on s'attend à voir l'enfant propre dès la fin de sa première année. Cependant, j'ai aussi lu quelque part que le taux d'incontinence nocturne et de constipation chronique dans ces pays – lequel pourrait être le résultat direct de cet apprentissage si précoce – était très élevé. (Certains rapports signalaient qu'il y avait quinze pour cent de jeunes gens souffrant d'incontinence nocturne chez les recrues de dix-huit ans de l'armée anglaise.) Il est certain qu'avec un enfant qui passe le plus clair de ses journées à essayer de se tenir debout et de marcher, il serait contraire à la logique des choses de l'obliger à rester de longs moments assis sur un pot. Un enfant aussi intelligent que Daniel, qui a en outre un frère aîné pour lui servir de modèle, n'a vraiment pas besoin d'être poussé avant d'être intellectuellement « mûr » pour assimiler un processus aussi complexe. Il est si facile et si plaisant de montrer ce qu'il faut faire à un petit enfant au cours de sa deuxième année et de lui apprendre à se débrouiller seul.

Les mères auront cependant besoin d'être fermes, comme l'a fait Mme Kay, car l'ancienne génération se rappelle encore qu'elle parvenait à « former » ses enfants avec succès dès la première année. Beaucoup de grand-mères ou de nounous « de la vieille école » donneront à la jeune mère l'impression qu'elle néglige son enfant, en n'étant pas disposée à se donner assez de mal pour lui apprendre à être propre à cet âge. Ne leur en déplaise, il y a des périodes qui se prêteront mieux à cet apprentissage durant la deuxième année, au moment de l'accalmie qui survient lorsque les grands progrès moteurs sont définitivement acquis.

13

LE ONZIÈME MOIS

Louis, un bébé moyen

Louis met au point son apprentissage de la marche. Un jour, debout devant une petite chaise, il se laisse aller contre elle et la sent bouger. Il a l'air étonné, mais semble comprendre que c'est lui qui a provoqué ce mouvement. Il s'appuie alors carrément dessus, et la chaise glisse encore un peu plus. Il sourit et la pousse une troisième fois. En la voyant bouger, il éclate de rire et la suit en titubant. Mme Moore lui donne une autre petite chaise, qu'elle renverse, et montre à Louis comment la pousser en avançant. Jour après jour, il va désormais passer une partie de sa matinée à pousser la chaise devant lui, tandis qu'il avance d'un pas branlant.

Beaucoup de chaises anciennes ont des dossiers usés et patinés, à force d'avoir été poussées sur les planchers trop durs par des générations de petits bébés qui apprenaient à marcher. N'est-il pas beaucoup plus amusant et instructif pour Louis d'avoir trouvé son propre support que d'avoir reçu de ses parents un de ces gadgets qui « se chargent de tout » ? (Cf. Daniel et son « trotteur », chapitre 11.)

Tout en poussant consciencieusement sa chaise, il observe ses propres pieds. Très occupé à tenter quelques expériences en soulevant un pied, puis l'autre, il tombe en avant et se cogne la tête. Il appelle sa mère. Quand elle arrive, elle s'aperçoit qu'il est plus surpris qu'autre chose, et le remet debout sans manifester trop d'attendrissement. Louis reprend ses expériences.

Un parent risque, en couvant trop son bébé, de renforcer sa surprise et de le pousser peut-être à avoir peur. Evidemment, la ligne de démarcation entre une consolation et une compassion bien naturelles chez un parent, et le renforcement d'une déception non moins naturelle chez un bébé, face aux échecs et aux surprises qu'il s'inflige à lui-même, est des plus ténues. A chaque nouvel épisode, le parent doit savoir instantanément juger la gravité de la situation et savoir si un encouragement contrôlé de sa part ne sera pas la réaction la plus réconfortante et la meilleure à long terme. Un excès d'attendrissement est en effet aussi nocif qu'un apitoiement, car il peut miner la confiance du bébé à un moment où il est prêt à reprendre ses tentatives. Il y a certainement un fond de vérité dans la chanson américaine qui dit : « Il faut qu'on t'apprenne à avoir peur. » (Cela dit, il ne faudrait surtout pas en faire une règle absolue. Cf. les angoisses de Louis, au chapitre 11.)

Peu après, Louis commence à tenir debout tout seul. Il se montre prudent (plus que Daniel, moins que Laura), mais il prend vite courage. Comme Daniel, il va lui falloir apprendre à trouver son équilibre au milieu d'une agitation presque constante. C'est l'épreuve la plus difficile pour un équilibre encore précaire. Il tombe plusieurs fois au cours de ses expériences et se cogne la tête avec un bruit sourd, en appelant à l'aide. Lorsque sa mère répond aussitôt à ses cris, il se contente d'un petit câlin et d'un mot d'encouragement. Si elle attend que les cris de Louis se soient transformés en véritable crise de larmes, Mme Moore ne retrouve plus qu'un petit être gémissant, apitoyé sur lui-même.

> Louis a bien saisi les redoutables implications de la prochaine étape : être debout et responsable de son sort, dans un monde où les autres circulent aussi, debout et à toute allure. Le désir qu'éprouve le bébé de faire partie de ce monde et sa conscience d'être encore loin du compte sont tous deux reflétés dans ses crises de larmes durant l'apprentissage.

Louis se cramponne beaucoup à sa mère durant toute cette période. En fin de journée, il se montre grognon jusqu'à ce qu'elle le prenne dans ses bras. Quand ils ont des visites, il se pelotonne contre elle, comme le ferait un bébé beaucoup plus petit, tout spécialement s'il s'agit d'un enfant de l'âge de Tom ou de Martha. Il suit sa mère partout comme un petit chiot craintif. Lorsqu'elle quitte brusquement une pièce, il veut aussitôt se lancer à sa poursuite. Toute la famille accuse Mme Moore d'avoir trop gâté Louis, et elle-même commence à se poser des questions. Pourtant, quand il lui demande un câlin, son instinct et son envie la poussent à le lui accorder. Jamais il n'a été un bébé particulièrement « collant » (sauf lorsqu'il souffrait d'angoisses, après avoir pris conscience de nouveaux dangers). Elle a l'impression que Louis traverse simplement une mauvaise passe, dont il sortira pour retrouver son indépendance. Elle se sent ébranlée par sa famille, comme elle l'a été quand il avait neuf mois et qu'elle a voulu lui enlever son biberon pour le faire boire à la tasse. Cette fois-ci, cependant, elle décide de s'en remettre à son instinct qui est d'offrir à son bébé un soutien accru.

> Beaucoup de parents se laissent trop facilement ébranler par la désapprobation d'autrui (c'est-à-dire généralement le conjoint et les parents) et ne s'en tiennent pas à leurs décisions. Je soupçonne ce sentiment

chez les autres d'être bien souvent dû à une certaine jalousie en voyant le bébé régresser jusqu'à un état de dépendance accrue vis-à-vis de sa mère. Ce phénomène apparaît comme une menace, car nous aimerions tous pouvoir en faire autant, lorsque nous sommes soumis à une trop forte tension. Peut-être aussi les autres adultes auraient-ils voulu que Louis se tourne plutôt vers eux. Il est certain, en tout cas, que les autres enfants de la famille sont furieux et jaloux de voir le bébé faire aux parents des demandes qu'eux-mêmes s'interdisent par fierté. Comme nous l'avons fréquemment précisé, il s'agit d'une simple « phase ». Cependant, si le parent refusait de réconforter son bébé, cette période risquerait de durer beaucoup plus longtemps. Grâce à ses encouragements, l'enfant est capable de trouver en lui-même la force nécessaire et de passer à un stade de plus grande indépendance.

Louis est capable de tenir un jouet dans une main, tandis qu'il se hisse de l'autre en position debout. Après quoi il lâche son jouet à seule fin de pouvoir se pencher pour le ramasser. Au début, il préfère d'ailleurs s'accroupir, le saisir, toujours de la même main, et se redresser. Il essaie ensuite la même manœuvre, mais en se servant de l'autre main. Pour finir, il apprend à se pencher en avant pour ramasser son jouet de l'une ou l'autre main, tandis qu'il s'agrippe à un meuble de la main restée libre.

Il teste toutes sortes d'activités concernant les positions accroupie et penchée en avant, afin de découvrir par lui-même ce que représente la distance jusqu'au plancher. Il compare aussi les sensations éprouvées de chaque côté du corps, comme si chacun exigeait une façon de procéder tout à fait différente.

Louis transporte son jouet à travers la pièce pour essayer ces manœuvres à différents endroits.

Après avoir observé ses frère et sœur, Louis imite

souvent leurs jeux avec des jouets qu'il faut pousser; il pousse un petit train à travers la pièce en faisant « tchou-tchou-tchou ». Il frappe par terre avec un petit marteau, enchanté du bruit qu'il parvient à produire. Lorsque Tom et Martha s'amusent avec des crayons de couleur, il les observe soigneusement, puis s'empare d'un crayon pour taper avec sur une feuille de papier. Martha lui prend la main pour lui montrer comment écrire. Il la lui arrache et refuse de coopérer. Cependant, il revient à son papier et fait des gestes qui se rapprochent davantage de ceux de l'écriture, que sa sœur a voulu lui montrer. Sa dépendance accrue vis-à-vis de sa mère est compensée par une certaine prise de distance par rapport aux autres, particulièrement ses frère et sœur. Pourtant, bien qu'il refuse de se laisser apprendre quoi que ce soit par Martha, il n'en saisit pas moins, apparemment contre son gré ou à son insu, les signaux qui lui permettront de la suivre plus tard.

Il essaie en revanche d'imiter la façon dont les deux autres parlent. Il est capable de prononcer quelques mots intelligibles, mais il s'exprime surtout en jargon. Il copie cependant fort bien les inflexions, ainsi que les rythmes de la parole, et il reproduit même certaines des expressions du visage de Tom et Martha avec une fidélité comique, comme s'il essayait de les singer.

Il connaît le nom de nombreux objets et sait comment ceux-ci fonctionnent. Par exemple, si Tom dit « avion », Louis lève le bras en l'air; si Martha dit « toutou », il se met à gronder, ou en tout cas il essaie. Il répète d'ailleurs ce geste et ce bruit lorsqu'il voit des photographies représentant des avions ou des chiens. Tous les soirs, les deux grands lui font faire son numéro devant M. Moore.

Louis invente un nouveau jeu qui met ses aînés en rage. Il s'empare d'un de leurs jouets favoris et le cache derrière un canapé ou sous un oreiller. Quand ils le découvrent, il rit aux éclats. C'est un jeu qu'ils lui ont appris eux-mêmes, avec ses propres jouets, et c'est donc à eux qu'il l'associe. Il est tout étonné de voir que ça ne les fait pas rire.

Il poursuit ses expériences sonores en mettant à contribution tous les objets qu'il trouve dans la maison. En les faisant tomber dans une tasse, l'un après l'autre, il semble entendre une différence dans le son que produisent un cube en plastique ou une bille métallique. Ces différences l'amusent énormément. Il fait ensuite la même expérience avec un verre et paraît intéressé par les nouveaux sons qu'il entend. Cependant, quand il veut reprendre les objets au fond du verre, il essaie d'abord de les attraper à travers la paroi; puis il tente d'enfoncer le poing fermé par le haut du verre. Lui qui sait parfaitement incliner une tasse pour faire tomber ce qui s'y trouve, il aborde le verre comme s'il n'y avait aucun point commun entre les deux ustensiles. On dirait qu'il doit apprendre à se servir d'un objet entièrement nouveau; les signaux visuels reçus à travers la paroi transparente l'ont, apparemment, tout à fait désorienté.

> Tous les signaux visuels se rapportant au verre sont troublants. Même dans une situation parfaitement familière, l'enfant doit réapprendre à démêler leur signification et à s'y fier. C'est assez comparable à la façon dont nous sommes obligés de réapprendre un acte courant pour pouvoir le faire dans l'obscurité ou sans voir ce que nous faisons.

Louis s'efforce d'imiter Mme Moore quand il la voit vaquer aux travaux du ménage. Comme pour justifier son désir de rester près d'elle, il se met à essuyer lui aussi la table ou bien à agiter maladroitement une cuillère si elle cuisine, et il se cramponne lourdement à l'aspirateur quand elle fait le ménage.

Dès que Mme Moore s'assoit pour lire, Louis sort un de ses livres et l'ouvre. Si elle veut écrire une lettre, il griffonne avec un doigt sur un papier posé à côté de la feuille de sa mère. Il sait « aller chercher » des objets très simples dont elle a parfois besoin et semble particulièrement ravi et fier en rapportant ce qu'elle lui a demandé (cf. chapitre 11). Il apprend aussi à allumer la télévision, mais il a très peur s'il y a une brusque explosion de son et file à quatre pattes jusque dans la pièce voisine. Il passe ensuite la tête par l'encadrement de la porte, pour observer le résultat de son geste, mais il n'ose pas rentrer dans la pièce tant que quelqu'un n'est pas venu baisser le volume sonore. Il apprend vite d'ailleurs que le bruit va attirer un membre de la famille, et il faut finalement le gronder pour qu'il cesse de toucher à l'appareil.

Laura la placide

Laura suit son petit bonhomme de chemin, toujours circonspecte. Bien qu'elle refuse de laisser ses parents la mettre debout, elle s'efforce volontiers de se lever toute seule, lentement et laborieusement, en s'agrippant à un meuble ou aux genoux de ses parents. Cependant, dès qu'ils tentent de la poser sur ses pieds, elle tend les jambes droit devant elle, dans un geste de refus très net (cf., au chapitre 8 déjà, cette même résistance à la station debout). A l'encontre de Daniel ou de Louis, jamais Laura ne tombe à la renverse. Une fois qu'elle a compris la technique, elle se laisse progressivement retomber sur le derrière. Dès qu'elle sait qu'elle peut se rasseoir si elle le veut, elle paraît se sentir plus libre de jouer debout si elle en a envie, et il lui arrive même de faire, de temps en temps, un pas hésitant d'un côté ou de l'autre, sans

lâcher toutefois le meuble auquel elle a la prudence
de se tenir.

C'est ce qu'on appelle parfois « marcher en crabe »;
l'enfant longe les meubles en faisant des pas de côté.
Laura n'est pas aussi en retard qu'on pourrait le croire
par rapport à Louis et à Daniel. Beaucoup de bébés,
surtout ceux qui pèsent lourd, ne marchent pas en
crabe avant cet âge, et certains ne semblent même
jamais faire le moindre essai de marche, ni en crabe ni
autrement. On dirait qu'ils attendent de savoir marcher et qu'ils se dressent alors sur leurs jambes et se
mettent à circuler en l'espace de quelques jours. Aux
Etats-Unis, la moyenne d'âge pour marcher tout seul
se situe dans la fourchette des douze à quatorze mois;
donc, les progrès moteurs de Laura sont en fait plus
proches de la « norme » que ceux des deux garçons.
Etant donné que nos trois bébés vivent dans des envi-
ronnements stimulants et possèdent des dons naturels
supérieurs à la moyenne, il n'aurait pas été très réa-
liste de les faire marcher à l'âge moyen. Le développement de Laura, dans les paramètres autres que
moteurs, est en avance sur n'importe quelle moyenne.
Il faut dire bien sûr que les moyennes font généralement entrer en ligne de compte beaucoup de bébés
moins gâtés sous le rapport du don naturel et de l'environnement.

Laura a les pieds tellement plats que, lorsqu'elle
marche en crabe, elle se tient sur l'intérieur du pied
et de la cheville au lieu de la plante du pied.

La plupart des enfants, lorsqu'ils commencent à se
tenir debout, ont les pieds en dehors (on dit aussi en
canard) et penchés vers l'intérieur. Tandis qu'ils cherchent leur équilibre, les jambes bien écartées, la pointe
de leurs pieds s'ouvre vers l'extérieur et ils finissent
par marcher sur leurs chevilles, comme une vieille
femme de ménage fatiguée. Cependant, à force de
marcher, le bébé trouve son équilibre et n'a plus
besoin d'une base aussi large. Ses pieds commencent

d'ailleurs à être plus forts et se redressent d'eux-mêmes. Mieux il marche, plus son pied et sa voûte plantaire prennent de force. Laura est en outre une fillette « désarticulée ». Beaucoup de bébés ont des articulations élastiques, trop extensibles, que l'on peut facilement pousser au-delà de la position tendue normale. Ces articulations si flexibles ont, semble-t-il, du mal à se fixer dans une position d'extension soutenue. Laura aurait besoin d'une musculature plus développée pour donner de la fermeté à ses articulations, quand elle est debout. Avant de pouvoir contrôler ses jambes et ses pieds, pour tenir debout et marcher, elle devra s'entraîner plus longtemps que les autres, afin d'augmenter sa force musculaire. Un corps mou et souple et des articulations trop faibles rendent évidemment la locomotion difficile, même si l'enfant a envie de se déplacer. J'ai souvent l'impression que le tempérament placide et le physique « désarticulé » vont assez logiquement de pair chez ces enfants, fournissant contre l'activité motrice une force de dissuasion en forme de cercle vicieux. Dans le développement de ce type de bébé moins actif, on ne sait plus où est la poule, ni où est l'œuf.

Laura est plus ouvertement attachée à sa mère à présent. Elle la suit à quatre pattes, avançant le plus vite qu'elle peut. Dès que Mme King s'installe quelque part pour un certain temps, le bébé se fourre entre ses jambes et s'appuie contre elles. Sa mère est obligée de l'enjamber plusieurs fois par jour, et finit parfois par lui marcher dessus.

Maintenant qu'elle sait dire « au'voi' », « mama » et « papa », Laura marmonne « mama, mama » toute la journée. Cela fait longtemps que Mme King a oublié sa crainte de perdre Laura en la sevrant.

Il s'agit, bien sûr, du même genre de dépendance accrue vis-à-vis de la mère que nous venons de voir chez Louis juste avant qu'il ne commence à marcher. Chez un enfant unique, ce phénomène sera encore plus envahissant, car il n'a ni frère ni sœur pour le distraire. Et Mme King, de son côté, n'a pas comme Mme Moore besoin de répartir son intérêt entre plusieurs enfants. En outre, dans un petit appartement, la mère et l'enfant sont forcément rejetés encore plus l'un sur l'autre, et je m'étonne parfois que des jeunes femmes comme Mme King ne deviennent pas folles à lier. Beaucoup d'entre elles constatent d'ailleurs qu'en fin de journée elles sont à bout de nerfs et prêtes à craquer (ce qui est à comparer aux réactions de Mme Moore). Les mamans qui travaillent au-dehors et qui rentrent fatiguées chez elles à la fin d'une longue journée trouvent cette période extrêmement pénible. Elles doivent essayer de s'arranger pour pouvoir se défouler, mais pas sur l'enfant évidemment.

Un jour où Mme King prend dans ses bras le bébé d'une amie, Laura se met aussitôt debout contre sa mère et commence à pousser l'autre bébé pour le faire partir. Elle grimpe même sur les genoux de sa mère pour avoir une meilleure prise. Pour la taquiner, Mme King garde le bébé dans ses bras et continue à lui parler. Laura devient hystérique; elle se met à pleurnicher et à tirer sur les vêtements et les membres de son rival pour le déloger. Une fois le bébé rendu à sa mère, Laura se pelotonne sur les genoux de Mme King, en se suçant les doigts, comme si elle n'osait plus les quitter, Mme King commence à éprouver une forte envie de sortir de chez elle, toute seule; peut-être devrait-elle travailler ?

Les taquineries de Mme King ont leurs racines dans l'espèce d'exaspération que finit par éprouver un parent (comparez avec Mme Moore et Louis) lorsqu'un enfant de cet âge se montre aussi exigeant et dépendant. Le parent se sent pris au piège et tente de repousser le bébé de diverses façons. Comme nous l'avons vu avec Mme Moore, ces demandes incessantes finissent par lui donner l'impression d'être vidé. Une mère comme Mme King, qui n'a jamais eu

378

des rapports faciles avec sa fille, doit lutter encore plus dur pour trouver une solution.

Les repas sont très amusants pour la mère et la fille. Laura a bon appétit et elle savoure chaque bouchée. Elle aime bien que sa mère prenne part à ses repas. Elle est tout à fait capable de manger et de boire seule, mais (à l'encontre de Louis et de Daniel), elle apprécie les échanges que lui procure la présence de Mme King. C'est cette dernière qui remplit la cuillère, puis la donne à Laura qui la porte à sa bouche, Laura ne renverse presque jamais rien de ce qu'elle mange, mais si cela lui arrive, elle s'essuie aussitôt la bouche ou frotte son plateau (qu'on se rappelle sa propreté au chapitre 10). Elle se sert de ses deux mains pour manger, réservant sa main droite à la manipulation complexe de la cuillère, tenant sa tasse à deux mains et ramassant entre le pouce et l'index gauches les petits morceaux de nourriture qu'elle se fourre dans la bouche, pendant qu'elle attend de recevoir la cuillère pleine dans la main droite.

C'est un comportement manipulateur fort habile. La capacité de se servir des deux mains pour ramasser les petits morceaux est particulièrement avancée, surtout si le bébé se concentre en même temps sur une autre manœuvre. La propreté de Laura et l'importance qu'elle attache à ne rien renverser sont aussi très inhabituelles. A cet âge, on pourrait presque parler de maniaquerie, encore que ce soit un trait qu'on me signale souvent. Laura a d'ailleurs manifesté dès le départ des réactions assez maniaques (chapitre 10), et sa délicatesse et sa propreté en font partie.

Bien souvent, lorsqu'elle vient de manger un morceau d'un aliment qu'elle adore, Laura se pourlèche les babines. Parfois, elle s'amuse à tendre la cuillère pleine à sa mère, généralement lorsqu'il s'agit d'un de ses aliments préférés. (Cela fait songer à Louis qui donnait des petits morceaux à Mme Moore, au chapitre 12.) Les avances que fait Laura sont touchantes, parfois même presque mielleuses. On dirait qu'elle se sent obligée de faire plaisir à Mme King pour pouvoir se cramponner à elle. Les bébés font souvent cela lorsqu'ils sentent leurs parents s'éloigner d'eux pour une raison quelconque. Laura devine-t-elle que sa mère songe à retravailler ?

Elle regarde Mme King se balancer dans son fauteuil à bascule, comme si elle le voyait pour la première fois. Elle s'en approche à quatre pattes, pousse sa mère pour la faire lever, grimpe sur le siège et commence à se balancer à son tour. Les yeux fermés, elle se met à chantonner, parfaitement heureuse. Mme King a beaucoup bercé sa fille quand elle était plus petite, et il est intéressant de noter que lorsque Laura est capable de reproduire toute seule ce mouvement, il devient pour elle un phénomène nouveau.

Un jour, elle va se poster devant le grand miroir au pied duquel elle adore jouer : elle se regarde, se parle, contemple sa mère derrière elle. Brusquement, elle remarque un jouet favori qui se reflète dans la glace. Elle tend la main devant elle, comme si elle avait oublié où elle était. En se cognant contre le miroir, elle éclate de rire : elle se rend compte qu'elle s'est trompée.

Au milieu de la nuit, M. et Mme King entendent leur fille pleurer. Ils se lèvent et la trouvent toute chaude et plutôt mal en point. Elle est allongée dans son petit lit, les yeux levés vers eux avec une expression pitoyable. Son cœur bat de façon précipitée, sa respiration est haletante, et lorsqu'ils prennent sa température (rectale), ils constatent que le thermomètre marque quarante. M. King, paniqué, se rue sur le téléphone. Mme King serre contre elle sa petite fille brûlante de fièvre, terrorisée à l'idée qu'elle risque de mourir avant que son mari ne soit parvenu à joindre le médecin. Tandis qu'elle la berce doucement, Laura semble éprouver un léger mieux. Elle sourit et gazouille (comme pour rassurer sa mère). Au bout d'un quart d'heure interminable, le pédiatre les rappelle et il écoute les explications que lui bafouille M. King. Il s'efforce d'assurer au jeune père que ce n'est probablement pas bien grave et lui conseille de donner de l'aspirine à la fillette, de lui donner à boire le plus possible et de la mettre dans un bain tiède pour faire tomber la température. Il demande aussi à M. King de guetter les symptômes qui pourraient indiquer autre chose qu'une réaction fébrile à une simple infection : éprouve-t-elle, par exemple, des difficultés à respirer, se tire-t-elle les oreilles, a-t-elle mal quand elle fait pipi, souffre-t-elle de diarrhées violentes, et de s'assurer qu'il n'y a aucune raideur du cou qui l'empêcherait de pencher la tête en avant, sur la poitrine. Il propose que les King attendent une heure ou deux après l'ingestion de l'aspirine, pour lui laisser faire son effet et agir sur la fièvre, puis ils examinent à nouveau leur bébé en guettant les symptômes qu'il vient de décrire. Si aucun d'entre eux n'est apparu, et si l'aspirine et les boissons ont fait du bien à Laura, le praticien juge inutile de venir voir Laura avant le lendemain. D'ailleurs, explique-t-il, lorsqu'il examine immédiatement un bébé, le médecin ne trouve rien, en dehors de ces symptômes évidents, pour lui indiquer à quel endroit se situe l'infection. Il demande à M. King de bien vouloir le rappeler le lendemain matin, s'il ne remarque jusque-là aucun des fameux symptômes. Dans le cas contraire, il faudra, bien sûr, le prévenir aussitôt. Il certifie à son interlocuteur que les parents peuvent reconnaître tout seuls les signes d'une maladie vraiment grave : un enfant sans aucune force, au teint blême, à qui ni l'aspirine ni les boissons ne semblent donner la moindre vigueur. M. King s'en va rapporter cet entretien à sa femme, toujours affolée.

Furieuse de se sentir abandonnée ainsi par un médecin qui répugne tout simplement, croit-elle, à sortir de son lit pour venir au chevet d'un enfant malade, elle suit néanmoins ses instructions. Elle donne la dose conseillée d'aspirine et de boissons légères (pas de lait). Dès à présent, Laura est déjà redevenue si joueuse et si gaie que ses parents décident de ne pas lui faire prendre de bain tiède. Toujours ulcérés par l'incroyable désinvolture du médecin, ils font absorber à leur fille des quantités de liquide.

> Les parents doivent avant tout veiller à bien hydrater un bébé qui a trop chaud. S'il a des nausées ou tendance à vomir, ce seront probablement les liquides sucrés, riches en hydrates de carbone, qu'il supportera le mieux, administrés par cuillerées, à intervalles rapprochés. Lorsqu'ils sont malades, beaucoup de bébés refusent de boire, mais il est si important de les hydrater au maximum que les parents doivent les faire boire de force s'il le faut. Si le bébé voit que ses parents sont intraitables, il se laissera faire. Généralement, dès qu'il a absorbé un peu de liquide, sa résistance s'évanouit. Bien souvent, une sucette, une glace ou un biscuit viendront à bout du refus initial.

Au bout de deux heures, Laura semble être revenue à un état normal; sa fièvre est tombée, et elle paraît disposée à jouer. Les King passent le restant de la nuit auprès d'elle, à la veiller et à guetter les symptômes décrits par le médecin. Aucun d'eux n'apparaît. Au bout de quatre heures (lorsque l'aspirine a cessé de faire de l'effet), la température remonte en flèche, mais elle redescend après une nouvelle dose. Le matin venu, la température est définitivement retombée à trente-sept, et le bébé semble se porter comme un charme. Ses parents, en revanche, sont épuisés. Laura pourra faire plusieurs petits sommes ce jour-là, pour se remettre, mais ses parents devront dormir debout toute la journée.

Lorsque le médecin vient l'examiner, il ne trouve rien, mais signale à Mme King que la température remontera peut-être dans la soirée. Il n'en est rien finalement, et les parents désorientés, se sentent inquiets et presque lésés de ne pas savoir pourquoi Laura a fait une telle poussée de fièvre. Le pédiatre ne semble pas en mesure de leur fournir la moindre explication.

On ne trouvera, en auscultant le bébé, aucune raison qui justifie cet accès de fièvre, mais il s'agit en fait d'une réaction très saine devant une infection bénigne. Les bébés sont coutumiers de ces espèces de mobilisations du corps tout entier pour faire échec à l'infection, et cela les aide très certainement à renforcer leur immunité spécifique au microbe responsable et même peut-être leur immunité générale à tous les microbes. Chacune de ces luttes, dont il sort vainqueur, permet à l'enfant d'amasser des réserves pour l'avenir. C'est pour cette raison que les pédiatres préfèrent laisser si possible le bébé lutter seul contre ces infections et réserver les antibiotiques, l'artillerie lourde de la pharmacopée, aux maladies plus graves qu'il ne peut combattre seul. Si le médecin se laisse gagner par l'hystérie des parents et commence un traitement aux antibiotiques avant même de savoir ce dont souffre son petit patient, il risque de brouiller le diagnostic, ce qui ne rendra évidemment service à personne.

Chez un jeune enfant, une température élevée n'est généralement qu'un symptôme d'infection parmi d'autres, et il est inutile de la traiter en soi. Lorsqu'ils font une poussée de fièvre, beaucoup de bébés font monter le thermomètre jusqu'à trente-neuf cinq, quarante ou même quarante et un degrés. Leurs mécanismes régulateurs ne sont pas encore très au point et leur permettent rarement de rester dans des températures plus moyennes tournant autour de trente-huit ou trente-neuf degrés. Il est donc important de guetter l'apparition d'autres symptômes avant de s'affoler, comme les King, parce que l'enfant a beaucoup de fièvre. Il va sans dire que les parents ne peuvent ni ne doivent se mêler de lutter contre un état fébrile, quelle que soit sa durée, sans consulter un médecin; cependant, à moins que le bébé ne paraisse particulièrement faible et mal en point ou que l'on ne voie déjà apparaître certaines des complications mentionnées plus haut, la majorité des parents peut se fier pendant quelques heures à son propre jugement et s'occuper avant tout de faire tomber la fièvre, afin d'avoir une meilleure idée de l'état véritable du bébé avant d'appeler le médecin.

Le seul danger, en cas de température très élevée, c'est la convulsion, et, pour la plupart des enfants, les mesures prescrites par le pédiatre de Laura suffiront probablement à les éviter. Si l'enfant a tendance à en avoir lorsqu'il a une grosse fièvre, il faut le signaler au docteur. Heureusement, le cas est assez rare. Les bébés du type physique de Laura accumulent souvent la chaleur corporelle. Beaucoup d'enfants dodus qui ne transpirent guère ont tendance à avoir plus facilement de la fièvre et à atteindre des températures plus élevées que les bébés minces et musclés comme Daniel. Chez ces bébés « enveloppés », on peut même dire qu'une température élevée ne correspond pas nécessairement à la gravité de la maladie. Les températures rectales sont généralement supérieures de un degré aux températures prises par voie orale, lesquelles sont elles-mêmes supérieures de un degré aux températures prises sous l'aisselle.

Daniel l'actif

A présent, Daniel préfère la marche sur ses deux jambes à la marche à quatre pattes. Il est capable de traverser une pièce entière en décrivant des cercles avec ses bras tendus, les jambes raides, tandis qu'il balance le corps latéralement pour avancer les jambes tout à tour, le visage fendu par un large sourire. Ce sont les petites carpettes glissantes qui lui causent le plus de difficultés, mais il prend celles-ci avec beaucoup de bonne humeur. Mme Corcoran s'empresse de lui enfiler des chaussures pourvues d'une semelle bien dure, qu'elle juge « nécessaire pour lui soutenir le pied ».

Erreur ! Lorsque le bébé apprend à marcher, il a besoin de ses orteils pour s'agripper au sol. Il est donc mieux pieds nus ou dans des chaussures molles et souples. Les semelles lisses et dures lui rendent l'apprentissage plus difficile, puisqu'elles lui font glisser les pieds. Le fait que ces chaussures n'empêchent pas Daniel de persévérer montre bien à quel point il est résolu à marcher.

Il traverse pesamment la maison, perdant sans cesse l'équilibre sur les parquets bien cirés et les tapis. Lorsqu'il est tombé, il se recroqueville, se remet debout tant bien que mal et, à moins de glisser à nouveau en essayant de se relever, il repart aussitôt. Il apprend à contourner les meubles, à tourner les coins et, en dernier lieu, à s'arrêter au milieu du parquet. Au début, son corps semble propulsé en avant, indépendamment de sa volonté, et il ne peut interrompre sa course folle qu'en se laissant tomber ou en s'agrippant aux meubles qu'il dépasse. S'arrêter tout seul devient donc le nouvel objectif, et il s'y entraîne inlassablement.

Lorsque ses parents partent pour leur travail, le matin, il les suit jusqu'à la porte d'entrée, en agitant la main et en criant « au'voi' ». Il apprend à agiter la main droite tout en marchant, la balançant mollement d'avant en arrière.

C'est la première fois que Daniel peut se permettre de se laisser distraire du processus absorbant de la marche; cependant, le nouveau mouvement se fait dans le rythme, de façon à être intégré plus facilement à l'activité corporelle. A mesure que la marche debout sera assimilée et deviendra plus automatique, l'enfant sera libre d'ajouter d'autres fioritures.

Daniel suit Mme Corcoran comme son ombre. Il ne la quitte pas de la journée. Comme elle se coiffe toujours d'un foulard pour faire le ménage, Daniel déniche un vieux bonnet à se mettre. Lorsqu'il l'a égaré, il se contente de se poser sur la tête n'importe quel morceau de tissu.

Il sait désormais enfiler ses chaussettes et commence à introduire les pieds dans ses chaussures. Il est capable de tirer sur ses lacets et de les dénouer sur commande. Tous les soirs, pendant le dîner, il défait les lacets de son père et se tord de rire en le voyant essayer de cacher ses pieds dès qu'il l'aperçoit. Il adore jouer avec M. Kay et le poursuit sans relâche, à la fin de la journée, pour que ce dernier, assis les jambes croisées, le fasse sauter sur son pied, ou bien le jette en l'air. Plus le jeu est violent, plus Daniel devient excité. Au bout d'un moment, son père n'en peut plus, mais lui est en pleine forme. Lorsque M. Kay s'arrête ou cherche à quitter la pièce, son petit garçon proteste violemment et le suit.

Ce comportement est-il l'équivalent de la dépendance vis-à-vis de la mère, que nous avons observé chez Louis et Laura ? Pas exactement. Il me semble qu'il s'agit plutôt d'une attirance pour un père très actif. Celui-ci fournit à son fils à la fois une espèce d'extension du développement qui prend place en lui, et une occasion de s'identifier à quelqu'un du même sexe. Les mères croient que si le bébé se tourne ainsi vers son père, c'est parce qu'il en a « assez » d'avoir passé sa journée enfermé avec une femme et qu'il a besoin d'un contact nouveau. Il est certain que tous les enfants semblent revivre et s'animer à la fin d'une journée difficile, quand le père rentre chez lui, mais ils en feront autant avec la mère, si elle travaille aussi. Je crois plutôt qu'un enfant comme Daniel, ayant désormais fait l'expérience de l'indépendance et de l'accomplissement de soi qu'apporte la marche, commence à se rendre compte, dans une certaine mesure, de sa masculinité.

Daniel entame à présent une période de « négativisme ». Il secoue la tête et dit « non » à tout ce qu'on lui propose, même si c'est en réalité « oui » qu'il veut dire. Il adore secouer la tête et s'arrange toujours pour caser le « non » de façon qu'il soit dans le rythme du balancement. Ce mouvement lui procure un tel plaisir qu'il passe parfois tout un repas à secouer la tête et à refuser de se nourrir ou d'être nourri. De la même façon, il refuse de coopérer au moment du bain, et cela devient un véritable exploit que de parvenir à lui attraper la figure au vol pour la laver. Il secoue la tête pendant qu'on change ses couches et il lui arrive même d'agiter tout le corps en mesure. Lorsqu'il se fait piquer par une épingle et que Mme Corcoran lui administre une bonne tape sur les fesses, il consent à ralentir son activité pour lui permettre de terminer.

Le succès obtenu avec ce « non » semble l'inciter à explorer un autre domaine. Il s'aperçoit qu'il peut manœuvrer sa mère s'il se laisse tomber par terre en hurlant et en trépignant pour protester contre quelque chose qui lui déplaît. Lorsqu'il veut un biscuit et que celui-ci n'arrive pas, il se roule par terre en pleurant. Mme Kay est à la fois surprise et un peu dépassée par ces nouvelles « colères ». Elle cède, parce qu'elle trouve cela plus facile que de l'écouter brailler. Mme Corcoran, en revanche, se montre intraitable, et il décide de réserver l'exclusivité de cette manœuvre à sa mère.

Cette utilisation consciente de la « colère » est très précoce, et il ne faut peut-être pas, d'ailleurs, l'assimiler aux authentiques « colères » (dont nous parlerons au chapitre suivant). C'est en tout cas un comportement indéniablement négatif, et le bébé a conscience du fait qu'il peut agir sur sa mère par la violence de cette explosion.

Mme Kay, toujours déchirée par ses scrupules concernant la façon dont elle assume son rôle de mère (nous avons déjà eu l'occasion d'en parler à propos d'autres crises), renforce le comportement de son fils. Daniel, évidemment, ne met pas longtemps à distinguer l'inquiétude de sa mère de l'imperturbabilité de Mme Corcoran. Mme Kay, cependant, finit par s'en apercevoir et décide de résister à son chantage. Elle laisse Daniel se rouler par terre et hurler sans réagir. Il donne des coups de pied rageurs, fait rouler sa tête, puis il finit par se calmer, tout surpris par cette nouvelle attitude. Sans un mot, il se relève et se remet à jouer.

Le calme relatif du bébé, à la fin de l'épisode, montre bien qu'il jouait la comédie. Lorsqu'un bébé pique une véritable colère, il n'est pas capable d'y mettre fin aussi facilement, et elle laisse des traces beaucoup plus visibles.

La nuit, Daniel émerge de ses rêves et se balance dans son lit en criant « non-non-non ». Ses parents, qui l'entendent de leur chambre, sont un peu attristés et se demandent si Daniel est un enfant malheureux.

Ils ne doivent pas se sentir coupables. C'est une partie tout à fait naturelle du développement. L'enfant doit faire l'expérience du « non » et en fixer lui-même la signification. Tout comme pour la position debout, il doit s'exercer jour et nuit.

Il semble plus conscient de la différence entre être « sage » et être « vilain ». Lorsqu'il est sage, il réclame constamment l'approbation de ses parents et de Mme Corcoran. Par exemple, après avoir enfilé tout seul ses chaussures, ou bâti une tour en empilant deux cubes l'un sur l'autre, il crie « regarde » avec un large sourire et s'attend à recevoir un compliment. S'il a consciencieusement mangé son déjeuner, il brandit son assiette vide pour la faire admirer. Quand il a fini son biberon, il le tend, en le secouant pour qu'on voie bien qu'il n'y reste plus une goutte. Si sa mère lui donne son dernier biberon dans le noir, il veut qu'elle allume à la fin pour pouvoir admirer son biberon vide avant de se laisser mettre au lit.

Quand il est « vilain », il en est tout aussi conscient. Surpris devant le tiroir ouvert de la commode de sa mère, il prend un air coupable et s'éloigne, tout penaud, à quatre pattes. Avant d'ouvrir le robinet de la baignoire, il s'arrête, regarde autour de lui d'un air fautif, puis accomplit quand même le geste défendu. Lorsque son père vient arrêter l'eau, Daniel est assis dans un coin de la salle de bain, les mains sur les oreilles, et il paraît tout honteux (cf. Louis, un bébé moyen, chapitre 13). Il n'a pourtant jamais été sévèrement puni, mais le concept d'avoir été vilain et de mériter une punition commence à prendre forme, dans le sillage de sa forte poussée de négativisme.

Avec cette capacité nouvelle de dire « non » aux autres, le bébé comprend mieux ce que ses parents veulent dire par ce mot. C'est important pour les limites que va se fixer son moi contre les incursions d'autrui, mais aussi contre celles de ses propres inclinations. (Cf. Louis, un bébé moyen, chapitre 10, et Laura la placide, chapitre 12.)

Daniel se tire beaucoup les oreilles. Il y enfonce le doigt et se les griffe si souvent que sa mère a peur qu'elles ne soient infectées. Elle a parfois du mal à attirer son attention et se demande s'il entend correctement. Elle remarque, cependant, qu'il est tout à fait capable d'écouter avec beaucoup d'intérêt et une concentration prolongée le tic-tac de la montre de son père; et que si elle murmure « tu veux un biscuit ? », il l'entend de l'autre bout de la pièce. Elle comprend alors que s'il n'entend pas, c'est parce qu'il ne veut pas entendre, et qu'il a une ouïe parfaite dès que la motivation accompagne le stimulus. Elle lui fait néanmoins examiner les oreilles, lesquelles sont en apparence tout à fait normales, à ce que lui assure le médecin. Etant donné qu'il n'a pas de fièvre et ne semble jamais vraiment avoir mal, comme souffre visiblement un petit enfant qui a les oreilles infectées, le docteur pense que cette manie de se tripoter les oreilles est normale, à un âge où les molaires commencent à tourmenter sérieusement le bébé. (Cf. Louis, un bébé moyen, chapitre 6, et Laura la placide, chapitre 9.)

S'il y a une infection des oreilles, la mère remarquera les symptômes suivants : fièvre, sensibilité évidente dans la zone du lobe, douleur aiguë dont l'aspirine ne vient pas à bout, écoulement de pus dans le conduit de l'oreille (le cérumen est orange ou jaune vif, le pus blanchâtre et malodorant). Si l'oreille externe est rouge, en revanche, il n'y a pas lieu de s'inquiéter, car c'est simplement dû au fait que l'enfant la frotte continuellement.

14

LE DOUZIÈME MOIS

Louis, un bébé moyen

En bandant tous ses muscles, Louis parvient à franchir les quelques pas qui séparent les bras de sa mère de ceux de son père. Les yeux fixés sur le but qu'il veut atteindre, une expression d'intense concentration sur le visage, il avance en titubant. Durant la journée, ce sont Martha et Tom qui lui tendent les mains pour le faire venir jusqu'à eux. Il marche sur la pointe des pieds et fait les derniers pas dangereusement penché en avant pour tomber en criant de plaisir dans les bras qui l'attendent. Tom n'est pas toujours un « rattrapeur » très sûr, cependant, et Louis le comprend très vite. C'est même grâce à son frère qu'il apprend à se contrôler, à ralentir et à faire demi-tour. Tom, en effet, une fois que Louis a quitté les bras de Martha pour se lancer vers lui, se laisse distraire par un jouet à ses pieds. Lorsque le bébé est près d'arriver, son frère ne s'intéresse plus à lui; tout en avançant pas à pas, terriblement « château branlant », Louis s'en aperçoit. Il parvient à freiner sa course, décrit une courbe et repart tant bien que mal vers les bras de Martha où il s'écroule. Bientôt il refuse de jouer à ce jeu avec Tom.

La marche, cependant, c'est encore le glaçage qui nappe le gâteau. Si Louis la pratique, c'est par plaisir; ses affaires, c'est toujours à quatre pattes qu'il les règle. Quand il veut aller quelque part vite et sûrement, il s'y rend dans cette posture, et c'est aussi à quatre pattes qu'il se sent libre d'explorer les endroits qu'il ne connaît pas. Lorsqu'il marche, sa concentration est entièrement tournée vers l'intérieur, et il refuse de le faire s'il est en visite dans une maison inconnue. Une fois qu'il a exploré une pièce nouvelle à sa guise, essayé tous les jouets les uns après les autres, fait la connaissance des personnes qui s'y trouvent, il est prêt à marcher. Pour lui, ce n'est pas tant un spectacle qu'il donne aux autres qu'une activité qui lui permet de s'épanouir pleinement et qu'il se garde en réserve pour la bonne bouche. Lorsqu'il trébuche ou tombe, il semble prêt à éclater en sanglots. Mme Moore sait que c'est parce qu'il est déçu d'être si maladroit et que sa confiance en lui en est aussitôt ébranlée. Elle le « regonfle » avec le petit baiser habituel et, après l'avoir remis sur ses pieds, le pousse doucement en avant pour qu'il continue. Dès qu'il se retrouve debout, il reprend confiance.

En prenant de l'assurance et avec elle de plus en plus de plaisir à marcher, il devient aussi difficile à coucher ou à asseoir qu'a pu l'être Daniel. Il faut le changer et le baigner debout. (Cf. Daniel l'actif, chapitre 12.) Le médecin doit l'examiner debout, car ce n'est qu'ainsi, à côté de sa mère, qu'il veut bien se laisser approcher et ausculter. Le pédiatre remarque que Louis a perdu deux centimètres et demi par rapport à sa dernière visite, le mois précédent. C'est parce qu'il l'a mesuré debout.

Un adulte qui vient d'être alité un certain temps mesurera lui aussi deux ou trois centimètres de plus que sa taille normale. Lorsqu'il reprendra la position verticale, ses vertèbres se tasseront et il perdra les centimètres supplémentaires. Un bébé mesure deux ou trois centimètres de plus couché que debout. Ce n'est pas chèrement payer le plaisir d'être debout.

Dès qu'il commence à marcher, son gain de poids diminue aussi.

La courbe de poids, qui monte en flèche chez les tout petits bébés, commence à s'aplatir nettement vers l'âge de sept mois. Cela coïncide avec la marche à quatre pattes et la perte d'intérêt pour la nourriture qui se traduit par une alimentation réduite. Aux alentours de douze mois, la courbe continue à tendre encore plus vers l'horizontale, car la majeure partie du temps d'éveil est consacrée à l'activité physique. Cette agitation ininterrompue brûle davantage de calories. En outre, les aliments solides coupés en petits morceaux ne sont pas suffisamment mâchés ni digérés, si bien que ce qui est consommé n'est pas totalement assimilé. Tout cela contribue évidemment à ralentir le gain de poids. Je suis d'ailleurs fort soulagé lorsque ce ralentissement survient, car la graisse n'est bonne pour personne, et à cet âge le bébé a davantage besoin de se faire du muscle que du tissu adipeux.

Vers cette époque, les parents se tracassent lorsqu'ils trouvent de la nourriture non digérée dans les selles de leur bébé. Celle-ci peut même être accompagnée d'un peu de mucosités, comme si ces particules irritaient l'intestin. Je puis assurer les parents que je n'ai jamais vu un enfant normal tomber malade pour cette raison. Le bébé en bonne santé peut absorber tout ce dont il a besoin à partir d'une alimentation en petits morceaux. Aucun de ces inconvénients n'est suffisamment grave pour enlever au bébé de cet âge le plaisir qu'il prend à manger tout seul.

Une fois qu'il sait marcher, Louis ne consent à faire qu'une seule sieste par jour. Mme Moore constate qu'il préfère dormir le matin plutôt que l'après-midi; seulement, si elle le laisse faire, il devient grincheux à partir de trois heures et il est trop fatigué pour manger son dîner. Elle commence donc par différer le petit somme du matin jusqu'à onze heures, heure à laquelle elle lui fait prendre un déjeuner léger, avant de le coucher pour deux bonnes heures. Lorsqu'il se réveille, elle lui donne un second repas, ce qui lui permet de tenir le coup jusqu'au dîner, qu'il prend assez tôt. Les jours où il veut bien attendre plus longtemps, elle prolonge sa matinée au maximum, en le faisant manger de plus en plus tard, jusqu'à ce qu'elle soit parvenue à lui donner l'habitude de déjeuner à midi et de faire la sieste tout de suite après, ce qui s'accorde beaucoup mieux avec les horaires des deux aînés.

A cet âge, les bébés sont généralement prêts à ne faire qu'une sieste par jour. Comme nous le voyons avec Mme Moore, une pression douce mais ferme pour inciter le bébé à s'aligner sur les horaires du reste de la famille est une excellente façon de bien doser sa journée, lorsqu'il commence à marcher. Si la mère laisse le bébé fixer lui-même l'heure de son petit somme, il continuera peut-être à préférer le matin. Un bref passage à vide vers dix-sept heures lui permettra alors de « recharger les accus » pour une longue soirée, et l'heure du coucher en sera repoussée d'autant. Pour des parents aussi occupés que les Moore, la soirée doit être sacrée, car elle apporte un répit indispensable, en dehors des enfants.

La facilité avec laquelle un bébé peut se rendormir pour un petit somme le matin, si vite après sa longue nuit de sommeil, m'a toujours intéressé. Pourquoi n'est-il donc pas prêt à se dépenser toute la matinée ? Pourquoi faut-il le pousser à attendre l'après-midi pour faire sa sieste ? On dirait que le régulateur d'énergie du corps humain a besoin d'un certain temps pour mettre en route le moteur que l'on voit tourner à un régime endiablé en fin de journée. Sous ce rapport, les enfants ont souvent des cycles très individuels.

Louis parvient à avancer lentement tout autour de la cour, sur son petit cheval à roulettes. Il essaie de suivre ses deux aînés sur leurs tricycles, mais il progresse comme une véritable tortue. Il commence par pousser avec les deux pieds à la fois, passe de temps en temps à un seul, puis recommence à se servir des deux, maladroitement, apprenant lentement à alterner les poussées de chaque côté. L'apprentissage sera long, puisqu'il durera plusieurs mois. Il a su marcher plus vite qu'il ne comprendra ce qu'il faut faire pour se propulser efficacement lorsqu'il est sur son cheval à roulettes.

> Pour l'enfant, la position assise ne se prête pas naturellement à un mouvement alterné des pieds. La poussée nécessaire pour partir vers l'avant est très différente du mouvement que fait la jambe pour marcher. S'agit-il d'un nouvel exemple de l'inflexibilité avec laquelle un bébé apprend un nouveau comportement tel que la marche ? Il est capable d'utiliser ses jambes dans le contexte qui leur convient, mais ce talent ne peut être facilement adapté à un autre usage.

A présent, il ne se cramponne plus à sa mère qu'en fin de journée. Le reste du temps, il est « en vadrouille », exaspérant Martha et Tom par sa continuelle présence. Quand vient le soir, ils ne peuvent plus le supporter, et réciproquement; alors, il se réfugie dans les jupes de sa mère.

> Je me demande toujours combien d'enfants on retrouvait jadis, en fin de journée, sous les crinolines de leur mère. Dans les familles où plusieurs générations vivent ensemble, la vieille aïeule qui passe son temps assise au même endroit arrange bien les choses. A divers moments, chaque petit enfant vient faire un séjour sur ses genoux, pour refaire le plein d'énergie, et quand arrive la soirée, ces genoux si accueillants

sont souvent bien encombrés. Il faut avouer que les familles où les parents sont dehors ou trop occupés pour permettre aux enfants de refaire ainsi le plein en fin de journée perdent beaucoup, d'un côté comme de l'autre.

Louis fait désormais partie de l'espèce de tornade folle qui accueille M. Moore à la porte, lorsqu'il rentre du travail. Son père le prend dans ses bras et le fait tournoyer avec les deux aînés. Quand il vient lire à ses enfants les histoires qui précèdent le coucher, Louis est sur ses genoux. Il montre du doigt tous les objets familiers qu'il aperçoit, à mesure que les images défilent. Il s'exerce à prononcer les quelques mots qu'il connaît. Un soir, il répète inlassablement « crotte » et regarde son père avec espoir. Quand M. Moore saisit finalement ce qu'il dit et exprime la surprise attendue, Martha et Tom s'enfuient, morts de rire. Louis adore faire le pitre et leur sert volontiers de porte-parole.

Les Moore ont envie de prendre une semaine de vacances en amoureux, après avoir confié leurs enfants aux parents de Mme Moore. Ils se demandent s'il n'y aurait pas avantage à demander aux grands-parents de venir s'installer dans leur maison, plutôt que d'envoyer les trois enfants chez eux. Eu égard au jeune âge de Louis, ils décident d'opter pour la première solution.

C'est en effet préférable, si les grands-parents n'y voient pas d'inconvénient. Il est incontestablement plus facile de s'occuper d'enfants – surtout petits – chez eux où ils peuvent suivre sans aucun problème leur propre routine. Les enfants sont toujours plus à l'aise dans leur décor familier. A l'âge de Louis, il est déjà assez dur de se trouver privé de ses parents : la dépendance accrue que nous avons observée et décrite chez nos trois bébés lorsqu'ils sont sur le point de marcher fait qu'ils ont du mal, à ce moment précis, d'accepter de voir leur mère céder la place à quel-qu'un d'autre. Les aînés donneront souvent au bébé un sentiment de protection, quand les parents s'absentent. Chez lui, avec des grands-parents qu'il connaît bien, il ne devrait pas souffrir le moins du monde de la séparation. Mais ce n'est pas le moment idéal, dans la vie d'un jeune enfant, pour un déménagement, une séparation des parents, une hospitalisation, etc. Si la chose est inévitable, il faut veiller à tenir compte de ses besoins accrus et après coup il faut s'attendre à une réaction. Les parents qui reviennent de vacances retrouvent souvent des enfants collants et hargneux qui éprouvent le besoin de « leur faire payer ça ». S'ils sont capables d'accepter cette attitude, ce n'en sera que plus sain pour l'enfant.

Louis est presque trop sage avec ses grands-parents, à qui il ne donne aucun mal. Il cesse de marcher, cependant, et pendant tout le temps où ses parents sont absents, sa brusque poussée d'activité perd beaucoup de sa vigueur. Quand ils rentrent, ils trouvent leur fils plus sérieux qu'à l'accoutumée, et ce n'est qu'une bonne semaine plus tard que Louis retrouve son tonus et sa gaieté d'antan. Non sans garder un œil inquiet sur sa mère.

Les bébés ont souvent tendance à s'économiser, en régressant vers un comportement plus ancien. On dirait un peu qu'ils « rentrent dans leur coquille », afin de conserver suffisamment d'énergie pour leur adaptation émotionnelle. Très secoué, néanmoins, l'enfant aura peut-être sa réaction une fois que la crise sera terminée et qu'il aura retrouvé sécurité et équilibre. Une de nos filles qui, tant que sa mère était à la maternité pour un nouvel accouchement, avait volontiers coopéré avec la dame engagée pour s'occuper d'elle, s'empressa d'aller donner un coup de pied à la malheureuse dès que sa mère fut de retour à la maison. Elle se sentait à nouveau protégée et pouvait se permettre de s'exprimer.

Tout comme Daniel, Louis commence à prendre conscience du « bien » et du « mal ». Lorsqu'il s'apprête à faire une bêtise, il regarde sa mère, comme pour lui dire : « Surtout, ne me suis pas dans la pièce voisine. » Amusée, elle accepte cette mise en garde, mais passe subrepticement la tête pour le regarder faire. Louis s'approche à quatre pattes du coffre à jouets de Tom, qui lui est strictement interdit ; avant d'ouvrir le couvercle, il regarde tout autour, le soulève, attrape un des joujoux favoris de son frère et laisse retomber le couvercle. Puis, cachant de son mieux son butin sous son bras, il s'éloigne, toujours à quatre pattes, pour aller jouer un peu plus loin. En voyant sa mère entrer dans la pièce, il sursaute et lui adresse un sourire penaud. Il est stupéfait de l'entendre rire.

> Est-ce une manifestation précoce du mécanisme de la culpabilité ? Nous avons vu, beaucoup plus tôt (à sept mois), Laura toute contrite d'avoir été surprise par son père en train de se déplacer. Daniel, lui, semble conscient des différents niveaux de signification de son comportement (piquer une colère, mettre ses parents à l'épreuve).

Si c'était Tom qui l'avait pris sur le fait, Louis se serait peut-être montré plus directement provocateur. Sûr de son châtiment, il aurait eu l'impression d'avoir déjà expié sa faute. Etant donné que c'est sa mère qui le surprend, il est obligé de se débattre un peu plus avec ses propres sentiments. La vue de Mme Moore lui rappelle qu'il a fait une bêtise, et le fait qu'elle l'accepte le laisse en proie à des remords de conscience. Même si la bêtise en question est bien anodine pour susciter une telle culpabilité, on peut discerner dans ce petit épisode les germes d'affrontements futurs.

Prudemment, en lâchant le canapé, Laura s'efforce de trouver son équilibre, les jambes largement écartées. Pour s'amuser, elle lève les bras et tombe en avant contre le meuble. Peu à peu, elle prend courage et devient plus stable, si bien que pour son premier anniversaire, elle est capable de se tenir debout toute seule, les bras levés au-dessus du canapé, prête à s'y rattraper.

Elle veut bien faire quelques pas cramponnée aux deux mains de son père, mais pas de sa mère. Dès que Mme King tente de lui prendre les mains et de la faire marcher, elle devient comme une poupée en caoutchouc, les bras complètement mous, et elle s'écroule sur le plancher. Si Mme King essaie de la remettre debout, ses jambes se tendent aussitôt droit devant elle. Cela exaspère sa mère qui lui donne une bonne claque sur les fesses. Laura lève vers Mme King un regard grave, où luit une froide détermination. Cette dernière s'en veut de se laisser ainsi mettre en colère par un bébé, mais elle ne peut pas s'en empêcher. Laura et elle ont des rapports beaucoup plus compliqués que ceux de Louis avec Mme Moore. La petite fille sent à quels moments sa mère cherche à faire pression sur elle et elle est tout à fait capable de lui opposer une résistance passive. Il ne faut donc pas s'étonner si Mme King se fâche de temps en temps. Peut-être qu'en laissant plus libre cours aux réactions de ce genre, la jeune femme parviendrait à établir entre elles, bon gré mal gré, des rapports plus francs et plus détendus. Ce n'est certainement pas une bonne chose de refouler ce genre de tension. Jamais elle n'a puni Laura, et la colère qu'elle éprouve le jour où elle lui donne cette petite fessée lui fait peur, car elle croit fermement au dicton qui dit : « Il ne faut jamais punir un enfant sous l'effet de la colère. »

Il me semble pourtant que si l'on ne punit pas l'enfant lorsqu'on est encore sous le coup de la colère, mais au contraire de sang-froid, le châtiment prendra une tout autre signification. Une bonne explosion de colère, bien franche, suivie d'une crise de remords durant laquelle on prend l'enfant dans ses bras pour lui demander pardon et lui expliquer que cette colère était justifiée, est sûrement plus crédible et compréhensible pour lui. Une rage qui se consume lentement, sous un extérieur froid et patient, est plus difficile à accepter. Les jeunes parents me disent souvent que parmi leurs souvenirs d'enfance (durant l'ère du « tout est permis »), les expériences de ce genre ont gardé un caractère bouleversant et terrifiant. La résistance passive mais obstinée de Laura est renforcée par le fait que sa mère est incapable de trouver pour elles un terrain d'entente au niveau le plus simple.

Heureusement, leurs rapports ne sont pas toujours aussi tendus. Laura continue à imiter sa mère. Elle adore mettre ses vêtements et faire des grâces. Elle veut aussi porter ses chapeaux, et tout particulièrement un favori qu'elle s'aplatit sur le crâne dès qu'elle peut mettre la main dessus. Lorsqu'elle pleure, on peut la faire taire rien qu'en lui mettant ce chapeau sur la tête. Si on lui montre son image dans la glace, elle éclate même de rire. Quand elle voit Mme King se mettre du rouge à lèvres, elle en réclame pour elle. Comme sa mère ne lui en donne pas, elle se sert de ses propres crayons de couleur pour se peinturlurer la bouche. Un autre jour, elle fait main basse sur le crayon à sourcils de Mme King et s'en met plein les lèvres et la figure avant qu'on ne s'en aperçoive. Elle regarde sa mère se laver le visage et prend un gant de toilette pour l'imiter, en tapotant sa propre figure.

Ces imitations vont atteindre leur point culminant durant la deuxième année. On peut profiter de cet inépuisable besoin d'imiter, aux abords de la troisième année, pour commencer à apprendre à l'enfant à se laver les dents, la figure et les mains et à être propre. Si les parents insistent trop sur ces points à l'âge de Laura, les résultats éventuellement acquis ne seront pas durables; il est encore trop tôt, et la concentration du bébé est trop fragile.

Dans le bain, Laura a déjà appris à coopérer utilement : elle lève ses pieds pour qu'on les lui savonne (le fait même parfois toute seule) et elle écarte les jambes pour qu'on lui lave le postérieur (ce qui l'intéresse toujours prodigieusement). Elle déteste, en revanche, qu'on lui lave la tête et hurle toujours lorsque sa mère la renverse en arrière pour rincer.

Le shampooing peut certes piquer les yeux, mais c'est surtout de se sentir renverser en arrière pour le rinçage qui fait peur au bébé. D'ailleurs, les shampooings qui ne piquent pas les yeux ne sont pas parvenus à éliminer la frayeur qui accompagne le lavage des cheveux. Un bac portatif, qui permettrait à l'enfant de rester assis d'un bout à l'autre de l'opération (et qui se vendrait avec le séchoir à main) serait idéal. La douche est une solution, évidemment, mais elle aussi fait peur aux bébés, car ils ont horreur de sentir l'eau leur couler sur la figure, avec ou sans savon.

Laura joue beaucoup avec sa poupée; elle la met dans un fauteuil à bascule pour la bercer, lui murmure des mots tendres, lui dit « non ». (Cf. Louis, un bébé moyen, chapitre 11.)

Ces jeux ont une valeur symbolique. Ils cristallisent dans l'esprit de Laura ce qui lui est arrivé. En le reproduisant pour sa poupée, elle est donc capable de conceptualiser tout cela en tant qu'« expérience ».

Pour le premier anniversaire de leur fille, les King organisent un goûter avec trois autres petites filles du même âge. Mme King est très excitée et fait davantage de préparatifs que pour ses propres réceptions. Lorsque les petites invitées arrivent, Laura, telle une hôtesse chevronnée, accueille chacune par les mots : « 'jour, bébé ». Jamais sa mère ne l'avait entendue prononcer cette phrase auparavant. Malheureusement, ayant, à ce qu'il semble, épuisé d'un coup son répertoire, Laura reste assise comme un paquet au milieu de la pièce, tandis que les autres enfants gambadent dans tous les coins. Chacune ouvre le cadeau qu'elle a apporté, car la petite fille semble trop abasourdie pour le faire elle-même. Elle se contente de froisser les papiers-cadeau en regardant ses invitées jouer avec ses nouveaux joujoux. Sa mère tente bien de la pousser à s'activer, mais elle n'en devient, évidemment, que plus figée et plus immobile. Autour de la table du goûter, les visiteuses se gorgent de gâteau et de glace et s'en mettent plein les mains, la figure et jusque dans les cheveux. Laura reste vissée sur son siège, muette et malheureuse. Non moins malheureuse, Mme King est affreusement gênée d'être la mère d'un bébé aussi lymphatique. Les autres mères trouvent bien sûr toutes sortes de raisons pour justifier le comportement de Laura, mais Mme King sent bien toute la condescendance qui se cache derrière leurs propos et elle est soulagée de les voir partir. Laura ne l'est pas moins et elle agite gaiement la main en guise d'adieu. A peine les invitées ont-elles tourné le dos qu'elle passe à l'action et parcourt l'appartement dans tous les sens, à quatre pattes, traînant avec elle tous ses nouveaux joujoux. Lorsque M. King rentre chez lui, il est stupéfait de retrouver sa femme en larmes et sa fille surexcitée qui brandit chacun de ses cadeaux pour les lui montrer et babille interminablement dans son jargon, comme si elle voulait lui raconter son goûter par le menu.

Si Mme King était jamais parvenue à comprendre vraiment les besoins de sa fille – qui doit assimiler lentement son univers, avant tout par l'observation –, la réaction de Laura ne l'aurait pas autant surprise, et la petite fille aurait peut-être pu apprécier son goûter d'anniversaire, en y participant de façon presque entièrement visuelle. Trois petites filles très actives, du même âge qu'elle, lâchées brusquement toutes ensemble dans sa maison, c'est vraiment une énorme tranche de vie proposée à l'appétit et à la digestion de Laura. Elle l'attaque, bien sûr, à sa façon, caractéristique. Et alors ? Tous les petits Américains sont-ils donc obligés d'être de futurs athlètes ou des skieurs nautiques ? Il y a quand même aussi de la place pour les gens sensibles, et une Laura qui participe des yeux et des oreilles, au lieu de payer de ses muscles, a néanmoins son mot à dire.

Mme King est enceinte. Comme nous l'avions prévu au chapitre 11, lorsqu'elle a sevré Laura, elle a commencé à être mentalement et physiquement prête pour un second enfant. Bien qu'elle parle de cette seconde grossesse comme d'un événement imprévu, elle sait qu'elle l'a inconsciemment voulue. Elle a d'abord songé à reprendre un travail, et puis en fait elle a conçu ce second enfant. Elle se sent prise au piège. Elle espère sincèrement avoir un petit garçon très actif.

Cette grossesse n'est nullement accidentelle. La disponibilité inconsciente de Mme King représentait un terrain extrêmement fécond pour l'implantation d'un œuf. Elle est « prête » à s'échapper vers une nouvelle maternité. Laura n'a pas été un bébé facile pour elle, et elle désirait un moyen de se soustraire à leur tête-à-tête.

Bien qu'elle ait le sentiment de se comporter exactement comme elle l'a toujours fait avec sa fille, celle-ci a peut-être senti quelque chose. Toujours est-il qu'elle commence à se cramponner encore davantage à sa mère, essayant souvent de la tirer des accès de rêverie auxquels celle-ci s'abandonne lorsqu'elle se repose, dans le courant de la journée.

Les mères assurent que leurs bébés ne peuvent pas sentir qu'elles attendent un autre enfant. Pourtant, les symptômes tels que les rêveries dans lesquelles sombrent les femmes enceintes, sans même s'en rendre compte, la mauvaise humeur et les états nauséeux qui les transforment parfois du tout au tout le matin et en fin de journée, enfin le changement de forme que les enfants remarquent parfaitement, tout cela est bien suffisant pour laisser deviner à un petit être aussi sensible que Laura qu'il se passe quelque chose. Ils n'ont pas, bien sûr, le même concept qu'un adulte de ce qu'il y a de différent, mais ils « savent » quand même. Si Mme King ne parvient pas, avant l'arrivée du nouveau bébé, à faire retomber une grande partie de la tension qui caractérise ses rapports avec sa fille, celle-ci aura bien du mal à s'adapter à ce changement. Et ce n'est pas lorsqu'elle doit se partager entre deux enfants que la maman risque de régler plus facilement les problèmes qu'elle connaît avec l'un d'entre eux. Supposons que Mme King ait plutôt repris un travail ou des études pour satisfaire son besoin d'évasion. Elle aurait sûrement eu la tâche beaucoup plus facile qu'avec un second enfant. Cependant, même si elle avait quitté son foyer (et sa fille) pour s'épanouir de son côté, il aurait quand même fallu qu'elle parvienne à aplanir ses difficultés vis-à-vis de Laura. La mère et la fille s'entendent déjà un peu mieux qu'au début de leur première année, mais Mme King persiste à penser que Laura a quelque chose de « pas normal » et ce par sa faute. Cela aura très certainement une incidence sur leur avenir commun.

Daniel commence à jouer en marchant. Il tire un joujou au bout d'une ficelle et marche à reculons pour le regarder. Il se cogne dans un meuble, se retourne et poursuit sa route.

Les bébés semblent marcher à reculons beaucoup plus facilement qu'on ne pourrait s'y attendre. Lorsqu'ils avancent à quatre pattes, ils commencent par reculer, et les pas en arrière semblent venir tout naturellement aux enfants qui savent les faire en avant. J'ai même entendu dire que c'était encore plus aisé parce qu'ils pouvaient concentrer leur regard sur un seul point en reculant, au lieu d'être constamment sollicité par toutes les possibilités qui s'offrent à eux lorsqu'ils avancent.

Daniel prend un jouet dans chaque main et les brandit bien haut, avant de tendre les bras sur les côtés, comme un funambule. A mesure que son équilibre s'améliore, il apprend à baisser les bras.

C'est un progrès considérable, car cela signifie qu'il est parvenu à s'équilibrer de l'intérieur en manœuvrant la musculature du tronc. Le fait d'avoir les mains parfaitement libres lui permet de réaliser de gros progrès; il va pouvoir faire autre chose pendant qu'il marche.

Cela fait à présent un mois de Daniel marche, et il est temps d'examiner ses pieds et ses jambes. Alors que la majorité des petits enfants a tendance à marcher en canard au début (cf. Laura la placide, chapitre 12), Daniel, lui, aurait plutôt les pieds en dedans, de façon si prononcée même qu'il lui arrive parfois de se marcher sur les pieds et de trébucher.

Lorsqu'il porte ses nouvelles chaussures, c'est encore pis.

> Lorsque des chaussures sont trop grandes, le bébé accentuera sa démarche habituelle, lançant ses pieds encore plus en dedans ou en dehors pour tâcher de combler l'espace vide. Les enfants trébuchent donc davantage dans des souliers trop grands. Ce qui n'empêche pas les marchands de vendre des chaussures trop grandes, sous prétexte que « comme ça, ses pieds auront la place de grandir ». L'ennui, c'est que la plupart des bébés actifs usent leurs souliers bien avant que leurs pieds aient suffisamment grandi pour les remplir; c'est donc une fausse économie. Le parent fera beaucoup mieux de veiller à ce que les chaussures d'un bébé qui commence à marcher soient parfaitement à sa taille. Si le bébé a, comme Daniel, les pieds en dedans au point de trébucher, un remède tout simple (jusqu'à ce que l'on puisse consulter le médecin) est d'inverser les souliers, c'est-à-dire de mettre le droit au pied gauche et vice versa. Cela marche généralement très bien et n'est pas du tout inconfortable pour l'enfant. Le seul petit inconvénient, c'est que toutes les charmantes vieilles dames que les parents croiseront dans la rue leur feront remarquer qu'ils se sont trompés de pied en chaussant leur bébé.

Daniel est capable de se déshabiller. Un matin, sa mère le retrouve nu comme un ver dans son lit; il a retiré tous ses vêtements et les a jetés par-dessus bord. Le lit n'est pas beau à voir, car Daniel a sali ses couches. Etant donné que la réaction de sa mère le satisfait, Daniel continue à enlever tous les vêtements qu'il peut, à chaque fois qu'il doit faire sa sieste ou aller se coucher. C'est finalement Mme Corcoran qui a l'idée de lui acheter une combinaison-pyjama munie de pressions dans le dos qu'il ne peut pas atteindre; pour plus de sécurité, on épingle solidement le vêtement à l'arrière. Il sait délacer ses chaussures et les ôter, ainsi que ses chaussettes, et il préfère se promener pieds nus (c'est d'ailleurs meilleur pour ses pieds, et il marche moins en dedans). Il s'aperçoit qu'il peut aussi enlever ses petites salopettes et ses couches. Mme Corcoran, lasse de le rhabiller toutes les deux minutes, lui met ses salopettes à l'envers, avec la fermeture à glissière dans le dos.

D'ordinaire, Daniel s'intéresse davantage à sa propre activité qu'à ses joujoux. Jouer avec Mark, cependant, est toujours son but. A présent, Mark en est réduit à installer ses jeux de construction et ses petits camions sur les tables pour les protéger de son insupportable frère. Cela lui laisse le temps de venir à la rescousse avant que l'affreux jojo n'ait tout flanqué par terre. L'après-midi arrive enfin, cependant, où Mme Corcoran trouve les deux petits garçons assis à une table, la tête dans la main gauche, le coude gauche appuyé sur la table, tandis qu'ils manipulent chacun leur camion de la main droite. C'est une vision adorable, rare dans sa tranquillité et son atmosphère de jeu partagé. C'est en imitant Mark que Daniel a appris spontanément à appuyer son menton dans sa main et son coude sur la table.

> C'est une extension de la façon dont l'enfant un peu plus jeune se tient de la main gauche, tout en se servant de la droite pour faire quelque chose. (Cf. Louis, un bébé moyen, chapitres 9 et 12, et Laura la placide, chapitre 12.)

Sous l'influence de son frère, Daniel commence à s'intéresser aux jouets et à leur manipulation. Un champ d'exploration entièrement nouveau s'ouvre à sa curiosité, un domaine que sans Mark un enfant aussi occupé que lui aurait mis longtemps à découvrir. A présent qu'il contrôle passablement la locomotion et la plupart des grandes activités motrices, il est prêt à conquérir de nouveaux domaines. C'est Mark qui lui montre la voie.

Le soir, Daniel va retrouver son père avec Mark et lui apporte un de ses livres pour que M. Kay lui lise une petite histoire. Il ne permet cependant jamais à son père de finir la page avant de la tourner. Ce qu'il aime par-dessus tout, c'est de tourner rapidement les pages en montrant un objet sur chacune. Son père le lui nomme et il tente de l'imiter. Il commence à connaître quelques mots et à en essayer d'autres.

L'apprentissage de la parole se fait au cours de la deuxième année. Mais, beaucoup d'enfants refusent d'essayer de dire un mot durant dix-huit mois. (Il s'agit, somme toute, d'une petite activité motrice qui exige d'innombrables répétitions et par conséquent une patience que les enfants ne possèdent pas tous, mais que notre Daniel a parce qu'il est motivé par sa rivalité avec son frère aîné.) Chez certains enfants, à la fin de la seconde année, les mots arrivent soudain d'eux-mêmes, sans le jargon expérimental préalable qui semble nécessaire à la plupart des petits. Un garçon comme Daniel se jettera à corps perdu dans l'apprentissage de la langue. La mère ne doit pas se décourager si son bébé ne parle pas, du moment qu'elle est sûre qu'il entend correctement et qu'il est capable d'imiter les sons. A cet âge, les petits sourds que j'ai connus produisaient des sons rauques caractéristiques, et même si on évoquait quelque chose qui les intéressait, on ne parvenait à les faire réagir que s'ils regardaient le visage de celui qui parlait. Chez un bébé, la surdité peut être plus facile à déceler qu'on ne pourrait le croire, mais l'absence d'ouïe est un tel handicap qu'elle affecte le développement global de l'enfant; les deux petits sourds que j'ai vus à l'âge de un an se comportaient comme des enfants autistes. Ils avaient perdu le contact avec leur environnement sur des plans tout autres que le plan auditif; leur regard restait dans le vague, et ils semblaient avoir acquis beaucoup de manies répétitives, rythmiques, autostimulantes pour compenser le handicap que constituait le manque de stimulation de la part du monde extérieur.

Daniel sait grimper hors de son parc. Ses parents lui en ont acheté un dont les parois sont grillagées, et c'est ce grillage qu'il escalade. Arrivé en haut, il se penche en avant pour tomber la tête la première de l'autre côté. Quelquefois, il parvient à se mettre à califourchon sur le bord et à redescendre les pieds en avant. Il tente aussi d'escalader les côtés de son lit et se retrouve une fois sain et sauf sur le plancher. Une autre fois, malheureusement, l'atterrissage, moins réussi, se fait sur la tête. Ses parents ont le choix entre plusieurs solutions : rabattre les côtés du lit, ce qui équivaut à mettre Daniel dans un lit normal; l'attacher avec des sangles; fixer un filet au-dessus du lit; se procurer des rallonges pour rehausser les côtés.

Etant donné que je n'aime pas du tout l'idée de « cage », ni des sangles (j'ai vu une fois un bébé qui s'était passé ces sangles, dites « de sécurité », autour du cou), je préfère de beaucoup la quatrième solution. Elle ne sera peut-être que tout à fait temporaire, cependant; pour finir la première solution restera la seule possible. Si l'on opte pour elle, il faudra bien entendu rendre la chambre du bébé parfaitement sûre, car il n'y aura plus moyen de le confiner dans son lit. Si l'on choisit la quatrième, un bébé de l'âge de Daniel renoncera sans doute assez facilement à faire de l'alpinisme. Vers deux ans, en revanche, les rallonges ne l'arrêteront plus, et il sera nécessaire de restreindre ses escapades nocturnes à sa chambre, plutôt qu'à son seul lit. Une attitude ferme, autoritaire et décourageante à la moindre incartade contribuera à en diminuer sérieusement les « bénéfices secondaires ». Peut-être faut-il, à ce moment, l'inciter à se consoler avec son tigre. Il a besoin d'un fétiche ou d'un jouet réconfortant pour lui tenir compagnie au lit, s'il ne l'a pas déjà.

De plus en plus, Daniel cherche à provoquer ses parents, et ses crises de rage se font plus fréquentes. Le soir, lorsqu'ils sont tous fatigués, il y a tant d'électricité dans l'air que l'orage est presque inévitable. Une fois au lit, il les appelle auprès de lui aussi souvent qu'ils acceptent d'y aller. S'ils veulent éviter qu'il ne multiplie les caprices, l'un d'entre eux est obligé de se montrer ouvertement sévère ou fâché. Les colères sont plus fréquentes et ne sont plus aussi faciles à ignorer (cf. chapitre 12). Lorsqu'il est fatigué, Daniel se couche par terre, trépigne, se frappe la tête contre le sol et pousse des hurlements inconsolables au moindre prétexte, par exemple, pour savoir s'il doit ou non quitter une pièce. Bien souvent, il s'agit de décisions qui ne concernent que lui seul, mais si elles touchent aussi ses parents, il semble que la moindre réprimande ou le moindre refus suffise à déclencher une explosion. La réaction de Daniel est alors totalement disproportionnée. Les Kay se demandent quelle est leur erreur.

Cette espèce de « négativisme » violent vient du dedans, et il est dû au tumulte intérieur qui agite le bébé. L'environnement ajoute généralement la goutte d'eau qui fait déborder le vase. Cette agitation est causée par la tentative de plus en plus fouillée, de la part du bébé, pour distinguer « oui » de « non », « dedans » de « dehors », « sien » de « pas sien ». Ce sont des contradictions que l'enfant doit maîtriser tout seul. Etant donné que tout cela reflète les tourments que nous endurons tous lorsque nous ne savons pas quelle décision prendre, ces colères nous sont très pénibles à voir, car elles nous remettent en mémoire nos propres contradictions. Les parents sont rarement capables d'aider leur enfant lorsqu'il est en pleine crise de rage, et toute tentative d'établir un contact ne fera le plus souvent qu'amener de l'eau au moulin de sa détresse. Quant aux algarades, aux aspersions d'eau froide et autres fessées, ce sont autant de moyens par lesquels les grandes personnes tentent de maîtriser les sentiments que le caractère « incontrôlé » de ces colères fait naître en elles. L'adulte estime qu'il faut immédiatement reprendre contrôle de soi-même. Il me semble beaucoup plus avisé d'attendre que l'enfant ait déballé tout ce qu'il a sur le cœur, puis d'être disponible pour réconforter le pauvre petit être tourmenté par un : « C'est terrible d'avoir ton âge et ne pas encore être capable de tout comprendre, mais tu y parviendras, et en attendant je suis désolé que tu sois si malheureux. » Un enfant doit parvenir à prendre tout seul ses décisions, et il y arrivera. Comme je l'ai déjà dit, ce n'est pas le moment de jeter aux orties ni la discipline ni les autres limites importantes, simplement parce qu'elles risquent de déclencher une colère. C'est durant cette période négative que le bébé a le plus besoin de fermeté et de restrictions. Elles l'aideront à établir ses propres limites, et une attitude résolue s'oppose justement à l'indécision qui le met dans ces états de rage tumultueuse. Au début, lorsque chaque décision, même sans réelle importance, semble déclencher une explosion chez le bébé, la chose ne semblera peut-être pas évidente à un parent, mais à long terme cette méthode s'avère toujours payante. La susceptibilité de Daniel et la violence de ses colères sont plus caractéristiques de la seconde année que de la première. Quand elles apparaissent aussi précocement, elles cessent aussi avant l'âge habituel.

M. Kay s'aperçoit que Daniel est capable de nager, lorsqu'il le tient dans l'eau au niveau de la poitrine. Les bras du bébé décrivent naturellement des cercles latéraux, tandis qu'il alterne les coups de pied de chaque jambe et que son corps avance en ondulant, avec très peu de soutien de la part de son père. Daniel trouve l'eau très stimulante et il adore nager. Il entre dedans sans hésiter et continuera jusqu'à ce qu'il ait perdu pied, si on ne le surveille pas.

La peur de l'eau et l'anticipation de ce que signifie le fait d'avoir la tête immergée ne viendront que plus tard, durant la deuxième ou la troisième année. Un bébé de l'âge de Daniel s'y précipitera sans aucune appréhension, et il faut le surveiller de très près. Nous avons déjà parlé des gestes de la nage (chapitre 2), que nous avons hérités de nos ancêtres amphibies.

On voit apparaître chez Daniel une nouvelle crise d'inquiétude concernant les personnes et les situations inconnues (cf. chapitre 12). Cet enfant qui chez lui déborde d'assurance se cramponne soudain à ses parents, se met à pleurer pour un rien et refuse de se joindre aux autres enfants quand on l'emmène en visite. Si ce sont les autres qui viennent chez lui, tout va bien. Il leur montre ses jouets, les laisse s'amuser avec eux et leur prouve son intérêt en les serrant dans ses bras et en les poussant à s'asseoir lorsqu'ils sont debout. Cela ne vaut qu'à la maison, cependant, et Mme Corcoran renonce à emmener Daniel au jardin public, car il refuse de bouger du banc où il est assis, à côté d'elle.

Il s'agit de la troisième période de sensibilité envers les personnes et les situations inconnues; la première se situe vers quatre ou cinq mois, la seconde à huit mois (cf. Louis, un bébé moyen, chapitre 10) et la troisième vers un an. Chacune survient à un moment où une nouvelle couche de sensibilité vient s'ajouter à celle qui existait déjà. Chez Daniel, cela coïncide avec son négativisme et ses colères, ainsi qu'avec son habileté croissante pour circuler partout où il veut.

Le petit garçon commence à avoir des manies alimentaires. Il veut bien manger un premier repas copieux, mais le suivant sera moyen et il refusera le troisième, qu'il s'agisse du déjeuner ou du dîner. Il a des goûts et des dégoûts très prononcés, qu'il serait absurde de vouloir changer. Sa mère se lamente parce qu'il refuse systématiquement d'essayer les plats qu'il ne connaît pas. Il n'accepte pas non plus que ce soit elle qui le fasse manger et il ne veut pas plus de trois ou quatre aliments différents par repas.

C'est absolument caractéristique de cet âge-là. Un bon repas sur trois et quatre aliments par repas, c'est tout à fait dans les normes. J'ai rarement rencontré un bébé disposé à avaler, durant la première moitié de sa deuxième année, la fameuse « alimentation bien équilibrée » dont on nous rebat les oreilles. Comme nous l'avons vu au chapitre 10, cette alimentation n'a rien d'indispensable, et les parents ont tout intérêt à s'en tenir aux aliments de base et à oublier le schéma recommandé des trois repas « équilibrés » par jour. De toute façon, il est temps que Daniel mange tout seul, sans l'aide de ses parents, ni celle de Mme Corcoran. Il ressentira en effet toute tentative de participation de leur part comme une pression, et cela risque de déclencher une réaction négative vis-à-vis du repas tout entier. Etant donné qu'à un an la plupart des bébés sont capables de manger avec leurs doigts (d'habitude le maniement de la cuillère vient vers seize mois), le parent fera aussi bien de préparer un repas en petits morceaux et de laisser l'enfant se débrouiller tout seul. La célèbre expérience du docteur Clara Davis, avec des enfants de cet âge à qui l'on avait laissé toute liberté de se nourrir à leur guise, montre qu'ils mangeront ce dont ils ont besoin et que sur une période de un mois ils sauront très bien équilibrer leur propre alimentation, du moment qu'aucune pression de leur environnement ne vient perturber leur libre arbitre.

En le voyant si difficile, Mme Kay décide de ne pas encore lui supprimer son biberon. Elle devine qu'il est pour Daniel une importante source de plaisir, et il lui permet, à elle, de participer encore un peu aux repas de son fils. Elle se dit aussi que c'est un excellent moyen de lui fournir une quantité donnée de lait, afin de satisfaire ses besoins dans ce domaine (un demi-litre par jour). Les réactions vis-à-vis de la tasse sont encore trop imprévisibles, et elle trouve plus avantageux d'avoir à sa disposition deux façons de lui faire absorber du lait – la tasse et le biberon –, d'autant qu'il ne lui arrive pratiquement jamais de refuser ce dernier. Si Daniel ne veut pas manger sa viande, Mme Kay ajoute un œuf dans le biberon, ce qui lui permet de satisfaire une partie des besoins quotidiens du petit en fer et en protéines. Elle se sent en outre beaucoup moins « stressée » et insiste du coup nettement moins pour le faire manger à tout prix, car elle sait que le biberon va pallier les carences.

C'est un excellent raisonnement. Nous avons vu que Mme Kay a tendance à se faire du souci concernant l'alimentation de son fils, par conséquent tout ce qui la tranquillise est également bénéfique pour Daniel, par ricochet. S'il n'est soumis à aucune pression de la part de ses parents, je pense qu'un bébé comme lui devrait finir par « faire comme les autres » éventuellement et cesser d'être un enfant difficile vers l'âge de trois ans. Durant la deuxième et la troisième année, il sera sans doute aussi imprévisible que la majorité des enfants. Peut-être, à l'âge de Daniel, le biberon diminue-t-il l'appétit d'un bébé, peut-être même celui-ci en vient-il à l'attendre, sachant qu'il le verra arriver à la fin du repas. Si cela inquiète les parents, ils peuvent toujours (et peut-être le doivent-ils) ne lui donner que deux biberons (ce qui lui fournira quand même son demi-litre de lait). Il est possible aussi de donner le biberon en dehors des repas, pour éviter que le bébé n'arrête de manger parce qu'il l'attend. Cependant, il faut bien se dire qu'il n'est pas si facile de détourner un enfant tel que Daniel des essais, refus et autres caprices qui sont à la base même de ses manies alimentaires. La façon dont il se sert des repas pour engager la lutte avec sa mère est parallèle à, et fait partie de la distanciation qu'il cherche à prendre vis-à-vis de son entourage et qui sous-tend son négativisme et ses crises de rage. Chez Daniel, comme nous pouvions nous y attendre, ces symptômes apparaissent précocement et se manifestent avec une force inhabituelle.

EPILOGUE

Nos trois familles ont donc franchi le cap de la première année, avec des succès passionnants, mais variables. La joie et l'intérêt qui s'emparent de tous ceux qui participent au développement réussi d'un petit enfant m'ont ému durant la rédaction de ces pages. J'aimerais pouvoir communiquer ces deux sentiments aux parents qui traversent avec leur bébé les vicissitudes de la première enfance. Les brusques poussées d'activité faisant suite à des périodes de stagnation compensent largement les régressions temporaires qui accompagnent le franchissement d'un nouveau palier, une régression que partagent d'ailleurs parents et enfants.

Louis n'est pas exactement un enfant moyen. On l'a bien vu dans le domaine du développement moteur, puisqu'il marchait seul à douze mois; il est plutôt en avance sur la moyenne dans notre pays. Il a cependant atteint chaque étape de façon « ordinaire, moyenne, banale », manifestant la quantité habituelle de jubilation intérieure en comprenant qu'il avait enfin réussi dans son entreprise. Laura, pour sa part, s'est forgé une attitude introspective, pleine de sensibilité envers son environnement, qui indique qu'elle est douée d'une intelligence supérieure à la moyenne. Elle n'est vraiment placide que pour un seul paramètre : l'activité motrice. Sa grande

sensibilité compense ce retard d'une façon généralement typique des enfants peu actifs. Comme je ne
crois pas, de toute façon, qu'un bébé puisse correspondre à une quelconque norme, je n'ai pu limiter
mon analyse de la dynamique du développement
infantile à un modèle donné, observé en laboratoire
et fondé sur des tests structurés et inflexibles qui
tranchent dans le vif de l'individualité essentielle de
l'enfant. Les parents qui acceptent de se prêter à ces
tests m'apprennent que leur propre inquiétude vis-
à-vis de l'épreuve que va subir leur bébé est généralement en rapport avec les mauvaises réactions de
celui-ci (ce qui n'a rien d'étonnant quand on sait à
quel point l'enfant est sensible à l'humeur de ses
parents). Une mère a exprimé une doléance courante
concernant ce genre d'échantillonnage : « Quand j'ai
voulu dire au médecin chargé du test que mon bébé
avait vomi toute la nuit et n'était peut-être pas dans
son assiette, il m'a répondu : " Ne m'ajoutez pas de
nouvelles variables, je ne veux pas les connaître, il y
en a déjà assez comme ça quand on teste des bébés. "
Alors, dorénavant, je garderai pour moi toutes les
réserves que je pourrai avoir sur ses réactions. »

L'environnement de Louis est riche et gratifiant, et
sa mère adopte, vis-à-vis des différentes « phases »
de son développement, une attitude qu'elle a expérimentée et qui doit faciliter la tâche du bébé. Elle ne
cherche pas à lui « apprendre » les talents qu'il doit
acquérir; elle attend qu'il lui fasse savoir qu'il est
prêt à profiter des leçons qu'elle peut lui donner. Elle
voit en lui une personnalité bien différente de celle
de ses deux autres enfants. Toutes les déviations
qu'elle a connues chez les deux aînés lui évitent de
réagir de façon excessive en constatant celles de
Louis. L'un des avantages qu'il y a à être déjà mère
de deux enfants, c'est que l'on a acquis dans ce
domaine une certaine objectivité. Depuis le temps,
Mme Moore a été obligée de régler toute seule les

418

problèmes que lui posait une réaction excessive face au comportement d'un de ses enfants. Elle est donc capable de considérer les exigences de Louis avec plus de détachement et une plus nette conscience des besoins du bébé par rapport à ses besoins à elle. On ne voit pas apparaître chez elle, cependant, comme chez certaines mères de familles nombreuses, le risque de se montrer insensible aux besoins de l'enfant. Elle se réjouit de chacun des progrès de Louis et encourage Martha et Tom à les apprécier, eux aussi. Et, ce qui est encore plus important, elle renforce le plaisir que prend Louis à sa propre réussite. Or ce renforcement constant et positif entraîne nécessairement une sorte de recharge d'énergie qui accélère chez le petit le désir de se développer. Aucun bébé ne saurait s'en tenir à un développement « moyen » avec un environnement qui l'est si peu.

M. Moore n'apparaît pas autant que je l'aurais voulu dans mon récit, car il est sans conteste un précieux soutien pour toute sa famille. Si l'on m'accuse d'avoir minimisé le rôle du père – un travers que je déplore pourtant dans l'actuelle littérature spécialisée concernant la façon d'élever les enfants –, il faudra bien que je plaide coupable. Ma seule excuse est qu'il m'a semblé très difficile de mettre en scène un trop grand nombre d'acteurs sans créer de confusion. D'ailleurs, le père joue en coulisse un rôle au moins aussi important que sur la scène. Il me semble que le rôle masculin classique, qui est de représenter l'élément ferme et décidé de la famille, a brillé par son absence durant la dernière génération. J'espère avoir suffisamment expliqué pourquoi je souhaite un retour à l'environnement qui favorise cette fermeté. Louis a été élevé de cette façon et le bébé montre déjà les rudiments d'une masculinité en devenir (par sa façon de se relever très vite après une chute, par exemple, ou ses jeux avec son père en fin de journée). Bientôt, la force qui le pousse à imiter sa mère le tournera vers son père.

L'environnement de Laura a une influence plus complexe sur son évolution. A sa naissance, elle a manifesté envers les stimuli qui l'entouraient un degré d'extrême sensibilité, qui lui a coûté du temps et de la peine dans le domaine du développement moteur et qui n'a intéressé sa mère que de façon très secondaire. Etant donné qu'elle a une intuition particulièrement fine de ce qu'éprouvent ses proches, elle devine bien les sentiments contradictoires qu'elle suscite. Peut-être Mme King ressemble-t-elle trop à sa fille. Elle aurait sûrement eu la vie plus facile avec un bébé comme Louis qu'avec cette petite fille sensible, placide et contemplative, qui vient réveiller tout le doute de soi qui sommeille en elle. Elle compense néanmoins l'angoisse et la dépression qui ont suivi la naissance de Laura de plusieurs façons. D'abord, elle réussit parfaitement son allaitement, et cela la rapproche énormément de son bébé; ensuite, elle est très sensible aux besoins de Laura (comme le démontre sa réaction lorsque la petite fille commence à se nourrir seule); enfin, elle est suffisamment souple pour être capable de reconnaître certaines de ses propres faiblesses, ce qui lui permet de libérer Laura dans une certaine mesure.

Mme King aurait cependant besoin de mieux comprendre sa réaction excessive face aux facultés d'observation et à la sensibilité placide de son bébé. Peut-être aurait-il été plus bénéfique pour elle, et indirectement pour Laura, de ne pas rester chez elle, mais de songer plutôt à satisfaire ses aspirations personnelles, car cela lui aurait permis d'acquérir un certain recul vis-à-vis de la situation tout entière. C'est une jeune femme sensible et réfléchie, qui sera en fin de compte une maman merveilleuse pour Laura, mais elle a besoin de dégager leurs rapports de toutes les contradictions qui les encombrent. Il serait très certainement préférable qu'elle parvienne, avant l'arrivée du nouveau bébé, à mieux comprendre certaines des caractéristiques de sa fille et à reconnaître les forces réelles que celle-ci porte en elle. Il est évident qu'elle aurait voulu un bébé plus actif, plus indépendant, peut-être, vis-à-vis d'elle-même et de son inquiétude excessive. Elle s'adapte toutefois de façon très subtile aux qualités contemplatives de Laura qu'elle parvient tout à la fois à renforcer et à canaliser vers des systèmes de communication plus actifs. (Dans un environnement moins stable, une petite Laura pourrait devenir très renfermée, voire autiste.)

M. King joue un rôle prépondérant, aussi bien auprès de sa femme que de sa fille. Il accepte la dépression postnatale de son épouse et lui apporte un précieux soutien. Il se rend compte, bien plus tôt qu'elle, que les placides complexités du caractère de Laura sont de véritables atouts. C'est un père chaleureux, mais qui n'écrase pas sa fille de sa personnalité et avec qui elle noue d'excellents rapports, grâce à ses qualités très féminines. Il l'aime telle qu'elle est et l'aide à équilibrer ses rapports avec sa mère.

Malgré sa sensibilité, Laura a su très vite mettre au point d'excellents systèmes d'autodéfense, qui préparent le terrain pour la croissance à venir. Sa détermination opiniâtre de faire ce qu'elle veut, quand et comme elle le veut, lui donnera amplement l'occasion d'écouter, de recevoir et d'assimiler les signaux que lui transmet son univers, avant d'être obligée de les mettre à exécution. Peut-être trouvera-t-elle plus tard des débouchés artistiques pour sa sensibilité.

Daniel est, de bien des façons, l'enfant le plus plaisant à décrire et à observer, à mesure qu'il se développe. Cependant, ce type de nouveau-né qui manifeste une si violente insatisfaction envers luimême tant qu'il n'est pas capable de maîtriser les tâches qu'il semble prévoir, qui paraît constamment assoiffé de stimuli, qui parvient à un meilleur équilibre intérieur à mesure qu'il laisse derrière lui les grands points de repère moteurs, n'est pas un bébé facile à intégrer au foyer familial. La mère se sent frappée d'impuissance, incapable d'assouvir ses propres fantasmes concernant la maternité et ce qu'elle devrait être. Elle sent immédiatement que son enfant est plus fort qu'elle. Face à cette incroyable force de volonté, la mère d'un petit Daniel doit néanmoins comprendre aussi qu'il suffirait de très peu de chose pour le faire basculer vers l'instabilité : dans un environnement trop stimulant, il pourrait ne jamais parvenir à trouver son équilibre. Ce genre de bébé est constamment à la recherche de son centre de gravité émotionnel.

Pour Mme Kay, Daniel représente une sorte de défi. Après la peur qu'elle a eue dans la salle d'accouchement, lorsqu'il a failli s'étouffer, elle aurait pu voir en lui un bébé ultra-fragile. (La mère de Laura s'est fait des idées pour beaucoup moins que cela.) Au lieu de quoi, elle considère que son déséquilibre nécessite un maternage particulièrement vigoureux, et elle se met en devoir de le lui donner et, qui plus est, d'y prendre plaisir. Elle devient l'alliée de son fils dans son irrésistible conquête du monde. Il satisfait certainement plusieurs de ses propres aspirations vers un genre de vie plus actif. J'aimerais voir toutes les mères attendre cinq mois, comme l'a fait Mme Kay, avant de reprendre leur travail. Chaque mois passé (sans regrets évidemment) auprès du bébé durant la première enfance représente un véritable compte-épargne de tendresse, pour la mère comme pour l'enfant. Daniel s'épanouit parfaitement sous la houlette affectueuse et bourrue de Mme Corcoran, mais c'est une véritable force, pour lui et pour Mme Kay, que d'avoir partagé ainsi ces premiers mois. Durant les cinq premiers mois, la mère et son bébé passent l'un et l'autre par de nombreuses étapes du développement qui leur permettent d'apprendre à se connaître. S'il faut partager ces expériences avec un tiers, on peut se demander s'il n'est pas plus difficile d'éprouver la même responsabilité et la même intimité.

Je voudrais vraiment que les mères qui travaillent soient libres de rester au moins quatre mois chez elles après la naissance. Les trois premiers mois de la vie d'un bébé sont, dans tous les cas, une période d'intense adaptation. Si l'on parvient à franchir, sans trop de mal, la période des coliques et que les parents aient ensuite un bon mois pour profiter pleinement de la délicieuse réciprocité qui s'installe – les sourires, les vocalises, la joie de vivre croissante –, les fondations d'un rapport parents-enfant de grande qualité auront sans doute été établies. A partir de ce moment, la mère a vraiment l'impression que c'est « son » bébé qui fait l'apprentissage de la vie.

J'aimerais d'ailleurs que les pères puissent aussi être libres de rester chez eux et de partager les responsabilités de ces premiers mois. Il serait bien sûr nécessaire d'officialiser la chose au niveau national. La Suède, l'U.R.S.S et maintenant le Japon en sont déjà là. Ailleurs, les jeunes pères qui prennent un congé sans solde sont pénalisés sur le marché du travail. Si notre nation croit à la famille, elle se doit de soutenir les parents en institutionnalisant de telles possibilités. M. Kay est déjà un soutien précieux pour sa femme et il fournit à son fils une véritable source de force, mais s'il était plus souvent à la maison, il pourrait jouer un rôle encore plus important. De nos jours, dans les jeunes familles, les parents ont de plus en plus tendance à se répartir également les rôles. La vie familiale ne peut que profiter de cet intérêt généralisé autour du nouveau-né. M. Kay aurait probablement été enchanté de prendre plus de responsabilités. Il incarne une présence masculine forte, mais douce (qui n'est pas sans rappeler celle de

Mark). Dans cette famille, les caractéristiques masculines et féminines traditionnelles semblent, dans une certaine mesure, partagées entre tous les membres.

Daniel est un bébé fortement motivé pour apprendre. Etant donné que pour un enfant comme lui les grandes activités motrices semblent être un but plus rapidement atteint, les progrès dans ce domaine sont inévitablement précoces et passionnants. Les petites activités motrices – l'usage des mains, par exemple – sont renforcées par la présence de Mark, parce que Daniel veut jouer avec son frère et l'imiter. M. et Mme Kay (sans oublier Mme Corcoran) aident le bébé à trouver un équilibre entre ses nombreuses pulsions et à libérer certaines d'entre elles pour des explorations de nature plus modérée, en se laissant le temps de comprendre, d'assimiler et de savourer les progrès moteurs qui lui viennent si aisément.

J'ai voulu montrer, avec chacun de ces trois bébés, les différences innées qui prédéterminent leur type de développement particulier. Dans chaque cas, certaines réactions de la part de l'environnement sont plus « appropriées » que d'autres, c'est-à-dire que chaque bébé réagira plus facilement à un maternage ou à un paternage adapté à sa capacité de recevoir et de répondre. Chacune des mères que j'ai dépeintes est motivée par un désir de « comprendre » son bébé et parvient donc à découvrir quel est son type particulier et à s'y adapter. C'est de cette façon qu'un bébé influence son environnement tout autant que celui-ci agit sur lui. Ces bébés manifestent une certaine résistance lorsqu'on veut les pousser vers des habitudes qui ne sont pas en accord profond avec leur type de développement, résistance soutenue par toute la force inhérente à une personnalité bien organisée, que ce soit celle d'un enfant ou d'un adulte.

Etant donné que l'accent mis par notre culture sur l'épanouissement du potentiel individuel nous pousse à stimuler celui-ci de plus en plus vivement et de plus en plus tôt, j'aimerais souligner encore une fois la nécessité de trouver un équilibre entre la personnalité et le développement des connaissances car, en dernier ressort, cet équilibre est sans doute indispensable à la formation d'un adulte sain. Lorsqu'un enfant est « prêt » à faire un nouveau pas en avant, il n'a guère besoin qu'on l'aide pour y parvenir. En revanche, s'il est contraint d'« apprendre », par le biais de mécanismes qui ne sont pas encore mûrs, il dépensera peut-être pour le faire des énergies que l'on détournera d'autres domaines, plus importants, de son développement global, et cela risque de lui coûter très cher. Peut-être en avons-nous actuellement un exemple chez beaucoup de nos adolescents que l'on a certes renforcés sur le plan intellectuel, mais en les vidant sur le plan émotionnel, si bien qu'ils sont incapables de faire face aux exigences croissantes d'une société compliquée.

J'aimerais pouvoir me dire que ce livre donnera à de jeunes parents inexpérimentés une intuition de leur bébé et de son univers, qu'il les aidera à en faire l'expérience en sa compagnie, à le savourer avec lui et à le structurer à son intention, de façon saine mais effacée. En même temps, j'aimerais les aider à se sentir moins hésitants, plus sûrs d'eux en tant que pères et mères que ne l'a été notre génération. Les parents qui donnent d'eux-mêmes, qui respectent l'individualité de chacun de leurs enfants, qui sont capables de dire « non » aussi bien que « oui » chaque fois que l'enfant en a besoin, sont également capables de lui lâcher la bride le moment venu, sûrs que cet être humain qu'ils ont élevé saura se frayer dans la vie un chemin unique et caractéristique.

BIBLIOGRAPHIE

AINSWORTH, M. *Infancy in Uganda.* Baltimore : Johns Hopkins Press, 1967.

BOWLBY, J. *Attachment,* Attachment and Loss Series, Vol. I. New York : Basic Books, 1969.

BOWLBY, J. *Separation : Anger and Anxiety,* Attachment and Loss Series, Vol. II. New York : Basic Books, 1973.

BOWLBY, J. *Loos : Sadness and Depression,* Attachment and Loss Series, Vol. III. New York : Basic Books, 1980.

BRAZELTON, T. B. *On Becoming a Family.* New York : Delacorte Press/Lawrence, 1981.

BRODY, S. *Patterns of Mothering.* New York : International Universities Press, 1956.

BRUNER, J., Oliver, R. R., and GREENFIELD, P. *Studies in Cognitive Growth.* New York : Wiley, 1956.

CALDWELL, B. " The Effects of Infant Care, " *Review of Child Development Research, I.* New York : Russel Sage Foundation, 1964.

CARMICHAEL, L. (ed.) *Manual of Child Psychology.* New York : Wiley, 1946.

CHILDREN'S HOSPITAL MEDICAL CENTER, DEPARTMENT OF HEALTH EDUCATION. *How To Prevent Childhood Poisoning.* New York : Dell Publishing, 1967.

DEUTSCH, H. *Psychology of Women.* Vols. I and II. New York : Grune & Stratton, 1945.

DeVore, I. *Primate Behavior*. New York : Holt, Rinehart and Winston, 1965.

Emde, R. N., Gaensbauer, J. J., and Harmon, R. N. *Emotional Expression in Infancy : A Biobehavioral Study*. New York : International Universities Press, 1976.

Erikson, E. *Childhood and Society*. New York : Norton, 1963.

Flanagan, G. L. *The First-Nine Months of Life*. New York : Simon & Schuster, 1962.

Flavell, J. H. *The Developmental Psychology of Jean Piaget*. Princeton : Van Nostrand, 1963.

Fraiberg, S. *The Magic Years*. New York : Scribners, 1959.

Frank, L. K. *On the Importance of Infancy*. New York : Random House, 1966.

Freud, A. *Normality and Pathology in Childhood*. New York : International Universities Press, 1965.

Gesell, A. *The Embryology of Behavior*. New York : Harper and Row, 1943.

Gesell, A. *Infant and Child in the Culture of Today*. New York : Harper and Row, 1943.

Hooker, D. *Prenatal Origin of Behavior*. Lawrence : University of Kansas Press, 1952.

Hunt, J. McV. *Intelligence and Experience*. New York : the Ronald Press, 1961.

Illingworth, R. S. *The Development of the Infant and Young Child, Normal and Abnormal*. London : E. & S. Livingstone, 1960.

Klaus, M. H., and Kennell, J. H. *Maternal-Infant Bonding*. St. Louis : The C. V. Mosby Co., 1976.

Leboyer, F. *Birth Without Violence*. New York : Alfred Knopf, 1975.

Lorenz, K. *Instinctive Behavior*. Part II. Edited by C. Schiller. New York : International Universities Press, 1957.

McGraw, M. B. *Neuromuscular Maturation of the*

Human Infant. New York : Columbia University Press, 1943.

MEAD, M., and MACGREGOR, F. C. *Growth and culture*. New York : Putman, 1951.

MEAD, M., and WOLFENSTEIN, M. *Childhood in Contemporary Cultures*. Chicago : University of Chicago Press, 1955.

NEWTON, N. *Family Book of Child Care*. New York : Harper and Row, 1957.

PEIPER, A. *Cerebral Function in Infancy and Childhood*. New York : Consultants Bureau, 1963.

PIAGET, J. *The Construction of Reality in the Child*. New York : Basic Books, 1954.

PIAGET, J. *The Origins of Intelligence in Children*. New York : International Universities Press, 1952.

PIAGET, J. *Play, Dreams and Imitation in Childhood*. New York : Norton, 1962.

PROVENCE, S., and LIPTON, R. C. *Infants in Institutions*. New York : International Universities Press, 1962.

SPITZ, R. A. *The First Year of Life*. New York : International Universities Press, 1965.

SPOCK, B. *Common Sense Book of Baby and Child Care*. New York : Duell, Sloan and Pearce, 1945.

STONE, L. S., and CHURCH, J. *Childhood and Adolescence*. New York : Random House, 1957.

THOMAS, A., CHESS, S., BIRCH, H., HERTZIG, M. E., and KORN, S. *Behavioral Individuality in Early Childhood*. New York : New York University Press, 1963.

WHITING, B. B. (ed.) *Six Cultures : Studies of Child Rearing*. New York : Wiley, 1963.

WOLFF, P. *The Causes, Controls and Organization of Behavior in the Neonate*. New York : International Universities Press, 1965.

Le docteur T. Berry Brazelton, pédiatre et néo-natalogue, est professeur à la faculté de médecine de Harvard et directeur du Child Development Unit à l'Hôpital d'enfants de Boston. On lui doit des travaux approfondis sur le nouveau-né, dont des études comparatives d'anthropologie et des films d'observation de l'interaction des nouveau-nés avec leur mère, leur père, et des partenaires extérieurs à la famille.

L'échelle d'évaluation du comportement du nouveau-né établie par le docteur Brazelton est désormais largement utilisée dans les hôpitaux à travers le monde.

Outre de nombreux articles, T. Berry Brazelton est aussi l'auteur de *Toddlers and Parents, Doctor and Child, On Becoming a family* (traduit en français sous le titre : *Naissance d'une famille*.)

Index

437

438

Table

4. LE DEUXIÈME MOIS

5. LE TROISIÈME MOIS

6. LE QUATRIÈME MOIS

7. LE CINQUIÈME MOIS

8. LE SIXIÈME MOIS

9. LE SEPTIÈME MOIS

10. LE HUITIÈME MOIS

11. LE NEUVIÈME MOIS

12. LE DIXIÈME MOIS

13. LE ONZIÈME MOIS

14. LE DOUZIÈME MOIS

IMPRIMÉ EN FRANCE PAR BRODARD ET TAUPIN
Usine de La Flèche (Sarthe).
LIBRAIRIE GÉNÉRALE FRANÇAISE - 6, rue Pierre-Sarrazin - 75006 Paris.
ISBN : 2 - 253 - 04068 - 1

◈ 30/6285/8